KB191045

탁영

탁영

托影

장다혜 장편소설

북테
시피

목차

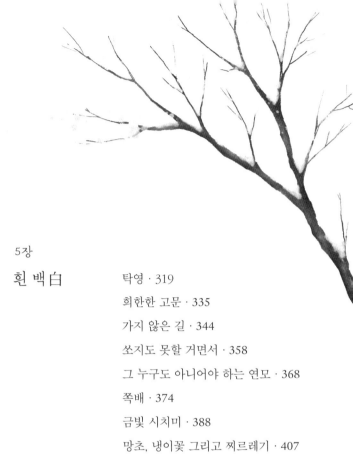

5장

흰 백白

1장

푸를 청

재수 좋은 날

병인년 봄. 계속된 흉년에 불심도 돌아섰는지 입춘을 맞은 훈룡사엔 스산함마저 감돌았다. 애기동자들까지 앞세워 온종일 산나물을 뜯은 스님들은 어스름이 내리고서야 풀죽을 쑨 참이었다. 매해가 보릿고개요, 매 계절이 춘궁기니 주린 배를 채우는 것만도 감지덕지였다. 게저분한 중들이 막 멀건 죽을 욱여넣기 시작했을 때 웬 휘황한 입성의 도령 하나가 절간에 들어섰다. 부드레한 소맷단을 갈무리하며 그는 공손히 합장부터 하였다.

"스님들, 그간 평안하셨습니까?"

"뉘신지……?"

"저 산이입니다."

"산이?"

"임술년 가뭄 때 큰스님께서 거두어주신……."

"뭐엇? 그…… 산이?"

급급한 중들의 숟가락질이 일시에 딱 멈췄다. 홉떠진 눈깔들이 앞다투어 도령을 훑었다. 분명 산이라면 거지꼴로 이곳에서 연명하다가 삼 년 전 어느 댁 종으로 들어간 아이가 아니던가! 그 말라비틀어졌던 거렁뱅이 소년이 어찌 저토록 현란한 복색을 하고 있는가? 역병 탓에 상전 집안에 씨가 말라 어부지리로 양자 자리라도 꿰찬 것인가? 굳이 산이 놈이 걸친 쪽빛 도포가 아니더라도 검은 넝쿨무늬로 멋을 낸 태사혜며 자르르르 윤이 도는 갓이며 그 아래로 늘어뜨린 호박 주영이 그냥저냥 양반 흉내만 낸 것이 아니라는 걸, 출가한 불자들도 대번 알아보았다. 특히 멀찌감치 서 있는 다부진 체구의 중년 사내는 환도까지 꿰어찬 것으로 보아 산이의 신변 보호를 하는 싸울아비가 분명했다. 중들이 간지러운 조동이를 감춰문 채 말똥말똥 눈짓만 주고받는 사이, 백팔염주를 목에 건 큰스님이 나섰다.

"이 늙은이가 눈이 침침하여 알아뵙질 못하였습니다."

"어이 존대를 하십니까, 큰스님. 말씀 편히 하십시오."

"장성하신 분께 어찌 하대를 하겠습니까. 헌데 이 산골까지 어인 일이신지요?"

"그저 오랜만에 안부나 여쭈러 들른 것입니다. 혹시…… 제가 하룻밤 신세를 져도 괜찮을지요? 문득 옛 생각이 나서요."

"예. 편히 머물다 가시지요."

산이를 뒤따르던 사내종들이 휑한 절 앞마당에 다짜고짜 커다란 가마니들을 옮겨 쌓기 시작했다. 곤죽으로 연명하던 스님들은 그것이 보리이고 쌀임을 단박에 알아차렸다. 노비로 팔려간 산이 놈이 입성을 고친 것도 모자라 공양주가 되다니 참말 믿을 수 없는 광경이었다. 곧 공양간 아궁이가 미어터지도록 장작이 들어갔다. 산이가 대웅전에서 절을 올리

12

는 동안 중들은 윤기가 좔좔 흐르는 쌀밥에 꾸덕하게 말린 굴비를 얹어 아귀처럼 먹어댔다. 간만에 맛본 곡기 앞에선 산이의 곡절 따윈 아무래도 상관없었다.

　백섬이 훈룡사에 도착한 것은 한밤중이었다. 삼 일 내내 역병 시체를 파묻느라고 온몸에 시취가 단단히 밴 터라 그는 짱짱한 개울물에서 한참이나 제 몸을 닦아내었다. 아무리 박박 문질러도 천한 신분이 씻기는 건 아니기에 천왕문을 통과할 땐 넝마를 걸친 어깨와 거푸시시한 머리통을 죄스럽게 수그렸다. 짚신짝 하나 없이 시꺼먼 맨발로 절간 마당을 가로지르기가 또 송구하여 백섬은 담을 따라 소리 없이 걸었다. 그렇게 산신각으로 들어간 그는 어둠을 더듬어 초라한 위패 하나를 꽉 쥐었다. 글을 알지 못하니 촛불 따윈 상관없었다. 그저 제일 구석에 놓인 것이 막단 누이의 것이다. 이토록 껌껌한 산세를 헤치고 귀신들이 오가는 오밤중에 절에 온 건, 금일이 누이의 첫 기일인 때문이었다. 마음 같아선 위패 앞에 이팝과 고기를 쌓아 망령이라도 배불리 먹이고 싶었으나 백섬이 가져온 것이라곤 기껏 산딸기 몇 알뿐이었다. 그것을 공손히 단상에 올리고 향을 피우려던 손이 멈칫했다. 향냄새를 끔찍이도 싫어했던 누이가 아니던가. 암흑 속에 오도카니서 있다 말고 그는 무작정 절을 해댔다. 그렇게 천배라도 올리고 땀이라도 한 바가지 흘려야 저승의 누이가 제 속을 알아줄 것만 같았다. 부처님도 아닌 위패에 절을 올리는 게 맞는가 싶었으나 사찰의 법도 따윈 중요치 않았다.
　묵묵히 천 번을 채우고 어릿어릿한 무릎을 추스르며 산신각을 나선 백섬은 어둑새벽에도 익숙하게 싸리비 하날 찾아 들었다. 절간 마당을 말끔히 쓸어놓을 작정이었다. 공양 미 한 톨 올릴 수 없는 제 처지를 뻔히 알면서도 정성껏 누이 의 넋걷이를 해주셨던 큰스님이 감사하여 하찮은 몸보시라 도 하려는 것이었다. 그가 발밤발밤 대웅전 앞으로 다가섰을 때 대들보에 걸린 기다란 물색 천 하나가 눈에 들어왔다. 두 개의 주련柱聯 사이로 팔랑이는 비단은 어스름에도 야드르르 윤이 돌았다. 아직 스님들도 기침하시기 전인데 누가 이런 것을 예 걸어놓았을까, 그런 생각을 하며 댓돌에 막 비질을 시작하려던 순간이었다.

"흐아악!"

비단 밑에 새하얀 버선발이 달려 있었다. 벌러덩 나자빠진 백섬의 어섯눈이 더듬더듬 위를 향했다. 대롱거리는 건 잠자 듯 눈을 감은 곱상한 도령이었다. 꺾인 목을 휘감은 백단白緞 끈이 시린 미명에 찬연하였다.

"스, 스님! 스님들! 아무도 아니 계십니까! 스님! 큰스님!"

하나둘 요사채에서 뛰쳐나온 중들은 경악하여 대웅전 대 들보에 늘어진 산이를 잡아 내렸다. 백섬은 그 야단을 넋을 잃은 채 지켜볼 뿐이었다. 평생 매골자埋骨者로 살았으니 산 자보다 망자를 더 많이 본 그였으나 늘 굶어 죽은 걸인이나 역병에 걸린 천민뿐이었다. 그마저 동절엔 시체의 옷가지를 죄 훔쳐가는 통에 아랫도리가 휑했고, 가체가 유행하면서는 머리칼을 베어 가는 일도 허다했으니 저리도 고운 송장을, 백섬은 단연코 처음 보았다. 자액을 한 시신 역시 처음이었 다. 천것들은 일각이라도 더 살려고 악착같이 발버둥을 쳤다. 생때같은 자식이 눈에 밟혀서, 앓아누운 부모가 목에 걸려서, 장가 한번 못 가고 몽달귀신이 되기는 너무도 억울해서……

어떻게든 명을 이어 붙이려고 발악을 했다. 한데 스스로 목을 매다니. 저 도령은 얼마나 화려한 꽃상여를 탈까, 얼마나 대단한 명당에 묻힐까, 하는 엉뚱한 생각을 백섬은 했다.

"일어나, 정신 차려! 젠장맞을! 눈 떠, 눈 뜨라구! 당장!"

할래발딱 뛰어온 산이의 싸울아비는 숨도 맥도 모다 끊어진 것이 확연한 웃전의 어깻죽지를 우악살스레 흔들어댔다. 정신이 반쯤 나간 모양인지 반말지거리에 욕지기까지 해대었다. 그러고도 모자라 눅늘어진 도령의 먹살을 휘어잡곤 솥뚜껑만 한 손으로 대차게 뺨을 후려갈겼다. 숫제 죽음에서라도 깨워낼 태세였으나 혼 떠난 몸 거죽은 새들새들 까부라질 뿐이었다. 식겁한 중들이 앞다투어 뜯어말렸으나 모질게 시신을 닦달하는 사내를 그 누구도 저지할 수 없었다. 새벽 댓바람에 댕그르르 풍경 소리가 번졌다. 창백하게 날이 밝았다. 대웅전의 금부처는 인자한 눈으로 그 모든 것을 지켜볼 뿐이었다.

전란에 이어 역병까지 돌자 나라에선 중들을 동원하여 험한 시체를 묻게 하였다. 천민 중에서도 무당, 기생, 백정보다 더 천시되는, 매골승埋骨僧이었다. 그들이 너부러진 송장들을 처리하고 염불로 민심까지 수습하면 조정에서 품삯을 지급하였다. 그 벌이가 제법 쏠쏠하니 매골승을 자처하는 이들마저 생겨났다. 도망노비였던 괴강도 실은 제 머리 제가 깎은 땡중이었다. 십여 년 전, 그럴듯한 법명을 짓고 어령골에 버려진 움막을 암자 삼아 터를 잡았을 때 등 굽은 산파가 데려온 것이 다섯 살 백섬이었다. 노파는 '역병에 가족이 몰살당해 고아가 된 아이를 부처의 품에 품어달라' 간청하였다. 괴강은 백섬의 통뼈와 고른 이를 보고 냉큼 받아들였다. 아이는 곧 고사리 같은 손으로 땅을 파고 일그러진 사체를 구덩이에 옮기고 흙으로 덮었다. 그러면 괴강은 그 옆에서 합장을 하고 중얼중얼 경을 읊는 시늉만 하면 되는 것이었다.

여섯 살 계집아이, 막단을 거둔 것도 그즈음이었다. 얇게 휘어진 눈을 한 여아는 역병 시체 사이에서 숨이 끊어진 어미를 붙들고 말없이 앉아 있었다. 벙어리였다. 이 아이로 어떻게 돈벌이를 할지 괴강은 바로 감이 잡혔다. 혼란한 정세에 훈룡사의 고승들은 부처의 말씀을 더 많이 전파해야 한다는 사명감에 불탔으나 전란 징발에 이어 복건 부역까지 숫제 사내들의 씨가 말랐으니 대장경 작업에도 차질이 생긴 지 오래였다. 하여 그곳에 막단을 '이마를 땅에 대어 대신 절하는 계집종', 상비頗婢로 들이밀었다. 그렇게 백섬과 막단은 금세 제 밥벌이들을 했다. 그 덕에 땡추는 십 년이 넘도록 고기도 뜯고 기생집도 드나들며 편히 살았다. 남매 아닌 남매는 서로만을 의지한 채 자랐다. 뭉그러진 시신을 묻을 때마다 백섬은 몸서릴 쳤으나 누이 때문에 떠날 생각은 하지 않았다. 하니 막단이 세상을 뜬 일 년 전부터 괴강은 백섬이 언제 밤도망을 칠지 몰라 전전긍긍하였다. 새벽에 눈을 뜨면 건넛방부터 확인하기 일쑤였건만 막단의 첫 기일에 참말 믿지 못할 일이 벌어졌다. 하늘에서 뚝 떨어진 듯 구매자가 나타난 것이었다.

"자네 밑에 있는 놈, 내가 사겠네."

어느 높으신 대감의 심복인 듯, 멀끔한 중년의 사내였다. 괴강은 살래살래 손사래를 쳤다.

"백섬이 말입니깝쇼? 에이, 그놈은 이 노쇠한 중을 대신해 땅을 파는 제 수족입니다요. 어찌 팔다리를 잘라내라 하십니까?"

"이 돈이면 더 팔팔하고 싱싱한 팔다리, 열 개는 더 구할 수 있을 걸세."

구렁이 같은 돈 꾸러미를 보고도 땡추는 도토리알 염주만 돌려댈 뿐이었다.

"이젠 그놈 앞으로 빚도 좀 있어놔서……."

"빚?"

"삽질하는 놈이라 먹이긴 해야겠고 흉년에 공양주도 없고. 다른 수가 있어야지요."

굳이 이런 산골까지 찾아왔을 정도면 아쉬운 건 누가 봐도 저쪽이었다. 아니나 다를까, 곧 은자 하나가 튀어나왔다. 뜻밖의 횡재에 괴강은 생전 처음, 참말 부처가 있는 게 아닐까 하는 의심마저 들었다.

"무신년 갑자월 신해일 묘시생. 그건 확실하겠지?"

"그러믄요! 산파가 데려온 놈이라 사주 하난 확실합니다. 그 어미가 동짓날 새벽에 개밥을 주다가 산통을 시작하곤 막 바로 해산했다고, 해서 미역국이 아니라 팥죽을 먹었다고 분명 그랬습죠."

은자를 거머쥐는 땡추의 손목을 채잡으며 사내가 목소릴 짓죽였다.

"누구도 그놈을 찾아서는 아니 되네."

"평생 매골만 한 놈입니다요. 귀신이라면 모를까 산 사람 중엔 그놈 얼굴도, 이름도 아는 자가 없습죠."

은자를 요강에 숨기고 야무지게 뚜껑까지 닫고서야 괴강은 백섬의 천적賤籍을 내어놓았다.

17

"이분을 따라나서라. 네 주인께 데려다주실 것이니."

괴강의 말에 백섬의 입이 헤벌쭉했다. 행여 스님이 변덕이라도 부릴세라, 백섬은 서책 하나 달랑 챙겨 잽싸게 중년 사내를 따라나섰다. 팔려가면서도 이렇게 신이 나는 놈은 세상천지 저뿐일 것이었다. 막단 누이는 일 년 전, 무수리로 궁에 들어가며 그를 타일렀다. 딱 한 해만 더 어령골에 붙어 있으라고. 갑자기 암자가 텅 비면 괴강 스님이 힘드실 거라고. 그리 마음씨를 곱게 쓰면 분명 좋은 일이 있을 거라고. 유언이 되어버린 그 말을 지키고자 부득부득 일 년을 버틴 백섬이었다. 삶은 매양 같았으나 괴강 스님은 노름질에 빠져 아예 제 머리 위로 빚까지 달아놓았으니 줄행랑을 쳤다간 추노까지 당할 판이라 이러지도 저러지도 못하던 차였다. 하니 더더욱 이 상황이 믿기지가 않았다. 흉년에 기근까지 겹쳐 거느린 노비들도 내보낼 판국에 열여덟 먹은 사내종을 사들이다니, 어디서 무진장 힘을 써댈 팔팔한 종놈이 필요한 게 확실했다. 훈룡사 큰스님의 말씀이 참이었나 보다. 매골이란, 업을 지우고 복을 짓는 일이라고 하지 않았던가. 하늘에 간 누이가 복을 내린 게 분명했다.

북촌에서도 궁궐과 가장 가까운 골목으로 접어들었을 때 백섬의 가슴이 쿵쾅대기 시작했다. 설마하였건만 중년의 사내가 멈춘 곳은 솟을대문까지 층계가 무려 서른 개나 놓인 마지막 집이었다. 돌림병이 있을 때마다 불려온 탓에 백섬은 도성 안 지리를 잘 알았다. 노비 한 놈이 죽더라도 손을 댈 방도가 없어 매골승을 청하는 것이었다. 하니 임금님이 하사한 이 공신재功臣齋가 내의원, 전의감, 혜민서를 모두 통솔하는 수어의首御醫, 최승렬 대감 댁이라는 것을 모르려야 모를 수가 없었다. 그분 덕분에 목숨을 건진 백성들은 계단 밑에 말린 시래기나 토란대를 갖다 놓기도 하고, 직접 꼰 짚신을 놓아두기도 하고, 그마저도 없는 이들은 대문짝에 대고 마르고 닳도록 절을 해대는 때문이었다. 하물며 '보배롭고 훌륭하다'는 옥선당鈺善堂 현판은 무려 임금님의 친필이었다. 일자무식 백섬도 그 정갈한 어필 앞에선 절로 머리가 숙여졌다. 얼른 따라오란 사내의 턱짓에 벙벙하게 고갤 주억인 백섬은 대문을 통과하며 거대한 살림을 눈치껏 할끔댔다. 종종대며 세 개의 중문을 넘었을 땐 이미 어둑하게 해가 진 후였다.

한참을 갔을까, 그는 제가 거대한 저택의 뒷문으로 완전히 빠져나와 뒷산에 다다른 것을 알았다. 청청한 솔밭 사이로 꼬불꼬불 굽어진 샛길을 몇 번이나 돌아 들어가고서야 외딴 집채 하나가 보였다. 담벼락이 어찌나 높은지 말을 타고 지나가도 안을 들여다볼 수 없을 정도였다. 옥선당과 뚝 떨어진 이 별채로 들어온 후에야 중년의 사내는 백섬을 커다란 방으로 들여보냈다. 지체 높은 분들이 기거하시는 공간이 분명하여 백섬은 함부로 앉지도 못한 채 띠살문 옆에 쭈뼛대며 서 있을 뿐이었다. 면상이 박박 얽은 노파 하나가 큰 밥상을 들고 들어와 다짜고짜 그의 앞에 내려놓았다.

"머 한다꼬 멀뚱이 스가 있노? 얼릉 앉아서 무라."

백섬은 온갖 산해진미를 넋 놓고 바라보다가 후다닥 달려들어 꾸역꾸역 처먹기 시작했다. 개가 핥은 죽사발마냥 간장종지까지 탈탈 털어내고 나서야 격자무늬로 멋을 낸 창문이 눈에 들어왔다. 바람막이가 붙은 은촛대 덕에 벽 한쪽에 거대한 나비 그림자가 어룽거렸다. 문지방에 퍼질러 앉은 곰보

노인이 합죽한 입으로 곰방대를 뻐끔거리며 웅얼댔다. 가래
가 잔뜩 낀 탁성이 얼핏 들으면 꼭 남자 같았다.

"내는 도랜님들 유몬데 마 다들 장성하시고 이자는 걍 놀
망쉴망 찬간에서 밥한다. 여 사람들은 내를 복순 어매라 부
른데이."

"저는 백섬이라 합니다."

그가 후딱 일어나 깍듯이 반절을 하자 복순 어멈의 거적눈
이 슬쩍 휘어졌다.

"쌀가마니가 백 개라 이기가? 와따, 이름 한번 기깔나네.
듣기만 해도 고마 배가 불러뿌네!"

복순 어멈은 담뱃대를 입에 문 채로 벽장에서 두툼한 이불
을 꺼내어 펼쳤다.

"백섬아, 니 곤하제? 후딱 자그라."

"여, 여기서요?"

"그람 또 오데로 갈 끼고?"

"진짜 이 방에서 자라고요?"

"와? 싫나?"

"아니…… 당최 믿기지가 않아서……."

복순 어멈이 품자리를 내려 주섬주섬 펼쳤다. 갓 튼 햇솜
을 넣었는지 흐벅지기 이를 데 없었다. 그 위에 또 새하얀 광
목옷 하나가 놓였다.

"뒷마당에 우물 봤제? 낼 아침에 일어나자마자 싸악 씻고
이걸로 갈아입으라 카신다. 웃전에서."

"진솔옷이라니!"

"그 누우런 쪼가리는 고마 내삐리뿌라, 이젠 그딴 거 입을
일 읎데이."

"이곳도 옥선당이 맞지요? 수어의 대감님 댁. 그렇죠?"

"하모. 근데 여는 별채다. 본채에서 뚝 떨어져 있는. 이름이 구곡재거든. 아홉 번 꺾어지야 들어올 수 있다 캐서. 니는 딱 요거 하나만 기억하래이. 즐대 구곡재를 나가믄 안 된다, 알 긋나?"

"왜요?"

"와가 으딧노? 웃전에서 그카라 카믄 하는 기지."

"예, 알겠습니다."

"말만 잘 들아뿌믄 니는 아주 노나는 기라, 알았제? 그람 푹 자그래이."

복순 어멈이 곰방대를 입에 문 채 빈상을 들고 나갔다. 백섬은 빵빵한 배를 쓸어매며 대자로 드러누웠다. 최승렬 대감님이 뉘시던가. 그 유명한 풍주 최씨 의관 가문 출신으로 특출난 의술을 지녀 임금님의 병을 씻은 듯 낫게 하고, 역병 때 수많은 백성을 살린 공으로 정일품 보국숭록대부輔國崇祿大夫로 임명된 유일무이한 어의가 아니신가. 실력뿐 아니라 성품마저 고매하여 입궁하지 않을 땐 혜민서에서 손수 병자들을 살피느라 여념이 없는, 실로 부처님 같은 분이다. 하니 일개 사내종에게까지 이토록 맛있는 음식과 진솔옷을 하사하시는 게지.

'내가 뼈를 묻을 곳이 바로 예구나! 무엇이든 성심을 다해 할 것이다.'

백섬은 아직 뵙지도 못한 주인어른에게 벌써 무한한 충성심이 돋아났다. 무엇을 하명하시든 간에 잘해낼 자신이 있었다. 볍씨 껍데기마냥 역병을 따라 전국 방방곡곡 안 가본 곳이 없는 그였다. 전란이 난 변방에선 군사들의 사체를 묻었고, 장마철엔 길손을 등에 업고 시내를 건너주는 월천꾼 노릇을 하였다. 강이 어는 겨울철엔 얼음 채취에, 여름철엔 소금 운반에 동원되었다. 나무는 눈 감고도 했고 돌배나무도 단번에 쪼갤 만큼 도끼질에는 자신 있었다. 이젠 훌륭한 주인도 만났으니 더욱 못 할 일이 없었다. 불현듯 금일 새벽 대웅전 앞에서 본 도령이 떠올랐다. 잘 다림질한 빨래마냥 늘어져 흐느적거리던. 복색으로 보아 어마어마한 양반님인데 대체 무슨 곡절로 부처님 앞에서 목을 매었을까. 백섬은 푸드덕 도리질 쳤다. 이 좋은 날 왜 하필 그 장면을 떠올린단 말인가, 시체를 한두 번 본 것도 아닌데. 그는 망측한 생각을 물리며 으늑한 이불 안으로 몸을 묻었다. 베개에서조차 잘 빨아 다림질을 한 불 냄새가 났다.

백섬에게 주어진 첫 번째 일은 혜민서에서 쓸 약초를 세 치 길이로 자르는 것이었다. 쓱쓱 해치우고 배를 두드리며 드러누울 수도 있었으나 백섬은 첫 일감인지라 자로 잰 듯 정확히 작두질을 하고 반듯하게 줄지어 쌓아 올렸다. 그것도 윤이 나는 격자무늬 우물마루에 앉아 복순 어멈과 노닥거리며 하는 것이었다. 정갈한 세끼가 꼬박꼬박 차려져 나왔고 사이사이 과즐까지 먹었으니 종이 아니라 아예 신선놀음을 하는 듯했다. 다음 날 주어진 일은 누렇게 잘 마른 약쑥 잎을 찧어 뜸쑥을 만드는 일이었다. 식간엔 딸기도 먹었다. 그다음 날 일감은 닭장 모이통에 채소 꼬투리를 채워두는 일이었다. 혜민서에서 약초 감별용으로 쓰는 구계究鷄여서 보통 닭보다 손이 많이 갔지만 그 덕에 싱싱한 달걀까지 얻어먹었다. 그 이후에도 일거리는 매양 같았다. 찐 약재를 둥글게 뭉쳐 환으로 만들거나, 앞뜰 박석 주변의 잡초를 뽑거나, 찬간의 아궁이에서 잿가루를 퍼내 화단에 묻거나, 닭장의 똥을 치우거나 하는 지극히 하찮은 일들이었다. 땀 흘릴 일도 없었건만 진솔옷은 또 지급되었다. 이상한 것이라곤 백섬과 복순 어멈을 제외하곤 이 큰 구곡재에 아무도 없다는 사실이었다. 보름째 되던 날, 역시 혜민서에서 사용할 대침들을 날카롭게 갈아내며 백섬이 물었다.

"근데 여기 아무도 안 살아요?"

"우리 둘뿐이다."

"이 큰 별채를 왜 비워둔대요?"

"말도 마래이, 몇 년 전에 엄청 숭한 역뱅이 돌았다 아이가. 이 집 노비들도 마 뱅에 걸리가 픽픽 쓰러지뿌니까 으르신께서 그란 것들만 몽땅 여 모아놨었거등. 한 스른 명은 됐지 싶은데 마 싹 죽었삣다 아이가. 그 일 있고는 암도 여기 안 살라카대? 쫍아 터져도 본채에 있겠다고 마 난리다."

"이미 몇 년이나 지난 일이잖아요?"

"뱅 걸릴까바서 그릉 게 아이고, 구신 나온다고 안 그카나. 역뱅으로 디진 것들이 좋은 데로 훨훨 날아갔긋나? 게다가니, 생각을 해보래이. 만날 같이 먹고 자고 하던 사람들 아이가. 안면 튼 구신이면 을매나 소름 끼치겠노, 안 글나?"

"그렇게 무서운데, 그동안 여기 혼자 계셨던 거예요?"

"첫, 낸 갸들 하나토 안 무섭데이. 내한테 잘해준 년놈들도 아인데 내가 와 신경을 쓰노? 내 고향이 갱상도거등? 내만 사투리 쓴다 아이가, 이 집서. 내 여 처음 왔을 때부터 텃새가 마 으마으마했다. 말도 마래이."

연죽에 불이 놓였다. 희뿌연 연기 탓에 얼금삼삼한 복순 어멈의 면이 보였다 안 보였다 했다.

"울 아부지 어무이가 약초꾼이었거등. 내랑 동생도 걸음마 떼믄서부터 약초 캔다꼬 곡괭이질을 안 했나. 근데 어느 여름에, 부모님이 산마늘을 따다가 절벽에서 마 떨어져서 돌아가시쁜 기라. 한날한시에. 그러고 나니까 마 동생이 옥수로 아픈 기라. 그때 벌써 내가 앵간한 약초는 다 알았거등. 근데 뭘 멕여도 낫지를 않는 기라. 의원도 무슨 뱅인지 모르겄다 그카고. 그람서 한양에 혜민서라는 델 가면 옥수로 용한 맹의가 있다 카데. 내가 그길로 동생을 들쳐업고 진짜 혜민서에 와뿟다 아이가. 한 보름 걸으면 될 줄 알았지 달포나 걸릴 줄 누가 알았겠노. 껄뱅이 꼬라지를 해갖고 혜민서 문턱 딱 넘으믄서 바로 까무라쳤다 카데. 기절, 기절."

"그래서요?"

"삼 일 만에 깨났는데 으르신 시침을 받고 동생 뱅이 마 그짓말처럼 싹 나서뿐 기라. 거진 새로 태어난 것 같드라고. 내가 맨날 약초 판다꼬 약방을 들락달락거렸으니까는 언문도 쪼께 알았그든. 그니까 으르신이 날 좋게 본 기라. 그날로 혜민서에서 의녀님들 뒤치다꺼리를 안 했다. 몇 년 글카다 보니까 또 옥선당에서 도련님들 유모하라 카드라. 그때 이 집에 종이 스른 맹에, 안방마님이 시집오믄서 델꼬 온 노비가 또 열 맹이 넘었데이. 근데 듣도 보도 몬 한 년이 갑자기 유모라 캐싸믄서 도랜님들 별채에 드나드니까 갸들이 마 다들 눈깔이 뒤집히갖고 날 몬 잡아먹어 지랄병을 튼 기라. 참내, 이 집 노비가 뭐 배슬이가? 아주 그 년놈들이 단체로 똘똘 뭉쳐서 나한테 옥수로 몬때게 했데이. 춥은데 땔감도 안 주고 골방서 자라 카고, 내 밥도 빼사묵고."

복순 어멈은 담뱃대를 문 채로, 안 그래도 느슨하게 흘러 내린 백발을 거듭 손으로 쓸어내렸다. 그럴 때마다 반쯤 잘려 나간 오른쪽 귀가 얼핏얼핏 보였다. 그 흠을 가릴 요량으로 숱 없는 머리칼을 헐렁하게 늘어뜨려 묶는 모양이었다. 씨종들의 텃세가 저리도 잔인했단 말인가.

"흥. 그르케 악귀처럼 낼로 괴롭히드니 뭐 역뱅 한 방에 지들끼리 증답게 손에 손잡고 저세상 가뿟다 아이가. 귀신도 낯짝은 있을 꺼 아닌가배. 내 앞에는 죽어도 안 나타날 끼다."

"힘드셨겠어요."

"오데, 그 일 있고 나서는 여가 내 독차지가 됐다 아이가. 일케 튼튼하게 잘 지은 집도 사람 안 살믄 틀어지고 주저앉는 거 금방이다. 으르신께서도 내한테 여 살믄서 쓸고 닦고 해라 카셨다. 구곡재가 원래 귀한 손님 모시는 데거등. 옛날엔 문중 으르신들이 이삼 년씩 기거하시고 그켔다. 여튼 그놈의 역뱅 때매 아주 니캉 내캉 노난 기다. 호강도 이런 호강이 으딧노."

아닌 게 아니라 대청이며 지붕이며 모두 정갈하고 멋스러운 세 칸짜리 집채를 백섬과 복순 어멈이 각각 사용하니 호강이 맞았다. 그 사이에 연못까지 있질 않은가!

"내가 낙이라꼬는 요 심심초 꼬나무는 게 단데 니가 오니까 을매나 좋았긋노. 가족이 생기뿟는데!"

"가족이요?"

"한집서 같이 묵고 자고 카는데 그람 가족 아이가?"

"그럼 이제부터 어머니라고 부를까요?"

"어무이? 하이고, 남사시러버라."

"가족이라면서요? 그렇게 부르겠습니다. 어머니!"

"오마야, 내 작금 아들 본 기가? 참말로 오래 살다 보니 밸일이 다 있다 카이. 근데 아들아, 니 으디 가서 밉상 소리는 안 듣겄다, 그자?"

방구석에 한참이나 방치되었던 모과마냥 얽죽얽죽한 낯짝이 찌푸리듯 펴졌다. 복순 어멈은 얼마 만에 이렇게 웃는 건지 기억도 나지 않았다. 연초가 달았다.

매꾼과 종놈

"하아, 하아……. 비무야! 비무야, 어딧느냐? 비무야!"

구곡재에 몰래 들어온 건 최승렬의 차남, 장헌이었다. 날렵한 코끝과 서늘한 눈매 탓에 오만한 인상이었으나 금일따라 하필 애체의 한쪽 알이 깨져서 어리바리해 보이는 데다 마방에서 아픈 말들을 보살피다 온 참이어서 꾀죄죄했고 결정적으로 온몸에서 말똥 냄새가 진동했다. 하나 열여덟 청년은 신분에 걸맞잖은 입성 따윈 상관없이 비무만을 애타게 찾을 뿐이었다.

"비무, 네 이놈! 썩 나오지 못할까!"

그는 딸랑딸랑 방울을 흔들며 사납게 화단을 뒤적이다 말고 애써 나긋한 음성을 냈다.

"비무야. 얼릉 나와라, 응? 집에 맛있는 꿩고기도 준비해놨다."

"그게 대체 누군데?"

"하잇! 깜짝이야!"

생뚱맞게 튀어나와 다짜고짜 친근하게 반말을 지껄이는 백섬을, 장헌이 아래위로 훑었다.

"그러는 네놈은 누구냐?"

"내가 먼저 물었는데?"

"그건 그렇지. 비무는 내 매다. 보라매."

"아, 그럼 넌 매꾼이구나? 아니면 마방꾼이든지."

차림새가 비루한 데다 담치기까지 하여 들어왔으니 그리 생각하는 것도 무리가 아니었다.

"냄새 많이 나냐? 말똥 냄새?"

"응. 엄청."

"그러니까 난 마방꾼……은 아니고…… 매꾼! 그래, 그걸로 하자. 작금은 매를 조련시키는 중이니까. 그러는 넌?"

"난 이 댁 종놈."

"여기? 이 집? 나 이 근처 사는데 너 같은 놈은 처음 보는데?"

"얼마 전에 왔거든."

장헌은 고개를 갸웃했다. 역병 탓에 구곡재는 폐쇄된 지 오래였다. 아버님께서 출입을 금하였기에 당연히 비어 있다 여겨 담까지 타넘은 것이었다. 한데 오랫동안 손을 안 탄 것치고는 너무도 멀쩡했다. 하물며 버젓이 노비가 살고 있다니.

"비무는 어쩌다 잃어버렸어?"

"아, 날개를 다쳐서 나는 연습을 시키던 중이었거든. 금일 처음으로 밖에 나온 건데, 갑자기 들개 짖는 소리에 놀라서 퍼덕거리다가 이곳으로 날아든 거야."

"방울도 안 달아놨어?"

"아니, 부리로 방울까지 뚝 떼어내고 날아가더라니까 글쎄. 내 참 기가 막혀서. 그 괘씸한 것이 날 아주 제대로 골탕 먹이려고!"

"같이 찾아줄까?"

구곡재 밖으로 나가지도 못하고 일거리도 없어 무료하던 차에 백섬은 낯선 이의 등장이 반가웠다. 하나 혹시나 하는 마음에 매꾼에게 단단히 주의를 주었다.

"그런데 큰 소리 내면 안 돼. 여기가 함부로 들어오면 안 되는 곳이거든. 어떤 분 댁인지는 알지?"

"응? 으응……."

"어리숙한 보라매가 상처까지 입었으니 숨을 곳을 찾는 게 당연하지. 근데 이곳으로 들어온 건 확실해?"

"응. 내가 봤어. 저쪽 담 너머로……."

"아, 저 구석에 닭장이 있거든."

"여기서 닭도 키워?"

"응. 그런데 귀한 닭이라 겹겹이 그물을 쳐놔서 그 속으로 들어가진 못했을 거야."

"그나저나 좀 있으면 해 떨어질 텐데."

"개구리! 그걸로 유인하면 되겠다! 못에 개구리가 아주 득실득실하거든."

백섬은 훌훌 웃통부터 벗었다. 놀란 장헌이 물었다.

"갑자기 저고리는 왜?"

"이게 주인어른께 하사받은 진솔옷이거든. 더럽히면 안 되지."

"비단옷도 아니고 뭐 베옷 한 벌에 그렇게……."

"우리 어르신이 어디 보통 분이야? 이게 그 훌륭한 분의 하사품이라고!"

아랫도리까지 벗어던진 백섬이 커다란 돌덩이 하나를 메치며 그대로 연못 속으로 사라졌다. 뽀로록, 뽀로록…… 물방울 피어오르는 소리만 감감했다.

"푸아!"

금세 연잎을 헤치고 솟아오른 백섬의 손에 사지를 뻗댄 개구리 두 마리가 들려 있었다.

"우와! 그리 빠른 놈들을 둘씩이나 잡았다고? 이렇게 금방?"

놀란 장헌이 오히려 의외라는 듯 백섬은 어깨를 으쓱했다.

"양반집 도령처럼 곱게 컸나 보다? 개구리 잡는 법도 모르고? 물이 어중간하게 찰랑대면 요놈들이 사방팔방으로 도망을 치는데, 물이 첨벙! 하고 크게 일렁이면 감히 도망갈 생각을 못 하고 납작 엎드리거든. 그때 건져 올리기만 하면 돼."

"그래, 이젠 어쩔 건데?"

장헌에게 개구리를 쥐여주고 백섬은 주섬주섬 아랫도리를 꿰어입었다.

"요놈들을 백석 위에서 돌아다니게 하는 거지. 넌 그쪽에서 막고 난 이쪽에서 막고. 개구리 소리가 나면 아무리 보라매라도 본능적으로 찾아올 거야."

"그럴까?"

"넌 비무를 안 믿는구나? 그러니까 개가 꽁지를 내뺀 거야. 주인이 저를 안 믿으니까."

말이 끝나기가 무섭게 날개를 푸덕대며 비무가 내려앉았다. 눈깔을 또랑또랑 치뜨며 살찐 개구리를 움켜쥐는 게 영락없는 맹금이었다. 급한 마음에 뻗은 장헌의 손을, 백섬이 지그시 잡아 눌렀다.

"조금 입맛은 다시게 해줘. 아니면 또 도망간다."

조언대로 개구리 한 마리를 다 먹어 치우는 것을 차분히 지켜본 후, 장헌은 드디어 비무를 덮쳐잡곤 눈가리개를 씌웠다.

"어휴, 진짜 놓쳐버린 줄 알았네! 고맙다. 네 덕에 찾았다."

"그럼 다음에 꿩 한 마리 가져와라. 비무가 잡은 걸로."

"애가 어느 세월에 사냥을 하겠냐? 도망 안 가면 감지덕지지."

"날개 다 나아서 사냥 나가면 날 불러. 내가 몰이꾼을 할게. 망꾼을 해도 좋고."

"그래, 약속하지."

"백섬아! 니 으딧노?"

갑작스러운 탁성에 놀란 백섬이 희뜩 돌아섰다.

"나 가야 돼. 약속 꼭 지켜라!"

"그래!"

허겁지겁 저고릴 꿰어입으며 어스름 속으로 사라지는 그의 뒷모습을 장헌이 물끄러미 바라보았다.

'백섬이라……'

종놈이라 하나 자유롭게 살았던 게 분명했다. 혹여 웃전에게 밉보일세라 씨종들은 태어나면서부터 조아리는 걸 배워 비굴함이 몸에 배어 있기 마련이다. 무엇보다 외부 사람에게 지극히 배타적이다. 한데 백섬은 낯선 이에게 거리낌 없이 말을 걸고, 스스럼없이 도와주었다. 그것도 자신의 기지를 발휘해서. 무엇보다 제 생사여권을 틀어쥔 웃전을 진심으로 존경하는 종놈을 장헌은 처음 보았다. 그는 팔뚝에 앉은 비무를 쓱쓱 쓰다듬었다. 이놈 덕분에 백섬과 연이 닿은 듯했다. 진땀 뺀 것을 그새 잊고 장헌은 이 길조에게 맛난 꿩고기를 주어야겠다고 생각했다.

장헌이 제 방에 들다 말고 흠칫했다.

"아잇, 놀랐잖습니까! 형님은 왜 남의 방에 허락도 없이 들어오고 그러십니까? 아우에게도 엄연히 사생활이라는 게 있는데!"

"사생활 같은 소리 하고 있네! 내의원에 들어갈 날이 얼마나 남았다고 이렇게 싸돌아다녀? 애체는 어쩌다 또 그 모양이고? 어후, 냄새!"

주인 없는 별채에 앉아 있었던 건 약관에 벌써 의금부 도사 자리에 오른 형, 남헌이었다.

"이 조선 땅에서 의술로 누가 절 이기겠습니까? 온갖 의서가 몽땅 여기 다 들어가 있는데."

아우가 제 머리를 톡톡 치며 거들먹대자 형님이 냅다 꿀밤을 먹였다.

"이놈아! 의관의 기본은 위생이다, 위생! 그 꼬라지하고는, 쯧쯧쯧. 냄새가 고약하니 씻고 빨리 자, 인마. 거지꼴로 또 픽 쓰러져 자지 말고."

돌아서는 남헌을, 장헌이 붙들었다.

"잠깐만요, 형님!"

"왜?"

"구곡재 말입니다. 거기 완전 말끔하던데요?"

남헌이 정색하며 열려던 문고리를 오히려 꽉 닫아걸었다.

"그, 그곳엘 갔더냐? 무슨 연유로, 아니 언제?"

"작금 거기서 오는 길입니다. 비무가 하필 그곳으로 날아들어 쏙 숨어버렸지 뭡니까."

"아버님께서 구곡재 출입을 엄히 금한 것을 잊었더냐? 네이젠 방자하게 아버님의 말씀까지 거역할 셈이야!"

"역병의 흔적은 아예 없었습니다. 정돈도 잘 돼 있고 유모가 그곳에서……."

"복순 어멈이야 진창 곰보가 아니더냐! 이미 얽둑빼기니 겁 없이 게 있는 것이지! 제발 하지 말라는 건 좀 하지 마!"

"뭐 그렇게까지 성을 내십니까? 설마…… 귀신 어쩌고 하는 말, 믿으시는 건 아니죠?"

"이놈이! 여튼 가지 마! 다시 한번 게 가면 아예 압송하여 포청에 처넣을 것이다!"

"툭하면 집권 남용!"

"네가 하지 말라면 더 하는 놈이니 그렇지! 아니, 아니지. 또 구곡재에 발을 들였다간 희제를 영영 못 만나게 될 것이니 그리 알아!"

"아잇, 정말 너무하시네! 치사하게 왜 또 희제를 들먹이십니까!"

"네가 무서워하는 게 그거밖에 더 있냐? 하니 알아서 잘 처신해!"

쌈닭

윤희제가 장헌의 별채에 든 건 다음 날 오전이었다. 열여덟 소녀는 비단 위에 온갖 금박을 찍어내는 금박장답지 않게 수수한 풀빛 저고리에 갈맷빛 치마 차림이었다. 그것도 발목이 훤히 보이는 깡뚱한 길이였다. 분세수라도 한 듯 새하얀 얼굴만이 그녀가 양반가의 여식임을 증명하였다. 반면 마주 앉은 장헌은 어제완 영 딴판이었다. 대모玳瑁로 만든 고급 애체를 꼈고 깃, 도련, 소매 모두 화려한 은박을 찍은 물빛 장포 차림이었다. 하나 그에겐 눈길 한번 안 주고 희제는 제 왼팔을 쭉 펴며 대차게 휘파람을 불어 젖혔다.

"휘이익! 비무야, 이리 온!"

"난 안 보이냐?"

장헌이 널따란 소매를 늘어뜨리며 휘적휘적 손바닥을 흔들어댔다.

"눈퉁이가 조동이 삐죽대는 거, 잘만 보인다."

애체를 낀 장헌을 별칭으로 불러 젖히며 건성건성 답한 희제는 제 팔에 앉은 맹금은 살뜰히도 쓰다듬었다. 며칠 전 날개 다친 새를 발견하여 장헌에게 데려온 것이 그녀였다. 털 갈이도 하지 않아 솜털뿐인 날개에 얇은 화살대를 부목 삼아 붙이고 여러 날 시침을 한 건 장헌이었으나 그가 계속 매새끼, 매새끼 하고 불러대자 희제는 친히 비무飛舞라는 이름까지 지어주었다. 관심을 온통 금수에게 뺏긴 게 분하여 장헌은 괜히 떽떽댔다.

"계집애 꼴이 그게 뭐냐? 누가 보면 금와당金渦堂 주인이 아니라 몸종인 줄 알겠네. 일할 땐 공작새가 따로 없으면서 나 보러 올 땐 꼭 쌈닭 꼬라지로 오더라?"

"뒷문으로 드나드는 공작도 있냐?"

윤 역관의 여식을 탐탁지 않아하는 최승렬 탓에 희제는 늘 아랫것들이나 사용하는 뒷문으로 몰래 드나드는 처지였다.

"희제 너, 세수도 안 했지?"

"눈퉁이 보러 오는데 물 아깝게 세수는 왜? 야, 그리고 차려입는 게 보통일인 줄 아냐? 일할 땐 내가 견본이 되어야 대갓댁 아씨들이 내 치맛자락이며 소맷부리를 만지작대면서 이건 무슨 모양 금박이냐, 이 은박은 어디 꺼냐, 이렇게 하려면 값이 얼마나 드느냐…… 그렇게 주문을 따는 거라고. 단장하고 앉아서 하루 쫑일 굽실대는 게, 금박 찍는 것보다 더 번거롭고 지랄맞다니까?"

금박장은 천노들이나 하는 것이다. 더더군다나 여인의 업은 아니었다. 양반가 여식이 금질을 한다 손가락질해대는 사람이 태반이었으나 희제는 그 덕을 보기도 했다. 대갓집 아씨들은 사내이며 천노인 금박장들과 독대는커녕 말도 섞을 수 없으니 대충 원하는 바를 아랫것에게 전달하는 것이 고작이었다. 하나 금와당의 주인, 윤희제는 언제든 내밀한 별당에 들여 직접 주문을 할 수 있으니 부르는 곳이 많을 수밖에 없었다.

"작금 네 꼴을 보니까 손님이 계셨던 것도 아닌데 왜 이렇게 늦었어? 종일 기다렸다."

"새 일꾼 들이는 게 쉽지가 않아서 그렇지, 뭐."

"와, 아직 못 찾았어? 얼마나 대단한 종놈을 들이려고! 벌써 서른 명쯤 보지 않았나?"

"어째 오는 인간들마다 금 부스러기 주워갈 욕심만 드글드글하니 원. 아 몰라, 이제 포기야, 포기."

"칼두령은 또 뭐고? 금와당에 들락거린다던데?"

"우리 아부지한테 받을 돈이 있다고 사랑채까지 밀고 들어온 모양인데 난 그 유명 인사 낯짝 한번 못 봤다. 행랑아범이 필사적으로 막는 것 같더라고. 아직도 날 꼬맹이 취급이라니까."

"아버님 이번엔 어딜 가셨길래 이리 안 오셔?"

"회령. 곡악산에 석영맥이 발견됐다나 뭐라나. 또 보나 마나 번쩍이는 돌이겠지."

희제의 아비, 역관 윤병찬은 수십 년간 청을 오가며 거부가 된 이였다. 주로 은과 삼, 호피와 담비피를 거래하였으나 큰 이문을 남기는 건 따로 있었다. 바로 양반들에게 구입 의뢰를 받은 타국의 물건들이었다. 그 종류는 희귀 약재부터 고급 춘화첩까지 다양하였고, 그것은 청탁용 뇌물로 인기가 많았다. 그가 승승장구할수록 사치품을 취급하던 도성 상단들이 똘똘 뭉쳐 온갖 훼방을 일삼았으나 윤병찬은 개의치 않았다. 하나뿐인 아들까지 궐로 들여보내 상의원 잡직에 앉혔으니 더는 바랄 것도 없었다. 하나 호시절은 오래가지 않았다. 그런 아들이 녹봉을 몇 번 만져보지도 못한 채 비명횡사한 것이었다. 윤병찬에게 앙심을 품은 상단들의 해코지가 분명했으나 끝끝내 범자를 색출해내지 못하자 윤병찬은 역관을 때려치우고 한동안 폐인처럼 살았다. 딱 일 년 후, 그는 돌연 공명첩을 사 양반이 되곤 전국 방방곡곡을 돌아다니며 금광 찾기에 매달렸다. 남은 딸이라도 저 좋다는 대로 금질만 하며 걱정 없이 살게 해주고 싶어서였다.

"비무 날개 상처, 이젠 거의 보이지도 않네? 눈퉁이 너, 영 돌팔이는 아니구나?"

"어허! 장차 어의가 되실 분한테 돌팔이가 뭐냐, 돌팔이가!"

"비무, 나는 연습은 안 시켜?"

"말도 마라, 이놈 고집이 보통이 아냐. 어제는 균형도 안 맞는 날개를 퍼덕대면서 도망을 갔지 뭐야. 방울까지 떼어놓고!"

"어찌 찾았대? 소리도 없이?"

"구곡재로 날아 들어갔는데 다행히도 거기서 귀인을 만나 요놈을 찾았지 뭐냐."

"귀인? 귀신 아니고? 거기 역병 때문에 폐쇄됐잖아?"

"그래. 근데 유모랑 종놈 하나가 살고 있더라고."

"그 종놈이 귀인이고?"

"응."

"잘됐네! 거기서 비무 나는 연습시켜. 사방이 솔밭이니 딱이네. 마당에서 줄밥 훈련도 시키고."

"나도 그리 생각했는데 형님을 떠보니 아주 노발대발, 절대 출입 불가라고 길길이 뛰시더라."

"치. 지가 언제 그렇게 형님 말씀을 잘 들었다구?"

"네 생각도 그렇지? 그래서 조만간 다시 가볼 생각이야. 그
땐 너도 부를게."

"정말이다?"

"그래, 약속! 내의원에 들어가면 정신이 없을 테니 그 전에
비무 훈련을 다 시켜놓아야지."

"오, 눈퉁이! 이제 녹관복 입는 거야?"

"녹관복? 쳇, 누가 그런 말단에 있겠대? 두고 봐, 금방 아버
지처럼 정승 반열에 올라 적관복 딱 빼입을 테니. 난 녹색보
다 적색이 더 잘 어울리잖아. 너 땡잡은 거야. 어의가 네 개인
의원이 되는 거라구!"

"됐네! 이명 하나 못 고치면서 큰소리는!"

"귀울림이 아직 있어?"

"그래, 이 돌팔이야! 삼복더위에도, 엄동설한에도 찌르레
기가 하도 울어대서 잠을 못 잔다고! 명상 좋아하시네, 눈 감
고 앉았더니 온갖 잡생각이 더 들더라! 또 뭐 녹차? 그 비싼
월출산 녹찻잎까지 샀는데 속 쓰려서 죽는 줄 알았다! 그러
니까 개인 의원은 집어치우고, 너 의관 되면 궁궐 일감이나
나한테 좀 몰아줘. 침방에서는 꿈도 못 꾸는 기막힌 금박으
로다가 좌르륵 찍어낼 테니."

"돈 못 벌고 죽은 쩐귀가 붙었나!"

"그래서 너랑 노는 거 아냐! 개념 없이 돈 펑펑 쓰는 도련
'놈'."

희제는 횃대에 비무를 조심스레 올리곤 들고 온 보자기를
풀어냈다. 아낌없이 은박을 찍은 청색 도포를 꺼내든 그녀가
눈을 쪼프려 떴다.

"자, 네가 주문한 거. 근데 너 근자에 어디 기생집 다니냐?

부쩍 입성에 신경을 쓰는 걸 보니까 뭐가 있어, 그치?"

"있긴 뭐가?"

"대감께선 아시냐? 둘째 아드님이 은박에 수천 냥씩 쏟아 붓느라 집안 기둥뿌리 간당간당한 거?"

아닌 게 아니라 지난 달포간 벌써 세 벌의 옷을 의뢰한 장헌이었다. 게다가 어찌나 은박을 많이 박아달라 했는지 의복이 무거울 정도였다.

"입혀줘."

장헌이 양옆으로 팔을 쫙 뻗었으나 희제는 손날로 그의 울대를 가격하는 시늉을 해댈 뿐이었다.

"까불지 말고 알아서 입어라."

"야! 내가 금와당에 쓴 돈이 얼만데 이거 하날 못 입혀줘? 나 이제 주문 안 한다?"

"어휴, 저 진상! 진짜 돈이 웬수지."

희제는 하는 수 없이 진상 손님에게 새 도포를 걸쳐주곤 매무새를 다듬었다. 제 앞섶을 여미는 여인을 장헌이 장난스레 껴안았다.

"이 맛에 돈 쓴다니까."

"숨지고 싶냐? 호패 말소되고 싶어?"

메밀 눈을 한 희제가 어금니를 꽉 깨물자 장헌은 순순히 두 팔을 내렸다. 그녀가 다시금 빈정댔다.

"취향도 뭣도 없이 매번 '알아서 해줘'가 뭐냐? 그게 사람 피 말리는 거라니까."

"아하, 그래서 내 옷을 펼쳐놓고 네가 고심이 많았구나? 요 잘난 얼굴 한번 떠올리곤 깃에는 어떤 문양을 찍을까, 이 널찍한 뒤태를 떠올리면서 등엔 무슨 은박을 넣을까…… 밤잠

설쳐가며 초사焦思를 거듭했구먼?"

"미쳤냐? 네 옷 작업이 젤 빨리 끝나. 생각이고 자시고 없이 그냥 은을 갖다가 냅다 찍어! 비단이 안 보일 만큼 잔뜩. 최고로 비싸게. 눈퉁이 너 호구 잡힌 지 옛날이다, 몰랐냐?"

"돈에 환장한 게 분명하다니까."

"알면 돈 많이 벌어서 은박 말고 금박으로 왕창 좀 찍어라, 응?"

희제가 주섬주섬 짐을 챙기자 장헌이 급하게 앞을 막아섰다.

"날도 폈는데 백악산으로 꽃놀이 가자!"

"낯간지럽게 꽃놀이는 개뿔!"

"그럼…… 나가서 소갈비나 먹을래?"

"난 집에서 찬물에 밥 말아 먹는 게 젤 좋거든!"

"뚝섬 뱃놀이는?"

"하이고, 아주 궁도령 납셨네! 팔자가 엿가락처럼 휘휘 늘어지셨구먼? 도련님, 쩐에 환장한 이년은 또 돈 벌어야 해서 이만 물러갑니다요!"

간사한 목소릴 내며 우스꽝스레 반절까지 한 희제를 장헌이 냉큼 붙들었다.

"잠깐. 이거."

그러나 그가 내민 쥘부채를 그녀는 말끄러미 바라만 볼 뿐이었다.

"받아라, 좀."

"그 비싼 걸 내가 왜?"

"비싼 거 아냐!"

"차라리 주웠다고 하지?"

"그러니까…… 아주 막 어마어마하게 비싼 건 아니라구."

장헌이 괜스레 애체를 추어올렸다. 곤란할 때 나오는 버릇이었다.

"나 윤희제야. 청계천 부채장이 만든 귀물을 못 알아볼까 봐서? 손잡이 끝에 붙은 건 특상질 상아, 이 벗나무 낙화烙畵는 진고개 낙화장 솜씨, 분홍 방울술은 육조거리 패물장이 손품. 척 봐도 견적이 딱 나오는데 어디서!"

"입술연지는 필요 없는 물건이라 안 받겠다더니, 이번엔 또 비싸서 안 받겠다?"

"왜 자꾸 뭘 준대!"

"그게, 그러니까…… 벗이니까."

"벗은 이런 거 안 줘."

"그럼 뭘 주는데?"

"비밀."

"뭐?"

"벗끼린 비밀을 나누는 거다, 알았냐? 나 간다."

쌩하니 희제가 뜬 자리에 연한 금박향만이 남았다. 장헌은 골이 지끈거렸다. 고심하여 고른 부채건만 이것도 아니란다. 비밀만 받겠단다. 야속했다. 제가 왜 그토록 값비싼 은박 도포며, 은박 코를 씌운 신을 신는데! 왜 청으로 유학까지 갔다 왔는데!

여덟 살 때부터 보아온 희제였다. 두 사람이 한 스승 아래 동문수학할 수 있었던 건 순전히 그녀의 아비, 윤병찬 때문이었다. 양반에 대한 자격지심이 있는 그가 일찌감치 딸인 희제도 아들 못지않게 가르친 것이었다. 그는 아들의 식견을 넓히고자 청국 유람을 시킬 때도 희제를 데려가 금과 은을

41

부리는 청의 기술을 익히게 했다. 타국의 기법까지 익혀야 더욱 독창적인 조선의 금박을 개척할 수 있다는 깨인 생각 덕분이었다. 그녀가 청나라에 간단 소식에 며칠을 앓아누웠던 장헌은 득달같이 아비에게 의술 유학을 보내달라 졸랐다. 화타의 현신이라 할 정도로 용한 의원이 그곳에 있단 핑계를 댔다. 아들의 속내를 몰랐던 최승렬은 아낌없이 모든 것을 지원해주었고 장헌은 곧 연경에서 희제와 재회했다. 그녀의 무게를 너무 일찍 깨달았다. 첫 조우의 순간부터 직감했으나 해를 거듭할수록 감정은 분명해졌다. 어의가 되려는 이유 또한 아비에 대한 효심도, 가업을 잇겠단 기개도, 나라에 목숨을 바치겠단 충심도 아니었다. 그저 희제 앞에 사내로서 당당하게 서기 위함이었다. 진맥을 핑계 삼아 그녀의 손목을 잡겠단 욕심일지도.

"비밀이라……."

희제에게 갖고 있는 비밀이라곤 그녀를 향한 마음의 크기와 무게뿐이었다. 그리고 그건 감당하기 힘든 지경으로 치닫는 중이었다. 희제를 처음 만났던 날, 괜한 거짓말을 했다.

[넌 남녀 간에 우정이 있다고 믿어?]

여덟 살 소녀의 첫 질문은 바로 이것이었다. 아니라고 했다간 영영 상종도 못 할 게 뻔해서 장헌은 크게 고개를 끄덕였다. 당연하지! 하나 그도 그리 호락호락한 소년은 아니었다.

[그럼 넌, 벗끼리도 혼인할 수 있다고 생각해?]

글쎄. 그 삐딱한 고갯짓 한 번에 영원히 멈추지 않을 질주가 시작되었다. 부정하지 않은 것은 긍정일 수도 있지 않은가. 하나 그 설익은 느낌은 때를 기다리다 지쳐 해묵은 감정이 된 지 오래였다. 열여덟의 장헌은 투명한 수정알 너머로 멀거니 쥘부채를 바라봤다. 가락지를 사려다가 희제가 괜히 몸서리칠까봐 말도 안 되는 부채를 산 것이었다. 비상한 머리가 희제 앞에선 늘 곤죽이 되어버렸다. 헛똑똑이가 따로 없었다.

구곡재의 귀인

고요한 구곡재에 손님이 든 건 점심나절이었다.

"복순 어멈! 복순 어멈 예 있는가?"

잡초를 뽑던 백섬이 빨딱 일어나 쪼르르 대문께로 갔다. 그러곤 당당하게 고갤 쳐든 여인을 보곤 덜컥 얼어붙었다. 그건 도전적인 눈동자 때문도, 새치름한 턱선 때문도 아니었다. 그저 살결이 연꽃 빛인 사람을 난생처음 보아서였다.

"복순 어멈이 예 있는가 물었네. 옥선당에 갔더니 예 있다 하더군."

당찬 음성에 설핏 정신을 차린 백섬이 그제야 답을 했다.

"작금은 안 계신데…… 무슨 일이신지요?"

팔 척이 넘는 큰 키에 다부진 어깨를 가진 서글서글한 사내를 희제는 빠히 올려다보았다. 덩치만 컸지 까무잡잡한 면엔 앳된 소년의 태가 남아 있었다. 눈동자는 냇가에서 막 길어 올린 듯 말긋말긋했고, 반듯한 콧방울 아래 또렷한 입술은 우직해 보였다. 그리고 소도 때려잡을 듯 큼지막한 손엔…… 꽃다발이 들려 있었다. 꽃다발? 투박한 손아귀 안에

흐드러진 것은 정녕 느지막이 절정을 맞은 들꽃들이었다. 그
것이 생뚱맞은 듯 잘 어울려 희제는 청년의 얼굴과 꽃을 번
갈아 바라봤다.

"난 윤대감 댁에서 온 사람이네. 복순 어멈에게 전달할 물
건이 있네."

"이리 주십쇼. 제가……."

흙으로 더러워진 손을 훅 뻗자 놀란 희제가 좁혀진 거리만
큼 뒷걸음질을 쳤다.

"직접! 해야 하네."

"저는 백섬이라 합니다. 제가 틀림없이 전해드리겠습니다."

"자네 때문이 아니라 이것이 워낙에 귀한 물건이라 그렇네.
복순 어멈에게 따로 전할 말도 있고. 내 저기서 좀 기다리지."

희제는 들고 온 꾸러미를 내려놓곤 대청에 걸터앉았다. 그
러곤 우물에서 물을 긷는 사내의 뒤태를 훑었다. 그가 쭈뼛
대며 물 한 바가지를 가지고 올 때도 시선을 피하지 않았다.
식은땀을 재차 찍어내는 사내의 허둥거림이 신선해서였다.
물을 들이켜던 그녀의 눈에 대청 구석에 펼쳐진 서책이 들어
왔다. 설마 저치가 글을 읽는단 말인가? 제목을 보기 위해 그
것을 집어 들었으나 이미 표지는 떨어져 나간 채였다. 여상
하게 책장을 넘기는 찰나.

"앗!"

우수수 떨어진 건 온갖 색깔의 압화였다. 흰 연꽃잎, 붉은
작약잎, 연분홍빛 사과꽃잎, 진분홍 진달래, 노란 꽈리꽃, 보
랏빛 나팔꽃…… 당황한 희제가 허겁지겁 주워 담으려 했으
나 바싹 마른 꽃잎들은 애를 쓸수록 더 바스러질 뿐이었다.

"어……? 어어……."

"괜찮습니다, 제가 하겠습니다."

후다닥 뛰어온 백섬이 솥뚜껑만 한 손으로 여린 압화들을 세심하게 주워 들었다.

"미안허이! 설마하니 그런 것들이 서책에 껴 있을 줄은 꿈에도 생각 못 하고…… 이 서책이 네 것이더냐?"

"예."

"무슨 책인데?"

"저도 모릅니다. 두툼하여 꽃잎 누름용으로 쓸 뿐입니다."

"하면 이 압화들을 다 손수 만든 것이냐?"

"예."

"이렇게 많이?"

"그게 많지가 않습니다. 금방 다 쓰는걸요."

"무슨 용도로?"

"소세할 때나 목욕할 때 물에도 띄우고, 빤 옷가지를 갤 때 그 사이에 끼워두기도 합니다. 문살에 종이를 바를 때 넣기도 하고……."

'이 커다란 사내가 꽃물로 목욕을 한단 말인가? 의복에 꽃잎을 끼워두고, 창호지에 꽃잎을 넣고?'

"문창지에 꽃잎을 바르면 햇빛과 달빛이 비칠 때마다 어여쁜 그림자가 지니 밤낮으로 기분이 좋지요. 또 종이가 질겨져서 삭풍에도 잘 찢어지지 않는답니다. 허기가 질 때 입에 넣고 씹으면 단맛이 나고 또……."

도처에 흩어진 압화들을 다시금 갈피에 쏙쏙 끼워 넣으며 백섬은 그 쓸모를 끝도 없이 나열했다. 자신의 대답이 평범치 않다는 걸 짐작도 못 하는 듯했다. 다만 그 말투가 참으로 다감하여 희제는 사내를 빤히 쳐다봤다. 잘 익은 도토리처럼 반질반질 윤이 나는 이마며, 반듯한 홑겹 눈씨며, 여린 풀잎 같은 입매가 확실히 평범한 천노와는 달랐다. 뿐인가. 장작이나 팰법한 손으로 삼삼한 누름 꽃을 다루는 모양새가 새뜻한 호기심을 불러일으켰다. 과거엔 역관의 딸로, 작금은 금와당의 주인으로 희제가 본 인간들이라곤 쥐새끼 같은 장사치들 아니면 능구렁이 양반님들뿐이었다. 돈 앞에 비굴하게 조아리고, 한 푼이라도 더 쥐려고 뒤통수를 치고, 그놈의 돈 때문에 아무렇지 않게 목숨까지 해치는. 그렇게 오라비까지 떠나보내곤 세상에 대한 기대도, 사람에 대한 믿음도 모다 저버린 그녀였다. 한데 눈앞의 사내는 뭐랄까…… 달랐다.

'귀인!'

어뜩 장헌의 말을 떠올린 희제 앞에서 사내는 아직도 말을 잇는 중이었다.

"추분부턴 이런 작은 들꽃들도 못 따니 긴 동절엔 아무리 아껴 써도 입춘 즈음엔 맹물에 소세를 하는 일이 꼭 일어나고야…… 말지요……."

혼자 열심히 지껄이다 말고 백섬은, 저를 뚫어지게 보는 그 짱짱한 기운을 배겨내지 못하고 말끝을 흐리고 말았다.

"백섬이라 하였지?"

"예."

"난 희제. 윤희제."

"예?"

이름을 묻는 양반은 있을 수 있으나 통성명을 하는 양반이라니. 백섬은 어리둥절했다.

"이 댁에서 일해?"

"예, 달포쯤 되었습니다."

"그럼 그 전엔?"

"도성 밖 산골짜기에 살았습니다. 어령골이라고."

"사냥꾼이었어? 아님 약초꾼?"

"매골승을 모셨습니다."

희제는 제가 너무 뜨악한 표정을 지었단 걸 깨닫고 곧 눈꺼풀을 깜짝였다. 역병 시체를 처리하는 이들이 있다는 말만 들어봤지 만난 건 처음이었다.

"미, 미안. 내 너무 놀라서."

"아닙니다. 사대문 안에 사시는 아씨께서 놀라시는 게 당연하죠."

"불심이 대단하겠군."

"그렇지도 않습니다. 다만 한평생 망자만 보았으니 죽음이 얼마나 가까이에 있는지는 잘 압니다."

"그런 이가 꽃을 다루는가?"

"죽음은 비수와 같은 것입니다. 언제 어디서 날아올지 모르니 오늘을 정갈히 사는 게 중하다 여기게 되었을 뿐입니다."

일순간 희제는 오라비의 죽음을 떠올렸다. 비수같이 오는 죽음을, 그녀는 알았다. 하나 그 때문에 금일을 정갈히 살아야 한다 생각해본 적은 없었다. 더 바짝 이를 물고, 악착같이 살아내야 한다 여겼을 뿐.

"도인이 다 되었구나. 네 올해 몇이더냐?"

"열여덟입니다."

"어? 나도!"

"예?"

얼떨한 백섬을 희제가 또록또록 응시하였다. 금와당을 차려주며 아비는 입이 마르고 닳도록 말했다. 모름지기 사람

보는 눈이 있어야 한다고. 재물보다 사람 모으는 게 먼저라고. 금박장의 일꾼 하나 찾는 것을 일 년째 하는 그녀이기에 그것이 얼마나 어려운지도 새삼 깨닫는 중이었다. 늘 사람이란 시간을 두고 판단해야 한다 여겼건만 이토록 단번에 확신이 들 수도 있는 것이었다. 희제는 순간 결정을 내렸다. 눈앞의 사내는 내 사람이다! 하나의 관문만이 남았다.

"넌 남녀 간에 우정이 존재한다 믿느냐?"

"잘…… 모르겠습니다."

"왜? 한 번도 생각해보지 않은 게야?"

"그게 아니라 한 번도 벗을 사귄 적이 없기 때문입니다."

"평생? 단 한 명도?"

"예. 하산하는 건 역병 때뿐이었고, 전란 때도 조선 팔도를 돌며 매골만 하였으니 아무 이유 없이 소인에게 오는 건 반딧불이뿐이었습니다."

홑겹 눈을 기름하게 뜨며 희제가 쓰윽 상체를 들이밀었다. 마치 은근한 거래를 제안하듯.

"그럼 나랑 한번 사귀어보겠느냐?"

"예?"

"너나들이하며 벗하자고. 허락하겠느냐?"

백섬은 벙벙했다. 평생 허락은 받는 것이지 하는 게 아니었다. 누군가가 제 허락을 구하는 게 정녕 처음이었다. 여인이 저에게 말을 건 것도 처음이었다. 그럼에도 백섬은 그 흰 면목에 대고 뻥하게 고개를 끄덕여댔다.

"좋아, 그럼 이제부터 나는 너의 첫 벗이다. 새 벗에 대해 궁금한 거 없어? 참, 난 금질을 해."

백섬의 입이 떡 벌어졌다. 금부처, 금색 제기祭器, 금물을 넣은 탱화…… 큰 사찰의 대웅전이나 가야 볼 수 있는 게 금이었다. 그것을 매일 만지는 이가 있는 줄은 알지 못했다.

"비단에 금을 찍는단 말씀입니까?"

"반말하라니까, 반말."

"금을 찍어?"

"응. 금도 찍고 은도 찍고. 깃, 소매, 도련, 고름, 댕기 어디든 찍을 수 있어. 의복뿐 아니라 신발코에 은박을 넣기도 하고, 초벌구이가 된 순백자에 금을 붙이기도 하고, 소반이나 쟁반에 은박 문양을 넣을 때도 있고, 병풍에 금물로 글을 쓰기도 하고 뭐 다양해."

"대단하다."

"대단은 무슨. 내 공방에 놀러올래? 서촌에서 가장 큰 집이니까 찾기 쉬워."

"난 여기서 못 나가, 어르신께서 그리 명하셨거든."

"외출도 못 해? 한 발짝도?"

"응."

"나무도 안 해와?"

"응. 구곡재 안에서 할 수 있는 일만 주셔."

"혹시 감금된 거야?"

"아니, 그런 건 아니고."

"그럼 왜?"

"웃전의 명이셔. 이유는 모르지만 여튼 난 명을 어기진 않을 거야."

희제는 무언가 비밀을 나누고 싶었다. 그래야 진정 벗이 되기 때문이었다. 해서 자신의 유명한 비밀을 털어놓았다.

"난 사실 양반 아니다, 중인이야. 아부지가 공명첩을 사서 그냥 그런 척하는 것뿐이지. 이명이 있어서 잠을 잘 못 자고, 오른발보다 왼발이 더 크다. 또 십 년간 키웠던 쌀개는 대청마루 밑에 묻었어. 거기가 걔가 제일 좋아하던 곳이었거든. 자, 이제 너에 대해서 말해봐."

"어떤…… 걸?"

"비밀."

백섬은 골똘히 생각을 하곤 한참 만에 입을 열었다.

"비밀까진 아닌데…… 난 매골자라고 소금을 맞기 일쑤였어. 영가들이 내 어깨에 매달렸다고, 재수 없다고 면전에 침을 뱉는 사람도 숱하게 많았어. 몸에 항상 시취가 배어 있었고 엄동엔 땅이 얼어서 시체 더미에 불을 지르는 게 예사니 시체 태운 누린내가 배었고, 일이 많아 씻을 수도 없는 날엔 밭뙈기 한쪽에 있는 두엄 더미 속에서 잠을 잤어. 시취가 아니라 거름 냄새가 나면 기껏 머슴으로 보일 테니까. 그러면 진휼청에 가서 풀죽이라도 한 그릇 얻어먹을 수가 있었으니까."

말의 무게가 희제를 짓눌렀다. 상상의 범위를 한참 넘어선 비밀이었다. 희제는 기껏해야 어느 댁 누구와 몰래 서신을 교환했다든지, 부모님 몰래 밤마실을 다녀왔다든지 하는 정도의 비밀을 들어봤을 뿐이었다. 한데 백섬의 것은 중량이 달랐다. 먹먹하게 고개가 끄덕여졌다. 덩치가 산만 한 사내가 꽃을 띄워 목욕을 한다 했던 것은 이런 곡절에서 비롯되었던 것이었구나……. 정작 담담하게 비밀을 말하는 백섬의 눈빛은 뾰족한 가시밭길을 걸어온 사람이라곤 믿어지지 않을 만큼 영롱하였다. 그의 머리 위로 어룽어룽 해그늘이 쏟아져 내렸다.

"동절엔 서른 구가 넘는 시체를 모아 태우고, 끝까지 그걸 지켜보고, 남은 재를 땅에 묻는 것까지가 내 일이었어. 화마가 번지지 않도록 지키고 서서, 댕그랑 댕그랑 법종을 울리면서, 잘 타지 않는 시신들은 불구덩이 안쪽으로 밀어 넣으면서 그렇게 꼬박 사나흘을 화염만 들여다봐야 했어. 어쩔땐 다 타들어간 시신에서 비명이 들릴 때도 있었어. 그리고 가끔…… 보기도 했다."

"뭘?"

"불길 위로 승천하는 영혼."

희제의 눈망울이 모로 열린 순간.

"백섬이 니 작금 뭐 하노!"

복순 어멈이 꽥, 호통을 쳤다.

"하이고, 희제 아씨! 여까지 우짠 일이십니껴?"

"아버님이 원행을 나가신 터라 약재를 내가 들고 왔네. 옥선당에 갔더니 자네가 예 있을 거라 하여……."

"마 길이 웃갈려뻤네요, 시상에서 젤로 바쁘신 아씨를 이르케 붙잡아둬서 우얍니껴? 백섬이 니는 와 대청에 엉덩짝을 걸치고 앉아쌌노? 건방지구로! 후딱 가서 하던 일 마저 몬 하나!"

복순 어멈은 백섬의 등을 대차게 후려갈겼다.

"뭐라 하지 마시게. 내 목이 말라 저이를 불러다가 물 한잔 얻어 마셨네."

"아, 그러셨어예……."

"참, 청국에도 가뭄이 여러 해라 현균玄菌을 구하기 어렵다 전갈이 왔네. 하여……."

"예, 예! 압니더, 이미 들었심더."

"그리고 아라사의 화염용火焰茸과 갈근葛根은 이번에 처음 가져온 약재라……."

"그것도! 압니더, 윽수로 잘 압니더. 바쁘실 텐데 후딱 가보이소."

복순 어멈은 거푸 희제의 말을 자르며 백섬을 희뜩댔다.

"내 다음부턴 이곳으로 바로 오겠네."

"오, 오데예! 아입니더! 욜로는 즐대 오지 마이소. 무조건 옥선당으로 오시믄 됩니더. 담번엔 틀림없이 지가 거 있겠심더! 그라믄 살펴 가이소."

희제는 눈치껏 백섬과 눈인사를 나누었다. 둘이 친구를 먹은 건 얼떨결에 비밀이 되어버렸다.

무신년 동짓날 묘시생

해 뜰 녘. 비몽사몽 하는 백섬에게 복순 어멈은 또다시 새 옷을 건넸다.

"얼릉 이거 입아라. 내 말 단디 들으래이. 작금 으르신이 오신다 카거든."

"이 새벽에요? 여기로요? 무슨 일이……?"

"니 만난다 안 그카시나."

"직접 오신다고요? 왜 저를 부르시지 않고……?"

"웃전에서 하라 카믄 걍 예, 카믄 되지 으디 꼬치꼬치 캐묻고 난리고?"

바로 그때였다. 헛기침 소리와 함께 문이 열리고 적관복을 입은 최승렬이 들었다. 뒤를 따르던 깡마른 사내는 조용히 문지방에 자릴 잡고 앉았다. 복순 어멈과 백섬이 나란히 머리를 조아렸다. 최승렬의 첫마디는 이러했다.

"혀를 내밀어보게."

"예?"

백섬은 차마 상전과 눈을 맞추지는 못하고 혹여 제가 뭘 잘못 들었나 싶어 초조하게 두 손을 맞잡을 뿐이었다.

"혀를 쭉 내빼란 말일세."

"예."

기이한 명령보다 완전한 하대가 아닌 웃전의 말투가 백섬의 마음을 더 크게 울렸다. 그는 재깍 커다랗게 입을 벌리고 혀를 힘껏 늘어뜨렸다.

"아, 해보시게."

"아⋯⋯."

혀의 상태에 이어 종놈의 치아와 잇몸까지 찬찬히 살핀 상전은 이젠 그의 눈까풀을 뒤집었다.

"눈알을 좌우로 굴려보게."

"예."

"아래위로."

"예."

"일어나 저만치 걸어갔다 와보게."

벌떡 일어나 명을 수행한 백섬은 다음 명을 기다리며 눈을 반짝였다.

"이리 와 앉으시게."

백섬이 냉큼 무릎을 꿇었다.

"손목을 내게."

진맥이 시작되었다.

"저고리를 벗고 돌아앉으시게."

백섬은 영문을 몰라 시키는 대로 후딱 옷을 벗곤 등을 내보였다. 목덜미에 침이 박힌 것은 그때였다.

"아앗!"

"으딜 움직거리노? 꼼짝없이 몬 앉아 있나?"

복순 어멈이 백섬에게 핀잔을 주는 사이 최승렬은 장침을 작은 약병에 넣었다 뺀 후, 백섬의 양어깨에 내리꽂았다. 수어의답게 손품엔 한 치의 망설임도 없었다.

"복순 어멈."

"예. 대감마님."

"반 시진 후에 이것들을 뽑아 내 집무재에 가져다 놓게."

"예."

"그리고……."

드레진 종놈의 허우대를 훑다 말고, 그는 품에서 작은 수첩을 꺼내어 먹필로 무언가를 써 내려갔다.

"회회국回回國 우근藕根을 우려 취침 전 항시 마시게 하게. 하루 한 줌. 용량을 넘으면 절대 아니 될 것이네."

"예."

"청국의 비파枇杷와 보로사普魯斯의 천굴채千屈菜는 환으로 만들어 아침마다 먹이고."

"극정 마시소."

덜컥 장지문 닫히는 소리가 났다. 움직이지 말라는 명에 졸지에 예도 갖추지 못한 백섬은 어벙하게 눈동자만 굴려 복순 어멈을 바라보았다.

"가셨……습니까?"

"하모."

"헌데 어르신께서 어찌 병자도 아닌 저에게 시침을 하신 것입니까?"

"종놈은 식구 아이가? 식구 근강 챙기는 게 뭐가?"

"식구요?"

"으르신께서 니를 앞으로 크게 쓰실 모냥이다. 긍까 니는 마 주는 대로 잘 처묵고, 잘 처자고, 오라 카면 오고, 가라 카면 가고. 그카면 된다, 으이?"

명색이 어의 가문에서 역병으로 가솔들을 한꺼번에 잃었으니 근심이 크셨던 모양이다. 아무리 그래도 꼬박꼬박 푸짐한 식사를 내리시고, 이토록 멋진 집에서 편히 지내게 해주시는데, 건강까지 손수 챙기시다니! 삽질이 삶의 전부였던지라 목줄기와 어깨에 항시 통증을 달고 산 걸 어찌 귀신같이 짚어내셨을까. 역시 명의였다. 백섬은 마치 양반님이 된 듯 야릇한 기분에 사로잡혔다. 제가 아는 양반이란 '나중'이 있는 사람이다. 천민은 역병에 걸려 죽고, 흉년에 굶어 죽고, 전쟁에 병들어 죽었으나 양반은 병에 걸리면 의원을 청하고, 흉년이 들면 곡간 양식으로 끼니를 잇고, 전란이 나면 친척집으로 피난을 가거나 공양주를 자청하며 산중 암자에라도 거처하며 후일을 도모했다. 백섬은 저에게도 덜컥 '나중'이 생긴 듯하여 황공하기 그지없었다. 눈시울이 뜨끈해졌다.

최승렬의 집무재엔 빈 벽이 없었다. 수어의답게 새 병증의 실험 자료부터, 근래 서역에서 들여온 식물도감이며, 인체의 혈자리를 표시한 경혈도까지 빼곡히 붙여두고 연구에 연구를 거듭하는 때문이었다. 그것들에 시선을 고정한 그가 싸울아비, 개영에게 명했다.

"실수 없도록 해. 복순 어멈에게도 구곡재 놈을 기름지게 잘 먹이라 이르고. 내 말 알아듣느냐?"

"예, 여부가 있겠습니까. 한데 그놈은 키가 크고 어깨 근질이 튼실한 것이 찾으시는 바와 영 다른 꼴이니…… 다른 놈을 더 찾아볼까요?"

"그만 되었다. 나가봐, 일천을 들라 하고."

"예."

개영이 나가고 일천이 들었다. 백섬의 방에 따라 들었던 그자였다. 최승렬은 그제야 돌아서며 하문하였다.

"백섬이란 놈, 어떠하던가?"

"눈동자는 영롱하고 미간은 맑으며 이마는 둥글번번하니 심성이 고운 관상입니다."

"사주는?"

선지에 쓰인 여덟 자를 본 일천의 눈이 어뜩 흔들렸다.

"어찌 한낱 천것의 사주가⋯⋯! 정녕 천인이 맞더이까?"

"왜? 아닌 것 같은가?"

"그것이 아니라 보통 천것들은 봄에 쑥 캐다 산발치에서 애를 낳았다, 가을걷이하다 들판에서 자식을 봤다, 그런 식입지요. 살다 보면 태어난 해조차도 가물가물하기 마련이니 똑바로 제 나이 가늠하는 자가 흔치 않습니다. 하물며 사주팔자를 정확히 알고 있는 천인은 처음 본지라 여쭌 것입니다. 천노의 사주와 관상까지 보시는 연유를 알려주시면 좀 더 자세히 들여다보겠습니다."

"그것까진 되었고, 그저 우리 집안에 해가 될 놈인가 그것만 말해주면 되네."

"오히려 충심과 의리가 있어 주인을 섬김에 있어 예를 다하고 엇나감이 없으니 종을 잘 들이신 듯합니다. 다만 올해는 온갖 흉살이 낀 삿된 해이니 각별히 가리고 살펴야 할 줄압니다. 올해만 잘 넘기면 내년부터는 대운이 들어와 점차 안정되어갈 팔자입니다."

"명줄은 길겠는가?"

"천노의 명줄이야 웃전이 정하기 나름 아니옵니까. 한데 이자는 봄바람의 형상인 데다가 심한 역마까지 있으니 가두어두심은 위험하다 여겨집니다."

"하면?"

"대문을 활짝 열어두십시오. 한동안은 제가 갇힌 줄 모를 것입니다."

"가두려면 대문을 열라? 거참 묘한 방도로고."

묵직한 엽전 꾸러미가 떨어졌다.

"반절만 받겠습니다. 한 것이 그뿐입니다."

"저 당나귀 발톱 같은 고집! 금상의 눈 밖에 나서 녹봉도 끊긴 마당에 돈이라도 바짝 벌어야 할 게 아닌가?"

"제 사주에 재복이라곤 없으니 탐심을 부렸다가 괜히 목숨 줄만 짧아질까봐 그럽니다."

일천이 완고하게 제 뜻을 고수했다.

"하면 반절만큼 사주를 더 봐주면 될 것이 아닌가? 무신년 기미월 갑오일 미시."

잠시 손가락을 짚던 일천이 고갤 들었다.

"장헌 도련님의 무엇이 알고 싶으십니까?"

"첫째 놈은 의학엔 흥미가 없으나 세상을 발아래 두고픈 출세욕이 대단하였네. 해서 이팔에 무과에 급제하여 일찌감치 출사하였지. 한데 둘째 놈은 공부 머리는 비상하나 쓸데없는 잔정이라고 할까…… 측은지심이 너무 많아."

최승렬의 이남, 장헌은 소싯적부터 총명함이 남달랐다. 걸음마도 떼기 전에 경혈도를 암기하여 시침 연습용 목각인형인 침구동인경에 침놀이를 시작하였고『동의보감』으로 천자문을 깨쳤으며『득효방』,『화제지남』,『구급방』,『직지방』,

『침구경험방』을 스스로 익혀 열 살 남짓부터 혜민서에서 진맥을 시작하였다. 고작 열두 살 되던 해에 청나라로 유학을 보내달라 하여 아비를 흡족하게 했고, 삼 년간 수학한 후 조선으로 돌아왔을 땐 방대한 혜민서 환자들의 병명을 딱딱 짚어낼 정도가 되었다. 대를 이어 의관이 되겠다더니 열여섯엔 대과에 응시했고, 급제하자 정치엔 관심 없다며 벼슬까지 물렸다. 실상 그가 대과를 본 건 중인들도 보는 잡과 따위로 의관이 되는 게 성이 안 차는 데다가 아비의 후광으로 내의원에 들었다는 비아냥을 원천 차단하기 위함일 뿐이었다. 하나 주상 앞에선 '의관은 왕실의 옥체뿐 아니라 그 어심까지 보필하는 자리이니 응당 정치를 알고, 시류를 읽는 게 마땅하여 대과를 치렀다' 답하여 눈도장까지 확실히 찍었으니 최승렬의 어깨가 한껏 솟았다. 곧 풍주 최씨 집안에서 삼 대째 어의가 배출되려는 참이었으나 딱 하나 못마땅한 것이 있었다. 장헌이 당최 야심이 없단 점이었다.

"의관을 천직으로 여기면서도 내의원에서 승승장구할 생각은 아니하고 누차 혜민서에 가겠다, 아픈 짐승들을 살피겠다 속 터지는 말만 해대니 염려가 되어 말일세. 천한 것들과 격의 없이 섭슬려 다니는 것도 그렇고."

"염려 놓으시지요. 둘째 아드님은 냉정하시고 때론 잔인하기까지 하신 분입니다. 빈한 병자들과 말 못 하는 환축을 살피는 것은 가여워서가 아닙니다. 호기심 때문입니다. 그들을 통해 철저히 의학지식을 구현하고 손재주를 확인하려는 것뿐, 측은지심이 결코 아니니 심려치 않으셔도 됩니다."

"하면 그 아이가 내 뒤를 이어 삼사를 통솔하는 수어의도 되겠는가?"

"당찬 석산의 기운이 있는 데다 머리 위에 밝디밝은 태양이 뜬 형국이니 앞날이 그야말로 창창합니다. 총기와 영민함이 남다르시고 관직을 얻은 후에도 홀로 빛나니 왕실의 눈에 들어 정승 자리까지 오르심이 분명합니다."

"그러한가! 내 한시름 놓았네. 조선 제일인 자네가 이리 단언하니."

"다만……."

"다만?"

"머리 위의 태양이라는 것은 때론 그 빛이 너무 강하여 눈을 제대로 뜰 수 없음을 의미하기도 합니다. 일 년 중 가장 뜨거운 대서에, 그것도 하루 중 가장 뜨거운 미시에 태어나셨으니 자칫 이성을 상실하고 폭주하여 모든 것을 단번에 잃을 수도 있습니다. 전도양양하나 자리가 높아질수록 더욱 자중하셔야 합니다."

"명심시키도록 하지."

명명命名

장헌은 횃대에서 파닥이는 비무와 대청에서 허리를 두드리는 유모를 번갈아 보다 말고 실긋이 웃었다.

"복순 어멈! 혜민서에 좀 다녀와."

"와예?"

"허리에 침 좀 맞고 오라고."

"오데요, 됐심더! 이기 으디 하루 이틀 아픈 깁니꺼?"

"그러니까 침도 하루 이틀론 안 돼."

"에이, 됐다니깐요!"

"맞고 오라면 맞고 와. 이미 침의녀 장씨한테 얘길 해두었으니까."

"만다꼬요!"

"꼭 가! 바쁜 사람 기다리게 하지 말고, 응?"

"하이고 마, 알겠심더."

마지못해 유모가 대문을 나서자 장헌은 잽싸게 큰노미를 불러들였다. 금와당으로 연통이 갔다.

"백섬아, 노올자!"

대낮에 희제의 목소리가 구곡재에 쩌렁쩌렁 울려 퍼졌다. 백섬이 휑뎅그렁 눈을 뜨며 휙휙 주변을 살폈다.

"걱정 마! 복순 어멈이 혜민서 들어간 것까지 확인하고 왔지!"

"하아, 너무 깜짝 놀랐어."

"나 반갑지?"

"응. 엄청!"

곱다란 웃음과 함께 순순히 대답이 나왔다. 그게 맘에 들어 희제는 등 뒤에 숨겼던 아름드리 꽃다발을 다빡 디밀었다. 장헌의 연통을 받자마자 금와당 앞뜰에서 보이는 족족 꽃의 머리채를 뽑아온 참이었다.

"고마워. 너무 예쁘다!"

"참, 곧 비무도 올 거야."

"너도 비무를 알아?"

"응, 눈퉁이…… 아니, 장헌이도 알고."

"매꾼 이름이 장헌이었구나? 별칭이 눈퉁이고?"

고갤 끄덕이며 대청에 앉은 희제를 백섬이 급히 잡아 일으켰다.

"안 돼. 예 앉아 있다간 어머니께 대번에 들킬 거야."

"어머니?"

"응, 복순 어멈. 내가 어머니로 모시고 있거든."

"와, 친화력 봐라?"

백섬은 뒤뜰의 장독간으로 희제를 이끌었다. 키와 맞먹는 높은 담장이 꺾어지는 구석자리였다. 크고 작은 장독들을 쓰윽 훑은 그가 그중 세 개를 손가락으로 찍었다.

"계단처럼 이거, 이거 그리고 이걸 밟고 담을 넘어. 여차하면 말야."

그러곤 켜켜이 쌓인 나뭇단 하나를 담 너머로 휙 내던졌다.

"그건 왜?"

"발받침. 담이 이렇게 높은데, 네가 그 너머로 착지하다가 발목을 삐면 안 되니까."

후다닥 백섬이 찍어준 장독대들을 순서대로 밟은 희제가 높다란 담 위에 걸터앉아 그 너머를 내려다봤다. 그 나뭇단이 뭐라고 일순 안심이 되었다.

"하앗!"

삽시에 손을 짚었던 담벼락 기왓장 하나가 비껴나가며 그녀의 몸이 기우뚱했다. 중심을 잃고 고꾸라지는 찰나 쏜살같이 달려온 백섬이 얄따란 허리를 채잡았다. 손끝에 벼락같은 전율이 일었다. 한 몸이 되어 나뒹굴며 설백색 뺨이 맞닿고, 은사 같은 머리칼이 코끝을 스치자 백섬은 몸서리마저 났다. 수많은 꽃을 꺾은 그였으나 이토록 포시라운 꽃잎도 처음이요, 이토록 따가운 가시도 처음이었다. 쿵, 그제야 백섬의 심장처럼 기왓장 하나가 떨어졌다. 땡볕이 동공을 꿰뚫는 듯하여 그는 뒤늦게 눈을 깜빡였다.

"괜, 괜찮아. 나 괜찮아."

희제의 말에 백섬은 그녀를 감쌌던 손을 화들짝 거뒀다. 손대면 아니 되는 귀물을 몰래 만지다 들킨 듯이. 빨딱 일어난 희제가 요란하게 흙을 털어내며 헛기침을 하였다. 백섬은 그제야 떨어진 기왓장을 떠서 제자리에 올려놓았다. 덜그럭대긴 했으나 감쪽같았다. 괜스레 두 사람의 시야가 어긋났다. 어색함을 떨치려고 희제는 일부러 크게 말했다.

"그래, 여차하면 나는 저 담을 넘고, 너는?"

"나?"

백섬은 말똥하게 눈동자만 굴려댔다. 아삼삼한 여운에서 미처 빠져나오지 못한 것이었다. 무어라 형용할 수 없는 그 기이한 감촉 말이다. 희제가 옆에 널어둔 면포를 손가락으로 가리켰다.

"넌 장독 닦고 있었다고 핑계를 대."

"그, 그래."

살구나무가 만든 빈약한 그늘 아래 두 사람은 마주 앉았다. 백섬은 막 선물 받은 꽃들을 커다란 장독대 위에서 다듬기 시작했다. 세심하게 꽃잎을 펴는 기다란 손가락을, 꽃대를 훑는 팔뚝에 도드라진 핏줄을 희제는 턱을 괸 채 열심히 들여다보았다. 퍽 기이했다. 무예를 잘하는 이들을 여럿 봤으나 단 한 번도 눈길이 간 적이 없었다. 한데 꽃을 어루만지는 사내의 손길이 이토록 듬직하다니 희한한 일이었다.

"넌 무슨 꽃 좋아해?"

백섬의 기습 질문에 희제가 우물댔다.

"무슨 꽃이 좋으냐? 그게…… 그러니까……."

단 한 번도 생각해보지 않았다. 어떤 꽃무늬로 금박을 찍으면 잘 팔릴까? 더 돈이 될까? 그리 물었다면 대번에 답이 튀어나왔을 것이다. 한데 좋아하는 꽃이라니.

"좋아하는 꽃이 너무 많아서 하날 고르기 어려운 거야?"

"아니, 그 반대. 생각해보니까 아는 꽃 이름도 몇 개 없다."

"그럼 이 꽃들은? 네가 좋아하는 걸 꺾어온 게 아니야?"

"그냥 마당이며 뜨락이며 살피꽃밭에서 보이는 대로 막 뽑아온 거야. 우리 집에 이런 게 피는 줄도 처음 알았어. 넌 이

꽃들의 이름을 다 알아?"

"응, 하얀 건 구절초, 보랏빛은 벌개미취, 분홍색은 쑥부쟁이."

"어떻게 구분해? 내 눈엔 다 똑같이 보이는데."

"잎 모양이 달라. 쑥 모양 잎이 나면 구절초고, 길고 미끈한 잎을 가졌으면 벌개미취, 잎이 삐죽삐죽하면 쑥부쟁이야."

"이 노란 건?"

"곰취."

"그럼 이건?"

"금강초롱인 것 같은데 이상하다?"

"왜?"

"이건 산기슭에나 피는 귀한 꽃이거든."

"아, 아마 아부지가 가져다가 심으신 걸 거야. 엄마가 꽃을 좋아했대. 그래서 울 아부지가 귀한 씨앗과 구근을 구해와 안채 뜰에 심으셨다고 했어. 주인도 없는데 꽃은 매년 잘만 피고 지더라."

"주인이…… 없어?"

"엄만 나 어렸을 때 병으로 돌아가셨어. 이거! 난 이게 제일 예쁜 것 같다. 자금 보니까."

꽃다발 사이에서 희제가 작은 홍화를 집어 들었다.

"이것도 네 아버님께서 멀리서 구해와 심으신 건가 봐. 나도 첨 보는 거야."

"맘에 드는데 하필 이름을 모르네."

"하나 지어주면 되지."

희제는 새삼 감탄했다. 그래. 부름으로써 의미가 생기는 것이 아니던가.

"그럼…… 처음이자 하나뿐인 벗이 주는 거니까…… 원유화 어때? 으뜸 원元, 오직 유唯."

"와, 되게 멋있다. 나는 꽃들에게 늘 우스운 이름을 붙여주곤 했었는데 좀 미안해지려고 그러네."

"어떤 이름이었는데?"

"내가 살던 어령골 암자 근처에 군락을 이뤄 피는 꽃이 있었어. 입추에 만개하는 손바닥만 한 노랑꽃인데, 꽃대는 한 뼘쯤 되고 꽃잎은 대여섯 개쯤? 근데 뱀들이 와서 그 꽃을 먹길래 우린 그걸 '뱀밥꽃'이라고 불렀어. 향이 근사해서 가을엔 산 중턱에서부터 뱀밥꽃 향이 나곤 했지. 잔뜩 뜯어다가 옷장에도 넣어놓고."

"우리?"

"누이랑 나."

"누이가 있어?"

"있었어. 작년에 죽었지만."

"왜?"

"어떤 죽음엔 '왜'가 없기도 하더라."

꽃다운 나이에, 꽃다운 날에, 어찌하여 누이는 저승꽃이 되었을까. 그 물음을 마음속 불처럼 가지고 있는 백섬이었다. 사인을 밝히려고 관아로 쫓아가 통사정을 하였으나 천것의 말을 귀담아듣는 이는 없었다. 더러운 놈이 감히 관아에 들어 주둥이를 나불댄다고 곤장까지 쳐대니 더 이상은 억울함을 호소할 수도 없었다. 결론은 그리 났다, 천해서 개죽음을 당한 것이라고. 결국 천것들의 종장은 그 까닭도 알 수 없는 것이었다. 백섬은 그 죽음으로 비로소 슬픔의 무게 중 가장 무거운 것이 그리움인 걸 알게 되었다.

"나도 오라비가 있었어. 작금은 없지만. 역시 '왜'가 없었지."

양반님도 그리 가는구나. 백섬은 놀랐으나 더 묻진 않았다. 그리움의 무게는 감당할 수 있는 것이 못 되어서 누군가 잘못 건드리면 언제라도 툭 터져 나오기 마련이니까. 그게 눈물이든 분노든.

"넌 젤 좋아하는 꽃이 뭔데?"

싱그레한 원유화를 엄지와 검지로 도로로 돌려대며 희제가 물었다.

"냉이꽃."

"냉이…… 꽃? 냉이는 먹기만 했지 꽃은 한 번도 못 본 것 같은데? 어떻게 생겼지?"

"아주 작고 하얘. 냉이는 뿌리를 먹으니까 같은 자리에서 또 피진 않잖아. 매해 온 산을 뒤져야 하지. 그래서 더 귀해. 보기 힘들고."

"왜? 봄엔 지천으로 필 거 아냐?"

"그렇겐 한데, 그 꽃을 보려면 좀…… 부자여야 해."

"그건 또 왜?"

"이미 꽃이 핀 냉이는 못 먹어. 아주 쓰거든. 그 전에 빨리 캐서 먹어야 되니 꽃을 보긴 어렵지. 그래서 난 냉이꽃을 보면 늘 서글펐어."

"왜?"

"시래기 한 줌과 좁쌀 몇 알로 동절을 버티다가 이른 봄에 냉이를 발견하면 꽃을 볼 여력이 없었어. 쓴 줄 뻔히 알면서도 허겁지겁 뽑아 먹기 급급했으니까. 빈속엔 철 지난 냉이 뿌리도 천종산삼같이 느껴지는 법이거든. 근데 그러고 나면 난 내가 두 발로 사는 게 아니라 꼭 네발로 사는 것 같았어, 짐승처럼. 그래서 냉이꽃을 보면 슬퍼."

단 한 번도 배곯아본 적 없는 희제였다. 손만 뻗으면 웬만한 건 가질 수 있었다. 그럼에도 한 번도 삶을 진중히 바라본 적 없었다. 어찌하여 백섬은 그토록 험한 일을 하면서도 들개처럼 험해지긴커녕 벽절의 고승처럼 내면을 들여다보며 살게 되었을까. 어찌하여 일곱 살 동자 같은 천진한 얼굴로, 칠십 살 노인처럼 만사 초월한 혜안을 갖게 되었을까. 태어나면서 귀한 사람, 천한 사람이 따로 있지 않다는 걸 그녀는 일찍이 알았다. 양반도 잠시 명예를 빌려 비단옷을 걸친 것뿐 별게 아니란 걸. 작금, 고귀한 인격을 가진 눈앞의 벗이 그 것을 여실히 확인시켰다.

장헌이 복순 어멈의 부재를 재차 확인하며 구곡재에 들어선 건 그때였다. 한데 장독간의 두 남녀를 발견한 순간 미간에 건듯 주름이 잡혔다. 살구나무 아래 꽃눈깨비를 함께 맞는 그들의 자태가 꼭 '꽃 화花' 자 같아서였다. 희제가 저토록 다감한 눈매를 가졌었던가? 저토록 아련한 웃음을 지을 줄도 알았던가? 다가갈수록 기분이 묘했다. 이 불쾌감은 어쩌면 그녀의 귀밑을 지나 가슴께로 드리워진 제비부리댕기 때문인지도 몰랐다. 대체 누굴 위해 머릴 매만졌단 말인가? 심곡에서 날카로운 화기가 솟구쳤다. 주인의 언짢음을 읽은 비무가 날래게 희제의 품으로 날아갔다.

"비무 왔구나!"

늘 그렇듯 장헌이 희제의 눈앞에 제 손바닥을 흔들어댔다.

"또, 또! 나는 안 보이지? 내가 소개해주려고 했는데, 두 사람."

필요 이상으로 다정한 분위기를 깨뜨리려고, 장헌은 둘 사이를 비집고 앉았다.

"그럴 필요 없어, 우리 진작 만났거든. 금일이 처음도 아니라구."

희제의 단언에 장헌이 콧방귀를 뀌었다.

"쳇, 언제는 비밀을 나누는 게 벗이라며?"

"그래, 우린 이미 나눴어. 비밀."

골이 난 장헌은 무어라 대꾸를 해야 좋을지 몰라 굳게 입을 닫았다. 제가 꼭 불청객 같았다. 하물며 여긴 제집이고, 금일 이 자리에 희제를 부른 건 자신인데도. 그는 떨떠름히 백섬에게 명했다.

"비무 나는 연습을 시켜야 하니 백섬이 네가 저쪽에 가서 서라."

"그래."

백섬이 성큼성큼 멀어지는 동안 희제가 품에서 비단 오라기를 꺼내 비무의 다리에 묶었다. 자투리 비단에 무려 금가루를 박은 시치미였다.

"비무야, 이제 어디 도망가지 마. 알았지?"

장헌이 끌끌 혀를 찼다.

"그런 정성이면 내 허리띠나 하나 만들 것이지 시치미는 무슨! 괜히 그런 휘황찬란한 거 다리에 묶고 다니다간 사냥 꾼들한테 표적만 되지!"

그리 말할 줄 알았다는 듯이, 희제가 금빛 시치미 끝을 장헌에게 내보였다. 거기엔 장헌의 이름 석 자가 수놓여 있었다.

"풍주 최씨 도련님의 애완 매를 감히 어떤 쌍놈 새끼가 건드려?"

그때, 장독간 저쪽에 우뚝 선 백섬이 횃대처럼 쭉 팔을 뻗자 장헌이 힘을 주어 날리기도 전에 비무가 홀로 솟구쳐 날아갔다.

"우와! 잘 난다! 이젠 정말 싹 나았네!"

장독에 걸터앉은 희제가 박수를 쳤다. 이번엔 백섬이 비무를 힘차게 날려 보냈다. 하나 보라매는 허공중을 한 바퀴 빙그르르 돌아 다시금 백섬의 팔 위에 내려앉을 뿐, 주인에게 돌아가길 거부하였다. 당황한 백섬이 재차 뿌리치듯 비무를 날렸으나 소용없었다. 장헌의 심기가 폭발하였다. 희제도 모자라 금수까지 백섬에게 들러붙으니 더는 참을 수가 없었다. 장헌은 백섬의 팔에 앉은 비무를 무작스레 빼앗았다.

"어디서 매 좀 만졌냐?"

희제가 불난 집에 부채질을 해댔다.

"원래 짐승들이 눈썰미가 있다니까. 착한 앤지 나쁜 새낀지 본능적으로 아는 거지."

"뭐? 그럼 난 나쁜 새끼냐? 다 죽어가던 놈을 이렇게 살려 놓은 게 누군데?"

"사람이든 짐승이든 약이 아니라 정을 줘야 되는 거거든. 그치, 비무야? 어디, 누가 착한 앤지 날아가봐!"

희제가 다시 한번 비무를 날렸다. 역시나 미물은 창공을 한 바퀴 돌곤 백섬의 어깨 위로 내려앉았다. 왜인지 말 못 하는 금수가 희제의 말을 증명이라도 한 꼴이라, 백섬은 난감했다. 그가 비무를 조심스레 장헌의 손에 넘기며 말했다.

"비무가 나한테 오는 이유는 따로 있어. 나 산골에 살았거든. 외딴 암자에."

"그래서? 날짐승이랑 교감이라도 된다는 거냐?"

"아니, 나 매골자였어."

"뭐? 매, 매골자?"

"응. 매골승을 모셨지."

회동그래진 장헌의 눈을 보며 백섬이 무해한 미소를 지어 보였다. 굳이 과거를 밝힌 건 주인인 장헌이 별일 아닌 것으로 마음을 상했을까봐서였다.

"영리한 비무가 나한테 호감을 보이는 이유는 내 몸에 밴 시취 때문이야."

드글드글하던 장헌의 울화가 일순 잦아들었다. 시취라니! 매골자라니! 단순한 종놈이 아닐 거라고는 생각했다. 한데 이토록 미천한 놈이었다니. 헛웃음이 났다. 이런 놈을 희제와 나란히 두고 잠시나마 못마땅해한 자신이 조금 멋쩍기까지 하였다.

"야, 이거나 마시자!"

희제가 백자 주병 하나를 흔들어 보였다. 마개를 뽑자마자 근사한 꽃향이 번져 나왔다.

"이거…… 정말 술이야? 진짜 술?"

벙찐 백섬이 눈을 끔뻑끔뻑댔다. 금주령이 내려진 지 벌써 삼 년째였다. 밀주를 만들다 걸리면 최소 장 서른 대였다. 실제로 삭탈관직당하고 유배 간 양반님까지 있으니 백섬은 정말로 이 조선에서 술이 사라진 줄로만 알았다.

"우리 아부지는 밥 대신 술 자시는 양반이라서 뒤뜰 장독간이 아예 술청이야."

"그러다 누가 발고라도 하면 어쩌려고?"

"발고할 만한 놈들한텐 이미 술병을 잔뜩 가져다 안겼지! 나를 포함해서, 큭큭."

"희제 너, 여기서 술 먹고 주사 부릴 생각 마라? 쫌 있으면 복순 어멈 올 시간이다."

장헌의 말투가 퉁명스러웠다.

"간담이 써늘하고 으슬으슬한 게, 쫄리는 맛이 쏠쏠한데? 따로 안주가 필요 없다, 야."

"하여튼 계집애가 간이 배 밖으로 나와선."

"야, 눈퉁이! 그놈의 계집애 소리 좀 작작하랬다! 조동아리에 아교를 발라버릴까 보다!"

"저, 저 말본새하곤! 술이나 이리 내봐, 맛이나 보자."

"까불지 마, 그냥은 어림도 없지! 넌 도원결의도 모르냐?"

희제가 제 새끼손가락을 깨물어 피를 낸 건 순식간이었다. 사내 둘이 경악을 하든지 말든지, 그녀는 주병 안에 핏방울을 똑똑 떨어뜨리곤 휘휘 섞기까지 하였다.

"우, 우린 안 해! 절대 못 해!"

장헌이 갑자기 백섬에게 어깨동무를 하며 손사래를 쳐댔다.

"의학적으로 옳지 않아. 그러니까 네 피 하나로 충분하다고, 응?"

"하여간 약해 빠져 가지구! 알았어, 빨리 받기나 해."

장헌이 괜히 앙상한 살구나무를 쨰렸다.

"이건 뭐, 행춤원결의도 아니고……."

"에잇, 진짜! 그냥 닥치고 마셔!"

희제와 장헌의 투덕거림을 관전만 하던 백섬이 가장 먼저 주병을 들이켰다. 그러곤 씩씩하게 장헌에게 넘겼다. 백섬의 정체에 장헌은 속이 다 시원했으나 한편 저런 놈과 이렇게 노닥거리다니 같잖다는 생각이 앞섰다. 하물며 천노의 피를 마신다는 건 있을 수도 없는 일이라 잠시 잠깐 한편까지 먹은 것이었다. 장헌은 주병에 입을 대는 시늉만 하며 희제의 장단만 맞춰주었다. 마지막으로 수럭스레 술을 들이켠 희제가 비장하게 선언했다.

"목에 칼이 들어와도 이 비밀 회합에 대해선 발설하면 안 돼! 의리를 저버리면 목숨으로 갚는 거다, 다들 알았지?"

두 사내는 순순히 고개를 끄덕여 보였다.

"다음 회합은 열흘 후, 여기다!"

희제의 선포에 장헌이 주섬주섬 일어섰다.

"알았으니까 금일은 여기까지 해. 이러다가 진짜 복순 어멈 오겠다."

"잠깐! 나 대문으로 안 나가, 싱겁게시리!"

희제는 찜해놓은 장독들을 능숙하게 밟곤 말 타듯 훌쩍 담에 올랐다. 부채처럼 반원으로 펼쳐진 치맛자락도 아랑곳 않고, 두 사내를 내려다보며 까부랑까부랑 만세까지 불러댔다.

"이런 퇴장, 엄청 신난다!"

"야, 너 미쳤어? 거기서 뛰어내리면 다쳐! 발목 부러진다고!"

장헌이 기겁했으나 희제는 삐죽이 혀를 내밀 뿐이었다. 하나 백섬을 향해서는 한쪽 눈을 찡긋했다. 붉은 댕기를 휘날리는 그 반쪽 얼굴이 더없이 화사했다. 삽시에 눈매를 일그러뜨린 장헌이 냉큼 담 위로 올라가 억지로 그녀를 부축하며 담 너머로 사라졌다. 비무까지 날아가자 구곡재가 고요해졌다. 담벼락 너머로 뉘엿뉘엿 감빛 노을이 졌다.

"원유화, 원유화……."

글을 쓸 줄 알았다면 좋았을 것이다. 백섬은 행여나 이 어여쁜 이름을 까먹을세라 재차 입 밖으로 되뇌었다. 그 꽃잎 한 장 한 장을 세심하게 떼어내어 서책 갈피에 펼쳐내는 손끝이 어느 때보다 조심스러웠다. 압화는 인내심과의 싸움이다. 절대 헤프게 열어봐선 아니 된다. 무심하게 두어야 하는 일이다. 그 존재 자체를 잊어버려야 꼴은 분명하고, 결은 빳빳하며, 색은 생생한 누름 꽃을 얻을 수가 있다. 평생 그리도 잘하던 것이 돌연 어려워졌다. 손끝에 남은 허릿매의 감촉 때문이었다.

쌍룡검

금와당에 든 희제는 문고리에 쇳대를 두 개나 꽂고는 빠끔히 창밖까지 확인하였다. 그리고 나무 바닥에 달린 작은 고리를 잡아 열곤 그 안으로 손을 쑥 넣었다. 곧 쌀 됫박만 한 오동나무 상자가 나왔다. 그 속에 손가락 한 마디가 될까 말까 하는 은제銀製 십자가가 수북했다.

삼 년 전, 오라비는 주먹만 한 은덩이를 건네며 그것으로 작은 은 십자가들을 만들어달라고 부탁하였다. 그것이 은둔하는 천주교인들에겐 단순한 성물을 넘어 여차하면 팔아 입에 풀칠을 할 수 있는 마지막 보루가 될 것이라고. 희제는 오라비가 천주교인이란 사실에 경악할 틈도 없었다. 그 당부가 마지막 말이 되었으므로. 하니 작은 십자가 모양 주물에 은을 녹여 붓고 연마하여 반짝반짝하게 만들어내는 일을 절대 게을리할 수 없었다. 예상치 못한 상실을 맞닥뜨려본 사람은 안다. 죽음 뒤에 천당이라도 있다고 믿어야, 그곳에서 다시 만난단 희망이라도 있어야 삶을 지속할 수 있다는 걸. 그렇게 희제는 천주교인이 되었다. 공방에 믿을 만한 일꾼을 두려고 그토록 애썼던 것도 모두 이 때문이었다. 무자비하게 이어진 천주 박해 탓에 모여서 미사를 올리는 건 꿈도 꾸지 못했고 교인들은 철저히 서로를 모른 채 점조직화되었다. 희제도 삼개나루 거점, 딱 한 곳을 통해서만 교우촌校友村과 소통하였다. 은제 십자가 역시 정기적으로 그곳에 갖다 놓았다. 그게 바로 내일이었다. 십자가를 막 자루에 담다 말고 희제가 흠칫했다. 멀리서 들려오는 행랑아범의 목소리 때문이었다.

"예는 아니 된다 하지 않습니까! 진짜 왜 이러십니까요!"

웃전에게 들으라는 듯, 아랫것의 목소리가 평소보다 컸다. 희제는 오동나무 상자를 후닥닥 작업대 서랍에 밀어 넣고는 대청마루에 나와 섰다.

"웬 소란인가?"

"아니, 어르신께 받을 돈이 있다고 칼패 두령께서 굳이 예까지……."

행랑아범의 말이 채 끝나기도 전에 희제는 어뜩 미간을 찌푸렸다. 바람결에 훅 끼쳐온 피비린내 때문이었다. 억지로 역한 침을 삼킨 그녀는 그제야 팔 척이 넘는 장신의 사내가 새카만 무복 차림임을 눈치챘다. 틀어 묶은 무사 머리, 고양이 가죽으로 칭칭 감은 소맷자락, 바싹 졸라맨 허리춤에 미끈하게 드리워진 환도까지. 써늘한 면과 맹렬한 안광이 칼두령의 존재감을 여실히 드러냈다.

"행랑아범은 그만 물러가시게."

"독대라니요, 아씨!"

"걱정 말고 나가서 일봐."

"그래도……."

"괜찮다니까."

행랑아범은 느릿하게 나가며 몇 번이나 뒤를 희뜩대었다. 하나 그의 걱정과는 달리 대청마루에 선 희제는 고갤 쳐들고 눈만 내리깔아 무도한 사내를 맞바라봤다. 그 맹랑한 시선을 받고 선 칼두령 또한 이 상황이 못마땅하긴 마찬가지였다. 금와당에 대해서는 익히 들었다. 양반 신분을 샀음에도 윤 역관의 자손이 특이하게도 금질을 업으로 삼고 있다고. 하나 여인인 줄은 미처 몰랐다. 하물며 쌀가루로 소세라도 하는지 해끗한 낯빛을 한 앳된 처자였다. 살인과 아녀자 협박, 이 두 가지만은 절대 안 한다는 철칙 탓에 사내는 조금 당황한 참이었다. 하나 여인의 음성은 깔깔하기 그지없었다.

"칼두령에 대한 소문은 들었소. 돈 앞에선 염라대왕도 겁박한다던데 이젠 내 차롄가 보오?"

"소문 하난 제대로 났네. 한데 불쾌하게 무뢰배 취급은 마시오. 분명 부친께서 지난 무산행에 셋말 세 마리, 싸울아비 둘에 경마잡이 하나, 그렇게 대여를 하셨으니. 한데 그 대금을 치르지 않으시고 이번엔 회령으로 내빼셨더군."

저벅저벅 댓돌에 올라선 칼두령이 재깍 약정서를 펼쳐 보였다. 희제의 눈이 살푼 커졌다. 무식하게 손도장을 찍은 협박장이 아니었다. 꼼꼼한 계약서였다. 언문이긴 하나 정갈한 필체까지.

"그쪽이 직접…… 쓰셨소?"

"왜? 칼 찬 놈들은 다 까막눈인 줄 알았나? 아님 혈서라도 쓸 줄 알았던 게군."

실상 주먹구구식으로 적당히 우기고, 부풀리고, 협박하여 돈을 뜯어내는 건 오랜 왈패들의 습성이었으나 칼두령은 그게 자멸의 지름길임을 누구보다 잘 알았다. 하여 칼로 사람을 베지 않고, 지키는 쪽을 택했다.

　조선 팔도를 돌며 발품을 파는 장돌뱅이들에게 천재지변보다 무서운 게 산적이었다. 바다에선 해적들에게, 국경 근처에선 마적 떼에게 목숨을 잃기도 했다. 하여 칼두령은 그들을 안전하게 호위하는 사업을 시작하였다. 거리에 따라 일괄금액을 받고 직접 양성한 싸울아비를 붙여주는 것이었다. 신료들이 이용하는 역참처럼 오십 리마다 객관客館을 세워 상인들을 재우고 먹이는 한편 말과 나귀, 말잡이까지 대여할 수 있도록 제도화했다. 힘쓰는 일은 매양 같았으나 정의로운 일을 하고 정당한 대가를 받기에, 가난과 굶주림으로 어쩔 수 없이 도적질에 내몰렸던 이들이 줄줄이 칼두령 밑으로 들어왔다. 그렇게 조선 상계에 획기적인 새바람을 일으킨 이 젊은 상인에 대해 희제도 익히 들어 알고 있었다. 그가 돈 계산 하나는 철저하여 인정사정, 에누리 없다는 것까지.

　"이것이면 이자가 되겠소?"

　공방에서 희제가 들고 나온 건 손바닥만 한 은종이 석 장이었다. 도드라진 눈썹 뼈 아래 각진 눈동자가 팔랑대는 은종이와 건방진 여인의 얼굴을 번갈아 보다 말고 피식댔다.

　"부친이 작금 당장 오시나?"

　"가지고 있는 게 이뿐이오."

　"금와당에 금이 없다?"

　"일 년에 한 번, 의주에서 금종이를 조달하는데 올해 생각보다 주문이 많았소."

　"빚쟁이들은 고개를 조아리지, 그쪽처럼 빳빳이 들지 않고."

칼두령이 다빡 대청에 올라섰다. 우뚝 솟은 덩치가 희제에게 비추던 햇살을 뚝 잘랐다. 한 뼘 거리에서, 그 비범한 눈동자가 희제를 정통으로 꿰뚫었다. 그 기세에 눌리지 않으려고 희제는 일부러 더 당돌하게 사내를 치바라봤다. 칼두령이 쇠자루칼을 빼든 건 그때였다. 차라랑, 서슬 퍼런 칼날이 소릴 냈다.

"작금, 뭐 하는 거요?"

경악한 희제는 일순 깨달았다. 사내에게서 풍기는 냄새가 피비린내가 아닌 쇠 비린내라는 걸. 숫돌에 물을 먹이고 정성 들여 갈고 또 간, 잘 벼려진 칼 향.

"돈이 없으면 몸으로 때우셔야지. 안 그래?"

내내 가드락대던 희제는 그제야 주춤, 발을 물렸다. 입술이 말랐다. 아비는 어쩌자고 이런 종자와 거래를 하고 값도 치르지 않은 것인가. 그때, 피잉! 맵찬 소릴 내며 그녀의 발치에 기다란 검이 내리꽂혔다. 참나무 대청에 홀로 선 날붙이가 위잉위잉, 기이하게 울었다.

"여기에 뭐라도 새기시오."

"뭐, 뭐요?"

"공전工錢이라도 보태란 말이오. 칼날에 은 쪼가리라도 몇 개 두들겨 붙여야 셈이 맞을까 말까 하잖소?"

희제는 아랫입술을 꽉 깨물었다. 저도 모르게 손등이 허리께에 오르고 절로 짝다리가 짚어졌다. 말이 험하게 나갔다.

"하! 그럼 칼을 곱게 내려놓을 것이지 왜 남의 마루에 박고 난리시오? 그리고 금속에 무늬를 새기는 건 금박장이 아니라 조각장이오! 하여튼 무식하긴!"

"그건 그쪽 사정이고. 돈을 갚아야 하는 건 그쪽이라니까."

희제는 어이가 없어 콧방귀를 뀌었으나 그게 또 맞는 말이라 반박도 하지 못한 채 섬뜩하게 박혀 있는 장도를 건듯 눈짓할 뿐이었다.

"그래서 이건 이름이 뭔데? 검명이 뭐냐고?"

"무식한 놈이 검명은 무슨. 수틀리면 그냥 베는 거지."

"그럼 대체 뭘 새기란 거요? 무슨 문양을 말하는 거냐고!"

"알아서, 좋은 걸로. 열흘 주겠소."

칼두령은 휙 돌아섰다. 성큼성큼 멀어지는 그의 뒤통수에 대고 희제가 분통을 터뜨렸다.

"저, 저런 돌놈!"

뒷골에 때려 박히는 감때사나운 음성에 칼투령은 싱겁게 웃었다. 어째서인가, 욕지거리 듣는 것이 기분 나쁘지 않았다. 아니, 좋았다. 양반가 여식이 천노나 하는 금질을 하는 것부터 심상찮다 했다. 한데 행동거지도 제멋대로였다. 금을 다룸답시고 번지르르하게 꾸민 것도 아니요, 양반이랍시고 돼먹지 않은 법도를 따지지도 않았다. 올찬 눈빛하며 근본 없는 말본새가 딱 고깃골에서 함께 뒹구르던 왈가닥 계집애 같았다. 그래서 반가웠다.

칼두령에게 인간은 딱 두 종류였다. 백정이었던 저를 금수 취급하는 양반님, 칼 찬 저를 야차 보듯 벌벌 떠는 천민. 예전에도, 작금도 저를 상대로 따박따박 대거리를 해대는 사람은, 더더군다나 여인은 생전 처음이었다. 처음인 것은 또 있었다. 백정으로 칼질을 시작한 일곱 살부터 작금까지 저는 그 누구에게도 검을 맡긴 적 없었다. 솜씨 좋은 대장장이마저 마다하고 칼날도 스스로 갈고 손질하였다. 한데 그 분신 같은 것을 어찌하여 첨 본 금박장에게 그토록 충동적으로 내어주었을까. 칼두령은 칼자루를 악세게 쥐었다. 텅 빈 탓에 왜인지 마음이 더 얄랑였다.

꿈속에서도 그날처럼 동이 텄다. 희붐한 햇살이 꽃밭에 누운 막단을 비추었다. 목 졸린 흔적만이 역력할 뿐, 그저 평온히 잠든 모양새였다.

[누이, 단 누이! 눈 좀 떠봐! 이게 대체 무슨 꼴이야, 이게! 고생만 하다가 이제 좀 인간답게 살려는데!]

넘늘어진 몸뚱어리를 부여잡고 백섬은 오열했다. 누이가 궁에 들어간다 했을 때 사생결단으로 막았어야 했다. 분수대로 훈룡사와 어령골을 오가며 살았다면 명이라도 다 채우고 죽었을 것이 아닌가!

[그만 봐! 어디 할 짓이 없어서 시체를 물고 빨고 해!]

무정한 괴강 스님을, 백섬이 노엽게 울러보았다.

[피는 안 섞였대도 평생 함께한 가족입니다! 어찌 그리 냉정하십까! 몸값을 받았으니 그뿐이란 겁니까!]

[그래도 키워준 값은 두둑이 냈으니 사람 노릇은 하고 간 게지.]

[누이를 묻으면 전 떠날 겁니다.]

[네놈 머리에 달린 빚이 얼만데? 그거 다 갚기 전엔 어림없지.]

[떠날 것이라 말씀드렸습니다!]

[금수 같은 새끼가 키워준 은혜도 모르고, 튓!]

침까지 뱉으며 돌아선 괴강 스님을 향해 백섬이 절규하였다.

[불경이라도 한 줄 읊어주고 가십쇼! 염주라도 한번 돌려

주고 가시란 말입니다! 어디로 가야 저승인지 망자에게 길이
라도 알려주고 가란 말입니다!]

[죽어 나자빠지면 다 끝이지 그깟 게 뭔 소용이야! 괜히 주
둥이만 아프게!]

역병 시체를 묻고 나면 괴강은 최소한 염불을 외는 척이
라도 했다. 관원들이 지켜보고 있으니 제대로 품삯을 받아내
려는 광대 짓이었다. 백섬도 그것을 모르지 않았으나 날망제
에게 무어라도 해주어야 하지 않겠는가. 그것이 설령 허망한
말뿐이라도.

[흐윽……]

"백섬아, 후딱 일나라! 이놈이 와이카노?"

가래 끓는 탁성에 눈을 뜬 백섬이 상체를 일으키며 눈가를
닦아냈다. 손목에 걸린 흑빛 염주가 자그락댔다. 누이가 남긴
유일한 물건이었다.

"다 큰 놈이 와 자믄서 찔찔대노? 맛난 거 묵다가 뺏기는
꿈꿋나?"

오첩반상을 내려놓으며 복순 어멈은 살갑게 백섬의 등을
쓸어내렸다.

"아들아, 증신 채리고 언능 무라. 묵어야 또 일을 할 꺼 아
잉가베."

백섬은 멍하니 국에 비친 제 얼굴을 바라보았다. 하필 미
역국이었다. 평생 다닌 곳이라곤 절간뿐이어서 누이는 그 귀
한 미역을 구경 한번 못 해보았다. 하물며 큼지막한 쇠고기
까지 들어 있었다. 걸쭉한 국에 흰 쌀밥을 몽땅 말아 꾸역꾸
역 입에 처넣으면서 백섬은 눈꼬릴 찍어내었다. 죽은 사람만

억울한 법이다. 어떻게든 목숨만 붙여놓으면 이렇게 꼭두새벽부터 뜨끈한 미역국에 쌀밥 먹는 날이 오는 것을…… 오늘따라 일찍 져버린 막단의 삶이 참으로 안타까웠다.

정확히 열흘 후, 검신에 길게 새겨진 두 마리의 용을 보는 칼두령의 표정이 오묘했다. 촘촘한 은박 비늘이 날붙이에 서늘함을 더했다. 툇마루 가녘에 대충 기대어 팔짱까지 낀 희제가 떠세를 부렸다.

"이제부터 그건 쌍룡검이오. 칼두령 당신, 큰일 났단 말이지. 어디서건 그 검을 함부로 꺼냈다간 역모로 잡혀간다는 걸 명심하시오. 감히 임금의 표식을 칼날에 새긴 죄로."

"하, 젊은 장인 어쩌고 하더니만! 금와당 금박장이 솜씨 좋다는 것도 다 헛소문이었군? 내 언젠가 뱀 문양 금박을 본 일이 있는데 비늘 하나하나에 농담의 변화까지 있었거든."

"그건 장인 정신이 아니라 장인 정신병!"

"이런 단순한 문양은 아니었다 말하는 거요."

"내 공전이 얼만지는 알고 시비요?"

"열흘 전 김진사 댁 영애 혼례복에 찍은 은박이 백 냥, 닷새 전 대제학 댁 병풍에 두른 금박이 오십 냥, 그 댁 영식 태사혜에 물린 금박이 또 스무 냥. 종합하니 어림셈이 딱 나오지."

"내 뒤밟기를 하셨소?"

"시세 조사라고들 하오, 그런 걸."

"하려면 제대로 하셨어야지. 김진사 댁 아씨는 나와 오랜 친분이 있어 거저 해준 것이고, 대제학 댁에선 금박을 손수 가져와 내가 손품만 들인 것이니 반값이었소이다. 하니 이 칼날에 넣은 은박 문양은 백 냥은 족히 나가는 것이지!"

대답 대신 칼두령이 대뜸 검집을 내던졌다. 놀란 희제가 펄쩍 뛰었다.

"에잇 씨, 왜 또 던지고 난리요? 곱게 말로 하라니까, 입은 뭐 장식이오?"

"여기도 새기시오."

"뭐어?"

"매일 이자가 불어나 빚이 이미 이백 냥을 넘었소. 하니 검신뿐 아니라 검집에 은박을 넣어도 한참 모자라지."

"와, 이렇게 창의적인 진상은 또 첨이네? 이건 뭐 신종 협박이오? 내 당장 관아에 발고하면……."

"열흘 주겠소."

칼두령은 또 제 말만 하곤 휙 돌아섰다. 멀뚱히 선 희제의 안면이 시뻘게졌다.

"거기 서시오! 딱 서라고! 야! 칼두령, 너 거기 안 서? 검집에 콱 십장생을 박아서 아예 들고 다니지도 못하게 한다! 야아아!"

득달같이 뛰어 들어온 행랑아범이 연신 제 입술에 검지를 갖다 붙였다.

"쉿, 쉿! 그러다 듣겠습니다요, 아씨!"

"들으라고 그런 거야, 들으라고오오! 요즘 어째 진상 손님이 뜸하다 했다!"

"쉿! 칼패들이 우르르 몰려와 여기서 뻗치기라도 해대면 어쩌시려고요! 원래 다들 한가닥씩 하던 왈짜들이었잖습니까."

"에잇, 아부지는 왜 저런 놈하고 거랠 하고 셈도 안 치르셔서는! 아범이 여기 소금 좀 뿌려. 굵은 걸로 팍팍!"

희제가 떽떽대다 말고 흑색 칼집을 집어 들었다. 검은 대나무를 여러 번 깎고 붙여 기름을 먹인 것이었다. 그 표면을 밉상스레 째리던 그녀의 입술이 점점 늘어나더니 비뚜름하게 한쪽으로 올라붙었다. 그 표정이 무언지 아는 행랑아범이 손사래까지 치며 기겁했다.

"에비, 에비! 얄망궂은 생각일랑은 숫제 하지도 마십시오, 예?"

"어떻게 알았어, 기막힌 생각이 난걸? 여기에 빼곡히 휘황찬란한 문양을 새겨야겠어. 그러고는 이자는 물론, 아부지가 치러야 할 원금까지 싹 갚고도 남는다고 우겨야지!"

"칼두령한테 바, 바가지를 씌우시겠단 말씀입니까요? 아이고! 관두세요, 아씨! 예?"

"이건 순전히 공전이 얼마인지 묻지도 따지지도 않은 저놈 탓이지!"

칠패 시장 사거리를 지나던 칼두령은 번뜩, 비단전 앞을 쏘아보았다. 첫 살인의 순간이 스친 탓이었다.

삼 년 전. 도성제일 살수단인 칼패와 뚝섬패 사이에 칼부림이 일었다. 쓸 만한 칼잡이들을 단번에 잃은 칼패 두목은 절치부심하여 칼솜씨가 기가 막히다는 백정들을 찾아 나섰다. 칼질이라는 게 일이 년 가르쳐서 되는 일이 아니고, 피를 보는 것은 웬만한 훈련으로 익숙해지는 게 아닐뿐더러, 어려서부터 육고기를 먹고 자라 덩치와 근질이 우월한 것은 백정뿐인 탓이었다. 그렇게 그는 백악산 기슭의 백정 부락, 고깃골까지 찾아왔고 열여섯 살 먹은 마도진을 지목하였다. 소년은 타고난 도살꾼이었다. 보고 배운 게 짐승 배 가르는 일뿐인지라 단칼에 뼈와 살을 촤르르 분리하였으니 그 칼솜씨를 한 번이라도 본 사람들은 끔찍한 피비린내도 잊고 감탄을 연발하였다. 그런 마도진에게 칼패 두목이 말했다. 제 손을 잡지 않으면 고깃골이 박살 날 것이라고. 대대손손 백정 노릇을 하였으나 마도진은 손에 사람 피 묻히는 일만은 도저히할 수 없었다. 하나 그의 거절에 애꿎은 부락민 하나가 죽어나갔다.

하루에 한 명씩 삼 일째가 되었을 때, 갓난쟁이부터 칠십노인까지 오십여 명의 부락민들이 똘똘 뭉쳐 그의 등을 떠밀었다. 너 하나 희생해서 제발 마을을 살려달라고. 칼패 두목도 한발 물러서며 '살수가 아닌 칼 쓰는 법을 전수하는 훈련관'이 되어달라 말을 바꿨다. 그 약조에 마도진은 끝내 칼패로 들어갔다. 하나 그에게 내려진 첫 번째 임무는 아니나 다를까 살인이었다. 두목이 누군가를 지목하면 그대로 배를 쑤시는 것이었다. 담력 시험이자 실전 칼솜씨를 증명해 보이는, 일종의 통과의례였다. 살상은 딱 한 번이고 두 번은 없을거라며 두목은 이제 아비의 목숨까지 들먹였다. 종래 마도진은 제 손에 사람 피를 묻혔다. 하나 너무 깔끔한 칼솜씨가 화를 키웠다. 일처리가 맘에 들었던 두목이 또다시 살육의 지령을 내린 것이었다. 마도진의 완고한 거부에 끈질긴 협박이이어졌다. 그리고 끝내 비보가 날아들었다. 고깃골에 화마가덮쳐 백정들이 깡그리 멸족했다는 것이었다. 아예 돌아갈 곳이 없도록 만들어버리겠다는 두목의 초강수였다. 시커멓게탄 아비의 시신을 껴안고 오열한 마도진은 그날 새벽, 잠든칼패 윗대가리들의 목을 죄다 땄다. 그는 그렇게 칼두령이되었다.

백정은 국법에 따라 갓을 쓸 수 없었다. 정 쓰려면 패랭이만 써야 했다. 저자에 나갈 땐 저고리에 검은 표식을 달아야 했다. 혼인할 때도 가마를 못 탔고, 죽어서도 상여를 못 탔다. 이러한 이유로 인간이라고 할 수도 없었다. 백정은 평민에게도 꿇어 엎드려 대해야 하고 그마저 먼저 말을 시키기 전엔 입을 뗄 수가 없었다. 그것을 악용하여 고깃값을 떼먹는 인간이 태반이었다. 나라에서 밀도살을 엄히 금했으나 양반들 소는 절벽에서 잘도 떨어져 죽었다. 잔치를 앞두곤 열댓 마리가 한꺼번에 떨어지는 건 예삿일이었다. 조상을 극진히 모시기 위해 제사상에 고기를 올려야 한다는 핑계도 곧잘 통했다. 그러다가 탈이 생기면 재깍 백정들을 붙잡아 갔다. 단박에 소를 훔쳤단 누명을 씌우고, 장을 치고, 얼굴에 자자刺字를 새겼다. 하니 이참에 백정이 아니라 칼 쓰는 왈패가 되는 게 나은 일일지도 몰랐다. 최소한 사람 취급은 받을 테니까. 쑥대강이 머리로 짐승의 배나 가르던 놈이 머리칼을 바짝 틀어 묶고 왈패가 된 것은 어쩌면 면천이었다. 희한한 신분 상승이었다.

설중방우인불우

복순 어멈이 구곡재를 나서자 참나무 뒤에 숨어 있던 희제가 후딱, 안으로 뛰어들었다.

"백섬아!"

결곡한 사내의 면에 놀람과 설렘이 동시에 번졌다.

"선물! 무거우니까 꽃잎이 잘 눌릴 거야."

희제가 내민 건 겉장에 꽃과 새가 그려진 두꺼운 서책이었다. 백섬이 곱다시 웃었다.

"와, 온 세상 꽃을 다 따와도 되겠다. 고마워."

두 사람은 마치 오랫동안 그래왔던 듯, 살구꽃 그늘 아래 자릴 잡고 앉았다. 백섬이 서책을 주르륵 넘기며 눈을 반짝였다.

"여기에 빼곡히 적힌 것들을 넌 다 읽을 수 있어?"

"응."

"무슨 책인데?"

"좋은 시들을 모은 시첩이야. 제목은 '화소성미청花笑聲未聽 조제루난간鳥啼淚難看'. 꽃은 웃으나 소리가 없고, 새는 우나

89

눈물이 없네.”

“와, 멋지다!”

“이규보라는 시인이 여섯 살 때 지은 시래.”

희제가 책장을 펼쳐 글씨를 짚어나갔다.

“어디 보자……. 첫 장은 유종원의 「강설江雪」이야. 내가 읽어볼게.”

천산조비절千山鳥飛絶 그 어느 산에도 새 한 마리 날지 않고
만경인종멸萬徑人踪滅 길마다 사람 자취 끊겼는데
고주사립옹孤舟蓑笠翁 외로운 배 위에 삿갓 쓴 늙은이
독조한강설獨釣寒江雪 혼자서 낚시질, 강에는 눈만 내리고.

“두 번째는 이달이란 사람이 지은 「화학畵鶴」.”

“화학?”

“그림 속의 학.”

독학망요공獨鶴望遙空 외로운 학이 먼 하늘 바라보며
야한거일족夜寒擧一足 밤이 차가운지 다리 하나를 들고 있네
서풍고죽총西風苦竹叢 가을바람에 대숲도 괴로워하는데
만신추로적滿身秋露滴 온몸 가득 가을 이슬에 젖었네.

“세 번째는 이규보의 「설중방우인불우雪中訪友人不遇」. 눈 속에 벗을 방문하였으나 만나지 못하였다는 뜻이야.”

설색백어지雪色白於紙 눈 빛깔이 종이보다 희어서
거편서성자擧鞭書姓字 나뭇가지로 성과 이름을 썼네

막교풍소지莫敎風掃地 바람아 땅을 쓸지 마라

호대주인지好待主人至 주인이 올 때까지 기다려다오.

장독간에 별안간 진한 의미가 부여되었다. 시구의 무게가 묵직하게 백섬의 심곡에 스며들었다. 시라는 것이 소설만큼이나 긴 얘길 담고 있는 것이구나. 백섬은 그 마지막 시를, 그 뭉클한 제목을 잊지 않으려고 거듭 입안에 굴렸다.

"나도 글을 읽을 수 있으면 좋겠다……. 참! 나도 아는 글자 하나 있어!"

"뭐? 네 이름?"

"아니, 이거."

백섬이 나뭇가지로 땅에 새긴 글자는 바로 망할 망亡 자였다.

"시체 걷는 수레에 쓰여 있었거든."

백섬이 얼마나 고달프게 살아왔는지 희제는 거듭 잊곤 했다. 심성이 너무 고와서, 웃음이 너무 맑아서. 나뭇가지를 뺏어 든 그녀가 백섬의 글자에 돌 석石과 풀 초艸를 덧붙였다.

"이러면 망초 망䓍이다."

딱 하나 아는 글자가 죽음이라 내내 서러웠던 백섬이 이제야 환히 웃었다. 발길에 숱하게 차일 정도로 지천으로 펴서 변변한 눈길조차 주지 않았던 망초들을 이젠 좋아하게 될 것만 같았다. 그때, 뾰로로로…… 소리를 내며 비무가 그의 어깨 위에 내려앉았다.

"비무가 진짜 널 좋아하나 봐. 원랜 나한테 왔는데."

입술을 쌜쭉대며 희제가 막 들어서는 장헌을 돌아보았다.

"벌써 오네?"

"벌써……라니?"

"바쁘실 거 아냐, 이제 곧 한자리 떡하니 차지하실 분인데!"

장헌을 당황시킨 건 희제의 말이 아니었다. 그녀의 분홍빛 입술이었다. 그 어여쁨이, 그 생기가 실로 못마땅했다. 설마 천하디천한 매골자 놈에게 잘보이려고 연지 따월 바른 건 아닐 것이다, 결코.

"한잔하실 시간은 되실라나?"

희제가 시첩 옆에 주병을 올려놓았다. 장헌이 혀를 끌끌 찼다.

"맨날 술! 하여튼 전생에 들병이였던 게 확실하다니까!"

"그래서 넌 안 마실 거냐?"

희제가 새우 눈으로 흘기자 장헌이 주병을 쭈욱 들이켰다.

"캬, 역시 윤 역관 댁 화주야!"

"야, 눈퉁이! 우리 아부지가 젤 싫어하는 말이 '윤 역관'이라니까! 뼈대 있는 족보 사서 구색까지 갖춘 지가 언젠데 아직 역관이래!"

"아, 맞다! 윤대감님. 그래, 윤대감님은 술장사나 하시지 피곤하게 금광은 뭣 하러 찾아다니신다니?"

"내 말이! 우리 아부지 똥고집을 누가 말려!"

술 한 모금을 들이켠 백섬이 오만상을 찌뿌리다 말고 감탄하였다.

"너무 신기하다, 처음엔 진달래 맛이 나다가 끝에는 취죽 향이 나."

"와! 백섬이 너, 기가 막히다. 이거 대통에서 숙성시키는 두견주야! 우와."

희제가 뉘엿한 노을을 등지고 술을 벌컥벌컥 들이마셨다.

"크으……. 난 여기만 오면 그렇게 술이 달더라?"

그녀가 목을 희룽해룽하며 사지를 들까불대자 장헌이 홱 주병을 낚아챘다.

"작작 마셔라, 응?"

"술은 눈퉁이 너보다 내가 훨씬 세거든! 이런 화주는 한 말도 끄떡없어!"

"그럼 작금 병신춤 추는 거는 누군데?"

"내가 술에 취했겠냐? 분위기에 취했지! 벗, 비밀 회합, 구곡재! 캬!"

그녀의 손끝이 백섬과 비무, 그리고 집채를 차례로 가리켰다. 분명 벗이라 칭하며 백섬을 가리켰다. 장헌이 콧방귀를 뀌었다.

"그럼 난? 난 뭐야? 왜 난 빼?"

"구곡재라고 했잖아!"

"그게 뭐야?"

"뭐긴? 제일 중요한 인물이지! 작금 당장 들켜도 힘없는 우리 둘을 구해주실 분!"

우리 둘이라……? 거듭되는 괴상한 편 가르기에 장헌은 천불이 났으나 곡절을 모르는 백섬은 그저 어리둥절했다.

"야, 그만 펄럭거려. 슬슬 파할 시간이야."

"쓰읍! 너, 약한 소리 마! 복순 어멈 기척이 들리는 그 마지막 순간까지 우리 셋 다 꼼짝없이 여기 있는 거야!"

"하여튼 저 똥배짱! 너 완전 취했어. 금와당까지 데려다줄 테니까 앞장서!"

장헌이 흥겹게 물결치는 희제의 팔을 곱게 잡아 내리곤 등을 떠밀었다. 실은 술에 젖은 그 분홍빛 입술을 백섬이 보는 게 싫은 것이었다. 그런 그의 맘도 모르고 희제는 와락 장헌의 팔을 붙들었다.

"눈퉁아!"

"왜?"

"복순 어멈, 혜민서에 맨날 보내면 안 되냐? 시침도 머리끝부터 발끝까지 쫙 다 하고, 응?"

제가 백날 사정을 해도 시간 없다, 일한다, 돈 번다, 핑계만 대던 희제가 저리 나오니 장헌은 배알이 꼴렸다.

"아, 아니지! 네가 복순 어멈한테 직접 침 좀 놔줘! 나 여기서 백섬이랑 좀 놀게!"

"술주정 말고 곱게 가라."

"너 침쟁이도 해?"

백섬의 질문과 동시에 커억, 퉷! 대문께에서 가래 뱉는 소리가 났다.

"흐익! 내 이럴 줄 알았다니까!"

장헌이 잽싸게 술병을 숨기는 사이, 백섬은 희제를 들쳐 매곤 담 위에 앉혔다. 그녀는 담 밖으로 냅다 뛰어내려도 모자랄 판에 정녕 취하기라도 한 것인지 아니면 그저 이 상황이 재미있어서인지 허공에 침놓는 시늉을 하며 장헌을 쪼아댔다.

"여 들어오믄 안 된다 안 캤심니꺼!"

복순 어멈의 불호령에 두 사내가 담벼락을 희뜩댔으나 다행히도 희제는 사라지고 없었다.

"도랜님! 이라시면 윽수로 곤란함니데이! 우짠지, 낼로 글케 침 맞으라고 등을 떠밀어사트니만 매새끼 훈련 요서 시킬

라꼬 그란 거였심니꺼, 예?"

"도……련님?"

백섬의 휑뎅그렁한 눈이 장헌을 바라봤다. 그런 그를 의식하며 복순 어멈은 웃전의 옷자락을 끌고 대문 밖으로 나섰다. 그제야 장헌은 유모에게 싹싹 비는 시늉을 해댔다.

"한 번만 봐줘! 나 곧 내의원 들어가잖아. 이제 오고 싶어도 못 와. 딱 금일까지만 오려고 그랬어, 진짜야!"

"참말로 미칫다, 미칫어! 으르신 아시면 우짤라고 이라심니꺼, 예? 내사 마, 콱 일러뿔까요? 으디 집안 한번 뒤집히는 꼴 보실랍니꺼?"

"그러지 마셔, 응?"

"긍까 단디 말하시소, 단디! 여 다시 올 낍니꺼 안 올 낍니꺼?"

"안 올게, 진짜 얼씬도 안 할게!"

"약속한 낍니더! 담번엔 진짜로 내 가만 안 있심니더! 후딱 내려가이소!"

멀어지는 장헌의 등을 한참이나 보고 서 있던 복순 어멈은 마당으로 들어서며 백섬을 다그쳤다.

"뭔 말 했노, 으이? 도랜님이 니한테 뭔 말을 하드노?"

"그…… 그것이 도련님이신 줄 몰랐습니다. 그냥…… 매꾼인 줄 알았습니다. 정말로."

"천방지축 저 꼴로 나댕기니까 우이 안 그렇겠노."

"저분이 하면……."

"짝은 도랜님 아이가. 근데 뭔 얘기 했냐고?"

"매 얘기…… 했습니다. 먹이며 사냥법이며……."

"딴건? 뭐 딴 얘긴 안 했고?"

"딴 얘기 뭐요?"

"마, 아이다! 아들아, 니 단디 들으래이. 도랜님은 크게 되실 분이다. 이자 내의원에 들가서 어의 될 분이라 그 말이다. 혹시 다시 오시거등 마 가라 카래이. 말도 섞지 말래이. 알았나? 으르신이 아싯다간 니가 경을 친데이. 윗분들하고 괜히 엮여삐믄 피 보는 건 우리라 그 말이다. 알긋제?"

"예. 근데 그게…… 제가 도련님께…… 실수를 한 듯합니다."

복순 어멈의 거적눈이 일순 모로 섰다.

"뭘? 뭔 실수?"

"그것이…… 계속 제가 반말을 했습니다. 전 진짜 그냥 매잡이인 줄 알았습니다!"

"하이고, 깜짝아. 낸 또 몬 일이라꼬! 괘얀타! 짝은 도랜님은 장난 윽수로 좋아한다. 마 잊아뿌라. 이제 낮짝 맺댈 일도 읎을 낀데 뭐."

"예."

"하이고, 저놈의 살구나무! 마 바빠 죽겠는데 또 꽃이 저래 떨어지삐네, 카악 퉤!"

"어머닌 살구꽃이 싫으세요?"

"말이라 카나, 마 징글징글하다! 일거리를 자꾸 맹그니까 아주 웬수가 따로 읎다. 콱 다 뽑아삐면 속이 다 시원하겠구만은!"

"그럼 어머닌 무슨 꽃을 좋아하시는데요?"

"마 다 꼴배기 싫다! 일꺼리 나오는 건 딱 싫다. 그나마 대나무랑 소나무! 그게 질로 낫네. 머 떨어지는 것도 밸로 읎꼬."

96

"앞으론 제가 마당을 쓸겠습니다. 이 튼실한 아들 두셨다 뭐 합니까? 제가 싹 쓸고 들어갈 테니 걱정 마세요."

백섬은 냉큼 싸리비를 찾아 들고 살구나무 아래를 싹싹 쓸었다. 곧 연약한 나뭇가지에 드문드문 살구가 달렸다. 왱왱대며 꿀벌들이 들러붙었다. 백섬은 마당을 쓸 때마다 혹여나 희제가 오는 건 아닌지 장독간을 바라보는 게 버릇이 되었다. 하나 복순 어멈이 구곡재에 딱 붙어 있으니 와도 문제였다. 한숨이 길어졌다. 어느새 땡볕에 물러터진 살구를 까치며 참새들이 쪼아대었다. 악을 쓰던 매미 소리가 잦아들기 무섭게 고추잠자리가 날아들었다. 이젠 희제의 얼굴이 가물가물했다. 하늘이 드높아졌다. 해가 무섭게 짧아졌다. 낙엽이 졌다.

2장

누를 황

부적의 쓸모

툇마루와 연결된 문을 모두 연 대청마루에 백섬은 한갓지게 누웠다. 앞뒤로 치고받는 갈바람에 노란 은행잎이 나뒹굴었다. 이토록 긴장감 없이 세월을 희롱하며 산 적이 없었다. 복순 어멈은 입추가 되기 무섭게 검부러기도, 잔솔가지도 아닌 튼실한 참나무 장작으로 군불을 때주었다. 샛바람이 들세라 띠살문과 동창에 두툼한 무렴자까지 쳐주었다. 작년까지 백섬에게 동절은 딱 저주였다. 어렁골 암자엔 늘 틀어진 문짝 사이로 골바람이 들이쳤다. 그 소리가 꼭 귀곡성 같다고 몸서리치는 누이를 위해 백섬은 제 몸으로 그 틈을 막고 잠을 청했다. 새벽엔 매얼음이 낀 개울에서 물을 긷다가 너테에 베어 피를 보기 십상이었다. 싸락밥은커녕 풀뿌리와 소나무 껍데기로 연명하는 건 당연하고 그조차 떨어지면 눈과 고드름을 끼니 삼았다. 돌림병이 돌아 마을에 내려가면 살풍경이 가관이었다. 행여 가을 흉년이라도 들었다 치면 그 참담함은 이루 말할 수도 없었다. 배가 곯아 눈이 뒤집힌 천인들이 고을 마방에서 여물 훔쳐 먹는 것은 예사요, 거리엔 아사자, 동사자, 괴질에 걸려 죽은 시체들이 수두룩했다. 백섬은 그리 제각기 다른 사정을 가진 송장들을 동구 밖에 한데 모아 불을 놓았다. 겁 없이 달려드는 까마귀 떼를 쫓으며, 그 거대한 다비茶毘를 처음부터 끝까지 지켜보는 것이 그의 일이었다. 한데 이젠 숫제 신선놀음이었다. 입추부터 따뜻한 물로 소세를 하고, 갓 틀어 보송보송한 햇솜이불을 덮고 잤다. 시첩을 뒤적이며 잘 마른 압화의 향에 취했다.

굳은살이 싹 사라진 말끔한 손바닥에 히죽대던 것도 잠시, 백섬은 언제부턴가 제가 식충이처럼 느껴졌다. 어르신께서 무엇을 하명하시든 잘할 자신이 있건만 하달되는 일거리는 늘 보잘것없는 것이었다. 석연찮은 구석도 있었다. 복순 어멈은 나뭇단을 해오는 사람과도, 부식을 건네주는 사람과도 일절 아무 말도 섞지 못하게 백섬을 막았다. 그들은 구곡재에 노파 혼자 산다고 여길지도 몰랐다. 그러고 보니 찜찜한 것은 또 있었다. 제가 도끼질을 한다고 나설 때마다 복순 어멈은 급하게 손사래를 쳤다. 굽은 허리를 재차 문질러가며 손수 나무를 패는 것도 모자라 하루 세 번 상차림을 게을리하지 않았다. 아침을 먹고 뒤돌아서면 또 점심때인데 같은 찬이 연이어 올라오는 법도 없었으니 가히 이상한 일이었다. 작금도 그녀는 커다란 배를 가지고 왔다. 진귀한 과일을 맛보기도 전에 백섬이 불쑥, 말을 뱉었다.

"어머니, 솔직히 말씀해주세요."

"뭐를?"

"제가 왜 여기에 갇혀 있는 것입니까?"

복순 어멈의 쭈글손이 건듯 멈췄다. 과일을 내려놓은 손에 곰방대가 들렸다. 꾸역꾸역 욱여넣은 연초에 불이 붙었다. 오목한 입새로 부유스름한 연기가 흘러나왔다.

"하이고…… 결국 묻네, 그자?"

"서너 살 아이도 할 만한 소일거리만 주시고, 찾아오는 일꾼들에게도 매번 저를 숨기시고, 매끼 거한 밥상에 하물며 귀한 과일들까지…… 저도 바보가 아닌 다음에야 이건 뭔가 이상하다는 생각이 들지 않겠습니까?"

"알았다, 내 다 이바구하꾸마. 이제 와서 뭐 숨기고 자시고 하겠노. 근데 아들아, 이건 증말 니캉 내캉 비밀이래이. 주둥이 놀린 게 뽀록나믄 내는 마 진짜 작살나삔다, 알긋나?"

"예."

뻔히 둘밖에 없는 구곡재건만 복순 어멈은 안 그래도 탁한 음성을 더욱 짓죽였다. 엉덩짝을 바짝 붙여 앉고, 볼이 우묵하게 파일 정도로 담배를 깊이 빨아들인 후에야 입이 열렸다.

"접때 내가 이바구했제? 역뱅이 돌아 여서 노비들이 싹 다 죽어삤다구. 그때 이 댁 안방마님도 마 돌아가시삤다 아이가. 우리 으르신이 맹색이 어윈데 부인을 그르케 보내삤으니까 맴이 으땠겠노? 그때 용한 만신이 천도제하러 여 오셨었거든. 공주마마 혼롓날도 잡고 죽은 궁인들 넋굿도 한 무년데, 이 집 터가 옛날에 가마터였다꼬 마 윽수로 숭허고 그캤단다. 한마디로 마 화터인 기라, 화터! 불이 차고 넘차서 앞으로 이 집안에 뒤숭숭한 일이 마 줄줄이 나삔다고 공수를 내리삔 기라."

"그것과 제가 무슨 상관인 겁니까?"

"그 만신이 우리 으르신한테 그캤단다. 마 부적을 써뿌라고. 인간 부적. 유밸시리 추웠던 무신년 중에서도 한겨울 새벽에 태어나서 음기가 윽수로 충만한 사내아를 찾아 구곡재에 딱 앉히만 놓으믄 화터가 마 싸악 식어삔다고, 가문을 구하는 일은 그 방법밖에 읎따꼬."

"그…… 그러니까, 제가…… 부적이라고요?"

"하모."

복순 어멈이 뿜어낸 백연 사이로 백섬이 데그르르 눈알을 굴렸다.

"근데 역병은 이미 몇 년 전의 일인데, 저는 반년 전에야 오지 않았습니까?"

"그니까! 몇 년 동안 우리 으르신이 조선 팔도를 이 잡듯 뒤지믄서 을매나 애가 탔겠노? 혹시나 무신년 겨울생 아를 찾아도 부모가 어디 생때 거튼 지 아를 데려가라 카나? 택도 읎지. 그르다 마 니를 극적으로 찾아낸 기라. 사주는 분맹헌데 부모는 읎고, 돈으로 사올 수 있는 인간 부적, 살아 있는 벽사!"

"정말 제가 벽사라고요? 제가요? 그럴 리가…… 없는데……."

"아이다! 니 맞다! 팥죽 뿌리고 소금 치는 것보다 천배 만배 강력한 인간 부적! 그니까 아홉 번 꺾어져야 들어올 수 있는 구곡재에 고이 모셔놓고 으르신이 직접 근강까지 살피시는 거 아이가. 근데 부적이 막 바깥으로 나돌믄 되긋나 안 되긋나? 온갖 때만 인간들한테 부대끼믄 부정이 타긋나 안 타긋나?"

"참말이십니까?"

"오마야, 이 아가 와 사람 말을 몬 믿노? 부적이란 기 꽁꽁 숨겨야 효험이 있을 끼 아이가! 니 동네방네 널리널리 자랑질하는 부적 본 적 있나?"

"아니⋯⋯오."

골똘히 머릴 굴리다 말고 백섬은 되똑 고갤 쳐들었다.

"그럼 저는 평생 예 갇혀 지내야 합니까? 예?"

"아이지! 도랜님들 다 장가드시믄 니 역할도 끝이다. 며느리 둘이 들어오믄 집안에 음기가 차서 다 괘얀아진다 카드라. 그람 니는 마, 자유지."

"그럼 그 후에 저는 어찌 됩니까?"

"우리 으르신이 으뜬 분인데! 그때 가서 니를 모른 척하시 긋나? 싹 면천시키서 산자락에 붙은 논 몇 마지기라도 뗘서 주시긋지."

"참말 그리될까요?"

댓돌에 연죽을 땅땅 두들긴 복순 어멈의 목소리에 힘이 실렸다.

"니가 으르신이믄 내 집 흉사 막아준 사람한테 막하긋나, 잘해주긋나? 으이? 넌 크게 한몫 잡는 기다. 논이 열 마지기 면 팔자가 마 쫙 피는 기라!"

안도의 숨을 내쉬면서도 백섬은 제가 그토록 막대한 책임을 수행하고 있다는 것이 당최 믿기지가 않았다.

"앞으로 길어야 을매 되긋노? 남헌 도랜님은 의금부 도사고 장헌 도랜님도 내의원 들갔다 아이가. 원래 잡과에 통과하믄 혜민서부터 가거든. 백성들 시료를 십 년쯤 해야 전의 감서 궁중 약재 쪼매 만지고, 또 한 십 년 지나야 내의원에 드가는데 장헌 도랜님은 막바로 종사품 첨정으로 내의원 살림 총괄부터 안 시작했나. 거기다 집안 좋지, 을굴 반반허지 매파들이 문 앞에 드글드글하다. 그니까 마 장가드실 때까지만 니가 여 딱 버티고 있으믄 걍 풍주 최씨 가문 전체를 구하는 거래이. 아이지! 으르신이 임금님 근강을 책임지시는 분이니까는 니가 아주 조선 전체를 구해뿌는 기다, 알긋나?"

마침 누군가 대문을 두들겼다. 땔감이 올 때였다. 백섬은 후다닥 방으로 들어가 문부터 닫아걸었다. 이제야 모든 게 이해가 됐다. 자꾸만 나오는 진솔옷, 어르신의 치료, 식간에 오르던 환, 대단한 밥상, 외부인과 같이 있을 때 놀라던 복순 어멈까지……. 백섬은 졸지에 금부처라도 된 것 같아 기분이 묘했다. 제 존재만으로 집안에 악한 기운이 물러가고 복이 온다라? 저에게 과연 그런 자격이 있는가? 평생 해가 뜨면 땅에 코를 처박고 삽질하기 바빴다. 고개를 들어 하늘을 보는 건 기껏 날아드는 까마귀 떼를 쫓을 때뿐이었다. 시취에 취해 잠이 들고 꿈속엔 늘 얼굴 없는 귀신들이 드나들었다. 그런 제가 정승댁의 벽사라니 가당키나 한 일인가? 좋다가도 이내 걱정이 되었다. 혹시 괴강 스님이 제 정체를 숨긴 것은 아닐까 불안이 닥쳐왔다.

백섬이 베개에 코피를 쏟으며 깬 것은 다음 날 새벽이었다. 죽을 들고 들어오던 복순 어멈이 놀라 그의 코밑에 면포를 갖다 대곤 콧등을 눌러 잡았다.

"오마야! 니 아침 댓바람부터 갑자기 와이라노? 고개 너무 쳐들지 마래이, 여 단단히 누르고!"

"코피가 나는 건 생전 처음이라……."

"니 열나네! 땀은 또 왜 이리 나노? 으디 또 아픈 데는 없나?"

백섬의 팔과 다리를 살피던 복순 어멈이 그의 팔뚝에 든 멍을 보고 획, 얼굴을 찌푸렸다.

"이건 뭐꼬? 은제부터 이랬노?"

"삼 일 정도 되었습니다."

"니 쪼매만 이르고 있으래이."

깨끗한 면포와 새 저고리를 챙겨놓고 일어서는 복순 어멈을 백섬이 채잡았다.

"어머니! 아무래도 뭔가 잘못된 것 같습니다."

"뭐, 뭐가?"

"혹시…… 어르신께서 제가 일전에 무슨 일을 했었는지 모르시는 게 아닐까요? 매골자였던 저를 어찌 부적으로 쓰신단 말입니까!"

"하이고, 내 몬산다! 니 그 극정 때매 잠 몬 자서 이리된 기가? 당연히 다 알지! 으르신께서 모르는 기 으딨노!"

"참말요?"

"만다꼬 그란 극정을 해쌌노! 코피 멈차면 옷이나 갈아입어라, 알았제?"

최승렬이 친히 구곡재에 들었다. 천장을 보고 바로 누운 백섬은 맨가슴을 훤히 드러낸 채였다. 복순 어멈은 능숙한 솜씨로 화로에서 소금을 볶아 은수저에 소복이 올린 뒤 웃전에게 내밀었다. 곧 백섬의 아랫배로 뜨거운 소금이 쏟아져 내렸다.

"흐아악……!"

"가만 몬 있나! 으르신께서 니 뱃속에 뭉친 냉혈을 푼다고 안 그카시나."

백섬의 콧잔등에 송골송골 땀이 맺혔으나 숯같이 벌게진 소금은 재차 부어졌다.

"쪼매만 버티라, 거진 다 됐다."

"으아아악!"

세 번째 불소금에 백섬은 그만 혼절하였다. 그의 눈꺼풀을 까뒤집어 상태를 살핀 최승렬은 제 수첩에 무언가를 적어 내렸다.

"비출혈鼻出血은 금일이 처음인가? 혈의 량은?"

"요만헌 면포 두 개를 흠뻑 적실 정도로 엄청 쏟아졌십니더."

"색은?"

"꺼머죽죽헌 기 아이고 완전 시뻘겠십니더."

"팔의 멍은 삼 일 전부터 있었고?"

"예."

"다른 건?"

"열도 오르고, 땀도 났십니더."

"말린 인진호茵蔯蒿와 마제초馬蹄草는 조반에, 침사鍼砂는 취침 전에 먹인 후 안색과 증상을 살펴 보고하게. 그간 별다른 건 없었겠지?"

"예. 인마가 마 등치만 산만 하지 속은 순진해 빠지서 즈한테 어무이, 어무이 합니더."

"그래, 바짝 신경 좀 쓰시게."

깽깽이풀

백섬이 게슴츠레 눈을 떴다. 어둑해진 방 안에 몽당초 하나만이 까막거렸다. 구석에 놓인 화로는 비실비실 꺼져가는 중이었다. 어르신께서 손수 치료까지 해주셨는데 그만 정신을 놓은 듯했다. 뒤늦은 송구스러움에 홀로 정좌한 백섬의 무르팍으로 또 코피가 쏟아졌다. 이번엔 놀라지 않았다. 냉혈을 풀어내면 속에 뭉쳐 있던 사혈이 나온다고 복순 어멈이 진작 말해주었다. 면포로 차분히 코를 틀어막은 찰나 문이 열리고 푸른 인영 하나가 휙, 방 안에 들어섰다. 촉촉한 한기와 함께 와락 꽃향기가 따라들었다.

"희, 희제야!"

어깻숨을 쉬는 여인의 모습이 담 넘어 몰래 들어온 괭이 같았다.

"백섬아, 너 왜 그래? 어디 아파?"

희제가 눈을 홉떴다. 그저 놀래줄 요량이었는데 코를 틀어막고 웅크린 백섬을 보곤 오히려 제가 놀란 것이었다. 그녀가 한달음에 그의 이마를 짚었다.

"무슨 일이야? 괜찮아?"

"너야말로 어찌 왔어?"

"괜찮냐구!"

"코피 가지고 뭘. 나 괜찮아. 멀쩡해. 그런데 정말 어찌 들어온 거야?"

"밤손님이 올 거라고 복순 어멈인들 생각했겠어? 당당하게 열린 대문으로 걸어 들어왔지!"

"진짜?"

"염려 마, 아무도 못 봤으니까. 신발도 들고 온 거 보이지? 나 완전 치밀하다니까."

"너 여기 있다가 걸리면 정말 큰일 나."

"큰일 난 건 너 같은데? 코피가 어찌 이리 많이 나?"

"너무 놀고먹다 보니까 몸도 놀랐나 봐."

백섬은 속없이 생글방글 웃어 보였다. 틀어막은 콧날이 무섭게 허예진 것도 모르고.

"그게 말이 돼?"

"걱정 마. 어르신이 오셔서 치료해주셨으니까."

"손수?"

"응. 그렇다니까."

"널 부른 게 아니라 예까지 오셨다고?"

"너도 못 믿겠지? 흐흐, 나도 안 믿겨."

삐끗, 희제의 머릿속에서 무언가 어긋났다.

"이렇게 해봐. 어깨 펴고 목에 힘 빼고."

가느다란 손가락이 백섬의 어깨를 차분히 눌렀다. 냉기를 머금은 써늘한 체온이 그에게 묘한 흥분을 불러일으켰다.

"다음 대보름엔 백섬이 너랑 답교놀이 가야겠다."

"답교놀이?"

"다리 위에서 보름달을 보면 잔병치레가 없대."

"와! 정말?"

"정말은 무슨! 그게 말이 되냐? 그냥 그 핑계로 손이나 한 번 잡으려는 수작이지 뭐."

"푸흡……."

그때였다.

"아들아!"

탁성에 식겁한 두 사람이 파팟, 눈빛을 교환했다.

"아들아, 오데 있노? 방에 있나?"

백섬이 후, 하고 촛불을 끄기 무섭게 희제는 옆에 있던 이 불을 뒤집어쓰곤 후다닥 누웠다. 벌컥 문이 열렸다.

"이 아들놈아! 니 와 재까닥 대답을 안 하노? 내 간 떨어졌다 아이가! 니 좀 괜않나?"

"예! 전, 전, 괜찮습니다!"

필요 이상으로 크게 답한 백섬이 벌떡 일어났다.

"으째 불을 다 끄뿟노? 불 좀 키봐라, 내 쫌 드가자."

부스럭, 부스럭. 복순 어멈이 발끝으로 거리를 가늠하며 방에 들었다. 어둠 속에 쓴 탕약 냄새가 번졌다. 문틈으로 깊숙이 뻗어 나온 월영이 불룩하게 솟아 있는 이부자리에 비쳐들었다. 삐져나온 희제의 치맛자락을 밀어 넣으며 백섬이 마른 침을 삼켰다.

"어머니! 불 켜지 마세요! 저! 다시 잘 겁니다!"

"괜않냐니까? 내 아들놈 을굴 좀 보자. 촛대 으딧노?"

"전 괜찮습니다, 그냥 좀 더 자야겠습니다!"

"잘 때 자드라도 이건 먹고 자야재. 하이고, 촛대 으딧냐니깐? 안 그래도 눈깔이 침침해 죽겄구만은!"

"작금 마시겠습니다! 마십니다, 작금!"

꿀꺽. 꿀꺽. 탕약을 단번에 들이켠 백섬은 곧 솟구친 열기에 가슴을 내리쳤다.

"켁…… 헤엑……."

"거 억수로 뜨갑은데? 니 홱 다 마셨뿟나?"

"예! 다 마셨습니다."

"하이고, 승질도 급하기도! 마이 어지랍나?"

"예, 그래서 자려구요, 작금. 당장. 아이고, 어지러워라."

백섬은 보란 듯이 사부작사부작 이부자리를 파고들었다. 몰캉한 여체에 순간 멈칫했으나 곧 반듯하게 몸을 뉘었다.

"저, 누웠습니다! 이불도 덮었구요. 이제 잡니다!"

"근데 니! 쪼매 이상하네?"

"예? 뭐…… 뭐가요?"

"잠깐 불 쫌 키봐라."

이불 밑에서 희제가 백섬의 팔뚝을 와락 잡았다.

"왜, 왜 그러십니까!"

"니 을굴 한번 보자! 영 안 괘얀은 거 아이가? 오늘따라 와 그렇게 잔다고 설쳐쌌노?"

"아뇨! 아닙니다! 아니에요! 그냥 피곤해서 그럽니다!"

"윽수로 곤한갑네, 으이?"

"예, 아이고, 피곤해. 어우, 졸려라. 어머니, 저 정말 자야겠습니다. 이제 저 눈 감습니다! 잡니다!"

"아휴, 알긋다. 그럼 자래이."

복순 어멈의 발소리가 자박자박 멀어지자 희제가 이불을 머리끝까지 뒤집어쓴 채로 숨죽여 속삭였다.

112

"와아, 손에 땀나는 것 좀 봐. 불 켰으면 나든 복순 어멈이 든 둘 중 한 명은 허심통虛心痛으로 죽었어, 흐흐."

"혀가 마비된 것 같아, 뜨거운 탕약을 너무 단번에 마셨더니."

"그래도 그 탕약 냄새 덕분에 안 들킨 거야. 사람들이 나한테서 금박 냄새가 난다더라."

"금도 냄새가 있어?"

"그런가 봐, 난 잘 모르겠는데."

이불 속, 자그마한 공간 안에서 말이 끊겼다.

"그나저나 나 이제 어떻게 나가냐?"

"푸큭큭……"

"크크크……"

난감한 상황에 두 사람은 오히려 웃음이 터졌다. 그 소리가 또 웃겨 입을 틀어막으며 단단히 이불을 뒤집어썼다. 어둠 속에서 이불 채가 한참을 들썩거렸다.

"그런데 너, 저번에…… 왜 매꾼이 장헌 도련님인 거 얘기 안 했어?"

"지가 얘기 안 한 걸 내가 왜?"

"난 양반 행세하는 중인은 봤어도, 중인 흉내 내는 양반은 처음 봐. 너도 그렇고."

"차암, 난 정말로 가짜 양반이라니까 그러네."

"정말, 가짜, 양반? 하하하."

"눈퉁이 걔, 열여섯에 진사시 합격하고 일사천리로 초시, 복시, 전시 다 급제했어. 얼마 전엔 잡과까지 봤더라. 당연히 으뜸 먹었고. 혹시나 아비 덕에 내의원에 앉았다는 소리 나올까봐 선수 친 거지. 한마디로 잘난 척."

"와. 대단하다."

"대단은 무슨. 그 이후로 걘 여기 안 왔어?"

"응, 대신 비무가 왔었지."

"비무가 혼자?"

"응, 가끔 와서 내 어깨에 앉아 있다가 가곤 해."

"역시, 차가운 주인보단 따뜻한 네가 좋은가 보다."

"아니. 내가 메뚜기도 잡아주고, 지렁이도 잡아주니까 배고플 때마다 오는 거야. 어미한테 사냥법을 못 배워서 직접 잡아먹는 건 못 하는 모양이더라고. 딱하게."

"나도 비무처럼 날아오면 좋을 텐데. 여름 내내 나 여기 몇 번이나 왔다 갔었다. 몰랐지?"

"언제?"

"망종에도, 소서에도, 대서에도. 그런데 복순 어멈이 하도 눈에 불을 켜고 네 옆에 딱 들러붙어 있으니 내가 들어올 틈이 있어야지. 그래서 머릴 굴렸지. 해 떴을 때는 가망이 없으니까 밤에 시도해본 거야. 제아무리 복순 어멈이라도 잠은 잘 거 아니냐고. 근데 너 진짜 정체가 뭐냐?"

"정체?"

"확실히 머슴은 아니고…… 혹시 네가 복순이야? 친아들이냐고?"

"하하하. 아니."

"근데 왜 이렇게 널 금이야 옥이야 싸고돌아? 나가지도 못하게 하고, 절대 외부인도 안 들이고 말야."

"난 웃전에서 시키는 대로 따를 뿐이지, 뭐."

백섬은 푸스스 웃었다. 아무리 벗이라 해도, 한 가문의 명운이 달린 부적에 대하여 함부로 발설할 수 없었다. 희제가 소맷자락에서 보랏빛 꽃을 꺼내 이불 위로 빼꼼히 들어 보였다.

"참, 나 이거 때문에 온 거야. 이 꽃 이름이 궁금해서."

희끄무레한 달빛이 이미 시들해진 꽃잎을 비추었다.

"깽깽이풀이네."

"에이, 네가 막 지어낸 거지?"

"아냐. 진짜 이 꽃 이름이 깽깽이풀이야. 내가 지어줬으면 최소한 풀이라곤 안 했을 거야."

"그러게. 생긴 건 꽃인데 이름은 왜 풀이지?"

"깽깽이풀 정도면 양호한 거야. 터무니없는 이름을 가진 꽃들이 한둘이게? 놋젓가락나물, 누린내풀, 개싸리, 며느리밑씻개, 노랑괭이밥, 가는장구채, 개불알풀…… 그게 다 얼마나 예쁜 꽃들인데."

"걔넨 억울하겠다."

"억울할 게 뭐야. 사람들이 무어라 부르건 제가 고귀하고 어여쁘면 그뿐이지."

희제가 한 팔로 제 머리를 괴며 어스름에 짓이겨진 백섬을 바라보았다. 그 청신한 면에 걸린 연한 한자락 미소가 그녀의 마음을 휘저어놨다. 평생 웃을 일 없이 산 이가 어찌하여 저토록 맑게 웃을 수 있을까, 한겨울 눈꽃처럼 새하얗게.

"너도 그래. 태생은 풀일지 몰라도 어여쁜 꽃이야."

여인의 말이 반딧불마냥 사내의 마음을 밝혔다. 누군가에게 어여쁘다는 말을 처음 들어서 아니라고 부정해야 할지, 고맙다고 긍정해야 할지 가늠이 되지 않았다. 실상 어여쁜 것은 꽃이다. 그리고 희제다. 생급스레 여체에서 달큰한 향이 번져 나왔다. 이게 바로 금박향인가, 삽시에 백섬의 입안에 침이 고였다. 그 화려한 향내가 어째서인가 곤혹스러운 탓이었다. 빤히 저를 바라보는 여인을 향해 그는 또 배시시 웃었다, 제 마음을 숨기려고.

"조선팔도를 돌며 매골을 했댔지? 어느 고장이 가장 예쁘디?"

"경기도 이천."

"와. 답이 망설임 없이 바로 나오네."

"몇 해 전 가을에 그곳의 한 사찰에 기거하면서 매골을 했거든. 가끔 스님들을 따라서 하천 유역의 여염마을로 탁발을 하러 가곤 했는데 아직도 그 풍경이 선해. 물이 좋고 물레방아가 많아 방앗골이라 불리는 곳이었거든."

"어땠길래?"

"고향이 있다면 이런 느낌일까 생각했어. 기름진 평야와 구릉지가 끝없이 펼쳐지고 산발치까지 천지가 층층이 다랭이 논이었는데 온갖 곡식들이 알차게 여물고, 집집마다 밥을 짓는 연기가 복스럽게 피어오르고, 아낙들 인심은 또 어찌나 후한지 거기선 늘 배불리 먹었어. 난 나중에 거기서 살고 싶어."

"가서 뭘 할 건데?"

"다 논밭이니까 늘 일손이 필요할 거야. 난 모내기도 돕고, 논 귀퉁이에 물길도 내고, 추수하고, 탈곡하고, 겨울철엔 산에서 돌을 캐서 돌담을 수리할 수도 있지."

"물이 좋은 곳이면 술도 맛있겠다. 나 놀러가도 돼?"

"그럼! 당연하지!"

황공한 상상에 백섬은 말을 잃었다. 그러나 영 안 될 말도 아니었다. 도련님 두 분이 모두 장가를 드시면 저는 밭뙈기도 받고 면천도 된다. 하면 정말 이천에 자리를 잡고 게서 희제와 재회할 수도 있을 것이다. 냅다 백섬의 심곡에 설렘과 희망이 박혀들었다. 그때, 뻐꾹. 뻐꾹. 밤새의 잠투정에 복순 어멈의 기척이 겹쳐졌다. 정확히는 카아악 퉷, 가래 뱉어내는 소리였다. 이불을 젖히고 일어난 희제가 후딱 옷매무새를 고 쳤다.

"흐익! 가야겠다, 이러다 복순 어멈 또 오면 그땐 정말 끝 이잖아."

따라 일어선 백섬이 희제의 손에 따뜻하게 데워진 차돌 하 나를 쥐여주었다. 화롯가에 두었던 것이었다. 작은 온기 한 덩이 소홀히 할 수 없었던 어령골의 삶이 만들어낸 오랜 습 관이었다. 금을 다루는 귀한 손에 쥐여줄 수 있는 것이 기껏 돌덩이뿐이어서 백섬은 또다시 멋쩍게 웃었다. 금와당에 이 름 모를 꽃이 또 피면 좋겠단 속내를 차마 내뱉진 못하고. 몽 돌을 갈무리한 희제가 띠살문 너머 완전히 사라질 때까지, 백섬은 그 뒷모습을 멀거니 바라보았다. 벌써부터 그녀가 다 녀간 것이 꿈만 같았다. 시득부득한 깽깽이풀만이 이 밤이 허상이 아님을 증명하였다.

집으로 말을 모는 희제의 표정이 오묘했다. 금일 구곡재 에 숨어든 것은 순전히 변덕이었다. 분명히 말하자면 마당에 만개한, 이름 모를 야생화 탓이었다. 당장 시들어버릴 연약 한 꽃. 하여 꼭 오늘 밤이어야만 했다. 아니, 실은 꽃을 핑계 로 백섬을 보고 싶었던 것이었다. 몽돌 덕에 묵직해진 소맷 자락이 따스하였다. 퍽도 다정한 배려였다. 하물며 강자갈엔 붓으로 그은 듯 백색 줄무늬가 선명하였다. 어찌하여 백섬은 강가에서 돌 하나를 주워도 이리 어여쁜 것을 찾아내는 것일 까. 그 결곡한 마음씨와 곁불 같은 온기에 미소 짓다 말고 희제는 어뜩 인상을 썼다. 코피를 쏟던 백섬의 흰 면이 떠올라서였다. 기이했다. 수어의 대감이 손수 치료를 해주고, 복순 어멈은 잔다는 백섬을 굳이 깨워 탕약을 먹였다. 글도 모르고 밥도 많이 축나는 팔팔한 노비를 달리 어디에 쓴단 말인가. 구곡재에서 대체 무슨 일이 벌어지고 있는 것인가. 희제는 속력을 내어 말을 분치하였다. 깜깜한 야공에 흰 얼굴이 삐딱하게 기울어졌다.

베 한 필의 의미

희제가 건넨 말고삐를 받아들며 행랑아범이 안절부절못했다.

"어찌 이리 늦으셨습니까, 장헌 도련님 와 계십니다요. 사랑채에서 기다리시래도 싫다시고, 식사를 올린대도 마다하시고…… 여튼 초저녁부터 한참을 기다리셨습니다."

장헌은 희제의 금와당을 좋아했다. 대청마루를 끼고 안방과 마주한 구조라서 은밀함이 더했다. 그 누구도 드나들 수 없는 그녀만의 공간에 유일하게 자신만은 예외였다. 그 특권을 누리며 여느 때처럼 그는 싸한 금박향을 들이켰다. 평소와 다를 게 없었으나 긴장은 배가 되었다. 금일 이곳에 온 이유 때문이었다. 긴 기다림 끝에 희제의 기척이 들리자 장헌은 늠씰 놀라 일어섰다. 신속히 녹빛 관복의 앞섶을 바로 여미고, 주름을 펴고, 허리춤의 각대를 매만졌다.

"어이쿠야! 내의원 첨정 나리가 금와당엘 다 납시셨네?"

"이 야심한 밤에 대체 어딜 다녀와?"

"차암 속편한 소리 한다! 남의 돈 벌어먹고 사는 게 어디

쉬운 줄 아냐?"

"칼두령은 또 뭐고? 널 한참이나 기다리다 가던데? 나를
아주 잡아먹을 듯이 쏘아보면서."

"뭐긴 뭐야, 손님이지."

"일 좀 가려서 받아! 계집애가 왜 이렇게 겁이 없어?"

"또, 또! 눈퉁이 너, 계집애 소리 좀 작작하랬지? 우리 아부
지도 안 하는 잔소릴 왜 네가 해?"

장옷을 횃대에 건 희제가 찻상 대신 작업대를 사이에 두고
장헌과 맞바라보았다.

"그래도 너, 잘 왔다. 안 그래도 조만간 옥선당에 가려던 참
인데."

"우리 집에?"

애체 너머로 기대감이 번졌다. 대뜸 희제가 작업대를 팔꿈
치로 짚으며 상체를 기울여왔다. 무슨 대단한 작당 모의라도
하는 양.

"넌 알지?"

"뭘?"

"백섬이 구곡재에서 뭐 하는지?"

장헌의 입매가 워럭 굳었다. 눈알이 삐뚜름하게 올라갔다.

"갑자기 걔 얘기가 왜 나와?"

"알아, 몰라?"

"구곡재가 얼마나 큰데! 오랫동안 비어 있었으니 손 볼 곳
이 좀 많겠어? 그걸 늙은 유모 혼자서 어찌 다 해?"

"그런 표면적인 거 말고, 진짜 이유."

"너 말 이상하게 한다? 진짜 이유라니?"

"단순 작업을 시키는데 외출도 금한다?"

"딴 종놈들은 어디 지 맘대로 마실 다닌다디?"

"백섬을 얼마에 사왔는지는 알고?"

"몸값은 왜?"

"배로 주고 내가 되사려고."

"뭐어? 안 돼, 절대."

말이 먼저 나갔다. 합당한 이유도 대지 못할 거면서 장헌은 다짜고짜 손사래부터 쳤다.

"절대는 또 뭐야? 누가 보면 거저 달라는 줄 알겠네."

"말도 안 되는 소리 마!"

"어르신께…… 아니지, 최소한 남헌 형님께 여쭤볼 순 있잖아?"

"안 된다고 했다!"

"거봐, 뭐가 있네. 그게 아니면 어째 돈을 배로 준다는데도 못 판대? 얼씨구나 팔아치워도 모자랄 판에. 쳇, 눈퉁이 너! 맨날 말로만 벗이니 어쩌니 하면서 이럴 땐 나 몰라라지? 그래, 나도 됐다. 뭐 네 도움 없으면 못 할까봐서?"

"왜 하필 그놈인데?"

"지가 그랬으면서, 귀인이라고."

제 발등 제가 찍은 걸 그제야 깨달은 장헌은 애꿎은 애체만 치켜올렸다. 그런 그를 아래위로 훑어 내린 희제가 피식댔다.

"왜 왔나 했더니…… 관복 자랑하러 오셨구먼?"

"아니. 이거 주려고."

장헌이 작업대 위에 베 한 필을 올렸다.

"내 첫 녹봉. 이걸로 홑이불이나 하나 지어라."

"내가 왜?"

"말했지, 나 종사품 첨정 따위 오래 할 생각 없어. 당상관이 되면 그땐 명주 이불 해줄게."

싸해진 면으로 희제가 일어섰다.

"나 명주이불 많아. 벽장에 차고 넘쳐. 재물로 치면 너보단 내가 훨씬 많다, 모르지 않을 텐데? 피곤하다, 그만 가라."

희제의 뒤통수에 대고 장헌이 급하게 말했다.

"혼인하자."

뒤돌아선 희제가 장헌을 쏘아봤다.

"하…… 기어이 그 말을 한단 말이지?"

"내가 그렇게 못마땅해? 그리 모자라?"

"응. 엄청 못마땅해. 한참 모자라."

"내가 뭘 더할까? 뭘 하면 네 성에 차겠어?"

"너, 남 얘긴 전혀 안 듣는 못된 버릇 있어. 알아? 나 이 얘기, 너한테 열 번은 더 한 것 같은데? 나 정인 따위 필요 없어. 네가 임금, 아니 하늘님이 돼도 난 혼인이니 뭐니 그딴 거 안 해!"

"기다릴게. 네가 나랑, 그딴 거 한번 해보고 싶어질 때까지."

"잘해야 기껏 갑자 넘기는 게 인생이야. 그것마저 언제 어디서 반토막 날지 모르는 거고. 내 어미, 내 오라비! 너도 봤잖아. 난 누군가의 무엇 같은 건 안 될 거라니까? 철딱서니 없이 그냥, 윤희제로 살다 죽을 거라고!"

장헌도 알았다. 여덟 살 희제가 어미의 갑작스러운 죽음에 한동안 말을 하지 못했다는 걸. 남겨진 게 아니라 버려졌다고 여긴 탓이었다. 금박장이란 천직을 갖고 차츰 회복되는가 싶었을 땐 또 그녀의 오라비가 갔다. 다시금 버려진 희제는 절대 누군가의 무엇 같은 건 되지 않겠다 선언했다. 언제 절교해도 이상하지 않은 벗 말고는. 그녀가 마음의 벽을 점점 더 견고히 쌓아 올리자 장헌은 애가 닳았다. 수많은 벗 중에 하나로 남는 건, 제 자존심이 결코 허락지 않았다.

"이제 내 그늘에서 편하게 살아, 좀!"

"이래서 넌 아니라구! 나 지금 편해! 누구 그늘 밑, 난 싫다니까! 고개 쳐들고 당당히 햇볕을 쬐면서 살 거라고!"

"아무리 좋은 나무도 다듬고, 가지치기를 해야 예쁜 거야. 무작정 뻗으면 볼썽사나워지는 거라고!"

"남들이 날 얼마나 되바라진 년으로 보든지 상관없어. 예쁠 생각 없다고!"

"희제야!"

"솔직히 우리 이렇게 벗으로 지내는 것도 앞으로 끽해야 일 년이야."

"무슨…… 뜻이야?"

"대제학 여식."

장헌이 흠칫했다. 혼담이 오자마자 아비에게 빌고 또 빌었다. 이제 막 내의원에 입성했으니 당분간은 일에 전념하고 싶다 했다. 형님도 혼인을 아니 하셨으니 순서를 지켜야 한다는 핑계까지 댔다. 그렇게 넘어간 줄만 알았다. 희제가 알고 있는지는 정녕 몰랐다. 그가 어렵사리 입을 떼었으나 희제가 빨랐다.

"너랑 나랑 벗이라는 걸, 그 아씨는 불편해할 거야. 아니, 불쾌해할 거야. 그러니까 그때까지는 웃으면서 보자, 응? 피곤해, 나. 잘란다. 가라."

"희제야! 윤희제!"

미련 없이 사라지는 그녀의 뒷모습을 장헌은 원망스레 쳐다보았다. 애꿎은 화는 복순 어멈에게 갔다. 그녀가 호언장담했다. 첫 녹봉을 주며 청혼하면 안 넘어올 여인이 없다고. 꼭 관복을 정제하란 조언도 덧붙였다. 하여 이런 입성으로 온 것이었다. 한데 희제는 제 마음을 야멸차게 잘라내었다. 장헌은 벅벅 마른세수를 해대며 스스로를 위무했다. 어차피 포기란 건 없고 될 때까지 덤빌 작정이니 별스럽게 낙담할 일도 아니라고. 다만 청혼에 앞서 하필 백섬이 거론됐단 게 불쾌했다. 오랜 기간 금와당의 잡일꾼을 구하던 희제였으니 그를 탐낸 것이 한편 이해가 가면서도 끝내 찜찜했다. 백섬이 놈이 저를 묘하게 긁어낸 게 이번이 처음이 아닌 탓이었다. 그 딴 천것으로 인해 청혼에 부정이 탄 것 같아 멀끔한 장헌의 이마가 짜부라졌다. 아니, 서슬 퍼런 칼을 칼집도 없이 차고 설치는 칼두령 탓에 마가 낀 걸지도.

인삼주와 꿩백숙

은밀히 옥선당에 든 복순 어멈이 최승렬에게 고했다.

"대감마님, 아까 아침나절에 혜민서에서 마 요상한 얘길 안 들었겠심니꺼."

"무슨?"

"저잣거리에서 누가 백섬이란 아를 아냐꼬, 사람들을 붙잡고 묻고 댕깄따 캅니더. 무신년 겨울생 아라고 그 말까지 캤다 카대예."

"뭐? 어떤 놈이라더냐?"

"지도 그걸 물어봤는데 삿갓을 써서 을굴은 몬 봤다 캅니더. 다들 백섬이란 이름이 재밌따꼬, 한 번이라도 들어봤으면 까자먹을 이름은 아닌데 카믄서⋯⋯."

"백섬이 놈에게, 혹여 구곡재로 누군가가 쳐들어와도 절대 만나지 말라 단단히 이르게."

"예, 그건 극정 마이소."

"자넨 나가봐, 개영을 들라 하고."

복순 어멈이 난 자리에 개영이 들었다. 다짜고짜 두꺼비 연적이 날아왔다.

"일을 어째 그따위로 해!"

이마에서 흐르는 핏줄기도 아랑곳 않고 아랫것은 납작 엎드릴 뿐이었다.

"송구합니다, 대감마님! 어령골 중놈이 분명하니 당장 찾아 그 싹을 자르겠습니다!"

재까닥 돌아선 개영은 어금니를 으드득댔다. 분명 괴강, 그 땡추가 제 주둥이로 씨불이지 않았던가, 산자 중엔 그 누구도 백섬을 알지 못한다고!

구곡재로 돌아온 복순 어멈은 담벼락 끝에 붙어 꼼지락대는 백섬을 발견했다. 대체 뭘 하는지 제 기척도 듣지 못하는 게 영 수상했다.

"백섬아! 니 모 하노, 으잉?"

식겁한 백섬이 두 손을 후딱 뒤로 감추며 뒤돌아섰다. 이마가 땀범벅이었다.

"니! 여서 뭐 하노? 땀은 또 왜 이리 흘리싸코? 등 뒤에 감춘 건 뭐꼬?"

"어, 어머니! 아무것도…… 아닙니다."

"이리 내놔봐라."

"별거 아닙니다!"

"뭘 숨긴다꼬 그르케 용을 써샀노? 으이? 퍼뜩 안 내나?"

백섬의 팔목을 억지로 잡아당긴 복순 어멈의 눈이 멀뚱멀뚱했다.

"이건…… 알밤 아이가?"

그 먹음직스러운 과실이 호랑이라도 되는 양 얼금뱅이 얼굴이 사색이 됐다.

"이거 으서 났노? 니! 내 몰래 나갔다 왔나? 뜀박질로 저잣거리까지 갔다 온 기가? 으이?"

"나갔다 오긴요!"

"그람, 내 몰래 누가 왔다 간 기가? 니 단디 말하래이!"

"아닙니다, 어머니! 저 나무에서 딴 겁니다, 작금 막."

담 너머에 밤나무 가지 하나가 삐죽이 보였다. 팔을 힘들게 뻗고 또 뻗으면 잡힐락 말락 한 거리에 밤송이 몇 알이 용케도 열려 있었다.

"꼭 따서 어머니께 드리고픈 욕심에 장대를 하도 휘둘렀더니……."

참말 끝이 갈라진 장대가 비스듬히 세워져 있었다. 밤껍질에 난 생채기까지 확인하고서야 복순 어멈은 백섬을 닦달했던 것이 무안해졌다.

"그람 말을 하지 만다꼬 그리 뜸을 들여쌌노, 사람 식겁하구로! 이짝에 밤나무 있는 건 또 우이 알았노? 팽생 산 내도 모르구만!"

"말끔히 깎아서 그릇에 담아 깜짝 놀라게 해드리려고……."

"하이고, 참말로…… 다정도 뱅이다, 뱅이야. 그냥 니가 먹고 치아뿌지 뭘 낼로 준다 케쌌노?"

"어머니는 매일 제게 맛난 음식들을 주시는데 저는 어머니를 위해 해드린 게 하나도 없잖습니까. 그게 늘 마음에 걸렸습니다."

"뭐, 내가 은제 내 배 곯으면서 내 밥 나눠주드나? 내는 으르신이 시키는 대로 한 거밖에 읎지. 내사 뭐 한 게 있따꼬."

잠시 후, 예쁘게 깎은 생률이 복순 어멈 앞에 대령되었다.

굳이 화롯불에 구워 주겠단 백섬을 겨우겨우 뜯어말린 것이
었다. 한 손에 심심초를 든 채, 그것을 오도독 씹어대는 면상
에 뜻 모를 번민이 스쳐 지났다. 코피 몇 번에 핼쑥해진 백섬
의 얼굴을 외면하며 복순 어멈이 입을 떼었다.

"니가 모셨다 캤던 땡추 안 있나. 그치가 닐로 찾고 있는 모
냥이다."

"예? 괴강 스님이 저를요? 왜요?"

"와긋노? 빤하지. 으르신헌테 니를 다시 내놓으라고 협박
해서 돈푼깨나 뜯어낼 작정 아이긋나. 우째 그런 돼먹지 않
은 중놈 밑에 여태 살았노, 니도 참 불쌍타. 여튼 혹시라도 누
가 닐로 찾아와도 방에 드가서 첫대로 문 딱 걸어 잠그고 꼼
짝 말래이. 알긋제?"

"당연하죠. 걱정 마세요, 어머니."

"근데 이 알밤, 윽수로 맛나네. 아주 밸미네, 밸미!"

구곡재에 들어오면서 복순 어멈은 홀로 다짐한 바가 있었
다. 돌멩이 하나, 풀 한 포기에도 정을 주지 않겠다고. 한데
독하게 먹은 마음을 이놈이 자꾸 건드렸다. 장탄식이 흘러나
왔다. 탕탕탕, 연죽 터는 소리가 요란도 했다.

윤병찬이 귀환했다. 회령까지 그 고된 길을 달포 만에 다
녀왔음에도 그는 지친 기색 없이 다음 원행 계획을 일사천리
로 마쳤다. 뭇사람들은 그가 일확천금의 꿈에 미쳐 저리되었
다고 수군댔지만 희제는 알았다. 아비는 오라비의 횡사를 잊
기 위해 매달릴 무언가가 필요했던 것이란 걸. 설령 그것이
금이 아니라 돌 부스러기일지라도. 조선 팔도를 휘젓고 다니
지 않았다면 진작 술독에나 빠져 폐인이 되었을지 모를 일이

었다. 꿩백숙을 얹은 개다리소반을 든 희제는 더덕더덕 아교가 묻은 덧치마 차림에 질끈 말총머릴 묶은 채였다. 그 입성을 보며 윤병찬이 끌끌 혀를 찼다.

"얼씨구? 산적 만날까봐 조마조마했는데 어째 집에서 다 만나네?"

"아잇, 아부지!"

"내가 너 그 꼴 만들자고 비싼 족보 산 줄 알아? 어디서 옥살이라도 했냐, 얼굴은 또 왜 그렇게 시허예? 일 좀 게으르게 하라니까! 언제 죽을지 모르는 게 인생인데 뭘 아등바등 발버둥을 쳐싸! 먹고살 돈은 내가 다 주고 갈 테니까 넌 뭐라도 좀 찍어 바르고 나가서 놈팡이 놈이라도 좀 만나. 모름지기 계집은 못난 년 꼴값보다 여시 년 인물값이 백번 낫다니까!"

"작금 내 꼬라지가 문제야? 칼두령이 왔었다고! 아부지 때문에 나 협박당했다고, 협박."

"협박은 무슨! 칼두령이 생긴 건 그래도 왁살궂게 돈 받아낼 놈은 아니더구먼 뭘! 하물며 계집애한테!"

"돈도 없으신 양반이 칼패에서 뭔 사람을 그리 갖다 쓰셨냐구!"

"칼패놈들이 지름길도 빠삭하고 칼솜씨도 보통 아니야. 이제 맛 들여서 딴 놈들 못 쓴다니까. 두고 봐라, 내가 금광만 터지면 아주 칼패를 통째로 사버릴라니까!"

"제발 좀 그렇게 해주셔. 일단 칼두령한테 돈부터 갚으시고, 응?"

반말에 존댓말을 섞은 희한한 말버릇은 희제의 특권이었다. 그런 딸이 어설프게 꿩 살을 발라내자 윤병찬이 역정을 냈다.

"꼴값을 떤다. 어디 양반 행세할 게 없어서 젓가락으로 꿩 다리를 헤집어? 이리 내."

윤병찬은 하루 종일 물 찬 논에서 김매기를 하고 온 머슴처럼 양손으로 꿩 다리를 하나씩 쥐고 야무지게 뜯었다. 소싯적 버릇 개 못 준다고 비단 방석에 앉은 그의 다리가 달달달 방정맞게도 떨렸다.

"그러는 아부지는! 신평 윤가 십삼 대손 치곤 너무 품위 없게 드시는 거 아냐? 도성에 계실 땐 내가 해준 은박 도포 좀 입으시라니까! 그렇게 다니니까 사람들이 아직도 윤 역관, 윤 역관 하는 거 아냐! 양반 된 지가 언젠데!"

"얘가 또 뭘 모르네. 아녀자들은 차려입고 다녀야 귀티가 나는데, 대감들은 좀 군색해야 뼈대 있는 양반처럼 보이는 거야. 너 혹시 나 죽어도 상다리 부러질 만큼 제사상 차릴 생각 마, 응? 잔칫상마냥 푸지게 차리는 거만큼 볼썽사나운 거 없다. 대쪽 같은 선비 집안에선 차 한 잔에 팥떡 한 쪼가리만 딱 올리더라. 자신감 있어 보이고 얼마나 좋으냐!"

"드시지도 않는 차는 무슨, 요런 술이면 모를까!"

인삼주였다. 윤병찬은 딸보다 더 반갑게 술병을 반겼다.

"캬! 그래, 그래! 바로 요거다, 요거!"

"나발 좀 불지 마셔!"

"잔으로 깔짝깔짝댈 거면 뭣 하러 술을 마셔?"

금세 술 한 병을 뚝딱 해치운 윤병찬이 눈을 가늘게 쪼프렸다.

"또 뭔 꿍꿍이야? 또 뭐? 뭐 사줘?"

"여튼 우리 아부진 귀신이야! 왜 이런 귀신이 금맥은 못 찾나 몰라?"

"아픈 데 후벼 파지 말고 빨리 말해. 요번엔 뭐야?"

"나 노비 하나 사주라, 아부지."

"아, 공방서 쓸 놈? 그렇게 까탈을 부리더니만 드디어 똘똘한 놈 하나 찾았나 보네?"

윤병찬이 씩 웃었다. 무릇 사람 보는 눈이 있고, 또 탐낼 줄 알아야 스스로 금와당을 키워나갈 수 있을 것이다. 기왕이면 제가 백 살까지 살아 딸이 고생하는 일만은 만들고 싶지 않으나 언제가 되도 혼자 남을 일. 저렇게 사람 탐내는 게 반갑기까지 했다. 아무리 금광 때문에 자금줄이 말랐다 해도 딸의 청만은 꼭 들어줄 참이었다. 기름진 손가락을 쪽쪽 빨고 뚝배기째 국물을 홀홀 들이켜면서 윤병찬은 허세를 부렸다.

"그러니까 우리 금박장께서 뭐, 얼마나 대단한 종놈 데려온다고 이 애비까지 기다렸을까나?"

"난이도가 쬐끔 있어놔서."

"세상에 돈으로 안 되는 게 어딨냐, 있으면 돈이 모자란 거지! 뭐, 궁노비야? 내가 당장 궐에 쳐들어가서 임금하고 콱 맞장떠봐, 어디?"

"장헌이네 집에 있거든. 맘에 드는 애가."

딸까닥. 윤병찬이 뚝배기를 내려놓았다. 안색이 싹 바뀌었다.

"혹시 그놈, 구곡재 사냐?"

"어머, 아부지가 그걸 어찌 알아?"

"약재 전하러 가면서 만났고?"

"와! 진짜 귀신이네, 귀신!"

"이 귀신이 말하는 거 똑똑히 들어, 응? 이제 거긴 가지도 말고, 그놈 아는 체도 마. 아니, 머릿속에서 그냥 싹 지워버려."

"왜애?"

"그냥저냥 힘쓰는 종놈이면 구곡재에 꼭꼭 숨겨뒀겠냐? 괜한 호기심에 들쑤시지 마. 엮이지 말라고, 알아먹어?"

"알아먹게 얘길 해야 알아먹지!"

"사람 보는 눈깔만 있고 상황 보는 대갈빡은 없냐? 팔팔한 사내놈을 구곡재에 가둬놓고, 잘 먹이고 잘 입히고, 주변엔 쉬쉬하고. 안 이상해? 장사하는 놈이 어째 이리 물건 볼 줄을 몰라! 똥인지 된장인지 꼭 찍어 먹어봐야 아냐? 너 무작정 덤비다간 똥독 올라서 한 번에 골로 간다! 에잇, 꿩탕이나 도로 가져가! 아주 밥맛이 다 떨어졌네!"

"뭐! 이미 다 드셨구면! 진짜 얘기 안 해줘? 속 터지게!"

"나도 자세한 곡절은 몰라! 여튼 너 이 애비 말 명심해! 그쪽으론 오줌도⋯⋯! 아니, 꿈도 꾸지 마! 내가 묻자. 왜 하필 그놈이야?"

"처음 본 순간 느낌이 딱 왔어! 완전 진심이야. 이런 적 첨이라고!"

"아, 안 된다면 안 되는 줄 알아!"

"말 안 해주면 나 콱 머리 깎고 절로 들어가버린다!"

"스님들은 뭔 죄냐? 아주 불교계에 거국적으로다가 민폐를 끼치려고!"

"그러니까 왜냐구 왜애? 끝까지 말 안 해줘? 치사하게!"

"나도 잘 모른다니까! 여튼 딴 놈으로 골라봐, 딴 놈!"

"고르고 고른 놈이 그놈이라고! 나 절대 포기 안 해!"

"쓰읍! 안 된다니까!"

"아, 아부지!"

툴툴대며 방을 나왔으나 소반을 부여잡은 희제의 두 손이 허예졌다. 무언가 심상찮은 곡절이 있긴 한 모양이었다.

쌍룡은 구름 안에서 쉬는 법

다음 날 아침. 윤병찬의 사랑채를 나서는 칼두령의 표정이 떫었다. 윤병찬이 그간의 빚을 싹 값은 데다가 일전에 부렸던 경마잡이를 다음 원행에 쓰겠다며 선물까지 낸 탓이었다. 칼두령은 중문을 넘다 말고 금와당 쪽을 나릿하게 쳐다보았다. 저곳이 일개 면포전이었다면 철철이 의복이라도 지으며 들락거릴 수 있었을 터인데 하필 금박을 다루는 곳이었다. 일평생 그런 휘황한 옷을 걸칠 일 없는 제 신분이 덜컥 원망스러웠다. 식칼로 소 배때기를 가르면서도, 재수 없다고 발길질을 당하면서도 단 한 번도 들지 않았던 천것의 설움이 왜 작금 드는 것인지 알 수가 없었다. 맥이 빠진 칼두령은 괜스레 시커먼 검집만 만지작댔다. 반질반질한 오죽 표면에 금박장이 새겨 넣은 건 은빛 구름이었다. 그것도 그녀에게 직접 받은 것이 아니라 행랑아범의 손에 전달받은 것이었다.

[쌍룡은 구름 안에서 쉬는 것이라고, 아씨께서 말씀 전하라 하셨습니다.]

백섬에게 정신이 팔린 희제가 얼렁뚱땅 넘어가려고 휘뚜

루마뚜루 새겨 넣은 게 구름무늬라는 걸, 칼두령은 알 턱이 없었다. 오히려 눈에 띄지 않고 빛에 비스듬히 비추어 보아야만 보이는 은색 구름이, 또 그것이 검신에 새겨진 쌍룡을 품어 쉬게 한다는 말이 더없이 맘에 들었다. 마음에 안 드는 거라곤 금박장을 언제 또 볼 수 있을지 묘연하다는 것뿐이었다.

쫀득한 개구리 맛을 못 잊는 건지 비무는 새장 문만 열리면 무조건 백섬에게 날아갔다. 어쩔 수 없이 구곡재 대문에 빠끔히 얼굴을 들이민 장헌은 대뜸 유모부터 불러댔다. 발각되어서 대차게 잔소릴 듣는 것보단 날짐승을 핑계 삼아 먼저 부르는 게 나았다.

"유모, 유모!"

싸리비로 마당을 쓸던 백섬이 대문께로 달려가 냉큼 고갤 꾸숙였다. 하마터면 웃전을 못 알아볼 뻔했다. 은박 도포를 두르고, 대모 애체를 쓴 모습이 예전과는 완전히 달라서였다. 갓에 짜르륵 늘어진 입영이 무려 금패錦貝였다.

"복순 어멈은 잠시 혜민서에 가셨습니다. 곧 오실 것입니다."

"그래?"

"일전엔 몰라뵈옵고 이놈이 큰 죄를 지었습니다. 도련님."

"속인 건 나인데 어찌 네가 조아리느냐?"

"예 들어오셨으니 당연히 도련님이시라 여겼어야 했는데 바보같이……."

"말똥 냄새를 풍기며 거지꼴로 왔는데 '아이쿠, 도련님' 하면 오히려 무서웠을 거다."

장헌은 농을 치며 백섬을 머리부터 발끝까지 노골적으로 훑었다. 대체 이놈의 무엇이 희제의 마음에 든 것일까……

확실히 티 없는 눈동자였다. 입매는 선하고 음성은 조용했다. 허리를 굽히고 머리를 조아리는 품새는 깍듯했다. 제가 서슴없이 귀인이라 했을 만큼 남다른 기운을 가지고 있는 게 맞았다. 하나 의아했다. 이런 놈의 어느 구석에 장사꾼 기질이 있을까. 일자무식이 틀림없는데. 그때 고개를 든 백섬의 낯빛을 보고 장헌은 애체를 바로 썼다. 일전과 다르게 부쩍 초췌했다. 입매는 퍼석했고 눈자위 밑은 거뭇거뭇하였다. 얼마나 고된 일을 하기에 저런가 싶었으나 또 걸친 진솔옷은 멀끔하기만 했다. 그때 닭장 쪽에서 푸더덕, 파다닥 소란이 일었다.

"비무가 또 저기 있나 보다."

한걸음에 백섬은 제 팔에 비무를 올리고 나타났다.

"한동안 아무것도 먹질 못한 것입니까?"

"사냥은 안 하고 계속 편하게 얻어먹으려고만 하길래 물 한 모금 주지 않았다. 금일이 열흘째던가? 헌데 저놈 배고픈 건 어찌 아느냐?"

"제가 많이 굶어봐서 짐승이 몸부림치는 것만 봐도 상처 때문인지 허기 때문인지 단번에 압니다."

"별 신통한 능력이 다 있구나."

"참! 찬간에 소고기가 좀 있습니다. 제가 먹다 남긴 것이니 비무에게 먹여도 좋을 것입니다."

"뭐? 남긴…… 소고기?"

기이한 일이다. 종놈이 소고기를 먹는단다. 아니, 그걸 또 남겼단다. 백섬을 따라 찬간에 들어선 장헌은 기름 전 내와 고기 누린내에 설핏 인상을 썼다. 의외로 그의 시선을 잡아 끈 건 선반에 느런히 놓인 자기瓷器들이었다. 화장 기름을 넣는 유병처럼 작은 크기에 그 빛깔 또한 범상치 않았다. 기껏 찬간에서 어찌 저런 상질의 백자를 쓴단 말인가. 가까이 다가간 장헌은 정갈하게 붙은 표찰을 무심히 쳐다보았다. 참깨로 짠 진유眞油, 들깨로 짠 법유法油, 뿌리 근根, 꽃 화花, 풀 초草, 차 다茶…… 한데 뒷줄을 넘겨본 찰나, 뒷목에 벼락소름이 쳤다. 복어 태鮐, 뱀 사巳, 전갈 갈蝎, 두꺼비 섬蟾, 버섯 균菌, 거미 독蝳, 개구리 와蛙, 독 돌 여礜……! 파뜩 희제의 다그침이 뇌리를 강타했다.

[넌 알지? 백섬이 구곡재에서 뭐 하는지?]

[그런 표면적인 거 말고, 진짜 이유.]

망치로 정수리를 얻어맞은 듯, 지독히도 불길한 생각이 엄습했다. 백섬은 국에서 건진 소고기를 비무에게 먹이다 말고 웃전의 눈치를 살폈다. 그의 시선을 따라 선반을 바라본 백섬이 슬쩍 일어나 어뜩비뜩한 도기들을 눈치껏 열 맞춰 정리하였다. 그 무지한 손길에 장헌이 버럭했다.

"손대지 마!"

하얗게 질린 장헌은 스스로를 진정시키려 차분히 숨을 내쉬곤 하문하였다.

"네가 예 들어온 것이 언제였지?"

"지난 입춘 무렵이었습니다."

"그간 무슨 일을 하였더냐?"

"말씀드리기 민망하지만…… 주로 약초들을 말리고, 썰어서 묶고, 찧어 환을 만드는 일들을 했습니다."

"식사는 어찌 했더냐?"

"아침엔 오첩, 점심과 저녁엔 칠첩반상을…… 받았습니다."

"자기 직전엔 차를 마셨고?"

"예."

"간혹 조반 전에 죽을 들었더냐?"

"그러합니다."

"오후 식간에 과일을 먹었고? 초복이 지난 후부턴 혹 그게 수박과 참외였더냐?"

"예.

궁궐 식도食道라니! 왕실 예법이 어찌 한낱 종놈에게 행해지고 있단 말인가!

"넌 예서 나가지 않는다 하였다, 맞느냐?"

"예. 그런 엄명을 들었습니다."

"이유도 들었더냐?"

"예, 그것이…… 제가 그러니까…… 살아 있는 인간 부적……이라 하셨습니다."

복순 어멈에게 들은 이야기를, 백섬은 그대로 읊었다. 그저 말을 옮기는 것뿐인데도 너무나 면구하여 목소리가 자꾸만 기어들어갔다. 장헌의 면이 비참하게 떨어졌다.

"네 사주가 그러하고…… 내 모친의 천도제를 지낸 만신이 그리 말했다?"

역병으로 노비들이 떼죽음당한 것은 모친 사망 이후의 일이었다. 게다가 천도제 따윈 없었다. 폐병으로 피를 토하다 사그라진 모친의 모습이 가슴에 멍처럼 남아 있는 그이기에, 천것의 입에서 그것이 거론되는 것만으로도 참기 힘든 화가 치밀었다.

"근자에 들어 아픈 곳이 있었더냐?"

"코피가 좀 났습니다."

"그뿐이냐?"

"걱정 마십시오. 저 건강합니다."

"그뿐이냐 물었다!"

"열이 올라 땀이 좀 났지만…… 뭐든 시켜만 주시면 다 할 수 있습니다. 어머니…… 아니, 복순 어멈이 약도 주셨고 어르신께서 손수 납시셔서 치료까지 해주셨으니 이제 정말 멀쩡합니다."

"뭐어? 아버님께서 직접? 시침을 말하더냐? 어, 어디에?"

"여기랑 여기, 또 여기."

백섬의 손끝을 따라가는 장헌의 면이 숫제 흙빛이었다. 간경肝經의 혈허血虛로 번열煩熱이 나타난 환자에게 습열을 부추기는 시침이라니! 한마디로 금침혈이었다.

"손을 내봐."

"예?"

"손목을 내라고!"

울긋불긋한 멍 자국을 확인한 장헌이 맥을 짚었다. 촌구맥이 실처럼 가느다랬다.

"혹여 치료 후에 코피가 더 났더냐?"

"예. 그것이…… 자연스레 죽은피가 나오는 것이라고……."

"그리고? 또 무슨 치료를 받았더냐?"

"친히 소금을 볶아 부어주셨는데 여기쯤……."

백섬이 아랫배를 짚었다. 열증에는 오히려 독이 되는 관원혈이 아닌가! 간에 습열이 그득할 때 이곳에 뜸을 뜨면 간화肝火가 되살아나 병세가 도리어 심해지거늘! 장헌은 휘적휘적 자리를 박차고 나왔다. 덜컥 겁이 났다. 제 짐작이 맞을까봐.

경국비서

옥선당으로 튀어온 장헌은 집무재로 돌진했다. 쾅, 문을 박차고 들어서자 최승렬과 밀담을 나누던 남헌이 눈을 부라렸다.

"장헌이 너, 이게 무슨 짓이냐!"

"얼마 전 세자 저하께서 육혈衄血을 쏟으셨습니다! 한 시진 동안 이어진 뇌뉵腦衄에 궐증厥症을 호소하시니 의관들이 모두 애를 먹었습니다. 옥체에 열이 오르고, 혈맥이 터져 멍이 들고, 가슴이 답답하다 호소하시며, 맥은 가늘어져 삽맥이라 여겨질 정도였습니다. 헌데 어찌 구곡재 놈도 혈허血虛의 증상을 보인단 말입니까? 이게 다 무엇입니까? 대체 무엇을, 어찌 하신 겁니까! 구곡재에 있는 놈이 누굽니까 대체!"

"어디 아버님 앞에서 큰 소리야! 언성 낮추지 못해!"

호되게 아우를 꾸짖는 장남을, 최승렬이 손짓으로 만류하였다.

"이제 장헌이도 알 때가 되었지. 일낭이에 대해서."

존경해 마지않는 아버지가 저하의 아호를 함부로 입에 올리다니! 당최 정신을 차릴 수가 없어 장헌은 기껏 애체를 추켜올렸다.

"구곡재 놈은 세자와 사주가 같은, 구계이다."

"구, 구계라니요! 어찌 그런 끔찍한……!"

"네 조부가 어찌 돌아가셨는지 그새 잊었더냐?"

장헌의 조부이자 역시 어의였던 최현은 임금이 승하하자 장 스무 대를 맞고 갑산 유배 길에 올랐다. 하나 몇 년 후 궐에서 급히 부름을 받았으니 바로 현 임금께서 같은 병증으로 사경을 헤매는 탓이었다. 최현은 임금을 성공적으로 치료하였으나 고된 유배 생활에 얻은 병으로 입궐 일 년 만에 숨을 거두었다. 동네 의원을 전전하던 아들 최승렬은 졸지에 공신의 핏줄이 되어 다시금 내의원에 입성했으나 왕족들에게 병증이 생길 때마다 목숨줄이 간당간당한 건 매한가지였다. 당파싸움에 이리저리 끌려다니며 개처럼 이용당하고 비참하게 팽당하는 건 어쩌면 의관의 숙명이었다. 한쪽에선 임금의 탕국에 정력제를 넣어라, 다른 한쪽에선 중전의 차에 불임제를 타라! 이쪽에선 세자의 몸을 보하는 약료를 지어라, 저쪽에선 체질과 상극인 음식을 올려라! 최승렬은 점차 의관이란 업에 환멸을 느꼈다. 휘둘리지 않으려면 정치판을 밟고 서서 왕가의 굳건한 신뢰를 얻는 길뿐. 그때 발견한 것이 바로 최현이 갑산에서 저술한 의학서였다.

"이제 이것은 네 것이다."

최승렬이 벽장에서 두툼한 서책 한 권을 꺼내자 장헌의 몸이 흠칫 튀었다. 서고의 모든 책을 아낌없이 내어준 아비였으나 단 하나 허락하지 않은 것이 작금 눈앞에 놓인 『경국비서經國祕書』였다. '천하를 다스리는 비법서'란 뜻의 이 비본祕本은 최현이 국경지역에서 유배생활을 한 덕에 여러 외지 상인들과 접촉하며 만들어졌다. 타국의 동식물에서 채취, 증류한 무색, 무취, 무미한 독만을 전문적으로 서술하고 그것을 침, 뜸, 섭생 등과 접목시키는 내용이었으나 독풀이 부분이 없는 미완성이었다. 엉거주춤 꿇어앉아 책장을 넘기는 장헌의 손이 벌벌 떨렸다. 얼추 서술된 맹독과 그 발현증상만도 백여 가지가 넘는 듯하였으나 그 어떤 의학서에서도 본 적 없는 생소한 것들뿐이었다.

"이…… 이것이 다 무엇입니까?"

"앵속각, 백부자, 천남성, 초오두, 현호색, 협죽도, 낭탕근, 반하, 건칠, 산자고, 백두옹! 그따위 흔하디흔한 조선의 독초들로 무엇을 도모하겠느냐? 검시檢視도 무용한 무명의 독만이 답이다. 내가 전의감 놈들과의 기싸움에서, 왕족들과 힘겨루기에서 늘 우위를 점하고 끝내 정일품 보국숭록대부에 오른 것 역시 이 비서 덕이다. 앞으로도 조당에서 어떤 놈이 득세하든지, 어좌에 누가 앉든지 간에 이것만이 우리 가문의 영달을 보장할 것이다! 제아무리 잘난 왕족이라도 내의원을 거치지 않을 수가 있더냐!"

장헌의 반신이 털썩 흐무러졌다. 역모를 서슴없이 읊는 아비가 흡사 악귀 같았다.

"보름 뒤 청 사신이 당도한다. 마침 세자가 몸져누우면 원손을 안은 세자빈이 그들을 맞이할 수 있겠지. 그 아비인 한진서가 그것을 주관할 테고."

"병조판서와 손을 잡으셨습니까!"

"어의 자리도 권세를 이용해야 지킬 수 있는 것이다."

"필시 그들도 아버님께 원하는 게 있을 것 아닙니까? 대체 무엇을 도모하시는 것입니까, 예?"

"원손의 앞날을 위해 세자의 목숨줄을 옥죄는 것."

"어, 어찌 그런 황망한!"

"황망할 게 무어야? 임금은 물론 앞선 대군들까지 대대로 기가 허하고, 간기가 정체하여 습열濕熱과 혈허로 고생하였으니 세자에게 그 엇비슷한 증상들만 만들어내면 된다. 여기에 서술된 대로 화란국 토룡土龍을 쓰면 비출혈이 계속되다가 맥이 느려질 것이고, 청나라 양금화洋金花를 써 곽란霍亂하다가 토혈을 하게 할 수도 있고, 영길리 감부리甘富利로 극심한 열증에 오한을 일으킬 수도, 천축국 광자고光慈姑를 써 장궐증臟厥症에 실신하게 할 수도 있다."

"아버님께선 더 이상 자선당資善堂에 드시지도 않는데 어찌 그런 수를 쓴단 말씀……!"

"세자의 미음에 미량의 낭저독蜋蛆毒을 넣는 것은 세자빈이 할 게야. 곧 열이 올라 비출혈이 생기고, 가슴이 그득하여 잠도 이루지 못할 것이다. 세자의 담당 의관 김오균을 아느냐?"

"전의감 제조提調 김홍제의 장남이 아닙니까."

"그래, 그자가 의술이 빼어나고 성품 또한 꼼꼼하기 이를 데 없으나 이 모든 게 혈허, 간경습열 증상과 일치하니 별다른 의심을 못 할 것이고, 혈액을 풍부하게 하는 독삼탕獨參湯과 귀비탕歸脾湯도 무효할 것이니 끝내 온양행궁으로 피접避接을 떠나시라 권하는 수밖엔 도리가 없을 것이다. 내 때맞추어 널 세자의 전담 의관으로 임명해놓을 터이니 온양엔 네가 따라나서라."

"아버님!"

"토 달지 마! 이미 세자는 본분을 못 하고 요양에나 힘쓰는 처지이니 유약해진 지 오래다. 피접 기간 동안 손상된 심비心

痺를 북돋는 평범한 탕약을 쓰면 죽마고우인 너를 더욱 신뢰할 테니 이번 온양행을 기회 삼아 김의관을 물리고 점차 널 곁에 두도록 하란 말이다. 그렇게만 되면 한진서가 금상께 네 승차를 주청드릴 것이고 족히 삼 년 후엔 내의정 자리에도 앉을 수 있을 게다."

지천명의 의관들도 앉기 어려운 직책이건만, 최승렬은『경국비서』에 손을 얹으며 단언하였다.

"장헌이 네가 할 일은 이것을 부지런히 익히고 연마하는 것뿐이다. 같은 독도 경구 투입, 피부 주입, 연기 흡입 시의 증상이 판이하고 그 용량과 환자의 섭생에 따라 또 다른 결과를 초래하니 치명적이지는 않으면서 원하는 증상만 발현시키는 방도를 잘 연구해야 할 게야. 구곡재의 구계 활용이 관건이 되겠지."

아비는 아들 앞에 구곡재 시료試料 일지를 펼쳐 보였다. 장헌의 눈알이 경악으로 내뗠렸다. 그간 백섬에게 행해진 실험이 단계별로 일목요연하게 정리되어 있었다. 오장육부의 기를 뽑고, 어혈을 뭉치게 하여 세자의 현 상태와 똑같이 만들어놓기 위한 극약처방이었다. 하나 장헌의 머리를 강타한 것은 전혀 다른 것이었다.

"혹…… 혜민서 또한 이런 이유로 고집하시는 것입니까?"

"그래. 알아서 모여드는 수십, 수백의 구계들을 마다할 이유가 무엇이냐?"

"하면 그것으로 되었지 어찌 또 구곡재에 사람을 잡아둔단 말씀입니까?"

"어허! 비상한 놈이 어찌 이리 아둔한 질문을 할꼬? 섭생도 생활도 불량한 일개 백성들로 어찌 왕족을 다스린단 말이냐?

사주도 체질도 다르거늘! 구곡재에 기거하셨던 손님들을 기억 못 하느냐?"

"똑똑히 기억합니다. 제가 소학을 읽던 무렵엔 할아버님의 면 친척이라는 분이 계셨고, 제가 대학을 배우던 무렵엔 아버님 연배의 문중 어르신이……."

"그래. 그 첫 번째 놈은 정미년 임인월 병진일 술시생, 두 번째 놈이 기사년 임신월 무오일 인시생이었다."

선왕과 현왕의 탄일이 아닌가! 사주와 체질이 같은 이를 잡아와 궁궐처럼 깨끗한 환경에서 왕족처럼 먹이고 입히면서 대리 시료를 하니 바로 궁에서 적용할 만큼 만족스러운 결과가 도출되었을 터였다.

"어의라면 응당 지존을 살려야지요! 어찌 해하라 하십니까!"

"누가 조선 왕조의 대를 끊으라더냐, 나라의 혼불을 꺼뜨리라더냐? 궁에서 송장을 치는 건 곧 의관의 목에 칼을 들이대는 것과 같거늘!"

"그럼 대체……."

"사람 하나 없애는 건 쉽다. 물 먹인 선지를 얼굴에 처바르기만 해도, 소금물 두어 대접만 마시게 해도 즉각 해치울 수 있단 말이다. 죽이고자 한다면 이 비서가 왜 필요하겠느냐! 여기에 서술된 맹독들은 원하는 것을 얻어내는 도구일 뿐, 결코 살인을 위한 게 아니다! 그저 깜냥도 안 되는 대군 나부랭이들은 소양증이나 일으켜 아무 데서나 옷을 벗는 미치광이를 만들든, 팔십 노인마냥 창자염을 일으켜 매화틀을 끼고 솔잎이나 씹게 하든…… 그리 치우란 말이다! 세자 또한 의지박약으로 빠뜨려 다루기 쉽게 만들면 그뿐!"

"저는 안 합니다!"

"하게 될 것이다. 이 시간부로 구곡재도, 윤 역관이 조달하는 타국의 맹독도 모두 네 소관이다. 이것만 명심해라. 독마다 치사량을 연구하여 서서히 증상이 발현되게 하되, 절대 네 손을 거친 직후 특이 사항이 나타나면 아니 된다. 알겠느냐? 또한 수라간 음식엔 절대 손대지 마라. 숙수와 찬모의 수가 많아 수상함이 바로 감지될뿐더러 웃전의 상은 아랫것들이 물려 먹으니 괜한 문제를 일으키게 된다."

부친의 당부에 남헌이 한마디 얹었다.

"아버님은 수어의로서 임금을 맡고 있으니 너는 차차 세자를 틀어쥐면 된다. 나는 군사를 도모하여 원손을 살리는 일을 할 것이다."

"아직 핏덩이인 원손 마마를 누가 해치기라도 한답니까?"

"쓸데없이 명이 긴 할아비와 아비. 그것이 위협이 아니고 무엇이냐?"

"하면 원손 마마께선, 명이 길 예정이더이까?"

"그럼. 천년만년 장수하며 성군이 되셔야지."

얼떨결에 역신逆臣이 된 장헌은 멍하니 장지문을 나서다 말고 희뜩 고갤 되틀었다.

"그간 구곡재에 기거했던 분들은 다들 어찌 되었습니까?"

침묵으로 응수하는 아비에게 장헌이 다시 한번 소릴 쳤다.

"왜 말씀을 못 하십니까? 선왕께서 승하하셨을 때 순장이라도 하셨습니까!"

최승렬이 말없이 고개를 돌려 벽에 걸린 인체 해부도를 응시했다.

"저것이 상상도겠느냐?"

장헌은 밤새 뜬눈으로 금침을 뒤스를 뿐이었다. 『경국비서』에 이어, 남헌에게 현 상황을 가감 없이 전해 들은 탓이었다. 왕가엔 늘 독살 소문이 무성하였다. 게장과 상극인 곶감을 먹였다든지, 열증에 산삼을 달여 올렸다든지, 시신이 새카맣게 변했다든지…… 의혹은 끊이질 않았다. 그건 결국 당파 싸움이었으나 참수되는 건 열과 성을 다한 어의들뿐이니 제 아비가 말 그대로 독을 품은 건 당연했다. 왕족의 승하와 무관하게 수어의 자리에 말뚝을 박고 있으려면 든든한 뒷배가 필수였다. 한진서 또한 하루가 멀다 하고 피바람이 부는 궁 안에서 칼로 휘두를 사람이 필요했다. 제아무리 군사를 움직이는 병판이라 하나 궐 안에서 눈엣가시 한 놈 축출하는 건 여간 힘든 일이 아닌 탓이었다. 치밀하게 역모의 덫을 놓는다 해도 대신들을 설득하고, 재판을 거치고, 임금께서 친국하는 지난한 과정이 필수였다. 역모를 고변한 쪽에서도 죽기를 각오하고 덤벼야 함은 말할 것도 없었다. 한데 최승렬은 배후가 드러나지도 않게 은밀히 일을 치르는 능력을 지녔으니 그렇게 두 사람의 이해관계가 딱 맞아떨어진 것이었다. 두 가문은 표면적으론 아무 연관도 없었으나 실상 그 누구보다 돈독하게 얽혀 있었다. 병진년 역병 때 왕가가 구곡재로 피접 온 것 역시 한진서의 입김이 작용한 것이었다. 혹시 모를 반란군을 견제할 만큼 궁에서 가까우면서도 긴급 상황에 치료를 받을 수 있는 곳이 수어의의 사가뿐이라고 왕을 설득한 것이었다. 당시 주상이 셋째 대군 윤만 데리고 구곡재에 머문 것 또한 결코 우연이 아니었다. 두 대군을 반미치광이로 만들어 멀리 치우고 유약한 윤을 세자로 책봉한 후 제 딸을 세자빈으로 앉힐 계획이, 이미 한진서의 머릿속엔 있었던 것이다. 최승렬 또한 그 기회를 십분 활용하였다. 역병이 심해져 함부로 출타도 못 하는 상황에서 동갑인 장헌을 윤과 동문수학하며 벗이 되게끔 한 동시에, 장남 남헌을 왕실 직속인 의금부의 도사로 만들어 반역, 역모 재판을 주관하고 즉결심판의 권한까지 쥐도록 하였다. 또한 세자 책봉에 맞추어선 어의로서 다른 후궁들에게 그 어떤 씨앗도 잉태되지 않도록 부지런히 손을 썼다. 그렇게 굳건한 동맹을 맺은 두 집안은 교묘히 궁을 장악하고 천년만년 위세를 떨칠 예정이었다. 왕실은 끝끝내 제가 누구 손에 놀아나는지 모를 것이다. 아니, 자신들이 놀아난다는 사실조차도. 장헌은 애체를 추어올리며 『경국비서』를 쏘아보았다. 오소소 소름이 돋았다. 아비의 술수가 한진서까지 등에 업고 더욱더 능수능란해졌다는 것이. 하물며 이젠 제 차례였다.

잠자리에 누운 복순 어멈은 이불을 머리끝까지 뒤집어썼다. 무덤같이 고요한 구곡재에 숨넘어갈 듯 기침 소리가 이어진 탓이었다. 다름 아닌 백섬의 것이었다. 회회국 칡독과 청나라 현균까지 먹였으니 저러다 호흡곤란을 일으키거나 토혈을 해도 이상할 게 없었다. 그 끔찍한 기침이 꼭 저를 향한 원망 같아 복순 어멈은 귀를 틀어막았다. 한참 후에야 다시 적막이 찾아왔으나 제깍 또 다른 근심이 짓쳐들었다. 이번에 처음 들어온 아사라의 붉은 버섯, 화염용 때문이었다. 워낙 극독이라 은침도 넣어선 아니 된다는 주의까지 받은 터라 복순 어멈은 공포스러웠다. 그것을 제 손으로 백섬의 국에 타는 날이 올까봐서였다. 심심초를 빨아들이는 늙은이의 탄식이 길기도 하였다.

장헌이 윤병찬의 사랑채에 들었다. 큰절을 올린 그는 과실주부터 디밀었다. 그것이 다름 아닌 뇌물인 걸 윤병찬이 모를 리 없었다.

"잠깐! 혼사 얘길 꺼낼 요량이면 이거 도로 가져가시게. 결정권도 없는 헐렁한 사람 붙잡고 헛짓 말고."

"청혼, 거절당했습니다. 희제한테."

"하면 말 끝난 거지, 왜 날 찾아와?"

"따님을 정녕 홀로 살도록 두실 겁니까, 어르신?"

"내가 좋은 신랑감 들이민다고 희제가 '예, 아버지' 하고 식을 올릴 아인가? 나라님이 온대도 저 싫으면 끝이지. 그래서 내 금광에 목을 매는 걸세. 죽더라도 희제 앞으로 금광이라도 하나 해놓고 죽어야 그 애가 더러운 꼴 안 보고 편히 금질만 하고 살지."

"제가 하겠습니다. 제가 평생 잘 보살피겠습니다!"

"놓아 기른 망아지 같은 며느릴 수어의께서 퍽도 허락하시겠군! 고매한 대제학 여식을 점찍으신 걸 내 진즉 들었구먼."

"아버님은 제가 설득할 수 있습니다. 믿어주십시오."

"자네가 무슨 수로? 약재 배달도 이제 희제를 시키면 아니 되겠구먼."

"아니 됩니다! 안 그래도 희제가 절 깔끄러워할 터인데 그런 빌미라도 없다면…… 게다가 이제 그 약재, 제가 담당하게 되었습니다."

허허실실하던 윤병찬의 얼굴이 싸늘하게 식었다.

"그 말인즉…… 구곡재가 자네 소관이 되었단 말인가?"

"그것에 대해 알고 계셨습니까?"

"내가 쓰임도 모르는 물건을 납품하겠는가? 하물며 화약,

대포보다도 더 위험천만한 것을. 어제 희제가 구곡재 종놈을 사올 방도가 없냐 묻더군."

왜 또 백섬인가! 왜 중요한 순간마다 그놈 이름이 튀어나오는가!

"절대 아니 됩니다! 그놈만은 절대⋯⋯."

"알어, 나도 절대 안 된다고 희제에게 따끔하게 이야기했네. 그래서 더더욱 약재 심부름을 안 보낼 작정이었네만."

"아버님. 저 희제 포기 안 합니다, 절대."

기나긴 설득에도 윤병찬은 끝내 장헌에게 힘을 실어주겠단 말을 하지 않았다. 그러나 사랑채를 나서는 장헌은 정작 딴 데에 정신이 팔려 있었다. 희제가 백섬을 몇 번이나 보았다고 아비까지 설득하여 그를 빼내려 했단 말인가! 분명 저 몰래 더 만난 것이다! 둘 사이에 무슨 은밀한 말이 오간 것이다! 후회 따위를 가장 혐오하는 장헌이었으나 이번만큼은 땅을 칠 만큼 뼈저리게 후회가 되었다. 애초에 희제에게 백섬의 얘길 한 건 저였다. 하물며 귀인이라 칭했다. 비무를 핑계삼아 구곡재에 부른 것도 다름 아닌 저였다. 제잡이를 한 것이다. 하나 아무리 그렇다손 쳐도 기껏 구계놈 따위가, 그것도 매골자 놈이 어찌 희제의 마음을 그토록 들쑤셨단 말인가! 우드드득, 장헌은 주먹을 그러쥐었다.

늙은 유모를 앞에 두고 장헌의 고함이 대단했다.

"희제가 백섬을 찾아왔었더냐? 구곡재에서 둘이 만난 적이 있느냔 말이다!"

"무신⋯⋯ 말씀입니꺼? 희제 아씨가 와 백섬이를 찾는데예?"

"아는 바를 낱낱이 고해! 그 둘이 조우한 일이 없는가 말이 야!"

"생각해보니까는…… 희제 아씨가 약재 갖고 오셨을 때 지 랑 마 길이 쪼매 옷갈리가꼬 잠깐 구곡재에서 기다리신 적이 있었심더. 백섬이가 문을 열어드리고 기다리라 캤다 카대요. 마 그기 답니더. 아, 맞다. 물도 한잔 떠드렸다데예. 근데 뭐 둘이 말을 섞고 우짜고 할 개를도 읎었을 낍니더. 막바로 내 가 갔으니까."

"또?"

"또가 으딧십니꺼? 그게 다지. 그 매새끼만 왔다리 갔다리 합니더."

"비무가?"

"예. 근데 희제 아씨가 백섬이 갸를 찾을 일이 뭡니꺼? 이 름자도 모르실 낀데. 와 그라는데예, 도랜님? 말씀을 해야 알 지요."

"백섬이 구곡재를 나간 적은?"

"일절 읎심더. 그건 마 천번 만번도 더 확실합니더."

"헌데 왜 희제가 백섬을 사겠다 해! 왜! 무슨 연유로!"

"옴마야, 그기 뭔 말입니꺼?"

"이제 백섬과 관련된 모든 일은 내가 처리할 거야. 그러니 까 잔말 말고 구곡재 대문부터 닫아걸어! 희제든 누구든 절 대 못 드나들게."

"오데예! 관상쟁이 일천이 대문을 활짝 열어놔라 캤다 안 캅니꺼."

"일천? 내 참, 아버님께선 첨단 의술을 행하시는 분이 왜 누차 그런 무지렁이 말을 맹신하시는 겐지!"

"으르신이 괜히 일천을 찾는 기 아입니다. 이십 년 전에, 큰 으르신은 유배 가시고 으르신은 동네 의원에서 침쟁이 하든 시절이 있었다 아입니꺼. 그때 관상감 말단에 있었던 일천이 으르신한테 침을 맞으러 왔다가 딱 을굴 보자마자 그캤답니 더. 이란 데서 이라고 있을 분이 아이라꼬. 사주를 읊으라 카드니만 삼 년만 더 고생하시라꼬, 그르믄 다시 내의원 들가 서 승승장구한다고 극중 말라고 그캤답니더. 그기 마 토씨 하나 안 틀리고 고대로 됐다 아입니꺼. 관상쟁이네, 사주쟁이 네 하믄서 무시할 일이 즐대 아입니더."

"됐어, 이젠 내가 시키는 대로만 해."

"그기, 그르니까는…… 도랜님이 여직 모르시는 기…… 있 심더."

"젠장! 뭐가 남았어! 또 무엇이!"

"백섬이 전에, 구곡재에 아 하나가 더 있었심더. 무신년 동짓날 생."

"뭐어?"

"산이라꼬…… 츰부터 아가 을수로 소심하고 외로움도 많 이 타고 그랬으예. 근데 한 일 년 쫌 넘으니까 지 몸 배리뿐 걸 지도 알았긋지. 마 골뱅이 들어뿌니까 맻 번이나 월담해 서 도망간다 카고 나중엔 마 굶어 죽어뻔다고 곡기를 딱 끊 고 막 그캤그던요? 근데 금마가 중들 손에 자라놔서 아프면 아픈 대로, 슬프면 슬픈 대로 그르케 절에 가고 싶다 카는 기 라예. 부처님께 절하고 싶다꼬. 하도 그카니까는 으르신이 금 마를 달랠라꼬 딱 하루만 댕겨오라고 허락을 하셨으예. 혹시 나 가는 중에 어디 튀뿌까바 옷도 을수로 휘황하게 입히가, 보시할 쌀도 들려가, 싸울애비도 붙여가, 그래 보냈거등예.

근데 그길로 절에서 마…… 모가지를 매뿐 기라예."

"자, 자액을 했단 말야?"

"예. 그캐서 마 백섬이 놈이 온 깁니더. 근데 지가 겪어보니까 인마는 익수로 밝고 긍정적이어서 잘 지내거든예. 순진해빠자서 지를 어무이 어무이 카면서 잘 따르고 지가 이 집 부적이라 카니께는 황송해서 으짤 줄을 몰르드라꼬예. 원래 매골승 밑에 있었다 카는데, 거서 욕을 익수로 마이 봤는지 여를 마 지 집처럼 생각하고 이제 정도 붙었고…… 근데 괜히 대문을 꽁꽁 걸어 잠구믄 안 나가던 것도 나가고 싶고 잉간 맴이 그란 거 아입니꺼. 일천 으르신 말도 말이지만은 야는 강압적으로 억지로 잡아놓는 것보다 살살 달래가면서 데리고 있는 게 좋을 것 같심더."

"그놈이 구곡재를 나가는 게 문제가 아니라, 희제가 비집고 들어오려고 하니 문제지! 걔가 이상한 똥고집이 있다니까! 하필 이때에 온양이라니……."

아비의 말은 그대로 실현되었다. 정양靜養을 위해 세자는 온양행에 오르게 되었고, 저는 막 그의 전담 의관으로 임명된 참이었다.

"안되겠어, 개영에게 일러 가노들 중 적당한 놈을 골라 구곡재 담 너머에서 경계를 하라고 해. 나뭇단이라도 하는 척하면서 티 안 나게."

"예, 도랜님. 그카고 백섬이 놈한테는 지가 마 배룩처럼 딱 붙어서 잡도릴 할 테니까는 극정 마이소."

경이로운 숙배

　박명에 길을 떠난 세자궁련世子宮輦의 행렬이 긴 꼬리를 만들며 이어졌다. 적마를 타고 그 뒤를 따르는 장헌의 머릿속이 복잡했다.

　〈인공적人工的으로 설정設定한 조건條件하에서 각종 극독약劇毒藥의 생체반응生體反應을 관찰觀察, 연구硏究하고 치사량致死量을 측정測定하는 실제실험實際實驗을 위하여.〉

　『경국비서』의 제일 앞장에 조부가 친히 써놓으신 문구였다. 그 옆에 꽂혀 있는 건 임금께 하사받은 어사침御賜針이었다. 무려 순금으로 만든, 다섯 치가 넘는 장침이었다. 장헌은 의관이라는 업이 순간 경멸스러웠다. 모시던 왕족의 승하에 관복을 벗고 낙향하는 것이 의관의 숙명이라면 그저 따르고 싶었다. 조선에서 가장 뛰어난 의관 집안, 삼대 어의를 배출한 가문…… 그 기대에 부응하고자 극악한 짓을 감행하고 싶진 않았다. 하늘하늘한 비단 너머, 거대한 연輦에 앉은 세자의 뒷모습이 보였다. 그 야위고 지친 용태를 응시하는 것만으로도 장헌은 거대한 죄책감에 휩싸였다. 사가에선 강왕

153

한 기운을 주체하지 못하여 밤낮으로 검을 휘둘러대던 세자였다. 한데 작금은 항시 무기력하고, 예민한 피부엔 멍투성이며, 온몸에 붉은 반점을 달고 살았다. 소화불량에 극심하게 야위었고, 고열에 몇 날 며칠 앓아눕는 건 예사였다. 이젠 코피가 한번 나기 시작하면 멈추질 않았으니 이게 모두 제 아비가 온갖 독으로 간의 기혈氣血을 뽑아놓은 결과였다. 의심의 여지가 없도록 왕가에 대대로 내려오는 혈허의 증상들로만 교묘히 발현시켜놓곤 의관 김오균에게 떠넘긴 것이었다. 그와 더불어 제가 세자의 전담이 된 것은 공은 제게 안기고 죄는 그에게 돌리려는 아비의 수작이 분명하였다. 장헌의 탄식 몇 번에 행렬은 어느덧 석양을 등지고 온양행궁으로 입성하고 있었다.

"첨정 어르신! 빨리 좀 드셔야겠습니다! 저하께옵서 자상을 내시었습니다!"

다급한 김상궁의 말에 장헌은 여장을 풀지도 못한 채 안채로 뛰어들었다. 이미 방 안은 술상인지 밥상인지가 엎어져 온통 난장판이었다. 각종 술적심에서 오르는 고기 누린내와 깨진 주병에서 번진 독주 향에 세자의 호통이 쩡하게 뒤섞였다. 내내 기침을 쏟아낸 터라 옥음이 쩍쩍 갈라졌다.

"다들 물러가라 하지 않아! 내 말이 말 같지가 않은 게냐!"

"저하, 첨정 최장헌 들었사옵니다."

주병 파편에 베인 듯 세자의 손가락에 핏방울이 맺혔다. 이러지도 저러지도 못한 채 궁녀 서넛이 머리를 조아리며 발을 동동거렸으나 그 난리 통에도 호위무사인 익위翊衛, 방호는 석상처럼 무릎만 꿇고 있을 따름이었다.

"장헌이! 저 요망한 빈궁의 수족들을 자네가 싹 좀 내보내! 웃전을 닮아 어찌나 독한지 피를 보고서도 눈 하날 깜짝 안 해!"

"저하께서 안정을 취하셔야 하니 모두들 물러가시게! 저하, 편히 좌정하소서."

장헌이 면포와 약재를 꺼내는 동안 김상궁은 궁녀들과 잽싸게 방 안을 정리하곤 꽁지를 내뺐다. 세자는 그런 그녀를 쇳빛 면으로 째리면서도 팔순 노인마냥 깊은 기침을 멈추지 못했다. 폐에 열이 오른 것이 분명했다.

"저하, 저들을 물리시려고 자상을 내셨습니까?"

"이제 그마저 안 통하니 내 정녕 죽어야 끝이 나지!"

"황망한 말씀 마소서. 잠시 맥을 짚겠사옵니다."

장헌은 세자의 손끝을 면포로 감싼 후 파리한 손목에 검지와 중지를 올려붙였다. 역시나 삽맥이었다. 세자가 딱한 게 아니었다. 이렇게까지 만들어놓은 아비가 새삼 역겹고 무서울 뿐이었다.

"침수 드시는 데 어려움이 많으시옵니까?"

"술에 취해야 쪽잠이라도 잘 터인데 아바마마께선 내 속도 모르고 금주령을 내리셨으니…… 제를 올릴 때 쓰는 약술을 훔쳐 마신 지가 오래네. 빈궁을 폐할 능력이 없으니 이 꼴로 살다 화병으로 죽겠지."

"빈궁께서 혹 미흡한 점이 있으시더라도 원손 아기씨까지 생산하시었으니 마음을 너그러이……."

"자넨 몰라! 그 한씨 계집이 얼마나 악랄한지!"

"저하! 많이 취하셨습니다."

미동 없이 앉아 있던 방호가 싹둑 웃전의 말을 잘랐다. 하나 만취한 세자는 어깨를 비칠대며 헛웃음을 흘릴 뿐이었다.

금주령 탓에 궁에선 맘 놓고 술을 마실 수 없으니 예서 진탕 취해버린 것이었다.

"그래, 방호 너도 와서 앉아라. 실로 오랜만에 우리 셋이 술 한잔하자꾸나."

소싯적 벗이던 세 사람이었다. 평생을 죽은 듯 살아야 하는 막내 대군 윤, 쇠락한 의관 집안의 차남 장헌 그리고 좌의정의 서자, 방호. 그 누구도 입신양명을 할 수 없는 처지였다. 그 공통점으로 그들은 무예를 단련하며 벗이 되었으나 곧 장헌의 집안은 복권되었고, 윤은 세자로 책봉되었으며, 방호는 익위가 되었다. 장헌까지 내의원에 입성하며 모다 궁밥을 먹게 되었으나 예전과는 전혀 다른 위치가 된 세 사람이었다. 이제 사사로이 속내를 드러낼 수도 없는 처지들이 아닌가.

"그래도 저하⋯⋯."

불편한 기색을 숨기지 않고 방호가 세자를 가로막았다.

"방호 너는 어찌 누차 산통을 깨느냐! 내 간만에 허심탄회하게 속을 털어놓으려 하거늘!"

장헌이 커다랗게 고갤 끄덕였다.

"예, 저하. 속내를 삭히시다 종국에 사려과다로 심병을 얻으실까 두렵사옵니다. 소신에게만은 편히 말씀하소서."

방호가 끝내 포기한 듯 고갤 숙이자 세자가 한숨부터 내쉬었다.

"이 년 전인가 불면이 극에 달했을 때였네. 낮에도 비몽사몽하며 항시 혼몽하였는데 빈궁이 또 회임을 했지 뭔가? 지껄인다는 말이, 널브러져 있던 내가 합방일은 칼같이 지켰다더군? 하나 원손을 낳고는 내 확신했지. 결코 내 핏줄이 아니란⋯⋯."

"저하!"

방호가 다시금 웃전을 말렸으나, 세자는 무시하며 푸념을 이어갈 뿐이었다.

"그 의심에 쐐기를 박은 게 뭔 줄 아는가? 돌도 되기 전에 세손 책봉 이야기가 나왔단 것이지! 그 삼 년을 못 기다리고!"

첫째 원손이 두 살에 요절하였기에 둘째인 작금의 원손은 바로 세손으로 책봉되지 못하고 삼년상이 끝나길 기다리는 중이었다.

"책봉례가 끝나면 난 빈궁과 그 애비 손에 죽을 걸세. 이미 조당이며 군사까지 좌지우지하는 병판이 아니신가!"

세자가 갑자기 방바닥을 짚으며 무너졌다.

"빈궁과 마주 앉아 차 한 잔만 마셔도 토악질이 난다. 그 속 모르겠는 낯짝이 고약해 죽겠단 말이다. 당최 숨이 쉬어지지 않는다, 숨이! 쿨럭, 쿨럭!"

장헌은 쌔무룩이 고갤 숙였다. 세자도 비밀을 나누는 게 벗이라 여기는 모양이었다. 하니 정치와 무관한 저에게 속내를 털어놓는 것이다. 제 아비가 한진서와 손을 잡고 추잡한 짓을 일삼는 줄은 꿈에도 모르고. 장헌은 찰나 고민하였다. 『경국비서』를 불태워버릴까. 아비는 그것이 집안의 명맥을 유지시키는 단 하나의 비책이라 단언했으나 제가 그렇지 않다는 것을 증명하면 될 일. 세자가 불쌍해서가 아니었다. 어의의 자리가 굳이 비밀스러운 세력을 만들고 악행을 일삼아야 지켜지는 것이라면 그 또한 너무 하찮은 것 아닌가, 하는 생각이 들어서였다. 세자의 쇠한 옥루 앞에서 장헌은 속으로 끌끌 혀를 찼다. 심신이 약해질 대로 약해져 의심병이며 불안증이 극에 달한 것이 너무도 확연하였다.

"저하, 이제 울화가 있으실 땐 의관 김오균이 아니라 소인을 부르시옵소서. 옥체는 물론 내심까지 성심으로 살피겠나이다."

이미 눅늘어진 세자는 말이 없었다. 옥체를 바로 눕히려고 장헌이 손을 뻗자 방호가 재깍 저지하였다. 그 비장한 얼굴에다 대고 장헌이 나지막이 비꼬았다.

"저하께서 배앓이를 하시면 네가 대신 설사하겠다?"

궁으로 들어가며 아예 모든 인간관계를 끊어낸 방호였다. 행여 지인들의 청탁으로 인해 손톱만큼이라도 저하께 누를 끼치게 될까봐 그리한 것이었다. 한데 죽마고우 앞에서도 익위의 본분을 잊지 않으니 장헌의 배알이 꼴린 것이 당연했다. 아무리 더 이상 목검으로 치고받던 소년들이 아니라 해도.

"아주 역사에 길이 남을 충신 납셨네. 눈깔에 힘 좀 풀어. 나도 이제 똑같이 나라 녹 먹는 사람인데."

"……."

"어휴, 꽉 막힌 놈! 그래, 난 갈 테니 저하나 편히 뉘어드려라."

방호는 장헌을 끝까지 주시하곤 방문이 닫히고 나서야 웃전을 부축하였다.

"저하, 금침 위에서 편히 주무……."

"빨리 막단의 시체를 거둬 오란 말이다. 넋걷이라도 해주어야 이 지옥이 끝나지 않겠느냐……."

잠꼬대인 듯, 술주정인 듯 세자는 눈을 감은 채 중얼댔다. 그의 손목에 존귀한 신분과는 전혀 어울리지 않는 염주 하나가 채워져 있었다. 덜 자란 도토리에 먹물을 입혀 엮은 조악한 것이었다.

구중궁궐에 갇힌 후 세자의 유일한 낙은 물 좋고 산 좋은 절을 찾아 풍경소릴 듣는 것이었다. 특히 고승들이 대장경을 만드는 천년고찰, 훈룡사는 그 정기와 기세가 남달라 자주 찾았다. 하나 그의 시선은 언제부턴가 대장경이 아닌 벙어리 소녀에게 머물렀다. 상비懶婢, 막단이었다. 고승들이 조판組版에 활자를 배열하여 목판을 완성하면 소녀는 그 위에 먹을 먹여 선지에 찍어내었다. 그렇게 탁본 한 장을 뜨고 열 번 절을 하였다. 무릎이 남아나질 않는 데다 먹을 다루는 손끝이 꺼멓게 죽어가는 탓에 신심 깊은 스님들도 도망줄을 놓을 만큼 고된 그 일을, 막단은 장장 십 년째 하고 있었다. 세자는 어느새 그녀의 숙배肅拜를 바라보기 위해 훈룡사를 찾았다. 신하들에게 항시 고두배叩頭拜를 받는 그였으나 단 한 번도 그것이 존경으로 느껴진 적 없었다. 한데 막단은 달랐다. 커다랗게 합장을 하고, 경건하게 무릎을 꿇고, 팔꿈치와 이마를 땅에 붙이고, 두 손을 살짝 뒤집어 들어 올릴 때마다 자신을 지극히 낮추고 부처의 존재를 드높이는 진심이 우러나왔다. 한 치의 흐트러짐도 없는 정갈한 몸씨가 경이로울 정도였다. 열과 성을 다하지 않고는 결코 나올 수 없는 그 극진함이 세자는 문득 탐이 났다. 이 침묵의 생부처를 곁에 두면 온갖 액과 충이 흩어질 것만 같았다. 향내가 찌든 몸뚱이와, 묵이 밴 손끝과, 아무 말도 하지 않는 입과, 윤회를 벗어나 해탈한 듯 그 무심한 얼굴까지. 그녀의 모든 것이 세자의 심곡을 송두리째 홀렸다. 단연코 애욕도 정욕도 아니었다. 그것은 동경이었다. 훈룡사에 드나든 지 일 년째 되던 날, 세자는 끝내 막단의 손을 덥석 잡았다. 제발 살려달라, 딱 그 한마디를 했다. 요사채 쪽방에서였다. 그녀는 놀라는 듯하더니 이내 묵내와 고요함으로 읍하였다. 그리고 마치 여래보살의 약손처럼 깨질 듯한 세자의 머리를 짚고, 그윽한 심곡을 문질렀다. 세자는 온갖 호위들에 둘러싸여 살면서도 내심이 이토록 평온한 적이 없었다. 세자빈 한씨가 세자에게 염탐꾼을 붙일 때까지 딱 삼 년간이었다. 뒤가 밟히는 것을 눈치챈 세자는 종래 막단을 궁에 들이기로 결심했다. 다행히 한문을 아는지라 그녀는 맥을 짚는 맥의녀도, 침을 놓는 침의녀도 될 수 있었다. 하나 그녀는 그저 무수리가 되어 평생 세자에게 세숫물을 대령하며 살겠다 했다. 세자는 마지못해 허락하였다. 그것이 세자빈의 눈에 덜 띄는 방도일 수도 있으니. 방호는 재깍 괴강에게 돈을 주고 막단의 천적을 사들였다. 모든 준비가 끝나자 세자는 막단에게 평생 궁에 갇혀 사는 대가로 소원 하나를 들어주겠다 하였다. 그녀가 차분히 붓을 들었다. 정갈한 글씨체가 말을 하였다. 매골자로 사는 아우를 면천시켜달라고. 무신년 갑자월 신해일 묘시생으로 이름이 백섬이라 하였다.

금와당에 청명한 가락이 번졌다. 거문고 위로 주름진 손을 놀리는 여인은 눈먼 악사, 현맹絃盲이었다. 희제는 간직할 수도 없는 한낱 선율에 큰돈을 들였다. 비단옷도, 뒤꽂이도, 그 흔한 노리개 하나 탐낸 적 없는 그녀의 유일한 사치이자 행복이었다. 직접 거문고 타는 것을 배워 현맹을 스승으로 섬기기까지 했다. 이명이 심해지는 불면의 밤이나 집중하여 큰 작업을 이어가야 할 때 희제는 어김없이 그녀를 청했다. 작금도 탄금彈琴 소리 아래 붉은 당의를 펼쳐놓고 화롯불에 민어 부레풀을 올린 참이었다. 그러곤 되직하게 저어 당초무늬가 음각된 목각에 발라 소매 끝에 찍었다. 그 위에 선지보다 더 얇게 제련된 금박이 올려졌다. 풀의 농도, 온도, 두께 중 하나만 어긋나도 금박이 엉겨 붙어서 모조리 긁어내고 다시 작업을 해야만 했다. 단번에 올리더라도 금빛이 죽거나, 쉬이 떨어지지 않도록 공을 들여 박음을 해야 했다. 금박은 기술보다 정성이다. 온 신경을 곤두세워 집중해도 모자랄 판에 어째 손끝이 마음 같질 않았다. 시나브로 주악 소리도 저만치 멀어지고 그 자리에 아비의 말이 들어찼다.

[팔팔한 사내놈을 구곡재에 가둬놓고, 잘 먹이고 잘 입히고, 주변엔 쉬쉬하고. 안 이상해? 그냥저냥 힘쓰는 종놈을 거기에 숨겨뒀겠냐?]

"앗, 뜨거!"

기어이 민어 부레풀에 손을 덴 희제가 마당의 우물로 뛰어나갔다. 얼쩍지근한 손을 찬물에 담그곤 멍하니 넋을 놓은 그때.

"아씨, 아씨!"

허겁지겁 중문을 열어젖히고 행랑아범이 뛰어 들어왔다.

"아이고, 아씨! 큰일 났습니다요! 어르신께서……!"

수레에 실려 귀환한 것은 초주검이 된 윤병찬이었다. 나무 지지대 설치도 아니하고 광산에 들어갔다가 매몰된 것이었다. 다행히 목숨은 건졌으나 머리를 크게 다쳐 의식이 돌아오지 않는다 하였다. 도성 안 유명하다는 의원이 여럿 다녀갔으나 하나같이 손 쓸 수 없단 말만 되풀이하였다. 기껏 한다는 말이 와병하는 환자가 등에 욕창이 생기지 않도록 바지런한 몸종을 두라는 것이었다. 그마저도 달포가 넘지 않을 것이라는 불길한 말을 덧붙였다. 희제는 자는 듯 누운 아비를 물끄러미 내려다보았다. 삼 일 밤낮으로 곁을 지켰으나 아비는 숨만 붙어 있을 뿐, 그 무엇에도 반응하지 않았다. 그녀는 끝내 서랍을 열어 커다란 붓 하나를 꺼내 들었다. 그러곤 굳은살이 박인 아비의 맨발을 쓸어내렸다. 모든 건 다 참아도 간지럼만은 못 참는 아비였다. 하여 이 비참한 순간에 이토록 우스운 짓거리를 하는 것이었다.

"잠은 죽어서 잔다며, 죽어서!"

희제가 붓을 패대기치며 악을 써댔다.

"나 불쌍하다며! 어미도 오라비도 일찍 여의어서 가엽다며! 근데 왜 이러고 있어, 나 얼마나 더 딱하게 만들라고! 금광 찾아준다며! 편하게 금질만 하면서 살게 해준다며!"

아비의 몸통을 꺽세게 뒤흔들다 말고 그녀는 무너져 내렸다. 장헌은 원행을 나갔다 했다. 혜민서로 또 옥선당으로 연통을 넣은 지가 삼 일이 넘었으나 최승렬은 코빼기도 비치지 않았다. 가타부타 답신 한 장 없었다.

금불초

새카만 밤하늘 어딘가에서 오목눈이가 울어댔다. 그 구슬픈 곡소리가 방구석에 쪼그려 앉은 백섬의 옆구리를 찔러댔다. 오후 나절, 나뭇단을 가져온 사내가 말했다. 윤 역관이 변을 당했다고. 산송장이 된 채 수레에 실려 돌아왔다고. 그 귀동냥을 한 순간부터 백섬은 희제에게 달려가고픈 마음과 웃전에 대한 도리 사이에서 갈등을 거듭했다. 하나 복순 어멈의 방에 촛불이 꺼지자마자 커다란 몸이 벌떡 기립하였다. 반달음박질로 마당을 가로지르는 맨발이 더없이 조심스러웠다. 혹여나 복순 어멈이 뒷간에라도 가다가 빈 댓돌을 보면 꼼짝없이 발각될 것이니 차라리 맨발로 나선 것이었다. 밤이라 대문은 닫혀 있었으나 담을 넘는 건 일도 아니었다. 시커먼 대숲 사이로 백섬은 냅다 뛰었다. 간만이라 그런가 금방 숨이 차올랐다. 휘달리고 싶은 마음과는 반대로 다리가 천근만근이었다. 언제부터 제가 신을 신었다고, 발바닥 가득 느껴지는 땅의 냉기가 낯설기까지 했다. 가시덤불에 차인 발에 피가 나는 줄도 모르고 그는 담박질을 재촉했다. 오로지 서촌에서 가장 큰 집, 그곳을 향해서였다.

온종일 아비를 돌본 희제는 축시가 넘어서야 제 방에 들었
다. 명의란 명의들은 죄다 모셨으나 그 누구도 듣고 싶은 말
을 해주지 않았다. 쇠잔한 몸뚱어리가 방바닥에 길게 늘어졌
다. 저녁상은 조각보로 덮인 채 그대로였다. 꾸르륵대는 뱃속
과는 별개로 그 무엇도 목에 넘어가질 않았다. 입안이 썼다.
격자무늬 장지문이 슬쩍 열리고 샛바람 한줄기가 들이친 것
은 그때였다.

"하아, 하아……."

백섬이었다. 어깻숨을 몰아쉬며 턱 밑 땀방울을 훔쳐내는
그의 손에 야생화가 한 아름이었다. 꼭 첨 만나던 그날처럼.
발딱 일어난 희제가 밤이슬에 젖은 사내를 부여잡았다. 눅진
한 밤의 한기와 짙은 땀 냄새, 그리고 어질어질한 들꽃향이
그녀를 덮쳤다.

"흐으윽!"

어째서일까? 며칠간 참고 또 참았던 눈물이 백섬을 보자
터져 나왔다. 제 안의 감정을 모두 쏟아내도 된다는 본능이
작동한 것이다. 절실하게 구원이 필요할 때, 그가 왔다.

작약한 여체를 꼭 그러안은 백섬은 장승처럼 우뚝 서 있을
뿐이었다. 여인의 흐느낌이 그를 아프게 포박하였다. 어떻게
위로를 건네야 하는지 알 수 없어 그는 턱 밑을 파고든 작은
머리통을 살뜰히 쓸어내릴 뿐이었다. 하나만은 분명했다. 잘
왔다, 하늘 같은 웃전의 명을 어기면서까지. 희제의 어깨를
자분히 떼어낸 백섬은 소맷자락을 늘려 여인의 젖은 뺨을 닦
아내었다.

164

"다 괜찮을 거야. 밟힌 들꽃처럼 사람도 다시 필 수 있어……."

아비의 무사함을 이렇게 따스하게 빌어준 이가 있었던가. 다시금 왕왕해진 희제의 눈앞에 백섬이 꽃다발을 디밀었다.

"맛볼래?"

"맛?"

백섬이 새빨간 한련화를 주르륵 훑어 내렸다. 손바닥 가득 탐스러운 간식이 달콤한 향을 뿜었다. 순순히 꽃잎을 입에 넣은 희제가 붉어진 눈두덩으로 희게 웃었다.

"참…… 어여쁜 맛이다……."

사경을 헤매는 아비를 두고 죄스러워 어찌 입에 밥을 욱여넣을 것인가. 백섬이 식용 꽃만 꺾어온 것은 그런 이유였다. 그가 이번엔 노란 소국을 조심스레 쥐어 건넸다.

"이 꽃이 생긴 건 수수해도 무려 금부처의 미소를 닮았다고 해서 금불초金佛草라 불려. 향을 들이켜는 것만으로도 마음이 안정된대. 이걸 머리맡에 두면 이명도 잦아들 거야. 스님들이 하신 말씀이니까 믿어봐."

백섬의 나직한 위로가 희제의 마음을 어루만졌다.

"구곡재에서 못 나오니까 너한테도 이 꽃들은 귀한 거잖아. 나한테 다 줘버리면 어떡해?"

"내 손엔 향기가 남는 거지."

씽긋 웃은 백섬은 제 손목에 있던 먹색 염주를 희제의 손목으로 옮겼다.

"누이의 하나뿐인 유품이라며?"

"작금 뭐라도 붙들 게 필요한 건 너니까."

희제가 염주를 또로록 돌렸다. 세상 가장 어두운 곳에서 자랐으나 마음에 한 점 그늘도 없는 이. 아무것도 가진 것 없지만 그 어떤 결핍도 없는 자. 이 다감한 사내를 아비가 보았어야 했다. 그랬다면 무슨 수를 써서라도 사올 궁리를 했을 것이 아닌가.

"그간 널 구곡재에서 빼내려고 아부지한테도 말하고 장헌이한테도 말했었어. 쉽지는 않겠지만…… 나 포기 안 해, 절대."

백섬은 당황했다. 곧 무지막지한 갈등이 파도처럼 밀려왔다. 아무리 풍주 최씨 가문의 기밀이 중하대도 작금 이실직고를 하지 않는다면 희제가 큰 고초를 겪을 게 뻔했다. 홑겹 눈을 재차 끔뻑대다 말고 백섬은 느리게 입을 떼었다.

"내 천적을 사긴 어려울 거야."

"어째서?"

"이건…… 비밀인데……."

백섬은 음성을 바짝 낮추어 희제의 귓가에 속삭였다.

"내가 실은…… 수어의 대감님 댁 부적이래."

"뭐어? 부……적?"

복순 어멈에게 들었던 그 모든 것을 백섬은 털어놓았다. 밀어를 듣는 희제의 눈이 놀라움으로 커졌다가 불안감으로 일그러졌다. 일련의 일들이 이해가 가면서도 한편 그게 말이 나 되는가 싶어서였다. 장헌 모친의 일은 제가 너무 어릴 때였고, 옥선당 터에 대해서도 일절 들은바 없으니 대체 어디까지가 사실인지 가늠조차 할 수 없었다.

"걱정 마. 구곡재에서 지내는 건 도련님들 장가드실 때까지만이라고 했으니까."

"도련님들이 장가가면?"

"음과 양의 기운이 균형을 이뤄서 더 이상 부적이 필요 없댔어. 그러면 틀림없이 면천해주신다고. 수어의 대감께서 밭 뙈기를 주실지도 모른대. 그럼 난 이천 방앗골로 갈 거야."

희제의 미간에 확 주름이 갔다. 남헌 오라비는 약관을 넘기고도 훌륭한 혼담들을 줄줄이 거절만 하니 혹 남색인가 하는 소문까지 돌았고, 장헌 역시 대사헌의 딸과 말이 나왔지만 진척의 기미조차 없었다. 며느리를 들이는 게 그리 중했다면 수어의 대감께서 혼기가 꽉 찬 자식들을 그냥 둘 리 없잖은가……. 들으면 들을수록 석연찮았으나 희제는 그 무엇도 입 밖으로 내뱉지 않았다. 백섬에게 괜한 불안을 안기고 싶지 않기도 했으려니와 저도 정말이지 꼭 그리되었으면 싶어서였다.

"나도 방앗골에 가서 금질이나 하고 살까? 나 가면 재워줄래?"

"그럼! 나야 평상에서 자면 되지."

"한방에서 자면 누가 잡아가?"

"한……방?"

"너랑 절교해야겠다."

"왜?"

"까짓거, 벗 말고 정인 하려고."

꼴깍, 백섬의 울대가 요동쳤다. 농담을 뱉어내고 지레 놀란 건 희제도 마찬가지였다. 막 깨달았다. 단 한 순간도 백섬을 금와당 일꾼은커녕 벗으로도 본 적 없었다는 걸. 사내로 여겼다는 걸. 그 누구에게 그 무엇도 되지 않겠다던 작심은, 생각해보면 그 무엇도 아쉽지 않았단 반증이었다. 한데 이제 아쉬운 게 생겨버렸다. 그리고 이 사내에게만큼은 특별한 그 무엇이 되고 싶었다. 하니 이건 농담 같은 진담이었다. 진심 말이다. 붉은 밀납 초가 찬바람에 타타탁 타오르곤 뭉근히 녹아내렸다. 그제야 희제의 눈에 온통 생채기뿐인 백섬의 맨 발이 들어왔다. 그게 마치 저를 향한 그의 진심 같아서 그녀 는 급히 벽장에서 신발 한 켤레를 꺼냈다. 태사혜였다.

"오라비 거야. 내가 만든. 신고 가."

푸른 비단에 금박이라니. 감히 땅을 딛는 용도라는 걸 잊을 만큼 아리따운 물건 앞에 백섬은 휘적휘적 손사래를 쳤다.

"아니야, 괜찮아."

"맨발로는 못 가. 내가 그리 안 보내."

"귀한 거잖아."

신발코에 박힌 금빛 나비를 어루만지며 희제가 말했다.

"금도 빛을 봐야 반짝이는 거야."

"그래도……."

"맨발로는 너 안 보낸다고. 어서 신고 가, 복순 어멈 깨기 전에 가야 하잖아."

창밖 어스름을 아쉽게 일별하며 백섬이 속삭였다.

"이 밤만은 금와당의 부적이면 좋겠다."

그 한마디 말이 못 견디게 좋아서 희제는 백섬의 품을 와 락 파고들었다. 밤새 이 온기를 붙들고 있으면 좋으련만 야 속한 새벽안개는 각일각 옅어질 뿐이었다.

어둠을 거슬러 돌아오는 길. 백섬은 내내 맨발이었다. 태사 혜는 고이 품에 안겨 있었다. 희제에겐 꼭 신겠다고 약속했 으나 차마 그리할 수 없었다. 그것이 썩은 지푸라기로 엮은 헌짚신이었더라도 마찬가지였을 것이다. 금박신에서 희제의 향취가 났다. 슬프도록 아련한 향이었다. 백섬은 제 주제에 희제를 홀로 두고 돌아오는 게 영 편치 않았다. 하여 비에 젖어 검어진 금와당의 지붕이 안 보일 때까지 돌아보고 또 돌아보았다. 고래등 같은 기와집에서 금을 만지며 사는 게 참으로 부질없었다. 그녀의 해끔한 얼굴을 떠올리며 백섬은 다시금 신발에 얼굴을 묻고 크게 숨을 들이켰다. 정인이라……정인이라……. 벅찬 현기증이 밀려왔다. 이것을 신는 날은 오지 않을 것이다. 다만 들여다보고 또 들여다보아 닳아 없어질 수는 있을 것이다.

아침이 밝자 윤씨 집안의 대소사를 도맡아 하던 행랑아범은 서안 위에 인장과 문서들을 모조리 꺼내놓았다. 이젠 희제가 처리해야 하는 것들이었다. 그녀는 쓰린 속에 찻물만 들이부었다. 이 상황이 아비의 회생 불능을 뜻하는 듯하여. 행랑아범 역시 흠흠, 목소리를 가다듬곤 어렵사리 입을 떼었다.

"어르신께서 원행 나가시기 전날, 아씨께서 해주신 은박 장포를 입으시고 혜민서에 다녀오셨습니다. 아씨께서 처음으로 사람 욕심을 내었다며 수어의 대감 댁 종놈을 사올 방도를 물색하셨습니다. 그놈을 데려와 금와당에 앉혀놓으면 아씨께서 얼마나 좋아하겠냐며 아이처럼 웃으셨습니다."

제 앞에서 그토록 아니 된다, 무 자르듯 딱 잘랐건만……한편 그 말인즉, 아비도 부적에 대해서는 일절 모른단 뜻이기도 했다.

"아씨도 아시죠? 어르신께서 역관 일을 접으시고서도 옥선당에 약재 납품만은 꾸준히 하신 거."

"그럼. 일전의 것은 내가 직접 배달도 가지 않았는가."

"그 대금이 금일 당도하였습니다."

행랑아범이 벼루만 한 궤 하나를 서안 위에 올렸다. 매끈한 표면에 앵두꽃 무늬가 새겨져 있었다.

"한데 아씨…… 그것이 참…… 하아……."

"왜 그러시는가?"

"옥선당으로 가는 것들은 실상…… 약재가 아닌 독재毒材입니다."

"독재? 그게 무슨 말인가?"

"수어의 대감께서 여러 독재로 용법서用法書를 만들고 계신 줄 압니다요."

"왕실을 보필하시니 응당 독재 연구도 꾸준히 하시겠……."

희제가 나무 상자를 열다 말고 건듯 말을 먹었다. 막 썬 떡처럼 느런히 놓인 금병들 때문이었다.

"이, 이게 다 뭔가! 아무리 이국의 것이라 하나 독초가 이리도 비싸다는 말인가!"

"이 납품에…… 사연이 좀 있습니다요, 아씨."

행랑아범의 이야기는 십여 년 전, 희제의 어미가 원인 모를 병으로 앓아누웠을 때로 거슬러 올라갔다. 백약이 무효하자 애가 탄 윤병찬은 최승렬을 모시려 하였으나 그는 당시막 복권되어 다시금 내의원에 입성한 터라 쉽지 않았다. 일년이 지나서야 성사된 만남에서 최승렬은 오늘내일하는 병자를 진맥하며 절레절레 고개를 내저었다. 그러곤 다짜고짜선지에 생소한 독초와 독충을 써 내려갔다. 청과 왜뿐만 아니라 화란국, 법란국, 미리견과 아라사 등 다양한 타국의 것들이었다.

[이것들을 잘만 법제法製하면, 자네 처를 살릴 수도 있을 것 같네만.]

이판사판이었던 윤병찬은 꼬박 일 년 동안 타국을 전전하며 몇 종의 독초를 가까스로 찾아 조선으로 돌아왔다. 그것을 먹은 희제 어미는 곧 사람을 알아보고 드문드문 말을 하는 상태까지 호전되었다. 그때였다, 기뻐 날뛰는 윤병찬에게 최승렬이 긴긴 명단을 건네며 거래를 제안한 것이.

[이것은 자네 처를 위한 것이기도 하나 나아가 조선의 불치병 종식을 위한 일이기도 하네. 할 수 있겠는가?]

윤병찬의 심중에 짙은 사명감이 생겨났다. 그 대가는 무려 금병 다섯 개였다. 다만 이 모든 것은 절대 비밀에 부쳐야 한다는 엄중한 조건이 붙었다. 조선의 법제 기술이 유출되거나, 산출지에서 유통을 막는 걸 원천 차단하기 위함이었다. 독초와 독충은 수입 금지 물목이니 국경을 넘을 때 각별히 조심하란 언질까지 주었다. 곧 윤병찬은 이 독재들을 확보하기 위해 직접 발품을 파는 한편 서양의 약초꾼과 땅꾼들까지 백방으로 수소문하였다. 그렇게 일 년에 두 번씩 안정적으로 납품하기에 이르렀으나 삼 년째 되던 해 일이 났다. 압록강 유역의 국경을 넘다가 밀수품 소지로 적발된 것이었다. 지니고 있던 서른 여종의 독초들은 하나같이 산삼처럼 겹겹이 포장되어 있었고 독충들은 모다 살아 있는 상태였기에 그는 재각 형조에 넘겨졌다. 최승렬이 손을 써준 덕에 별 탈 없이 풀려났으나 윤병찬은 더 이상 거래를 지속할 의지가 없었다. 희제 어미가 삼도천을 건넌 때문이었다. 즉각 최승렬이 나타났다. 희제 어미의 장례 날이었다.

[자네 처의 소원이 아들이 나라의 동량이 되어 녹祿을 먹는

171

것이라 했지? 그게 어디 한두 푼으로 되는 일인가?]

최승렬은 거래를 이어나가자며 그 대가로 금병 열 개를 불렀다. 마지못해 고개를 끄덕인 윤병찬은 오직 아들의 앞날 하나만을 생각하며 밀무역을 성공시킬 방도를 찾아 나섰다. 고심 끝에 그가 찾은 해법은 다름 아닌 청국의 술사들이었다.

"술사?"

"주술을 걸고 저주를 행하기 위해 독을 다루는 치들이라 들었습니다. 독초와 독충을 증류하여 무색, 무취, 무미의 독만 뽑아내는 신묘한 법제 기술을 지녔기에 그들의 손을 거친 정제 독은 연적만큼 작은 자기에 담기게 되었습죠. 결과적으로 안료나 향유 등으로 눈속임되어 국경을 쉬이 통과하였고, 수어의 대감께서도 품질에 크게 만족하시었으니 이날 이때껏 납품이 이어진 것입니다."

윤병찬이 역관 일을 그만두고도 이 커다란 살림을 건사하며 금맥 사냥까지 할 수 있었던 건 다 이 건수 덕분이었다.

"한데…… 그 많은 정제 독을 수어의께선 어찌 다 사용하신단 말인가?"

"궁에선 독살로 의심되는 사망사건이 발생하면 망자가 드신 음식을 감별용 닭에게 먹인다 합니다. 그것을 구계라 하고요."

"응당 그러한 절차가 있겠지."

"한데 수어의 대감께선 사사로이 그것을 기르십니다요."

"그래? 어디에서?"

"구곡재입니다."

"맞아. 나도 구곡재 한켠에 있는 닭장을 본 적이……."

말을 잇던 희제의 입이 다빡 다물렸다. 불벼락이 등골을 훑고 지나갔다. 구곡재의 구계!

[난 여기서 못 나가, 어르신께서 그리 명하셨거든.]

[외출도 못 해? 한 발짝도?…… 혹시 감금된 거야?]

[코피 정도로 뭘. 걱정 마. 어르신이 오셔서 치료해주셨으니까.]

서안을 꽉 부여잡은 그녀가 꿀꺽, 마른침을 삼켰다.

"독풀이! 독풀이는?"

"없습니다. 수어의 대감께서 애초에 원하신 게 '독풀이 없는 무색, 무취, 무미의 맹독'이었습니다. 독풀이가 존재하지 않는다는 것을 이미 여러 경로를 통하여 거듭 확인하였습니다. 작금은 장헌 도련님이 이것들을 맡고 계십니다."

"그럴 리가!"

"내의원으로 들어가신 직후부터 도련님께서 담당하셨습니다."

"확실한가?"

"이 일에 관하여 장헌 도련님께서 어르신을 따로 찾아뵙기까지 하였으니 틀림없습니다요."

부적이니 면천이니…… 그건 다 백섬을 안심시키기 위한 거짓이었단 말인가! 벌떡 일어난 희제는 호흡을 가다듬었다. 어쩌면 다행이었다. 수어의 대감의 하명이 있더라도 장헌이라면 이 상황을 끝낼 수도 있을 것이다. 아니, 이미 끝냈을 수도.

3장

붉을 적

변심과 결심

"대감마님, 명하신 항아리 대령했습니다."

옥선당에 든 개영이 최승렬 앞에 매끈한 정방형 나무상자를 내려놓았다. 뚜껑을 연 최승렬이 그 안에서 잘린 머리통 하나를 여상하게 들어 올렸다. 한 뼘도 안 되는 머리털을 한 괴강이었다.

"어디서 찾았더냐?"

"이미 노름판에선 유명한지라, 여각 투전판에서 쉬이 찾았습니다."

최승렬은 망자의 눈꺼풀을 까뒤집었다. 제 심복이 제대로 된 이를 처리한 건지 확인함과 동시에 이미 뿌옇게 변한 눈알 상태와 강직 정도를 보고 사망 시간을 유추하는 것이었다.

"반나절 정도 되었더냐?"

"예. 나머지는 고깃골에 두었습니다."

도성 인근에서 사체 처리가 가장 용이한 곳이 고깃골이었다. 대대손손 백정 부락이라 백성들이 기피하였고 그마저도 몇 년 전 화마로 완전히 인적이 끊겼으니 목 잘린 몸뚱어리는 미처 썩기도 전에 짐승들 밥이 될 게 뻔했다.

"그래, 이만 나가봐."

나무상자를 챙겨 나가던 개영이 마당을 급히 가로지르는 장헌을 보고 예를 갖췄다. 최승렬은 온양에서 돌아오자마자 침통을 챙겨 나가는 아들의 모양새가 심히 못마땅하여 버럭 하였다.

"장헌이 너! 당장 이리 들어라!"

문이 거칠게 닫혔다.

"윤 역관 집에 가는 길이렸다? 헛걸음 마, 윤병찬은 뒤통수가 깨져 뇌일혈腦溢血이 심했다 하니 다신 일어나지 못할 게야."

"그래도 일단 환자의 상태를 보고⋯⋯."

"회생 가능성이 없으니 손대지 마! 세자를 담당하는 놈이 어찌 이리 생각이 짧아! 의관 김오균이며 전의감 놈들이 두 눈 시퍼렇게 뜨고 널 주시하고 있음을 모르느냐! 네가 손댄 병자가 죽는 일은 결코 없어야 한다!"

"윤 역관이 저리 죽으면 납품에도 차질이 생기니 아버님께 도 골치가 아닙니까?"

"다른 역관 놈을 매수하면 될 일! 윤 역관과 안정적으로 거 래를 튼 것도 다 『경국비서』 덕분이었다."

"그 무슨⋯⋯."

"그에게 양지황洋地黃을 구해오라 하여 그 처에게 주었단 말이다."

"하, 하면! 일부러 서맥을 만들고 서서히 심장이 멈추게 하 였단 말씀입니까?"

"제아무리 날고 기는 역관이라도 아내가 사경을 헤매는데 도리가 있겠느냐?"

장헌의 오금이 털컥 굳었다. 그 약첩을 매번 윤 역관 댁에 배달한 건 다름 아닌 저였다. 희제의 집에 가보고 싶어 조르고 졸라 그리한 것이었다. 그때마다 거동도 편치 않은 희제의 모친은 고작 여덟 살인 저에게 깍듯이 존대하고 귀히 대접하였다. 그런 그녀를 제 손으로 죽였노라, 아비는 작금 그런 말을 하는 중이었다. 일말의 죄책감도 없이.

　"그 오랜 세월, 대금만 제때 치르면 그만이었던 윤 역관이 구계의 쓰임을 따져 물어 찝찝하던 차에 차라리 잘되었다. 이리되지 않았다면 내가 손을 썼을 게야. 너도 시답잖은 연 때문에 가문의 명성에 먹칠할 생각 말고 당장 들어가!"

　방으로 돌아온 장헌은 심란한 탄식을 내뱉다 말고 소릴 지를 뻔했다. 제 방 안에 오뚝 서 있는 희제 때문이었다. 아랫것들이 출입하는 뒷문을 이용한 덕에 쉬이 예까지 온 것이었다. 장헌은 며칠 새 반쪽이 된 그녀의 팔목을 부여잡았다. 아비의 악행 탓에 죄책감이 너울처럼 몰려왔다.

　"하필 내가 온양에 머무는 사이에…… 혼자 큰일을 감당하느라 얼마나 힘이 들었어. 내가 곁에 있어야 했는데……."

　"구곡재, 정말 네 소관이야?"

　예상치 못한 말에 장헌이 퍼뜩 희제의 팔뚝을 놓았다.

　"백섬한테 흉한 짓을 하진 않았지? 그만두었지? 곧 놓아줄 거지? 수어의 대감의 명에 따르진 않을 거지? 대답해, 그렇지? 난 진실을 알려고 온 게 아니야. 네 진심을 알고 싶어 온 거야. 그러니까 대답해!"

　"……."

　이어지는 침묵에 희제의 눈이 뒤흔들렸다. 구곡재에서 실험이 자행되었다는 것보다, 구계가 다름 아닌 백섬이란 것보다, 작금 제 질문에 묵묵히 입을 다문 장헌이 더 큰 충격을 안겼다. 써늘하던 그녀의 눈동자가 일순 경멸로 바뀌었다.

"최장헌!"

삽시에 장헌은 결심했다. 최선을 다해『경국비서』를 연구하겠다! 성실히 가업을 이어받겠노라! 그간 첨예하게 갈등하던 속내가 다빡 정리되었다. 왜 몇 날 며칠 의관이란 천직에 회의감을 가졌던가, 왜 부친과 조부까지 싸잡아 경멸했던가, 왜 그깟 구계 따위에 갈팡질팡했던가, 대체 왜! 비서까지 손에 쥐고도 한낱 감정에 휘둘렸던 자신이 한심했다. 사내답지도, 의관답지도 못한 처사였다. 시뻘건 자괴감이 휘몰아쳤다.

"희제 넌 아버님이 쓰러지셨는데 어떻게 애먼 놈 걱정이야?"

"묻는 말에 대답이나 해!"

"유난 떨지 마! 그게 뭐 그리 놀랄 일이라고."

"뭐?"

"어의 집안에선 종놈을 그리 사용하는 것뿐이야."

"그리 잘난 집안이면 응당 독풀이도 갖고 있겠지?"

"중독이 깊어져야만 알 수 있는 게 독풀이야. 그리 쉬운 게 아니지."

"그래서, 그 짓을 계속할 거라고?"

"말조심해!"

"바보같이…… 난 다행이라고 생각했지 뭐냐. 혹여 수어의 대감께서 명하셨어도 넌 분명 거역했을 테니까. 그토록 극악한 짓거리에 순순히 동의하지 않았을 테니까. 그래서 안심했어. 하물며 백섬은 벗이니까!"

"누가 벗이래! 그런 천한 것과! 왜 그깟 물건 하나 때문에 내가 아버님의 뜻을 거스르고 집안을 발칵 뒤집어놔, 왜!"

"네 가문! 명예도 부도 다 일궜잖아. 주상의 신뢰까지 다! 그런데 그깟 종놈 하나를 못 놔?"

"그 부와 명예, 금상의 신임까지! 그걸 지키기 위해 그 천한 구계가 필요한 거야."

"하, 그래서 부적이니 면천이니 그런 개소리까지 지껄였어? 당장 구곡재로 갈 거야. 가서 다 털어놓을 거야. 여태껏 내 아비가 맹독을 팔았고, 내가 그걸 손수 배달했고, 복순 어멈이 그걸 먹였고, 이 모든 걸 사주한 건 장헌이 너라고!"

"그럼 그놈 다신 못 봐."

"왜? 목이라도 졸라서 콱 죽여버리게?"

"번잡하게 내가 왜? 진실을 아는 순간, 백섬이 스스로 고사할 텐데. 복순 어멈이 밥상만 들고 들어와도 낯짝이 흙빛이 되겠지. 밥은커녕 물 한 모금 못 넘기게 될 거야. 앙상하게 피골이 상접해서 산송장이 따로 없었다더라고. 결국 목을 맸대, 백섬이 전에 있던 놈 말야."

전에 있던 놈이라니! 희제의 눈에 이젠 공포가 들어찼다.

"그러니까 함부로 입을 놀리면 그 천한 명줄 재촉하는 꼴밖엔 안 돼."

"넌 사람을 살리는 의관이잖아! 죽이면 안 되는 거잖아!"

"잘 아네! 난 사람만 살려. 구곡재에 있는 건 구계지. 감별용 닭! 이 사달이 왜 났는지 알려줘? 이게 다 그놈 팔자야. 그 미천한 놈이 하필 존귀한 세자와 한날한시에 태어나서 이리된 거라고! 이제 좀 상황 파악이 돼? 저하의 전담 의관인 나와 우리 가문이! 밀명을 받잡고! 구계를 이용해서! 숭고한 연

181

구를 하는 거라고! 무려 왕족의 번영과 안녕을 위해서!"

백섬의 쓰임이 단순히 불치병 종식을 위한 것도 아니었단 말인가! 안 그래도 허연 희제의 면이 창백해지자 장헌은 확신했다. 윤병찬도 자세한 내막까진 알지 못했다. 하니 감히 백섬을 사들일 시도까지 했던 것이겠지. 희제 또한 마찬가지였다. 백섬이 한낱 구계라면 끝끝내 무슨 짓을 해서라도 빼내려고 할 것이니 장헌은 떠세를 부리며 세자를 들먹였다. 아무리 세상 무서울 것 없는 그녀도 상명上命인 데다가 제 아비까지 개입되어 있으니 그 무게를 뼈저리게 느낄 터. 장헌은 내친김에 쐐기를 박았다.

"백섬이 놈을 빼돌릴 생각 따위 안 하는 게 좋아. 용케 담을 넘는다 해도 병조에서 수십 수백의 병사를 풀어 어떻게든 붙잡을 테니까. 여태껏 약재 대금을 치른 게 병판이란 걸, 너도 모르진 않겠지?"

앵두꽃이 병판 가문의 것이었던가!

"희제 넌 아버님이나 걱정해. 당장 비틀어버릴 수 있는 구계의 모가지 따위, 신경 끄고!"

"아버지가 완쾌되더라도 잘난 네 가문과의 거래, 더 이상은 없을 거야."

"흥, 조선 바닥에 돈에 환장한 장사치가 어디 한둘인가?"

문고리를 앙세게 잡은 희제가 싸늘하게 경고하였다.

"우리 집엔 얼씬도 마. 목숨으로 장난치는 망나니한테 아부지 보일 생각 없으니까."

멀어지는 그녀의 발소리가 장헌의 심중을 짓밟아댔다. 백섬을 어찌해야 좋을지, 『경국비서』를 어찌해야 좋을지 몇 날 며칠 고민하던 그였다. 한데 희제의 악다구니에 번쩍 정신이 들었다. 구계의 몸뚱어리가 갈가리 찢겨 나갈 때까지 철저히 밟아 뭉개버릴 것이다! 장헌은 결심을 굳혔다. 다만 희제의 본심을 알 수 없어 불안이 엄습했다. 그가 침통을 난폭하게 벽에 집어 던졌다. 애먼 화풀이에 예리하게 갈린 은침들이 사방으로 튀어 굴렀다.

"감히 구계 따위가 내 사명을 앗아가! 감히!"

누구나 존재의 이유가 있다. 장헌에게 그것은 존경받는 의관이 되는 것도, 공신이 되어 이름을 남기는 것도 아니었다. 희제를 제 것으로 만드는 것뿐이었다. 재깍 구곡재로 향하는 그의 눈알이 어둠길에 섬뜩하였다.

"으헉!"

커다란 백섬의 몸뚱이가 반으로 접혔다. 그러곤 대차게 방구석에 처박혔다. 장헌의 무작스러운 발길질이 이어졌다.

"추레한 매골자 놈 따위가 뒤넘스럽게 희제를 만나? 감히! 감히!"

"잘못했습니다, 도련님!"

"그래, 나 모르게 무슨 밀담을 나눴어? 치맛자락이라도 붙들고 여길 나가게 해달라 통사정을 했더냐?"

"아닙니다! 그런 적 없습니다!"

"그럼 네깟 잡놈이 희제와 참 우정이라도 나누게 될 줄 알았더냐? 아니면 당치도 않은 음험하고 불측한 마음을 품은 게냐?"

"아, 아닙니다! 결코 아닙니다!"

"중 밑에서 컸다는 새끼가 어찌 주제도 모르고 탐욕스럽기까지! 그 누구와도 만나지 말라는 웃전의 명이 우스웠던 게지!"

고래고래 악장을 치던 장헌의 눈에 불쑥 들어온 건 이불 채 옆에 고이 놓인 시첩이었다. 겉장에 꽃과 새가 그려진. 까막눈 주제에 이것을 두고 희제와 눈짓을 주고받았으렷다! 그것을 거칠게 빼들었을 때 그 아래서 더욱 놀라운 물건이 나타났다. 코에 나비금박을 물린 태사혜였다.

"이건……!"

희제가 그토록 애지중지하던 오라비의 유품이 아닌가! 그것도 손수 금박을 올린 마지막 탄일 선물!

"이 버러지만도 못한 개불쌍놈 새끼!"

이미 까부라진 백섬의 머리빡이 홱, 이쪽으로 돌아갔다가 휙, 저쪽으로 꺾였다. 무지막지한 웃전의 주먹이 사정없이 아랫놈의 정수리며 귀빰을 내리찍었다. 안다, 이놈은 그저 받기만 했을 것이다. 필시 희제가 가져와 이놈에게 안겼을 것이다. 그것이 장헌의 분노를 더욱 부추겼다.

"유모!"

"예, 도랜님."

"이 잡것을 박달나무에 잡아매, 당장!"

죽을 때까지 매질을 하겠노라, 장헌의 머릿속엔 온통 그 생각뿐이었다.

"와, 와이라십니꺼! 도랜님!"

"이건 당장 아궁이에 처넣어! 싹 다 불태우라고!"

태사혜가 마당으로 내팽개쳐지자 백섬의 고개가 쳐들렸다. 그 순간 후드득, 검붉은 코피가 쏟아져 나왔다. 멈추지 않는 육혈도 아랑곳 않고 백섬은 장헌의 도포 자락을 채잡았다.

"그것만은 아니 됩니다, 도련님! 그것만은!"

나무에 잡아매라 했을 때도 덤덤하던 백섬이 신을 태우라는 명령엔 필사적이었다. 방바닥엔 피가 고여 숫제 웅덩이를 이루었다.

"감히 그따위 더러운 손을 어디 갖다 대!"

"도련님! 제발 이것만은……!"

"네놈이 기어이 맞아야 정신을 차리겠구나!"

복순 어멈이 잽싸게 껴들어 백섬을 꾸짖었다.

"이기 미쳤나! 백섬이 니! 으디 함부러 귀한 도랜님 의복을 드릅히노! 뭐하노, 후딱 우물가 가서 깨끗이 씻아내지 않고! 언능!"

"예."

백섬이 코밑을 누른 채 비칠대며 나가자 복순 어멈은 태사혜를 마치 삿된 물건인 양 거칠게 집어 들었다.

"지가 당장 가서 아궁이에 마 싹 다 처넣겠심니더!"

"당장 개영에게 일러 구곡재 대문 앞에 가병들을 세우라고 해! 개미 새끼 하나 드나들지 못하도록!"

"알겠심니더!"

"저놈이 먹는 광자고, 양금화, 현균을 배로 늘려! 조석으로 두 번씩 먹이라구!"

"예? 꼬…… 꼽절로예?"

"그리고 저 새끼 목에 잎침을 하고 거머리를 붙여봐! 삼 일 내내 피를 한 됫박씩 뽑으라고, 알아먹어?"

"그, 그라면 쟈는…… 죽는 거 아입니꺼? 으르신께서 아시 믄……."

"감히 내 말에 토를 달아?"

"그기 아이라……."

번쩍 팔을 치켜든 장헌은 대번에 늙은 유모의 뺨을 후려쳤다. 노쇠한 몸뚱이가 쪼개지듯 패대기쳐졌다.

"왜! 그새 정이라도 들었어? 한편이라도 먹은 거냐고!"

"아, 아입니더, 도랜님. 지가 잘못했심더!"

숫제 쇳소리를 내며 쭈글손으로 싹싹 비는 유모를 장헌은 자근자근 밟아댔다.

"시키면! 시키는 대로! 할 것이지! 어디서! 감히!"

"죽을죄를 졌습니더, 도랜님!"

얼쩍지근한 고개를 주억거리며 복순 어멈은 싹싹 빌었다.

"똑똑히 들어! 열흘 뒤에도 저 새끼가 말짱하게 걸어 다니면 유모가 죽는 거야, 알았어?"

다음 날 아침. 저잣거리에서 갓끈을 고쳐 매며 장헌은 연신 중얼댔다. 일천이란 자가 그리도 용하다니 속는 셈치고 와본 것뿐이라고.

"여인과 합을 따져보러 왔네. 여인은 무신년 병진월 경신일 오시. 내 사주는……."

장헌이 점상 너머에 앉자 세필을 든 일천이 답했다.

"알고 있습니다. 일전에 수어의 대감께서 주신 적이 있지요."

"날 아는군?"

"예. 멀리서 한차례 뵈었습니다."

개다리소반 같은 점상 위로, 제 손마디를 짚어 내리던 일천이 조용히 아뢰었다.

"이 여인은 사내의 기운을 타고난 데다 장남도 아닌데 가업까지 이어야 하니 실로 고된 사주입니다."

"고되다……?"

"호탕한 여장부의 면모를 지녔고, 재주가 특출나며 도화 직성이 있어 여러 사람들을 상대하며 살 팔자입니다. 사주에 커다란 곡간이 있으니 먹을 전, 입을 전, 쓸 전 모두 풍부하여 평생 재물 마를 일은 없을 것입니다. 다만 강한 고집으로 시련을 쉬이 극복하기도 하나 시련을 자처하기도 합니다."

"내 어찌하면 그 고집을 꺾을 수 있겠는가?"

"이분은 여인이나 큰 말을 탄 형국입니다."

"길들이는 데 시간이 걸린다, 그 말이군?"

"길들이지 못한다는 말씀을 드리는 것입니다. 그 말은 야생마입니다."

"좋은 채찍을 구하면 되지!"

"그러면 더 멀리 달아날 것입니다."

"아예 말 다리를 분지를까?"

"그러면 원망만 키울 것입니다."

"하면 어쩌란 말인가?"

"오직 봄바람만이 여인을 움직일 수 있습니다."

"내게 춘풍 같은 사내가 되라?"

"아니요, 도련님께선 그리되실 수 없습니다."

"나랑 뭐, 스무고개 하자는 겐가? 말장난 그만하고 방도를 내놓으시게, 방도를!"

"도련님은 굳건한 돌산으로 태어나셨습니다. 그런 분을 유연한 바람으로 만드는 능력이 저는 없습니다."

"이 여인을 취할 방도가 없다, 그 뜻인가?"

"예."

"이, 이런 무도한 놈을 보았나! 내 가문과 실력으로 고작 여인 하날 취할 수 없다?"

"곡해 마십시오. 소인은 사주상, 이 여인과 도련님이 합이 들지 않았다는 걸 풀이해드린 것뿐입니다."

내내 인상을 쓰고 있던 장헌은 기막히다는 듯 실소하였다.

"궁합을 보랬더니 저주를 한다? 아, 이것이 네놈의 상술이렷다?"

"예?"

"내가 뉘의 사주를 가져왔건 무조건 부정하고 불안을 조장하여 돈을 뜯어내려는 수작이 아니더냐! 그래! 휘황한 부적을 쓰고 푸닥거리 굿을 하면 없던 합이 들겠느냐? 그도 아니면 상다리 부러지게 제상을 차려 노한 조상부터 거둬 먹이랴?"

"이 사주의 주인은, 도련님의 이런 모습 때문에 잡히지 않는 것입니다."

"뭐, 뭐가 어쩌고 어째!"

값비싼 부적이라도 하나 모르는 척 구입해줄 요량이었으나 무지렁이 사주쟁이가 선을 넘었다. 한데 거기서 끝이 아니었다.

"궁합을 보려는 이들은 어떻게 상대의 마음을 얻을지 그 방도를 묻습니다. 헌데 도련님은 처음부터 어찌 이 여인을 꺾을 수 있느냐 하문하셨습니다. 채찍으로 치고 여차하면 다리라도 꺾어 주저앉히실 생각을 하셨습니다. 그것은 연모가 아닌 탐심입니다. 그런 속내론 절대 이 여인을 취하실 수 없습니다."

"이런 호래자식을 봤나! 다시 한번 말해보아라, 뭐가 어쩌고 어째!"

장헌은 흰자위를 까붙인 채 일천의 뺨을 후려갈겼다. 그러

고도 모자라 무뢰배처럼 단번에 점상을 뒤엎었다. 쿠당탕 패
철이며 벼루며 먹물이 사방으로 튀어 흩뿌려졌다. 마치 그럴
줄 알았다는 듯 일천은 미동도 없었다. 겁도 먹지 않는 쌍놈
의 면상이 장헌의 속을 더 긁었다.

"가당찮은 점바치 주제에 감히 양반을 갖고 놀아? 금부도
사로 계신 형님께 일러 혹세무민하는 사기꾼을 당장 옥에 처
넣으라 할 것이다! 내 못 할 줄 아느냐! 컥, 퉤!"

　분을 삭이지 못해 내내 씨근덕대던 장헌은 옥선당에 들자
마자 덜컥 쇠뇌를 찾아 들었다. 천 보 너머의 멧돼지도 단번
에 죽이는 강력한 무기였다. 성큼성큼 뒷마당으로 간 장헌은
커다란 새장 앞에 우뚝 서서 기껏 검지 하나를 까딱였다. 파
팟, 묵직하게 쇠뇌살이 튀었다. 푸드덕, 파드득 자지러지는
비금의 날갯짓이 이어졌다. 주인을 따르지 않는 괘씸한 미물
에겐 고통이 따라야 하는 법. 일부러 혈자리를 비껴서 쏜 장
헌이었다. 잔털들이 발광하듯 떠올랐다가 이내 평온하게 가
라앉자 그는 얄실한 새 다리를 우드득 까부라뜨렸다. 그리고
금빛 시치미를 빼내어 탁탁 털곤 제 손목에 묶었다. 감히 금
수 새끼가 주인의 존함을 매단 채 구곡재에 들락거리다니 죽
어 마땅했다. 이것은 본디 짐승 따위에게 갈 물건이 아니었
다. 제 것이었다, 제 것! 장헌의 눈두덩에 경련이 일었다. 갓
죽은 맹금은 개집에 내던져졌다. 때아닌 고기를 하사받은 누
렁이가 충성스레 꼬리를 쳤다.

은자 석 냥

솟을대문을 통과한 희제는 담벼락에 기대어 핀 들꽃들을 말끄러미 바라보았다. 눈길 건네는 이 하나 없건만 꽃잎은 흐드러졌다. 칼바람에 이파리가 뜯기고 장대비에 꽃대가 스러져도 꿋꿋이 또 피어났다. 그 생명들 하나하나가 다 위태롭고 또 아름다웠다, 백섬의 미소처럼. 괜히 저 때문에 그가 더 곤혹을 치를까봐 속이 바짝바짝 타들어갔다. 맹독을 공급한 것도, 하물며 사용이 용이하도록 진화시킨 것도 제 아비라는 게 더 뼈아팠다. 그런 아비의 참사를 듣고 백섬이 달려왔을 때, 그때 붙들었어야 했다. 그것도 아니면 행랑아범에게 독재에 대해 듣자마자 열일 젖히고 바로 구곡재로 달려가서 백섬부터 빼내었어야 맞았다. 피도 눈물도 없는 장헌이 놈에게 전후 사정을 따져볼 일이 아니었다. 결국 제가 구곡재의 경계를 더욱 강화시킨 꼴이었다. 하물며 세자와 병조판서까지 엮인 일이라니…… 감당 못 할 긴장감이 겹겹이 뒷목을 잡고 늘어졌다. 된시름이 깊었다. 희제가 골머리를 싸매며 금와당 중문을 넘는 찰나, 무언가가 무릎께를 콱 막았다. 되똑

190

하게 문지방에 걸터앉아 있던 칼두령이 기다란 다리 한 짝을 들어 그녀를 저지한 것이었다. 방자하게 치뜬 눈깔이 금와당의 주인을 올려다보았다.

"어르신께선 좀 차도가 있으시오?"

"시비요, 걱정이오?"

"둘 다 아닌데."

"그럼 또 돈이오? 우리 아부지한테 여직 받을 돈이 남은 거요?"

"돈은 맞는데……."

벌떡 일어난 칼두령이 덥석 희제의 손을 잡았다. 뿌리칠 새도 없이 그녀의 손바닥에 은자 석 냥이 쥐어졌다.

"뭐요, 이게?"

"어르신께서 경마잡이 대금을 미리 치셨소. 점찍어 두느라 선불을 내셨단 말이오. 한데 일이 이리되었으니 돌려드리는 게 맞지."

번뜩 희제는, 눈앞의 사내가 그리 나쁜 인간이 아닐지도 모르겠다고 생각했다.

"잠깐!"

돌아서는 칼두령의 손을 이번엔 희제가 채잡았다. 무람없이 잡힌 소맷부리에 장대한 기골이 움찔했다. 여인에게 팔목을 잡힌 게 첨이었다. 아니, 그 누구도 제 몸에 함부로 손대지 않았다. 그래서였다. 당황조차 감추지 못한 것은.

"뭐, 뭐요?"

"나랑 거래 하나 합시다."

"뭐? 거래?"

"싸울아비 하나 빌립시다. 딱 이 은자만큼만."

은자 석 냥이 다시금 칼두령의 손바닥으로 굴러들었다.

사흘 후. 희제 앞에 구곡재 일대를 그린 약도가 펼쳐졌다. 칼두령의 음성이 짐짓 심각했다.

"담 둘레며 옥선당 샛길까지 도통 빈틈이 없었소. 여기서 여기까지 쫙 깔렸단 거요. 삼인 일조로 구곡재 담을 지키는 놈만 무려 아홉 명이오. 최승렬의 싸울아비인 개영이란 자가 지휘하는 것 같고. 매 시진마다 교대하는데 자시부터 인시까지는 세 명만 번을 서니 일을 도모하려면 필시……."

숨 가쁘게 상황 보고하는 그를 희제가 빤히 쳐다보았다.

"구곡재 일대를 직접 염탐하시었소? 명색이 칼두령께서 직접?"

"그렇소만…… 왜 눈을 꼴뚜기처럼 뜨고 그러시오?"

"내가 분명 빠릿빠릿한 싸울아비 하나 빌리자 했잖소?"

"그런 놈들은 죄다 바쁘오! 뭐 빠릿빠릿한 놈들이 건수 들어오길 기다리면서 뒹굴거리고 있는 줄 아시오?"

"해서 예도 칼두령께서 직접 오셨고?"

"그런데 뭐? 문제 있소?"

"모든 의뢰에 이리 발 벗고 나서서 열심이오?"

"하! 열심히 해도 불만인 거요? 그쪽이 그랬잖소, 그쪽이! 새어나가면 안 되는 중차대한 일이라고!"

"맞소! 고맙소!"

예상치 못한 전개에 칼두령이 대꾸할 말을 찾지 못하고 우물쭈물댔다.

"혹 구곡재 안에 있는 사내 본 적 있소? 백섬이라고."

"그 사내라면 사흘 전에 딱 한 번 보았고 그 후론 통 마당으로 나오지 않았소. 기력이 없는 듯 보였고."

희제의 한숨이 깊어졌다. 저 때문에 장헌이 백섬을 더 혹

독하게 다뤘음이 틀림없었다. 어떻게든 백섬에게 버틸 수 있는 힘을 주고팠다. 당장은 독풀이도, 탈출 방도도 없으나 제가 그를 생각하고 있다는 사실만은 알려주어야 했다. 하나 어떻게? 잘근잘근 입술을 깨물다 말고 총기 가득한 희제의 눈이 바짝 열렸다.

"칼두령 혹…… 어령골이라고 아오?"

"어령골은 왜?"

"아오, 모르오?"

"알긴…… 알지."

"앞장서시오."

"작금 말이오?"

희제가 대답 대신 횟대에 걸린 장옷을 빼들며 문을 박찼다. 칼두령이 어정쩡하게 뒤를 따랐다.

"뭐요? 원래 이렇게 두서도 없고 뜬금도 없소, 응? 같이 가오, 같이 가자니까!"

어령골이라 불리는 첩첩산중 골짜기는 짙은 꽃향기에 뒤덮인 채였다. 하나 비탈진 능선 끝에 덩그러니 놓인 암자는 흉물스럽기 그지없었다. 이런 곳에서 백섬이 평생을 살았구나. 싸한 마음을 애써 접으며 희제는 지천에 피어난 뱀밥꽃을 바삐 꺾어내었다. 이 미약한 꽃송이가 백섬에게 찰나의 위로라도 되길 바라면서.

그런 속내를 모르는 칼두령은 상기된 면으로 헛기침을 해댈 뿐이었다. 누가 보면 저와 금박장을 꽃놀이 나온 연인으로 알 테니 낯이 다 따끔했다. 칼두령은 백정 시절부터 늘 눈앞의 사람을 면밀히 살피는 습관이 있었다. 그저 고기만 가져가곤 배 째라 식으로 뻔뻔하게 굴 놈은 아닌지, 오히려 절 궁지로 몰아 여차하면 찌를 놈은 아닌지 딱 보면 촉이 왔다. 하나 금박장 앞에선 그 생존본능이 영 무용하였다. 희한도 했다. 작금도 홍조를 띤 금박장의 그 보얀 얼굴을 차마 대놓고 볼 순 없어서 스리슬쩍 그 옆태만 훔쳐볼 뿐이었다. 은방울꽃처럼 동그라니 부풀어 올랐다가 나팔꽃처럼 쪼로록 접히는 치맛자락에도 눈뿌리가 아찔했다. 실상 흐드러진 것은 꽃이 아니라 금박장이었다. 귓전에 스치는 바람결마저 간질간질했다. 부드레한 꽃대에서 짙은 풋내가 번지자 칼두령의 울대로 꼴깍 침이 넘어갔다. 별안간 체기가 오르는 듯해 그는 주먹으로 제 명치를 툭툭 쳐댔다. 뜬금없이 그리고 주책없게, 험한 제 인생에도 혹 봄이 오려는가 싶은 촉이 발동했다. 진정한 사내가 되는 길은 칼을 잘 쓰는 것뿐이라고 믿어왔으나 아닐지도 몰랐다. 가슴에 여인 하나를 품는 것일지도.

"이거 받으시오!"

어느새 성큼성큼 다가온 희제가 와락 꽃을 디밀자 칼두령은 어수룩한 소년마냥 어버버댔다.

"뭐, 뭐 하자는 거요?"

"일하자는 거지! 구곡재 장독간 담벼락에 헐거운 기왓장이 한 장 있소. 그 아래 이것을 갖다 놔줄 수 있소?"

"이 꽃을 말이오?"

"그렇소."

"내 참. 염탐을 하랬다가, 꽃을 갖다 놓으랬다가…… 아니, 인간적으로 무슨 사정인지 대충 귀띔은 해줘야 하는 거 아니오?"

"……."

"대체 백섬이란 자가 누구요? 왜 갇혀 있는 거요? 이 암자는 또 뭐고? 뜬금없이 꽃은 왜 갖다 놓는 건데, 응?"

"……."

"끝까지 말 안 할 작정이오? 아, 나도 뭘 알아야 눈치껏 움직일 거 아니오?"

"싸울아비들은 다들 이렇게 말이 많소? 정신 사나워서 원. 아랫것들 시키라니까 괜히 직접 나서서 계집애처럼 쫑알쫑알……."

"그러니까 백섬이란 자가 대체 누구길래 이러는지 그것만 딱 말하고 끝냅시다, 엉? 뭐 나도 전후 사정까진 알려준대도 싫고 전혀, 진짜, 요만큼도 관심 없으니 그자가 누군지만……."

"아이, 거참. 더럽게 말 많네! 갖다 놓을 거요, 말 거요?"

콧김을 팍팍 내뿜으면서도 칼두령은, 생전 처음 쥐어본 여린 꽃잎에 쩔쩔맬 뿐이었다. 평소 같으면 이런 말도 안 되는 의뢰를 받을 리 없건만 아찔한 표정으로 절 재촉하는 금박장에게 왜인지 이대로 휩쓸리고만 싶었다. 그런 그를 두고 희제는 또다시 쌩 뒤돌아섰다. 글이 써진 서찰도 아니니 혹여 다른 이에게 발견되어도 상관없다 여기면서. 다만 하나뿐인 벗이 왔다 갔다는 사실이 백섬에게 일말의 희망을 주기를 간절히 바랐다.

몰락하는 달처럼 백섬은 야위어갔다. 풀빛 찻물을 들이켜는 그 파리한 입술을 복순 어멈이 내내 주시하였다.

"제가…… 천천히 마시고 다기를 씻어 찬간에 가져다 놓겠습니다, 어머니께선 얼른 주무세요."

"아이다, 니 다 먹는 거 보고 갈 끼다."

"너무 뜨거워서 좀 식으면 마시려고요."

"하이고, 고거 을매 된다꼬? 후후 불어가 콱 들이켜면 한입 꺼리 아이가."

연죽의 물부리로 동그란 찻상을 땅땅 두들긴 복순 어멈은 늘어지게 하품을 하면서도 당최 나갈 기미가 없었다. 그저 졸려 죽겠는 눈으로 이따금씩 창밖의 비를 바라볼 뿐이었다.

"이 차에 무어라도 들어 있는 것입니까?"

거적눈이 홱 토끼눈이 됐다. 입심 좋은 그녀도 말문이 막혔다. 대통에서 벌건 연초가 타들어갔다. 희뿌연 연기도 움파인 죽상을 다 가리지는 못하였다.

"하, 하모! 그게 뭐냐면은…… 현균이라고 옥수로 좋은 버섯 아이가. 내가 삼 일을 우라낸 기다."

"그리 좋은 것을 매일 마시는데 어째서 저는 이 모양입니까?"

"그르니까…… 그기…… 맹현 현상! 니 그란 거 몬 들어봤나? 몸이 옥수로 좋아질라 카믄 그 전에 다들 그르케 쪼매씩 아픈 기다. 그라고 나서는 마 싹 건강해지뿌는 기라."

"어머니."

"와?"

"도련님들은 언제쯤 장가를 드신답니까?"

"장가? 그기…… 뭐 곧 가시그찌! 와따, 마 하늘에 구멍이 뚫리삣나, 우째 비가 이리 쏟아지노? 다 뭇나? 그람 후딱 자 그래이."

얼쯤얼쯤 물러서다 말고 복순 어멈은 놓고 갈 뻔한 곰방대

196

를 후딱 집어 들었다. 문고리에 누차 헛손질까지 하자 백섬은 제가 제대로 짚어내었음을 직감하였다. 머무적머무적 문이 닫혔다. 눅눅한 골바람에 촛불이 뱅글뱅글댔다.

"우욱. 흐읍!"

헛구역질이 올라왔다. 문득 저녁에 먹은 게장이 떠올랐다. 무조건 다 먹어야 한다며 복순 어멈은 그것을 거듭 밥 위에 올려대었다. 입안이 버석하여 그 어떤 것도 넘길 수가 없다 누차 말씀드렸건만 어머니의 고집을 꺾을 수는 없었다. 생각해보면 그녀가 강퍅하게 구는 건 밥상머리에 앉을 때뿐이었다. 기필코 다 먹어야 한다, 억지를 쓰는 것이 꼭 있었다. 실수로 엎지르기라도 하는 날엔 그대로 다시 퍼와 끝끝내 먹이곤 하였다. 그럴 때는 그 어떤 변명도 먹혀들질 않았다. 다 먹고 그릇 바닥이 보여야 끝이 났다. 처음엔 힘들게 차린 밥상이니 그러려니 했다. 그런데 언제부턴가 그게 공포가 되었다. 모로 고꾸라진 백섬은 흠칫 몸을 떨었다. 제가 구곡재에서 살아가고 있는 게 아니라 죽어가는 게 아닐까 하여. 하나 왜? 도대체 무엇 때문에? 당치않은 짐작과 추측은 결국 얼토당토않은 의문들을 생성해낼 뿐이었다. 천국이 지옥으로 변하는 게, 이렇게 손바닥 뒤집듯 될 줄 몰랐다.

한바탕 쏟아진 비가 그치자 백섬은 휘적휘적 마당으로 나갔다. 그 어느 때보다 좋은 곳에 살고, 좋은 옷을 입고, 좋은 밥상을 받는데 빗물 웅덩이에 일렁거리는 건 그 어느 때보다 초라해진 제 모습이었다. 특히 사혈을 뽑는다며 몇 날 며칠 거머리를 붙여놓은 탓에 목 언저리엔 온통 울혈뿐이었다. 얼쩍지근한 목을 조심히 가누며 백섬은 우물에서 맑은 물을 퍼올렸다. 그리고 정갈하게 백자에 담아 장독대에 올렸다. 작금

할 수 있는 일은 기껏 옥수에 달을 띄우곤 몸을 낮추어 백팔배를 하는 것뿐이었다. 어령골에서 악몽에 시달리는 자신을 위해 막단 누이가 그러했듯이. 구곡재에 와서 호강 떨며 사느라 그날들을 너무 오래 잊고 지냈다. 아니 이것은 호강이 아닐지도 몰랐다. 천벌일지도. 백섬은 흰 달무리를 향해 양팔을 있는 힘껏 벌렸다. 두 손바닥과 열 손가락을 정성스레 맞붙여 힘껏 앙가슴에 끌어모은 그의 눈꼬리에 축축한 눈물이 맺혀들었다. 합장 한 번에 희제의 안녕을 빌고, 합장 두 번에 일면식도 없는 그 아비의 회복을 기원했다. 그리고 세 번째가 되어서야 백섬은 제 안위를 소원하였다. 무르팍이 시뻘게지도록 절을 해댔다. 동이 틀 때까지였다. 기진맥진한 그의 몸이 숨죽은 풀떼기처럼 늘어졌다. 혀 밑으로 쓴 침이 고였다. 그때였다. 장독간 담 위에 미세하게 어긋난 기왓장 하나가 눈에 띈 건. 언젠가 희제가 손으로 짚었다가 떨어뜨렸던 바로 그것이었다. 위태로운 기왓장을 바로 두려고 백섬이 팔을 뻗었을 때, 손끝에 연한 비단이 닿았다. 멈춘 듯했던 심장이 격하게 방망이질 쳐대기 시작했다. 멀리서 가래 뱉는 드글드글한 소리가 들리자 그는 아스라한 비단을 가슴에 품고 후딱 방에 들었다. 찰나 뱀밥꽃 향기가 백섬을 덮쳤다. 어둑한 방 안이 삽시간에 어령골로 변했다. 꽃밭 사이로 막단 누이의 뒷모습이 보였다. 여느 때와 같이, 꽃을 먹으러 온 뱀을 밟을까 싶어 무척이나 조심스러운 발걸음이었다. 뒤를 도는 그녀의 얼굴이 어느새 희제로 뒤바뀌었다. 쌩끗 웃는 그 하얀 면목이 아슴아슴 가슴을 쳤다. 샛노란 들꽃에 고개를 묻은 백섬이 끅끅, 소리죽여 울었다. 들썩이는 어깨에 그리움과 서러움이 녹아내렸다.

제가 의도한 그대로, 한 치의 어긋남도 없이 백섬의 몸에 온갖 병증이 발현되는 것을 보며 장헌은 의학적 전율에 몸서리쳤다. 그리도 끔찍해하던 『경국비서』를 이제 경전처럼 줄줄 외우다 못해 통달하였으나 곧 심한 갈증이 일었다. 구계 하나론 역부족인 탓이었다. 개, 돼지, 염소 등 닥치는 대로 산짐승을 사들여 맹독을 쓰고 속속들이 해부까지 하였으나 성에 찰 리 없었다. 더 강력한 독을 쓰고픈 갈망만이 들끓었다. 하여 그는 요 며칠, 퇴청 즉시 혜민서로 달려갔다. 게서 지난 보름간 나간 시체만 다섯 구였다. 대수롭지 않은 병증으로 온 젊은 사내들은 장헌의 침 한 번, 환 하나에 맥없이 주저앉았다. 어떤 놈은 극심한 소양증에 제 몸을 긁어대다 숨이 넘어갔고, 또 어떤 놈은 갈비뼈가 부러질 때까지 기침만 해댔으며, 탕약을 마신 직후 익사 증세를 보인 놈까지 있었으니 제 손끝이 빚은 통제감과 파급력에 장헌은 압도당했다. 하나 조선 의학의 선구자가 된 듯한 뿌듯함도 잠시, 이제 혜민서에 드나드는 잡놈들이 아니라 궁 안의 왕족들을 주무르고 싶단 욕심이 치솟았다. 세자의 명줄을 쥐락펴락하는 상상만으로도 열락의 소름이 끼쳐왔다. 어쩔 땐 입 한번 뻥끗 못 할 정도로 의식마저 혼곤하게 만들고, 또 어쩔 땐 최씨 가문의 비법을 행한 것처럼 씻은 듯 완쾌시켜 저에게 완전히 의지하도록 할 요량이었다. 제아무리 임금이라도 세자가 맥없이 늘어지면 어의에게 사정을 하게 될 터. 결국 『경국비서』만 있으면 임금까지 제 손아귀에 들어온다는 계산이 섰다. 말 그대로 저는 '천하를 다스리는 비법'을 지녔으니 기껏 내의정 정도가 아니라 더 이상 올라갈 곳이 없는 정일품 보국숭록대부가 되어야 마땅했다. 그러려면 제 위상을 단박에 드높이고, 존재를 만천하에 각인시킬 결정적 한 방이 있어야 할 터. 역병이 제격이렷다! 긴 장마 끝에 도성 안 우물마다 썩은 생선과 쥐를 풀고, 궁 안 우물엔 박색풀 진액을 타서 배앓이와 심마진을 만들어내면 사나흘 만에 세상은 아비규환이 될 것이다. 그때 제가 나서서 역병을 잠재우면 되는 것이다. 고작 민심 따윌 얻자는 게 아니었다. 역병은 다 임금이 부덕한 탓. 왕이 실덕하여 하늘이 노한 것이니 왕가의 기를 가끔은 이리 꺾어놓으면 좋을 성싶었다. 그래야 저 스스로도 인간에 지나지 않는다는 걸 뼈저리게 느끼고 신묘한 의술을 지닌 명의를 깍듯이 받들어 모실 게 아닌가. 장헌은 뇌리를 관통하는 전능감에 파르르 몸을 떨었다. 이제 손수 천자를 벌하고 왕족들의 길흉화복을 좌지우지할 날이 머지않았다. 뿐인가, 천자의 승하일 또한 다름 아닌 제가 점찍을 터였다. 애체 너머로 『경국비서』를 보는 눈딱부리가 희번덕희번덕했다. 역시 저도 어쩔 수 없는 최씨 집안 핏줄이었다.

자선당에 무릎을 꿇은 방호가 머리를 조아렸다.

"저하. 괴강이란 중은 자취를 감추었고, 저자에 사람을 풀어 수소문하였으나 그 누구도 백섬이란 사내를 알지 못하였습니다. 송구하옵니다."

세자의 눈이 깊어졌다. 막단을 궁에 들일 만반의 준비를 마치고 방호가 어령골을 찾았을 때, 그녀는 이미 죽고 없었다. 필시 세자빈이 억측을 한 것이었다. 세자가 어디서 하찮은 물건 하날 주워와 내명부 끝자락에 앉혀놓을 것이라고. 그 천것이 덜컥 세자의 씨라도 잉태하는 날엔 제 자리를 위협할 수도 있다고. 한씨 일족이 벌인 악행에 세자는 무너졌다. 제가 백섬을 찾으면 그의 목숨 또한 위태로워질 것이니 끝끝내 포기할 수밖엔 없었다. 그리고 이 년이 지난 작금, 막단이 꿈에 나와 그토록 서럽게 울부짖고 나서야 뒤늦게 백섬을 찾는 것이었다.

"그놈을 찾아 면천이라도 시켜주어야 내 저승에서 막단을 볼 낯이라도 있을 게 아니냐."

또다시 후드득, 코피가 터져 나왔다. 방호가 부산스레 면포를 가져왔으나 웃전은 별일 아니라는 듯 손바닥을 들어 제지하였다.

"일천을 만나보아라."

"예?"

일천이 누구던가? 세자가 감히 왕이 되지 못하고 요절한다 지껄여 관상감에서 쫓겨난 자가 아닌가!

"나도 안다, 네가 작금 무슨 생각을 하는지. 하나 이제 보니 그만큼 영험한 자가 없구나. 내 꼴을 보아라, 명일을 기약하기도 힘든 마당에 어좌라니 가당키나 하겠느냐."

"저하, 어찌 그리 황망한 말씀을 하시옵니까."

더는 말할 기력도 없다는 듯, 세자는 꺾인 손목으로 휘적휘적 허공을 가르며 그만 나가보라 하명하였다. 방호는 걱정스러운 면을 수그리며 뒷걸음질을 쳤다. 비릿한 혈향이 호화로운 공간을 점령했다.

담벼락의 약속

온종일 희제는 늘어진 아비의 팔을 꾹꾹 주물렀다. 힘 빠진 손에 화로에서 데운 몽돌도 쥐여드렸다. 백섬이 제게 그러하였듯이.

"금박장!"

갑작스러운 칼두령의 목소리에 그녀가 후닥딱 대청으로 뛰쳐나갔다.

"구곡재에 무슨 일이라도 있소?"

"가병들이 모두 철수했소! 개영도, 늙은 여종도 싹 나가서 갑자기 구곡재가 텅 비었단 말이오."

"백섬은? 혹시 백섬도 데려간 것은 아니고?"

"어젯밤에 놔둔 꽃이 없어졌소. 그이는 안에 있단 말이지."

희제가 잽싸게 댓돌에 놓인 신을 욱여 신었다.

"하면 데리고 나와야지!"

"백섬을 데리고 나오는 것까지는 무리요. 옥선당 근처엔 아직 가병들이……."

"그럼 작금 나한테 왜 온 거요?"

"백섬이란 자가 무사한지, 확인이 필요한 게 아니었소?"

"무사하려면 빼내야 한다니까!"

"빼내면? 안전한 거처라도 있소? 아무 계획도 없이 움직였다간 일을 더 크게 만드는 수가 있소. 작금은 무사한지 확인만 하고, 조금 더 틈을 엿보다가 완벽한 기회에 움직이는 게……!"

"기회가 또 언제 올 줄 알고! 내가 나설 테니 칼두령은 망이나 보시오. 옥선당 근처에 있다가 가병들이 움직이면 휘파람으로 신호나 달란 말이오."

칼두령은 망설였다. 금와당에서 맞닥뜨린 최장헌을 잊을 수가 없어서였다. 마치 제 여인에게 치근덕대는 시정잡배를 보는 듯한 경멸의 눈빛. 하나 희제는 벌써 장옷을 걸치며 칼두령을 닦달할 뿐이었다.

"명심하오. 괜히 날 구한답시고 설치지 마시오. 시간만 좀 벌어주고 적당한 때 빠지란 말이오. 칼두령은 절대 노출되면 안 되오. 그땐 정말 일이 커지는 거요, 그러니 이거나 단단히 쓰시오!"

냅다 뛰어나가던 희제가 흑색 복면을 와락 내던졌다. 칼두령은 건듯 얼었다. 기껏 까만 천 쪼가리에서 금 향이 배어나는 탓이었다.

구곡재 주변은 이상하리만치 고요했다. 인기척 따위 없었다. 다른 것이라곤 늘 열려 있던 대문에 채워진 자물쇠뿐이었다. 높다란 돌담을 따라 희제는 곧바로 장독간 쪽으로 뛰어갔다. 백섬이 저를 위해 던져놓은 나뭇단을 밟고 올라서면 담장을 타넘을 순 없지만 뒤뜰을 훔쳐볼 수는 있을 것이다.

급히 나뭇단을 밟고 팔꿈치로 담벼락을 지탱하며 장독간을 내려다본 순간 그녀는 흡, 헛숨을 삼켰다. 조각난 햇발을 이고 살구나무 아래 늘어져 있는 백섬 때문이었다. 마른 눈꺼풀에 퀭한 눈동자, 움푹 파인 뺨과 거스러미가 일어난 입술, 파르라니 멍든 목줄기까지…… 꺼질 듯 까막대는 몸태가 공포마저 자아냈다. 희제는 속이 탔으나 푹 꺼진 나뭇단을 밟고 한껏 깨금발을 해도 담치기를 할 재간은 없었다.

"백섬아! 백섬아!"

무구하고도 처연한 얼굴이 나릿나릿 이쪽을 향했다. 멍하게 삐딱 고개를 하고 손등으로 게슴츠레한 눈을 비벼대기까지 했다. 그러곤 꼭 무엇에 홀린 것마냥 스르륵 일어났다. 담벼락을 짚어대며 휘우듬히 걸어온 백섬은 이내 조그마한 장독 위에 올라섰다. 돌담을 사이에 두고 두 사람이 마주 섰다. 굉대한 장벽은 마치 이승과 저승의 경계인 양 간신히 서로를 맞바라보는 것만을 허락할 뿐이었다.

"희제다……."

피안의 저편을 바라보듯, 백섬은 코앞의 희제를 아스라이 바라보았다. 시르죽은 면이 마치 꿈을 꾸는 듯했다. 그에게서 때 이른 겨울 향이 번졌다. 담 기왓장을 짚은 그의 손을, 그녀가 꼭 덮어 잡았다.

"백섬아, 너 당장 도망쳐야 돼! 이러고 있으면 안 돼. 너 부적 아니야! 수어의 대감이, 장헌이가, 아니…… 아니 그러니까…… 복순 어멈이 너한테 독을 썼어. 널 죽이고 있다고! 얼른 이리로 뛰어내려! 나랑 같이 가, 빨리!"

거대한 말의 무게에도 백섬은 반응하지 않았다. 두서없이 말하는 여인을 휘휘 풀린 눈동자로 바라볼 뿐이었다. 검기우는 하늘을 이고 덤거친 그의 숨소리만이 담을 넘었다. 난데없이 찬비가 쏟아졌다. 원망스레 허공을 올려본 희제의 턱밑이 짜르르 떨렸다.

"정신 차려! 너 당장 도망쳐야 된다니까! 여기 있다간 꼼짝없이 죽어!"

희제의 목구멍에서 올칵 뜨거운 게 솟구쳤다. 이렇게까지 상태가 심각한 줄 진즉 알았으면 칼두령을 데리고 올걸. 망을 보라 할 것이 아니라 담을 넘든, 담을 부수든 어떻게 해서라도 백섬을 빼내라 할걸…… 늦은 후회가 몰려왔다. 그때, 휘이익! 옥선당 쪽에서 칼두령의 다급한 신호와 함께 부산한 발소리가 흩어졌다. 기겁한 희제가 소용없는 것을 뻔히 알면서도 담장 안으로 팔을 뻗었다.

"백섬아, 빨리! 시간이 없어! 냉큼 이쪽으로 뛰어내리라니까, 어서!"

그녀의 억짓손이 백섬의 어깻죽지를 부여잡고 용을 써댔으나 시득부득한 덩치를 당길 수 있을 리 만무했다. 빗물이 장막처럼 두 사람 사이를 갈랐다.

"정신 차리고, 좀! 제발!"

휘이이익, 또다시 휘파람 소리가 들렸다. 이번엔 부쩍 가까워졌다. 다급한 희제의 손을, 백섬이 느리게 감아 잡았다. 애써 봐야 아무 소용 없다는 듯이.

"희제야."

상황과 걸맞지 않은 그 나른한 속삭임이, 그의 눈꼬리에 그렁그렁 매달린 빗방울이 희제에게 와락 소름을 안겼다. 꺼져가는 백섬의 심지에 어떻게든 다시 불을 붙여야만 했다. 까치발을 뜨고, 담장에 쇄골을 짓이기며 한껏 뻗은 희제의 팔이 별안간 사내의 목을 끌어당겼다. 동그란 면목은 망설임 없이 짓쳐들어 백섬의 싸느란 입술을 감아 물었다. 처음치고 너무, 저돌적이었다. 어떤 역경에도 이 순간만은 기억하라는 듯 맹렬한 숨결은 거침없이 백섬을 침범했다. 그 온기와 생기는 어떻게든 살아내라는 간절한 명령이었다. 간신히 담벼락에 의지하고 있던 사내의 몸이 흠칫 튀었다. 그러겠노라 답하는 양, 사내 또한 팔을 뻗어 젖은 여체를 마주 안았다. 희제의 심곡에 화르르 열기가 들어찼다. 이것은 한순간 튀고 소멸하는 불꽃이 아니었다. 첫 만남부터 뭉근히 지펴져온 군불이었다. 이 불씨를 꺼뜨리고 싶지 않았다. 영원히 곁에 두고 싶었다. 휘익! 날카로운 휘파람이 최후를 알렸다. 엉겼던 입술이 떨어지는 찰나, 가병들의 웅성거림이 대문께를 점령하였다. 희제는 밭은 숨을 내뱉으며 백섬을 바라보았다. 진비를 맞은 사내의 면이 묘하게 상기된 채였다. 희제가 슬프게 웃었다. 자신을 바라보는 백섬은 항시 순수한 낯빛이었다. 처음엔 그게 좋았고, 점차 의문스러웠고, 종국엔 화딱지가 났다. 저를 정말 벗으로만 여기는 듯해서. 한데 이 순간만큼은 빗금이 간 눈동자가 제게 무섭게 꽂혀 있었다. 그 안에 서린 이채가 그녀는 만족스러웠다.

"며칠만 기다려. 보쌈이라도 해서 꼭 널 빼낼 테니까. 날 믿고 조금만 버텨, 응?"

"저기 있다!"

병사들이 맹렬히 달려왔다. 뒤를 희뜩대는 희제에겐 그것이 두억시니 떼 같았다. 그녀는 덜거덕대는 담벼락의 기왓장을 짚어대며 목소릴 짓죽였다.

"여기에 서찰을 둘게, 저번처럼. 알았⋯⋯."

말이 채 끝나기도 전에 개영이 그녀의 팔뚝을 떼어내었다.

번쩍, 장대비를 뚫고 번개가 내리쳤다.

측은지심에도 권태가 온다

장헌은 구곡재 주변에 염탐꾼이 있다는 보고를 진작 받았다. 누구의 하수인일지 뻔하여 덫을 놓았다. 산송장이 된 백섬을 제 눈으로 직접 보면 희제도 더 이상 버티지 못할 것이라 판단한 것이다. 안 그래도 앓아누운 아비 탓에 심적 동요가 극심할 터, 이번엔 분명 저에게 매달릴 수밖엔 없을 것이다. 아무리 그런 의도로 꾸민 일이라지만 앞뒤 생각 없이 버선발로 뛰어온 희제가 괘씸하기 이를 데 없었다. 콱, 서안을 내리찍는 그의 주먹에 굵은 핏줄이 솟아올랐다.

"도련님, 희제 아씨 모셔왔습니다."

개영의 차분한 음성과는 다르게, 억짓손에 떠밀린 희제가 방 안으로 내쳐졌다. 백섬이 놈 한번 살려보겠다고 겁 없이 덤빈 탓에 온몸이 쫄딱 젖은 채였다. 장헌의 눈알이 번들거렸다. 화가 나 미치겠는데 동시에 반가웠다. 미워 죽겠다가도 반쪽이 된 얼굴이 애처로웠다. 속이 뒤집혔다가도 젖은 저고리 아래 적나라하게 드러난 앙가슴에 속절없이 맥이 뛰었다. 하나 그의 감정 따윈 아랑곳없이 희제는 젖은 면을 사납게

208

닦아내며 눈을 흘러 뜰 뿐이었다.

"저하가 승하하시면 백섬은 필요 없는 건가?"

"왜? 궁에 쳐들어가서 세자 목이라도 따려고? 역모라도 일으키려고?"

"천벌 받을 놈!"

"천만에. 우리 가문에서 살린 목숨이 몇 갠데? 하늘에서 그 정도 셈은 해주겠지. 희제 너, 허튼짓할 생각은 애초에 접어. 구곡재에 가병이 아닌 군사를 세웠으니까. 내가 장담하는데 함부로 구계를 건드렸다간 네 목숨이, 아니 네 가문이 위태로워질 거야."

"언제는 나더러 벗이라며?"

"아니! 널 첨 만난 그 순간부터 작금까지 단 한 번도 널 벗으로 여긴 적 없어. 잔인하게 내 마음을 모른 척한 건 너지!"

장헌은 벌떡 일어나 금침장을 열어젖혔다. 또 그놈의 삼베였다. 첫 녹봉.

"받아. 하면 백섬은 살려주지. 여유 부릴 시간이 없다는 건 봐서 알 거고."

"그래서 안 받아! 그래야 네가 백섬의 목숨을 오래오래 이어 붙여놓을 테니까, 날 협박할 양으로!"

"혈자리는 삼백예순하나. 그중 서른네 개는 금침혈이야. 눈꼬리의 혈맥을 비껴 찌르면 장님이 되고, 혀 아래 청근을 찌르면 벙어리가 되고, 귀의 객주인혈을 찌르면 귀머거리가 되고, 슬개골을 찌르면 절름발이가 되고, 팔꿈치를 깊이 찌르면 팔병신이 되고, 척수를 찌르면 꼽추가 되고! 어딜 찌르면 뼈가 녹는지 또 어딜 찌르면 오장이 뒤집히는지 다 읊어줘?"

대모 애체를 통과한 눈알이 홀근번쩍댔다. 하물며 그게 끝

209

이 아니었다.

"비무도 그렇게 죽었거든, 금침혈 한방에 몸부림치다가. 아, 그건 침이 아니라 쇠뇌촉이었지."

"서, 설마……!"

"아무리 짐승 새끼라도 애먼 놈을 따르면 그렇게 되는 거야."

"의관으로서 신념만 저버린 게 아니라, 아예 인간이길 포기했구나?"

"구계며 매새끼며! 그건 그저 의술을 위한 도구일 뿐이야! 난 첨단 의술을 행하는 의관이고!"

정의라고 착각할 때 인간은 가장 잔인해지는 법이다. 작금 장헌이 그것을 여실히 증명했다. 희제는 이따위 인간 말종과 제가 한때 벗이랍시고 말을 섞었던 것이 소름 끼치도록 끔찍했다.

"의관 좋아하시네! 넌 그저 목숨으로 장난이나 치는 악귀야! 인간의 도리조차 모르는 개망나니라고! 그 정도면 광증이야! 너 미쳤다구!"

"그래! 더 이상 이 미친놈 인내심 시험할 생각 마. 네 마음 얻으려고 동동촉촉한 건 여덟 살부터 작금까지 십 년이면 족하니까! 사흘 주지. 딱, 사흘. 구곡재 벗을 송장으로 만나지 않으려면 서둘러야 할 거야."

장헌이 선심 쓰듯 으름장을 놓자 희제가 삼베를 내동댕이치며 일어섰다.

"누가 벗이래?"

비수를 꽂듯 희제가 일갈했다. 백섬의 목줄을 쥔 장헌을 자극하지 않으려 애를 써도 모자랄 판에. 장헌은 피가 나도록 입술을 깨물었다. 벗이란 이름으로, 희제는 제가 멀어지려

할 때마다 손짓을 했다. 놓아버리고 싶을 때마다 계속해서 잡아 세웠다. 한데 이제 와서! 쌩하게 돌아서는 그녀의 어깻죽지를 장헌이 우악살스레 돌려세웠다.

"정신 차려, 윤희제! 헷갈리지 말라고! 백섬이 놈 살리겠다는 네 마음, 그거 동정이야! 연민이라고!"

"연민이 뭔지도 모르는 게!"

"그건 알지, 측은지심에도 권태가 온다는 거! 특히 너같이 변덕스러운 계집이라면 더더욱!"

"나에 대해 더 이상 아는 척하지 마! 역겨우니까!"

장헌은 참을 수 없는 수치심에 몸을 떨었다. 지난 며칠간 천자가 된 듯 솟았던 자만심은 창졸간에 산산조각 났다. 하나 이렇게 무너질 순 없었다. 희제의 마음을 얻을 수 없다면 굴복시키면 그뿐.

"넌 내 거야! 내가 먼저 알았고, 내가 먼저 마음에 품었으니까!"

장헌은 희제의 젖은 손목을 결박하며 벽으로 밀어붙였다. 버둥대는 여체를 단단히 압박하곤 시꺼면 눈깔로 그녀를 찍어 눌렀다.

"넌 어쩔 수 없는 계집이라고! 아무리 용을 써도 기껏 내 품에서 빠져나갈 수조차 없는 나약한 계집!"

"이거 안 봐? 이래서 넌 죽어도 아니라고, 이래서!"

"그렇게 잘났으면 한번 빠져나가 보든지! 어떻게 해서든 내 손아귀에서 빠져나가 보라고!"

장헌은 희제의 턱을 채잡았다. 벌을 주듯 입술을 찍어 누른 건 순식간이었다.

"흐읍!"

올무에 걸린 새처럼 발악하는 여체가 장헌에게 쨍한 쾌감을 선사하였다. 찬비에 섞인 금박향이 폐부를 장악하자 단전에 피가 쏠렸다. 가냘픈 목덜미를 휘감은 그가 숨을 시근덕대며 재차 여인의 날숨을 억탈하였다. 입술로 천명하는 것이었다. 너는 내 것이다, 절대 그 누구에게 빼앗기지 않겠다! 기어이 내가 갖겠다, 평생 곁에 두겠다! 몸을 빼치며 격렬히 도리질을 치는 희제의 얼굴 위로 무자비한 낙인이 찍혔다. 그게 뜨끔한 불도장인 양 여인이 허릿매를 바짝 틀어쥔 장헌은 포악하게 여인의 옷고름을 쥐어뜯었다. 전순간, 누구의 숨결인지 모를 열기가 장헌의 애체에 희뿌옇게 내번졌다. 와살궂은 사내의 손아귀가 앙가슴을 움켜쥔 찰나.

"어헉!"

삐딱하게 고갤 쳐든 장헌이 제 아랫입술을 더듬었다. 진한 핏방울이 묻어나왔다. 쫙! 이제야 숨이 트인 희제가 눈을 거들뜨며 그의 뺨을 후려쳤다.

"나약한 계집 소리! 한 번만 더 해봐. 아주 죽여버릴 테니까!"

쾅! 사납게 문이 닫혔다. 장헌은 멍하니 서서 열감이 남은 입술을 그러물었다. 황홀감과 모멸감, 질투와 혐오가 엉망으로 뒤섞였다. 하나 희제를 꺾어버리겠다는 탐심만은 어째서인가 더욱더 짙어진 채였다. 틀어진 애체를 벗어들며 그는 콧등을 세게 눌렀다. 맹렬한 시선이 삼베 두루마리에 꽂혔다. 희제가 왕왕한 모습으로 제발 저것을 달라 애원할 때까지 결코 멈추지 않을 작정이다. 그러려면 세상 모두가 인정할 만큼 강한 힘을 가져야 했다. 천하의 윤희제도 단번에 무릎 꿇릴 만큼 강력한.

감빛 노을이 찬찬히 물러갔다. 텅 빈 하늘이 짙은 쪽빛으로 갈앉았다. 칼두령은 짝 잃은 까마귀처럼 어느 기루 처마에 기대어 섰다. 비거스렁이에 실려온 대금 소리 때문이었다. 평생 선율이라는 것에 귀 기울여본 적 없건만 왜인지 그 가락이 아프다, 아프다 우는 듯했다. 휘휘로운 밤바람에 술향이 묻어났다. 그 알알한 향기 끝에 자꾸 구곡재 담벼락을 사이에 둔 남녀의 세찬 입맞춤이 아른대었다. 마른 갯골에 물이 차듯 칼두령의 심곡이 속절없이 젖어들었다. 애절한 주악 소리로부터 황급히 달아나면서 그는 찬간에 걸린 뻣뻣한 시래기를 떠올렸다. 퍼석한 무말랭이를, 해풍에 바짝 쪼그라든 북어를 생각했다. 촉촉하다 못해 척척해진 감정을 떨쳐내려고 제 깐엔 안간힘을 쓰다 말고 문뜩 두려워졌다. 어째서인지 자신이 없었다.

해부형

"해부형이라니! 산자의 몸을 열어보는 형벌이라니! 그대가 아무리 뛰어난 의관이라 하나 어찌하여 이토록 극악무도한 법령을 청하는가! 시신 훼손도 망자의 혼을 더럽히는 악행이거늘 하물며 산자의 몸을!"

아침 댓바람부터 조당에 노한 옥음이 퍼졌다. 기껏 첨정 따위가 어전에서 발언의 기회를 얻은 것은 그가 세자 저하를 치료할 묘수가 있다고 상소를 올린 때문이었다. 한데 그것이 해부형이라니! 경악으로 웅성대는 문무백관 사이에서 장헌이 또박또박 아뢰었다.

"소신도 생체를 훼손하는 악인이 되고 싶지 않사옵니다. 하나 해부를 통해 구조와 신경의 전달을 깨치는 것만이 편찮으신 세자 저하의 목숨을 구하는 유일한 방도이옵니다, 전하."

싸늘한 냉기가 흘렀다. 아무리 해괴한 법이라 해도 세자의 목숨이 달린 마당에 대놓고 반기를 들 수 있는 이는 없었다. 급히 달려와 장헌의 등을 바라보는 최승렬의 눈매만이 노기로 일렁였다. 최근 들어 돌변한 아들놈이 혜민서에서 겁 없이 설쳐대는 것을 진즉 알았다. 무섭게 달려드는 게 오히려 잘되었다 싶기도 했다. 하나 어찌 물불 못 가리고 조당에까지 들어 저딴 말을 지껄인단 것인가! 최승렬은 소매 안으로 두 손을 부여잡곤 지그시 병판 한진서를 바라보았다. 도움을 청하는 것이었으나 그는 이따위 소란을 일으킨 장헌이 못마땅하다는 듯 떫게 수염만 매만질 뿐이었다.

"작금도 억울한 죽음이 없도록 검시가 이루어지거늘! 그것으론 부족한 것인가?"

"아뢰옵기 황공하오나 해부는 크게 세 가지로 나뉘옵니다. 건강한 신체를 열어 내부 구조의 표본을 획득하는 정상해부, 병자의 몸을 열어 썩거나 막힌 곳을 살피는 병리해부, 죽은 자의 시신을 들여다보는 부검 순이옵니다. 이 세 가지를 함께 시행하여야 혈관과 근육의 연결, 뼈의 위치, 신경의 흐름 등을 종합적으로 판단할 수 있고 그것들을 분석, 연구하여야 세자 저하의 병증을 근본적으로 치료할 수 있사옵니다. 운동신경과 감각신경은 오직 살아 있는 상태에서만 확인이 가능하니 산자의 해부는 불가피하오나 진정제와 몽혼제의 연구 또한 함께 이루어질 것이니 해부 도중 고통을 느낄 가능성은 희박하옵니다. 소신, 의관의 사명감을 천금보다 무겁게 여기오니 전하께서 염려하시는 일은 결코 없을 것이옵니다."

지끈한 머리를 손끝으로 짚다 말고 임금이 다시금 하문하였다.

"대체 뉘에게 해부형을 내린단 말인가?"

"범강상죄로 사형에 처한 천민 중 그 죄목에 한 치의 의혹도 없는 중죄인에게 교형과 참형 대신 해부형을 내려주십사 간언드리옵니다. 전국 관아에서 추포한 천민들을 형조로 압송하고 건강한 이와 병든 이로 나누어 해부형을 언도하되 달포에 두세 명을 넘지 않는다면 백성들의 반발 또한 없을 것이라 사료되옵니다. 또한 이것은 나라를 위해 몸보시를 하는 것과 진배없으니 죄인들에게도 죄를 씻고 업을 닦는 기회가 될 것이옵니다. 부디 용단을 내려주시옵소서.”

터무니없는 억지는 아니었다. 신료들이 서로 흘끗대며 동의라도 하듯 고갤 끄덕였으나 흐려진 용안은 좀처럼 펴지지 않았다. 최승렬은 더 이상 참지 못하고 한 발짝 앞으로 나가 수긋하게 허리를 굽혔다.

“전하, 인체 해부는 서역뿐만 아니라 이미 청에서도 음양오행과 기 순환의 연구를 위해 널리 행해지고 있사옵니다. 조선에서도 이를 법제화하면 분명 저하뿐 아니라 왕실의 만병을 다스리는 데 크나큰 밑거름이 될 것이고 나아가 조선 의학 발전에 중요한 초석이 될 것이옵니다.”

“그대들의 뜻은 알았으니 이만 물러가라.”

편전에서 나온 최승렬은 삼엄하게 주변을 살피곤 재깍 장헌을 불러 세웠다.

“세자를 전담한 지 고작 얼마 되었다고 독단적으로 이딴 짓을 벌여! 감히 겁도 없이!”

아비의 불벼락에도 장헌은 주눅이 들긴커녕 빳빳하게 고갤 치올렸다.

“겁먹을 게 무엇입니까? 의술을 탐구하여 세자 한번 살려보겠다는데!”

“해서 젊은 사내들이 혜민서에 드는 족족 앞뒤 안 가리고 맹독을 썼더냐! 의녀들의 눈도 의식하지 않고!”

"약촛물에 담근 천을 시신의 입에 대고, 제아무리 은침을 찔러본들 나오는 것도 없을 텐데요, 뭘.『경국비서』를 가지고 기껏 심마진이나 일으키는 게 전 영, 성에 안 차서 말입니다."

"그래도 이놈이!"

"혜민서의 천것들을 써먹는 데도 한계가 있으니 임금께 주청을 한 것입니다. 구계들을 좀 합법적으로 조달해달라고요."

"네가 해부를 원한다면 그깟 몸뚱어리쯤은 내 얼마든지 가져다줄 수 있거늘! 어찌 일을 이리 크게 만든단 말이냐! 대체 왜?"

"전 아버지처럼 쉬쉬하면서 음지에만 있진 않을 겁니다. 당당하게 드러내놓고 할 것입니다. 왕실의 목숨을 관장하는 어의면 응당 그만한 권력쯤은 쥘 자격이 있잖습니까!"

"언성 낮추지 못해! 권력을 드러내놓고 휘두르면 결국 적만 만든다는 걸 왜 몰라! 삐끗 잘못하면 이젠 너뿐만이 아니라 우리 가문 전체가 자멸할 수도 있거늘!"

"이러니 다들 의관을 무시하지요! 제가 해부형을 집행하게 되면 우리 가문도 막강한 힘을 갖게 되는 것입니다. 골치 아픈 놈이 있으면 해부형을 들먹이는 것만으로 싹 해결될 것이 아닙니까. 제아무리 대단한 사대부라도 난동, 간음, 역모 따윌 뒤집어씌우면 공천公賤 만들기는 식은 죽 먹기이니⋯⋯."

"이, 이런 무모한 놈을 봤나! 한진서조차 동조하지 않는 것을 뻔히 보았잖느냐? 하물며 임금이 해부형 따위를 윤허할 것 같으냐?"

"예, 윤허하실 것입니다. 곧 세자가 사경을 헤매게 될 테니까요."

여상하게 어깨를 으쓱해 보이는 아들놈에게 최승렬은 경악했다.

"추호도 아니 된다! 아직 원손이 책봉을 받지 못했다! 책봉례 전에 세자가 죽으면 그동안 쌓아온 게 모조리 허사가 된단 말이다! 세자에게 손을 쓰는 건 한진서와 협의가 필요한 신중한 사안이거늘!"

"하면 아버님도, 병판 대감도 좀 서두르시지요."

아들놈의 얼굴이 평소와 달랐다. 아니, 인두겁을 뒤집어쓴 듯 섬뜩하였다. 제 아들은 불과 얼마 전 『경국비서』를 받아들고 벌벌 손까지 떨던 놈이었다. 의관의 도리 운운하며 절대 못 한다 끝끝내 손사래 치던 놈이었다. 야심도, 배포도 없어 그토록 애를 태우던 놈이 대체 무엇 때문에 저리도 변한 것인가! 최승렬은 의관 김오균에게 자선당에 바짝 신경을 쓰라 일러야겠다 생각했다. 옆에서 보는 눈이라도 있어야 폭주하는 아들놈을 그나마 막을 수 있을 터였다. 그때, 종종걸음치던 궁인들이 우뚝 멈춰 하늘을 보더니 손으로 입을 틀어막았다. 맑은 천중에 일순 불길한 먹색 기운이 몰려들었다. 난데없는 일식日蝕이라니! 속절없이 먹혀드는 태양을 목도하던 최승렬은 번뜩, 일천의 말을 떠올렸다. 미시에 뜬 태양. 그것이 너무 밝아 자칫 눈을 가릴 수도 있다 했던가. 겹어둠이 드리워진 장헌의 얼굴이 마치 태양을 통째로 삼킨 듯 탐욕스러웠다. 야심을 뛰어넘은, 야만의 눈동자였다.

새벽녘, 예리한 흉통에 백섬이 눈을 치떴다. 가슴을 채잡으며 그는 느꼈다. 오장육부 중 그 무엇도 제대로 기능하는 것이 없다는 것을. 숨을 쉴 때마다 무언가가 벼락처럼 폐부를 찔러댔다. 끊임없이 기침이 터져 나왔다. 토악질이 반복되었다. 혀끝이 갈라졌다. 온몸에 식은땀이 났다. 무릎으로 왈칵 코피가 쏟아졌다. 베개가 흥건히 젖을 만큼 코피를 흘렸던 게 불과 사흘 전이었다. 아니, 생각해보니 어제인 듯도 싶었다. 이젠 어리숭한 기억조차 조각조각 끊겼다. 마당만 오가도 깔딱 고개 넘듯 숨이 가빴다. 공포가 엄습했다. 번뜩, 꿈처럼 남아 있는 희제의 속삭임이 떠올랐다. 독. 이제야 그는 제가 정녕 중독되었음을 실감했다. 저는 인간 부적이 맞았다. 다만 베갯잇에 고이 접어 간직해야 하는 부적이 아닌, 서서히 태워 없애야 하는 부적인 모양이었다. 산 제물. 그렇지 않고는 제 의식주에 이토록 사치스레 공을 들일 이유가 없었다. 병증이 깊어질수록 가병의 수도 늘어나지 않았던가. 참으로 어리석었다. 벽사라 하였을 때 황송해할 것이 아니라, 죽어라 도망쳐 살 궁리를 했어야 했다. 억울하다 고래고래 소리치며 발광이라도 하고 싶었으나 자리끼에 손 뻗을 힘조차 남아 있질 않았다.

"흐흑!"

서슬로 가슴을 치는 격통에 백섬은 몸뚱이를 둥글게 말았다. 예가 천당이 아닌 걸, 너무 늦게 깨달았다. 초열지옥에 떨어진 듯한 고통은 감히 쳐다봐서도 아니 되는 여인을 마음에 품은 대가일지도 몰랐다. 그렇대도 먹색 어둠에 떠올린 건 결국 희제였다. 그 새하얀 이목구비가 생존이란 착시를 불러일으켰다. 실제인지 꿈인지 알 수 없는 그 따스한 숨결과 말캉한 입술이 재차 되살아났다. 이 아슴아슴한 망상은 지친 제 마음이 만들어낸 것일지도 몰랐다. 그런데도 그 환상을 붙잡고만 싶어졌다. 평생 꽃으로 위로받았건만 언제부턴가 흔들리는 꽃잎 위로 그녀의 얼굴이 덧그려졌다. 한때 저를 살린 수많은 들꽃처럼, 희제는 항시 꽃처럼 서 있었다. 핏줄만 되똑 도드라진 백섬의 손이, 허공에 떠오른 여인의 윤곽을 애달프게 어루만졌다. 하나 손길에 시달려 망가진 압화처럼 그 형상은 시나브로 바스러졌다. 짙은 설움이 몰려들었다. 눈매가 어그러졌다. 몸이 접혔다.

"야야, 아들아! 니 괘않나? 으이?"

찻상을 들여오던 복순 어멈이 흠칫했다. 박박 얽은 낯바닥이 슬슬 붉어지더니 거적눈이 젖어들었다. 산이 놈 때는 이렇지 않았다. 이렇게 급하게 독을 쓰지도 않았지만 그놈이 앓아누웠을 때도 딱히 죄스러운 마음은 들지 않았다. 한데 백섬이 아프고부턴 밤잠을 설쳤다. 밥 처먹는 것만 봐도 딱하고, 물 들이켜는 것만 봐도 짠했다. 탕국에 독을 타면서도 조금 덜 넣을까, 하루는 걸러도 되지 않을까, 며칠 안 먹인다고 티가 날까, 그런 불충하고 발칙한 생각을 수차례 한 복순 어멈이었다. 그럴 때마다 이제 저도 나이가 먹었나 보다, 하고 말았으나 가슴에 바윗덩이를 얹어놓은 듯한 답답함은 내내 떨쳐지지가 않았다.

"니 쪼매만 있어보래이, 으이? 내 금방 오꾸마."

나갔다 온 복순 어멈의 손에 반짝이는 물건이 들려 있었다. 태사혜였다. 흐리멍덩했던 백섬의 눈에 확 초점이 맺혔다.

"태우지…… 않으신 겁니까?"

"으디 도둑질해온 기도 아인데 이리 귀한 신발을 와 태와삐노? 아깝구로. 그자?"

"감사합니다. 어머니. 참으로 감사합니다……."

"오데……. 이거 보니까 우리 아들이 쪼매 힘이 나나 보네? 단디 넣어놔라, 또 경치지 말구로. 알았제?"

복순 어멈은 태산처럼 거대한 죄악감이 한 숟갈 정도는 덜어진 듯하여 조금은 가뿐하게 문을 나섰다. 그 구부정한 뒷모습을 바라보며 백섬은 요동치는 심곡에 금박 나비를 품어 안았다. 어머니는 죄가 없다. 밥에 독을 섞고 칼을 넣고, 일거수일투족을 웃전에 보고한 것은 복종이었다. 상전의 명에 따르는 게 종이다. 생각 따윈 없어야 한다. 그래서 여태껏 목숨을 부지하는 것이었다. 제가 알밤을 따던 그날, 어머니의 표정은 참으로 오묘한 것이었다. 그 다디단 생율을 쓰게 삼키던 입매가 죄책감이었음을 백섬은 작금에야 깨달았다.

천기누설

"사람을 찾고 있습니다."

방호는 일천의 조악한 점상 위에 공손히 사주를 올렸다. 제 신분은 밝히지 않았다. 괜한 거부감에 점사가 제대로 나오지 않을까봐서였다.

"생사만이라도 살펴주시겠습니까?"

일천의 눈동자가 살푼 떠졌다. 예리한 눈매가 덩치 좋은 사내를 훑었다.

"살리려 하십니까, 죽이려 하십니까?"

"살리려 합니다."

일천이 고갤 들어 방호의 어깨 너머를 지그시 응시하였다. 먼 산등성이를 바라보는 건지, 풍향을 가늠하는 건지, 혹은 천기누설에 앞선 망설임인지 알 길이 없었다. 애타는 마음에도 방호는 묵묵히 무릎만 꿇은 채였다.

"목숨은 붙어 있을 겝니다. 아직은."

"아직……이라니요? 혹 무엇이 읽히십니까?"

"이 사주의 주인을 본 일이 있습니다."

"어, 어디서 말씀입니까?"

"최승렬 대감 댁 종놈인 줄 압니다."

"예? 하면…… 수어의께서 천노 하나를 들이며 친히 사주를 풀어보셨단 겁니까? 어떤 연유로요?"

"내막은 소인도 모릅니다. 일개 종놈이 제 사주팔자를 정확히 알고 있다는 점과, 외람되게도 그것이 세자 저하의 그것과 같기에 또렷이 기억할 뿐입지요."

방호는 움찔하였다. 제가 세자의 사람인 것을 안다! 하면 더더욱 저 말을 곧이곧대로 믿어야 할 것인가? 아무리 진실만을 말하여 궐 밖으로 내쳐진 자라 해도 일면식도 없는 저에게 이토록 내밀한 정보를 순순히 말해주는 게 어쩐지 꺼림직했다. 그 의심을 읽은 일천이 묻지도 않은 답을 했다.

"저는 익위 나리의 사주와 관상도 본 일이 있습죠."

"어찌 저를……!"

"저하의 곁을 지키는 자리이니 품계를 내리기 전에 관상감에서 사주며 관상을 살피는 게 관례 아닙니까."

방호는 일천의 말 속에 숨은 뜻을 유추하였다. 필시 최승렬 대감은 백섬을 죽이려 하고, 저는 살리려 하니 진실을 말해준단 것이렷다! 하나 그 추측은 반만 맞았다. 겉으론 도가 튼 듯 무표정한 일천도 실은 사람이었다. 타인의 점사를 발설하지 않는 철칙을 깬 건 누군가의 목숨 때문이기도 하지만 무엇보다 점상을 뒤엎고 제 뺨을 친 최장헌이 괘씸해서였다. 뿐인가, 그가 돌아간 직후 재까닥 나졸들이 들이닥쳤다. 곤장을 내리 스무 대나 맞고 그 맷독으로 한동안 생업도 잇지 못한 일천이었다. 가끔 그렇게 제가 듣고 싶은 말을 해주지 않으면 미쳐 날뛰는 종자들이 있었다. 천벌을 받아 마땅한 인

223

간 말종 말이다.

　일천에게 깍듯이 반절을 올리고 돌아서는 방호의 눈매가
어뜩 굳었다. 처음부터 백섬이 저하와 같은 사주를 가졌다
는 게 내내 마음에 걸렸다. 한데 최승렬이 그를 거두고 일천
까지 불렀다? 예감이 좋지 않았다. 방호는 대번에 옥선당 대
문을 두드렸다. 정녕 이곳에 백섬이 있는지 확인부터 할 요
량이었다. 하나 잠시 후, 그는 고개를 설레설레 저어댈 뿐이
었다. 아무리 비복들을 붙잡고 물어봐도 백섬이란 이름은 들
어본 적도 없다 했다. 호노戶奴인 큰노미 또한 그리 말하니
더 이상 따져 물을 것이 없었다. 방호는 마지막으로 구곡재
로 향했다. 모두들 폐쇄 운운했으나 살펴는 봐야 했다. 한데
굳게 닫힌 대문 앞에 사내 둘이 번을 서고 있었다. 놀란 방호
가 황급히 떡갈나무 위로 몸을 숨겨 주변을 살폈다. 담을 따
라 끊임없이 경계를 서는 삼인 일조의 순찰조가 무려 세 개
나 있었다. 대창까지 든 그 살벌함에 방호는 직감하였다. 저
안에 제가 찾는 사내가 있음을. 하나 상황 파악도 전에 제 신
분을 노출시킬 순 없기에 그는 번을 서는 군사와 반대 방향
으로 뛰었다. 신속히 담장을 넘어 안마당을 디딘 순간 급하
게 닫힌 띠살문 하나를, 그는 귀신같이 포착하였다. 방호는
그 문고리를 홱 잡아 열며 얼어붙은 사내에게 대뜸 으름을
질렀다.
　"네 이름이 백섬이냐?"
　"……!"
　"네가 백섬이냐 물었다!"
　"아, 아닙니다! 전…… 백섬이 아닙니다!"

이상한 답이었다. 보통 제 이름을 외치면서 부정하기 마련이거늘! 수상한 낌새를 챈 방호는 눈앞의 사내를 빠르게 훑어 내렸다. 팔 척 정도의 키, 약관도 안 된 앳된 느낌, 파리한 면에 박힌 선하디선한 눈동자.

"정녕 네가 백섬이 아니냐?"

"아닙니다."

"하면 네 이름이 무엇이냐?"

"제 이름은…… 그러니까…… 제 이름은…….."

"어서 답하라!"

"단, 단입니다! 제 이름은 막단입니다!"

"뉘십니꺼!"

그때, 후닥딱 복순 어멈이 들이닥쳤다. 한껏 모난 눈씨를 하고 손엔 홍두깨까지 든 참이었다.

"뉘신데 월담까정 해서 남에 집에 쳐들어왔심니꺼! 여가 으딘지 알고예?"

"백섬이란 자를 찾고 있다!"

"그런 아 모릅니더! 퍼뜩 나가시소! 병사 아재들! 병사 아재들! 여 이상한 사람이 들어왔심니더!"

복순 어멈은 최씨 가문의 종이다. 제 영역에 들어온 침입자가 땡중이든, 왈패든, 금군이든, 겸사복이든 제 알 바 아니었다. 이대로 백섬을 뺏겼다간 제 목숨을 부지하기 힘들 터이니 그를 비호하기 위해 그저 똥짤막한 팔을 양옆으로 펼쳐 낼 뿐이었다. 가병들의 발소리가 가까워지자 방호는 그대로 담을 타넘었다. 백섬을 확인한 것으로 충분한 때문이었다. 날듯이 뛰어 구곡재에서 멀어지며 그는 작금의 상황을 되짚었다. 가병들의 삼엄한 경계 속에서 백섬은 홀로 구곡재에 간혀 있다. 그리고 스스로를 부정했다. 하마터면 저도 깜빡 속을 뻔했다. 당황한 그가 막단의 이름을 대지 않았더라면.

붉은 송엽지

내의원으로 기별이 왔다. 의관 김오균을 대동하지 말고 장헌만 들라는 세자의 명이었다. 그것도 야심한 시각이었다. 벌써 김의관을 밀어버린 것인가 싶어 장헌은 휘파람을 불며 순금으로 된 어사침을 꺼내 들었다. 다섯 치나 되는 그 장침을 영길리 송진독松津毒에 담갔다 빼는 그의 입매가 삐뚝댔다. 사지 마비를 일으키는 맹독이지만 극소량만 사용하여 세자에게 저릿한 증상을 선사할 참이었다. 시답잖은 병증으로 물꼬를 트면 재미있을 것이다. 잔잔한 연못에 던질 조약돌 하나를 골라 쥔 아이처럼, 장헌은 씩 웃었다.

한달음에 자선당에 든 장헌이 깍듯이 절하였다.
"저하, 기침은 좀 잦아들었사옵니까?"
"많이 나아졌네. 내 금일은 기분이 좋아, 이것이 무용하게 되었으니."
붉은 송엽지松葉紙를 화로에 처넣는 세자의 손끝이 써늘하였다. 내달 초하루라고 쓰인 금색 글자가 불길에 닿아 허옇

227

게 탈색되었다.

"빈궁을 보기만 해도 소름이 끼치는데 관상감에서 이렇듯 줄줄이 합방 길일을 뽑아 올리니 사려과다가 극에 달하였네만, 때마침 장모가 와병한다지 뭔가? 하여 내 빈궁에게 냉큼 출궁하여 당분간 사가에서 머무르며 병수발에만 전념하라 일렀네. 장모가 이렇게도 날 도와주시는군."

"그러하옵니까. 하면 소인, 진맥하겠사옵니다."

송진독 생각에 마음이 급했던 장헌이 재깍 세자의 손목을 짚었다. 휘주근하게 팔을 늘어뜨린 웃전이 심상하게 입을 떼었다.

"자네 사가에 노비가 몇 명인가?"

"일흔 명이 좀 넘사옵니다."

"사내종은?"

"얼추 반이옵니다."

"그중 백섬이란 아랫것이 있는가?"

벽력처럼 장헌의 고개가 쳐들렸다. 그 이름자가 어째서 세자의 입에서 튀어나온단 말인가!

"예? 그, 그것이……."

"백. 섬. 그런 종이 있는가 물었네."

불길함에 맥을 짚던 손가락이 어뜩 움츠러들었다. 설마 구곡재 사정까지 알고 얘기하는 건 아닐 것이다. 그러기엔 세자의 음성이 너무나 침착하였다.

"소신…… 일흔 명이 넘는 종들의 이름을 모두 아는 것이 아니라서……."

"칠천 개가 넘는 약재 이름은 줄줄 외는 자네가 그깟 일흔 명 노비들 이름이 생각 안 날까. 아, 매골승 밑에 있었다던데?"

"아, 예…… 그런 곡절을 가진 놈이 있는 듯도 싶습니다. 한데 어찌 그놈을…….”

"날이 밝는 대로 입궐시키시게.”

삽시에 장헌의 혀가 굳었다. 같은 사주를 가진 두 사람의 조우라니! 대체 일이 어찌 돌아가는 것인가!

"송, 송구하오나 저하…… 당장은 무리이옵니다.”

장헌은 날뛰는 심부를 가라앉히려고 손안에 든 진정혈을 재차 눌러댔다. 말 한마디가 칼날이 되어 돌아올 수 있으니 지극히 신중해야 했다.

"왜?”

"그놈은…… 그러니까…… 작금 전라도에 계신 문중 어른께 보내놓은지라…… 연통을 보내고 데려오는 데 적어도 수일이 걸릴 것입니다.”

세자의 미간에 맥연히 주름이 잡혔다. 방호의 말론 구곡재의 사내가 백섬이 확실하다 하였거늘!

"파발마를 내어주지.”

"외람되오나 저하……. 그리하여도 한양에 당도하는 데는 시일이 걸릴 것이옵고 또한 게저분한 몰골로 입궁할 수 없으니 하루이틀 단장시켜…….”

"혹 매질을 하였느냐?”

"아니옵니다!”

"무슨 말 못 할 사정이라도 있는 게냐?”

"그, 그런 게 아니오라…….”

"하면 너까지 내 명을 거스르지 말라.”

"…… 예에, 저하…….”

"이만 물러가. 밤이 늦었으니.”

"소인, 저하께…… 숙면을 돕는 시침을 하고 가겠나이다."

꿀꺽 마른침을 삼킨 장헌은 세자의 소매를 걷어 올리며 빠르게 머릴 굴렸다. 정수리 백회혈百會穴에 시침하면 이대로 세자의 입을 막을 수 있을지도 몰랐다. 하나 그러다 자칫 전신 마비가 되면 어쩔 것인가? 이 밤, 제가 자선당에 든 것을 본 눈만 수십이다. 뿐인가, 의관 김오균은 평범치 않은 제 시침부터 지적할 것이 분명하다. 하면 어찌해야 하는가? 손목 내관혈內關穴을 찌르면 편마비만 올 것인가? 인중혈人中穴을 찌르면 혀만 마비될 것인가? 창졸간 뇌리에 수많은 흉심들이 엉켜들었다. 하나 어찌 되었건 백섬의 입궁만은 무산시켜야 할 터, 이 순간 독침을 갖고 있다는 게 천운인지도 몰랐다. 장헌은 장방형의 침통을 꺼내 들었다. 침들이 찰박찰박 경박스러운 소릴 냈다. 그가 떨리는 손으로 송진독을 묻힌 어사침을 골라 들었다. 이판사판, 작금은 이 수밖엔 없었다. 손목의 간사혈間使穴을 깊이 찔러 심통이 점점 느려지게 하는 수밖에. 우둔대는 마음을 부여잡고 장헌은 세자의 맥을 쓸어내렸다. 인중에 땀이 배어 나왔다.

침을 꽂으려는 순간.

"아니! 빈궁이 없으니 내 모처럼 시침 없이도 단잠을 잘 것 같구나."

딴 놈을 백섬으로 둔갑시켜 입궁시켜야겠다, 구곡재로 돌아오던 장헌은 온통 그 생각뿐이었다. 도무지 다른 방도가 없었다. 한데 복순 어멈이 토해놓은 말이 가관이었다. 옥선당도 모자라 예까지 쳐들어온 사내가 있었다 했다. 그 인상착의가 딱 방호였다. 백섬이 아무리 스스로를 부정했더라도 그

230

놈이라면 눈치를 챘을 것이다. 하니 딴 놈을 들이밀 수도 없게 되어버렸다. 뿐인가, 백섬을 전라도에 보냈단 핑계가 오히려 긁어 부스럼이 되었다. 하필 이 마당에 아버지는 전하의 옥체를 살피러 강녕전에 가신 참이었다. 새벽녘에나 퇴청하실 테니 장헌은 골통이 다 어질어질했다. 차라리 이참에 백섬을 아주 죽여버릴까 하는 흉심을 품었다가도 괜히 일을 더 꼬아놓는 꼴이 될까 겁이 났다. 이내 도리질 친 장헌은 일단 형님의 별채로 뛰어 들어갔다. 그리고 곤히 자던 그를 막무가내로 흔들어 깨워 자초지종을 쏟아내었다. 바스스 일어난 남헌이 사색이 된 아우에게 버럭했다.

"진정해, 진정하라고!"

"어찌 진정을 합니까, 형님! 아무래도 세자가 백섬의 쓰임을 아는 게 틀림없다니까요? 그게 아니면 어찌 자선당에 앉아 일개 종놈의 이름을 댄단 말입니까? 분명 누군가가 발고를 한 것이……."

"아니! 방호는 백섬을 수소문하고 구곡재에서 확인까지 하였는데도 잡아가지 않았다. 그 말인즉, 그놈의 쓰임에 대해 전혀 아는 바가 없단 거지."

"그게…… 무슨 말씀입니까?"

"만약 그 용도를 알았다면 백섬을 발견한 즉시 포박하여 압송했을 터. 온 집안을 뒤져 증좌를 압수하고, 유모며 가노들을 잡아들여 고신을 했을 게다. 아니 그러냐?"

"생각해보니……."

"헌데 세자는 널 불러 백섬의 입궁을 명했다. 말도 안 되는 네 핑계에 며칠의 말미까지 주었고."

"그럼……?"

"필시 다른 곡절이 있다는 얘기다. 날이 밝거든 바로 입궁해. 먼저 실토하란 말야."

"예? 실토……라니요?"

다음 날 아침. 장헌은 까칠해진 면목으로 세자 앞에 읍하였다.

"이실직고하겠나이다, 저하. 실은 종 백섬을 전라도에 보낸 적이 없사옵니다."

"내게 거짓을 고했더냐?"

"그것이…… 아뢰옵기 황공하오나…… 그놈에게 며칠 전부터 발열과 오한, 구토 증세가 있었사옵니다. 역병이 의심되어 그놈을 구곡재에 홀로 두었사옵니다."

"역병? 작금 역병이라 하였느냐?"

"예. 아비규환이었던 병진년의 참상이 생생하온데, 만일 어의 집안에서 역병이 시작되었단 말이 돌면 궐 안팎으로 동요가 심할 것을 우려하여 함구한 것이옵니다. 특히 백성들이 아버님께서 계신 혜민서에 오길 꺼려하면 큰 혼란이 야기될 수 있으니……."

"허허, 그런 일이 있었단 말이냐?"

"송구하옵니다, 저하."

"헌데 자네 사가에선 아무도 백섬이란 놈을 모른다 하고, 또 백섬 또한 스스로를 부정했다 하던데?"

"가솔들 대부분이 씨종이옵니다. 대대로 저희 집안에서 나고 자란지라 외부인들에 대한 배척이 심하옵니다. 구곡재를 손보기 위해 백섬을 사들였으나 매골승 밑에 있었다는 것이 알려져 모두들 그를 꺼렸던 듯합니다. 백섬은 안 그래

232

도 격리되어 불안해하던 차에 구곡재에 가병들이 배치되고, 익위가 이름까지 다그쳐 물으니 잔뜩 겁을 먹고 거짓을 고했던 듯합니다. 노비들의 일은 호노가 맡아 관리하는지라 금일에서야 그 곡절을 전해 들었사옵니다. 거듭 송구하옵니다, 저하."

세자는 고개를 끄덕였다. 방호가 설명한 상황이 이제야 납득되었다. 백섬이란 사내, 병증이 있는 듯 당장 쓰러져도 이상하지 않을 정도로 파리하다 하였더랬다.

"하여 그놈이 역병이 맞느냐?"

"며칠 더 지켜보면서 신체에 열꽃이 오르는지를 살펴야 결론을 내릴 수 있을 것입니다. 안전하다고 판단되면 곧바로 채비시켜 입궁시키겠나이다. 하나 만전을 기해야 하니 족히 열흘은 걸릴 것이옵니다."

"그리 오래?"

"혹시 모를 역병의 잔재까지 뿌리 뽑으려 하니 헤아려주소서."

"하면 열흘 후, 반드시 입궁시켜야 한다. 내 눈앞에 데려다 놓으란 말이다."

장헌은 제가 지어낸 이야기가 통한 것을, 세자의 안색을 보고 알았다. 한시름 놓았으나 고작 열흘이란 시간이 주어졌을 뿐이었다.

"윤 역관 댁에서 전갈이 왔습니다요."

막 옥선당으로 들어서는 장헌에게 큰노미가 고했다. 벼랑 끝에 내몰린 상황에도 장헌의 면에 희색이 스쳤다. 금일이 딱 사흘째 되는 날이었다. 희제에게 말미를 주었던.

"희제가 보냈더냐?"

"그것이 아니라, 윤 역관께서 유명을 달리하셨다는 부고입니다요."

황망하게 선 장헌을 큰노미가 채근해댔다.

"어서 안으로 드시지요. 어르신께서 아까부터 찾으셨습니다요. 남헌 도련님도 이미 들어 계시고요."

문지방을 넘은 그의 얼굴에 들입다 시료일지가 날아왔다. 최승렬이 억실억실한 눈깔로 포효하였다.

"대체 무슨 생각으로 구계를 산송장으로 만들어놨느냐! 구계로 실험을 하라 했지 화풀이를 하라 했더냐! 어찌 이리 초주검을 만들어놨어, 어찌!"

퇴청하여 소동을 전해 들은 최승렬은 복순 어멈에게 구곡재 시료일지부터 가져오라 하였다. 그리고 지난 달포간 갖은 맹독이 두 배씩 처방된 것을 확인하곤 피가 거꾸로 솟았다. 그리 남용하였으니 필시 구계의 폐에 심하게 열이 올라 복혈이 생겼을 터! 뿐인가, 간기를 정체시켜 혈병을 만들어놨는데 거머리로 사혈까지 했으니 숫제 피를 말려 죽이려 했다고밖엔 볼 수 없었다.

"그놈이 밭일이나 해대는 머슴이더냐? 가문을 위해 중하게 쓸 구계라 그토록 일렀거늘! 아예 죽일 작정이었더냐? 시꺼먼 오장육부를 열어보고 싶은 욕심에 그리했더냐? 네가 일전에 무어라 했더냐? 『경국비서』를 받아들곤 나에게 못 한다 했더냐? 구계를 도구로만 보면 잔인할 일도 없다! 이토록 감정적으로 독을 쓴 네놈이야말로 삿되지 않으냐! 어찌 그따위 천것에게 허튼 감정을 쏟아냈느냐? 왜 경멸하고 갈궜느냐? 그것도 이딴 식으로! 무슨 생각으로 이리하였는가 물었다!"

“…….”

“혹여 윤 역관의 여식과 관련 있더냐?”

“아닙니다! 아닙니다, 아버님! 그건 결코 아닙니다, 절
대……!”

“상관이 있구나, 아주 많이.”

최승렬은 마른 얼굴을 쓸어내렸다. 금질이나 하는 계집에
게 섭슬리지 말라 그리 일렀거늘!

“설마 그 윤씨 계집이 제 얼굴에 침 뱉는 짓을 한 건 아니
겠지?”

“그…… 무슨…….”

“세자에게 구계의 존재를 알린 게 혹 그 계집이 아니냐 묻
고 있는 것이다!”

“아, 아닙니다! 그건 제가 확신할 수 있습니다! 절대, 절대
아닙니다, 아버님!”

장헌이 필사적으로 부정하고 나섰다. 남헌이 바짝 눈치를
주며 아비를 향해 고했다.

“그 아이를 저도 압니다, 아버님. 그리 사리분별을 못 하는
아이가 아닌 데다 제 아비의 목까지 달린 중차대한 사안이니
발설하였을 리 만무합니다. 게다가 윤 역관이 그동안 와병하
였으니 그럴 정신머리도 없었을 것입니다.”

“그럼 대체 누가……!”

“며칠 전 병판 대감이 자선당에 드는 것을, 제가 보았습니
다!”

상기된 얼굴로 장헌이 외쳤다. 괜한 화살이 희제에게 향하
는 걸 어떻게든 막겠단 일념이었으나 남헌은 고개를 가로저
었다.

"장인이 사위를 찾는 게 무슨 문제야!"

"그래도 그게…… 무척이나 야심한 시각이었다구요!"

"부부인府夫人께서 와병중이라 세자빈이 사가에 나갔다. 필시 세자가 그 일로 병판을 부른 게야."

남헌의 단언에 장헌이 핏대를 높이며 맞섰다.

"항시 믿는 도끼에 발등이 찍히는 법입니다. 등잔 밑이 어두운 법이고요! 병판 대감이 다녀간 직후 세자가 구곡재에 친히 방호를 보냈고, 한낱 천노의 이름자까지 댔으니……."

지끈하게 관골을 짚은 최승렬이 고함을 내질렀다.

"한진서는 아니라잖느냐! 우리 풍주 최씨와 함양 한씨는 왕실과 조정을 장악하기 위해 수년간 함께 일을 도모하였다. 이리 하찮은 일로 균열이 갈 관계가 아니란 말이다! 세자에게 이 일을 고한 자는 남헌이 색출할 터이니 장헌이 넌 당장 구곡재로 가서 구계나 치료해! 세자에게 괜한 빌미 줄 생각 말고!"

아비까지 나서서 병판을 두둔하자 장헌의 심사가 뒤틀렸다.

"어차피 죽일 세자! 뭘 그리 벌벌 떠십니까!"

"왜? 여차하면 세자의 목숨줄이라도 끊어놓으려는 게냐?"

"예, 아니 됩니까?"

쫙! 최승렬이 장헌의 뺨을 후려갈겼다. 대모 애체가 저만치 나가떨어졌다.

"이놈이! 어찌 그따위 작은 득을 보고자 세자에게 손댈 생각을 해! 선을 넘으면 의심이 따라붙고 종래 화를 부르는 것이다! 『경국비서』는 살인이 아닌, 목숨줄을 옥죄는 수단이라 내 분명 일렀거늘!"

벌건 볼때기를 부여잡은 장헌이 맨눈으로 맞대들었다.

"결국은 죽일 것 아닙니까!"

"원손의 책봉례까진 세자가 멀쩡해야 한다! 그래야 원손의 정통성이 바로 선다 몇 번을 말하느냐! 오랜 시간 공을 들인 일에 어찌 네가 나서서 분탕질을 친단 말이냐! 네 경거망동이 아주 집안을 말아먹겠구나! 장헌이 넌 세자 치료에서 당장 손을 떼! 당분간 입궐도 금한다!"

"그럴 순 없습니다!"

"근신하라 하였다! 내의원 의관들에겐 네가 깜냥이 모자라 자리에서 물러난다 공표할 것이니 자선당에 얼쩡거릴 생각 추호도 말거라!"

"아버님!"

"일어나지 않고 뭘 하느냐! 당장 구곡재로 달려가 구계나 살펴라! 윤 역관 장례엔 얼씬 말고!"

애체만 챙겨 곧장 구곡재로 향하는 장헌의 얼굴이 울그락불그락했다. 생전 처음 아비에게 뺨을 맞은 것도, 세자의 치료에서 배제된 것까지도 참을 수 있었다. 한데 백섬이 놈만을 지극정성으로 보살피게 된 작금의 처지에는 이가 갈리고 치가 떨렸다. 천자마냥 군림해야 할 제가 기껏 구계의 전담 의관으로 전락한 게 아닌가! 어금니를 그러물며 장헌은 복순어멈에게 명부터 내렸다. 백섬에게 주던 모든 독을 멈추고 세세하게 섭생을 챙기는 한편 기를 북돋는 탕약, 소합향원蘇 合香元과 팔미환八味丸을 조석으로 먹이라고. 저는 오로지 백섬의 폐풍을 덜어내는 것에 집중해야 했다. 그래야 시도 때도 없이 코피를 쏟거나 땀이 나는 등, 겉으로 드러나는 증세가 조금 완화될 터였다. 그토록 백섬을 죽이고자 했으나 상황은 단박에 전복되었다. 이젠 살려야 했다. 무슨 일이 있어도 멀쩡하게 만들어놓아야 했다.

"흐아아악! 싫습니다, 더는 싫습니다!"

구곡재에서 목쉰 비명이 터졌다. 그따위 피울음은 철저히 무시한 채 장헌은 속고의만 입은 백섬의 몸에 무자비하게 단침을 꽂아 넣었다. 어혈을 제거하고 기혈을 순환시키는 사혈 요법은 혈허에는 금기이나 작금은 그런 원칙 따위를 생각할 겨를이 없었다.

"어흑, 살려주십시오, 도련님! 살려주십시오, 어머니, 어머니!"

복순 어멈에게 손을 뻗다 말고, 깊숙한 침혈이 이어지자 백섬이 악다구니를 써댔다.

"싫다고! 싫어! 풀어달라고!"

"유모는 무얼 해! 이놈을 단단히 꺼부러뜨리지 않고!"

그때였다. 사타구니에 침을 꽂자마자 시뻘건 피가 솟구쳤다. 맥동이 뛰는 충문혈衝門穴을 잘못 찌른 모양이었다. 역정을 내며 장헌은 화로에서 부젓가락을 집어 들었다. 그러곤 망설임 없이 지혈되지 않는 혈맥을 지졌다.

"끄아아아악!"

인두로 온몸을 지지는 듯한 통증에 백섬은 몸채를 뒤틀다 말고 까무룩 정신을 놓았다. 한껏 일그러졌던 눈매가 시나브로 풀어졌다. 장헌이 턱짓을 하자 복순 어멈이 재깍 구계의 몸에 꽂힌 침대를 일일이 쑥뜸으로 감싸고 불을 붙였다. 맥이 부하고 기가 쇠한 백섬에게 원기를 돕는 침과 뜸을 동시에 놓다간 오히려 화를 부를 수 있으나 시간이 없었다. 쑥잎

238

이 무섭게 타들어갔다. 눅늘어진 몸뚱어리 위에 자욱한 연기가 피어올랐다. 그렇게 이레가 지났다.

마뜩잖은 상황에 신바람이 난 건 복순 어멈 한 명뿐이었다. 입궁이라니! 웃전들의 곡절을 다 알 순 없었으나 여태껏 지은 업보가 단숨에 사라지는 듯 후련했다. 부젓가락으로 지진 백섬의 상처가 덧나지 않도록 식초에 백초상百草霜을 개서 바르고, 보신 탕약을 끓이고, 산더미 같은 설거지를 지푸라기로 닦아내느라 몸이 열 개라도 모자랄 지경이었으나 그녀는 펑퍼짐한 궁둥짝을 요리조리 흔들며 콧노래까지 불러 젖혔다. 조동이가 간지러워 참을 수가 없었으나 장헌이 굳은 얼굴로 재차 입조심을 명한바, 노파는 합죽한 입에 콱 심심초를 그러물었다. 사흘은 금방 간다. 뻐끔뻐끔 연기와 함께 휘파람이 새어 나왔다. 얽둑빼기 면에 함박꽃이 피었다.

구계의 온몸에 물집이 잡히고 터지길 반복하였다. 상처가 아물긴커녕 극심하게 헐어 더는 침혈 자리도 없건만 장헌은 콧방귀를 뀌며 또다시 여기저기에 유황뜸을 떠댔다. 입궁할 때만 얼추 비단옷을 입혀 사람 꼴을 만들어놓으면 될 것 아닌가. 낯짝만 멀쩡하면 된다. 다만 제 발로 걸을 순 있어야 할 터, 마음이 바빴다. 그 와중에도 불쑥불쑥 부아가 치밀었다. 제 아비가 철썩같이 믿고 있는 병판이 꼴에 장인이랍시고 멍청한 세자를 들쑤셔놓은 게 틀림없었다. 하여 제가 작금 이 꼬락서니로 예 틀어박혀 있는 것이다! 두 집안의 공생은 장헌도 전혀 예상 못 했을 만큼 철저히 은폐되었다. 안다, 한편을 먹고 보란 듯 세력을 불리는 건 우매한 짓이다. 필요 이상으로 강해지면 왕실의 견제를 받을 것이고, 나아가 어느 곡절에 우수수 함께 목이 잘릴지도 모르는 일이니. 하여 표면적으론 혼사로도 엮이지 않고, 당파가 같지도 않으며, 그 어떤 이해관계도 없는 듯 위장된 것이었다. 하나 달리 말하면 공식적인 관계가 전무함으로 인해 여차하면 틀어질 수 있는 것이 아닌가! 장헌은 더 이상은 참을 수가 없었다. 벌떡 일어난 그는 자시가 지났음을 뻔히 알면서도 한달음에 남헌의 별채로 쳐들어갔다.

"형님, 접니다!"

불 꺼진 방 안에선 말이 없었다.

"주무십니까? 드릴 말씀이 있으니 좀 들겠습니다!"

"잠깐! 잠깐 기다려라!"

"기다릴 새가 없습니다. 아무리 생각해봐도…….'

장헌은 아무렇게나 신을 벗어젖히고 대청에 올라섰다. 급한 마음에 확 장지문을 열며 본론부터 내뱉었다.

"이 사달을 낸 건 병판이 분명합니다. 필시 그쪽에서 애먼 세자를 들쑤셔 우리 가문을 욕보이려……!"

방 안으로 돌진하던 장헌의 버선발이 화들짝 멈췄다. 형님의 옆에 웬 여인이 누워 있는 탓이었다. 이불로 여인을 감싸 안으며 남헌이 빽 소릴 쳤다.

"야심한 시각에 이 무슨 무례이냐? 썩 물러가지 못할까!"

장헌은 허겁지겁 문을 닫았다. 오금이 굳었다. 어스름에 반쯤 가려졌던 여인의 얼굴이 어쩐지 낯익어서였다. 어디서 봤더라? 삽시에 커다랗게 입을 벌리며 그가 주춤주춤 뒷걸음쳤다, 세자빈! 찰나 장헌의 뒤통수를 때린 것은 세자의 취중 절규였다.

[원손을 낳고는 내 확신했지. 결코 내 핏줄이 아니란……. 그 의심에 쐐기를 박은 게 뭔 줄 아는가? 돌도 되기 전에 세손 책봉 이야기가 나왔단 것이지! 책봉례가 끝나면 난 빈궁과 그 애비 손에 죽을…….]

거기에 일전에 형님이 했던 말씀이 겹쳐졌다.

[나는 군사를 도모하여 원손을 살리는 일을 할 것이다. 쓸데없이 명이 긴 할아비와 아비. 그것이 위협이 아니고 무엇이냐? 원손께선 천년만년 장수하며 성군이 되셔야지.]

원손이 형님의 핏줄이라니! 멍하니 넋을 놓은 장헌의 머릿속에서 이제야 모든 아귀가 딱 맞아떨어졌다. 이런 이유로 원손의 책봉례가 제 아비에게도 그토록 중요했던 것이다. 특히 멀쩡한 세자가 손수 책봉을 내려 원손의 정통성을 확보하는 것이. 무려 제 손자의 앞날이 아닌가! 한씨 집안에선 첫 원손의 사망 후 잉태 여부도 모호한 세자의 병약한 씨에 목을 매는 것보단 건강한 최씨 집안의 씨를 받아 앞날을 도모하는 게 이득이라 판단했을 터. 그렇게 원손이라는 구심점으로 최가와 한가는 절대 서로를 배신할 수 없는 공고한 관계가 된 것이다. 동맹이 아닌 무려 혈맹이었다. 장헌은 어안이 벙벙한 채 얼쯤얼쯤 신을 꿰어신다 말고 건듯 뒤를 돌았다. 금일이 초하루라는 걸 막 깨달은 때문이었다. 붉은 송엽지에 금물로 박혀 있던 합방 길일이었다.

그믐밤, 자시

"너허 너허 너화너 너이가지 넘자 너화 너."
"너허 너허 너화너 너이가지 넘자 너화 너."
"에헤 에헤에에 너화 넘자 너화 너."
"에헤 에헤에에 너화 넘자 너화 너."
　요령잡이와 상두꾼들이 주고받는 행상소리가 쩌렁했다. 누런 보리밭을 가로지르는 윤병찬의 상여 행렬이었다. 은물로 망자 이름을 쓴 홍비단과 기다란 삼베 공포功布가 앞장서고 봉황을 올린 연꽃상여가 뒤를 따랐다. 그 휘황함과는 대조적으로 상주를 고집한 희제의 꼴은 초라하기 그지없었다. 입술을 앙다문 담담한 표정에도 몸집보다 한참 큰 상복에 기다란 상장을 짚은 꼴은 기이함마저 자아냈다. 아비의 흉사에 정신줄을 놓은 건지 계집이, 그것도 혼인도 안 한 처녀애가 상주로 나서자 조문객들은 끌끌 혀를 차며 천한 티를 낸다고 손가락질을 해댔다. 그러나 행랑아범만은 그런 아씨에게 군말 없이 최의衰衣와 최상衰裳, 수질首絰과 요질腰絰을 대령하곤 왕골로 엮은 관구菅屨까지 신겨드렸다. 그런 요상한 상주 뒤

242

로 백여 명에 이르는 사람들이 길게 꼬리를 내며 이어졌다. 산등성이를 따라 가직이 새들이 날아들었다. 구슬픈 상엿소리에 더 구슬픈 따오기 울음이 섞였다.

장지에 다다라 붉은 천을 두른 관이 흙으로 덮이자 희제는 아비에게 마지막 술을 올렸다. 그제야 천애 고아가 된 것이 실감 났다. 하나 조의를 표하는 사람들의 실감은 영 다른 것이었다. 이곳이 왕릉터를 잡던 지관 천씨가 점찍은 마지막 명당이었다질 않는가. 뒤로는 겹겹이 조산祖山들이 굽어보고, 앞에는 나지막한 안산이 읍하고 있으며, 좌우로 청룡과 백호가 묘터를 감아 안은 형상이 일자무식이 보아도 천하의 명당이 확실했다. 기껏 역관 따위가 조선 최후의 명당자리에 떡하니 누웠다고 뭇사람들은 쑤군대었으나 그것이 하나 남은 여식이나마 잘되라고 살아생전 무던히도 애쓴 윤병찬의 부정父情임을 그 누구도 헤아리지 못했다.

금와당에 모란이 피었다. 그 위로 고추잠자리 한 쌍이 내려앉았다. 휘휘 일렁이는 꽃대를 멍하니 보며 희제는 다짐했다. 마지막 남은 단 한 사람, 백섬만은 어떻게든 지키겠다고.
"괜찮은 거요?"
애처로운 눈씨완 다른 불퉁한 말투로 칼두령이 물었다.
"아니, 전혀 안 괜찮소."
"괜찮진 않아도 씩씩은 하네."
"사흘 후로 합시다. 백섬이 말이오."
"사흘 후라니! 이제 초우제를 지냈는데 어찌……!"
"그래서 서두르는 거요. 백섬이 없어지면 장헌은 재깍 나부터 닦달할 테니 더더욱 장례로 여념이 없는 작금 빼내야 의심을 덜지.”

“하나 어떻게 말이오?”

“백섬이 요 며칠 곧잘 거동한다 하지 않았소, 담치기를 하라 해야지.”

“이게 담 하나 넘는다고 될 일이오? 그다음은? 둘 곳은 있고? 상태가 웬만해야 청 국경을 넘든 왜나라 행 배를 태우든 할 거 아니오.”

“백섬이 무슨 대역 죄인이오? 타국으로 추방을 하게?”

“죄인인지 아닌지 나야 알 길이 없지! 그쪽이 말해준 거 하나 없는데! 게다가 조선에서 한평생 도망자로 살 바엔 국경을 넘는 게 낫지 뭘 그러오!”

조선 안이냐, 밖이냐는 별로 중요치 않았다. 희제는 더 이상 백섬과 떨어지고 싶지 않았다.

“어디 좋은 곳 없소?”

“몸이 성치 않으니 당장 먼 길을 가지도 못할 거 아니오, 치료가 우선이지. 문제는 어디에 숨기느냐인데…….”

칼두령은 주먹으로 제 정수리를 쿵쿵 쳐댔다. 그러면 무슨 묘수라도 나오는 듯이. 희제가 바짝 눈을 뜨며 말했다.

“서소문 쪽 어떻소?”

도끼로 머리카락을 숭덩숭덩 끊어가고, 사람을 사고파는 것은 물론이요, 국법도 무용하여 병조에서도 손을 대지 못할 정도로 험한 곳이었다.

“금만 만지작거리더니 역시 뭘 모르시는군. 없는 놈들일수록 돈 냄새 하난 기막히게 맡는 거요. 왈자들이 그런 건수를 그냥 둘 것 같소? 쉬쉬하는 놈 하나 들어오면 아주 잔칫날이지!”

244

"그럼 뚝섬 나루터에서 강 건너 개포 쪽으로 가는 건? 아니면 송파 시장은?"

한양에서 상권이 가장 흥하여 뜨내기가 번다하게 오가는 곳들이었다. 조선 팔도 사람들은 물론이요, 청의 상인들이며 왜의 낭인들까지 드글대니 그럴 듯도 하였으나 이번에도 칼두령은 칼같이 고갤 저었다.

"최남헌이 군사들을 풀면 그쪽도 별수 없소."

"도성 근처에 절은? 아니, 산속 작은 암자는 어떻소?"

"요즘 중들이 어디 그렇게 순진해 빠진 줄 아오? 포청에 발고하여 포상금 뜯어낼 생각이나……."

"아, 그럼 대체 어쩌라고!"

희제가 골난 시어머니 표정을 했다. 결국 병자촌밖엔 답이 없는 것인가?

"난 급히 가볼 데가 있으니 칼두령은 구곡재 담벼락에 이걸 좀 갖다 놔주시오."

잘 접은 글쪽지였다. 의아한 얼굴도 잠시, 그것을 묵묵히 갈무리하는 칼두령의 허리춤에서 희제가 겁 없이 칼을 뽑아 들었다.

"뭐, 뭐 하는 거요!"

칼두령이 식겁했으나 희제는 덤덤하게 제가 박아 넣은 쌍룡을 훑어 내렸다.

"이거 어렵소?"

"다치니 이리 내시오!"

"이거 어렵냐고? 칼 쓰는 거!"

"일단 달라고 글쎄!"

"내가 먼저 물었소!"

"갑자기 그건 왜?"

"이제 난, 내가 지켜야 되니까."

여상한 답에 칼두령의 눈동자가 갈앉았다. 거대한 상복에 짓눌린 금박장이 일순 더 작고 초라해 보였다. 그는 야윈 여인의 손아귀에서 자분자분 검을 뺏어 들곤 애써 밝게 답했다.

"어렵소, 엄청 어렵소. 무지 어렵소. 그러니 그냥 칼 쓰는 자를 곁에 두시오."

"기껏 쩐으로 고용된 자가 제 목숨까지 바쳐 날 지킬 리 없잖소?"

"하니 신용을 얻어야지. 지킬 만한 값어치가 있는 인간이라고."

든든한 부군을 얻는 게 제일 쉬운 방법이라는 말을 칼두령은 꿀꺽 삼켰다. 이런 상황에서도, 그게 제가 될 수도 있단 일말의 가능성 탓에 괜스레 면이 홧홧했다.

백섬은 요 며칠 조금씩 거동할 수 있게 되었다. 비 오듯 흐르던 땀도, 시도 때도 없이 쏟아지던 코피며 기침도 약간은 잦아들었다. 하여 그는 하루에도 수십 번 장독간을 들락거렸다. 해가 지자마자 습관처럼 기왓장을 더듬던 백섬이 흠칫했다. 글쪽지다! 그것을 얼른 품에 안은 그가 한달음에 방으로 들었다. 펼친 쪽지엔 글이 아닌 그림이 그려져 있었다. 그믐달. 쥐. 밤나무. 백섬은 이 그림 쪽지를 어디에 숨길까 방 안을 둘러보다 말고 입안에 넣어 질겅질겅 씹었다. 이렇게 맛나게 무언가를 먹는 게 참으로 오랜만이었다. 그믐밤, 자시, 밤나무 아래서 보자는 약속이었다. 당장 내일 밤이었다.

4장

검을 흑

곡하는 찌르레기

기암절벽 아래 검은 강물이 휘감아 쳤다. 어둠살을 헤치며 억새골에 당도한 건 희제였다. 역시 병자촌의 입구를 찾는 건 쉽지 않았다. 천주쟁이 색출에 온 조선이 혈안이 된 탓이었다. 두둑한 포상금에 아예 생업을 포기하고 교우촌만 찾아 대는 수색꾼마저 생겨났으니 교인들은 제 몸에 닭똥을 처바르고 붕대를 감아 나병환자로 위장까지 하였다. 그 행색 탓에 '병자촌'이라 불리게 된 교우촌은 돌벽으로 입구를 막고 작은 구멍만 남겨놓기 일쑤요, 그것마저 탄로날까봐 수시로 바꾸었다. 다만 억새밭 남쪽, 강줄기 쪽에 입구를 둔다는 원칙이 있었기에 희제는 벌써 한 시진째 이 주변을 맴도는 중이었다. 기실 이리 덜컥 찾아오면 아니 되는 것이었다. 무조건 거점에 연통을 넣고 기다려야 했으나 당장 내일 밤 백섬을 빼내야 하니 조급한 마음에 위험을 자처한 것이었다. 헉헉대며 땀을 훔치던 순간, 등 뒤에서 심상찮은 기척이 느껴졌다. 냅다 엎드린 희제는 숨조차 참아가며 어깨를 옹송그렸다. 그리고 다시금 사위가 고요해지자 죽다 살아난 토끼처럼

249

들입다 줄행랑을 쳤다. 하나 불과 두세 걸음을 떼기도 전에 억센 손아귀에 덜미를 잡혔다.

"꼼짝 마!"

묵직한 음성과 함께 턱 밑에 서슬이 치고 들었다. 한데 그 위에 꿈틀대는 건 무척이나 친근한 쌍룡이었다. 희제의 눈이 회동그래졌다.

"카…… 칼두령?"

수상한 자를 결박한 칼두령의 팔이 움찔했다. 어쩐지 이상 했다, 헐떡대는 등줄기에서 느껴지는 연약함이 왠지 싫지 않 은 참이었다. 천천히 희제를 돌려세운 칼두령의 눈동자가 내 떨렸다.

"금박장! 대체…… 예서 뭐 하는 거요?"

"그러는 칼두령은 어찌 여기에……."

그때였다. 억누른 발걸음이 억새를 헤치며 이쪽으로 돌진 했다. 맹렬한 기척이 가히 섬뜩했다. 칼두령은 희제를 제 등 뒤로 놓으며 뇌까렸다.

"움직이지 마. 단 한 발짝도."

파파팟, 칼두령이 앞으로 튀어나갔다. 검이 부딪치는 쨍한 살성과 기이한 신음이 교차되었다. 천주쟁이 소굴을 찾아 인 생 역전을 하려는 수색꾼들은 이미 제정신이 아니었다. 그 살 기가 고스란히 느껴져 칼두령은, 살인을 하지 않는다는 철칙 을 이 순간만큼은 깨야 했다. 쨍, 쨍, 채앵…… 칼이 섞이고 날 붙이에서 불꽃이 튀었다. 몸뚱이 하나가 쓰러졌다. 검붉은 피 가 사방으로 튀어 흘렀다. 우수수 억새가 잘려 나가고, 그 끝 에 또 누군가의 목 하나가 나뒹굴었다. 적막이 사위를 뒤덮은 것도 잠시, 멀리서 또 거침없는 발소리가 들려왔다. 이번엔 두셋이 아니었다. 적어도 열댓 명이었다. 희제의 손을 냅다 잡은 칼두령은 곧장 반대 방향으로 뛰었다. 강 쪽이었다.

"헤엄칠 줄 아시오?"

"아니!"

"이참에 한번 해보시오!"

"싫…… 흐앗!"

칼두령은 다짜고짜 희제의 허리를 당겨 안았다. 그러곤 그 대로 강물로 뛰어들었다.

한 시진 후, 강 하구의 작은 동굴에 화톳불이 피어났다. 쫄 딱 젖은 두 사람의 얼굴 위로 귤색 광염이 어른대었다.

"동이 튼 후에 움직이는 게 낫겠소. 날이 밝는 대로 내가 말 을 찾아오지."

"그럼…….'

"백섬은 예 못 데려온단 말이오. 누구 때문에 병자촌 사람 들도 당장 거처를 옮겨야 하고."

칼두령이 천주교인이란 말인가! 칼패 두목, 칼두령? 희 제가 눈을 홉뜨자 그의 입술이 삐뚜름하게 올라갔다.

"왜? 칼 찬 놈은 다 지옥 갈 줄 알았나?"

"좀 놀랐을 뿐이오."

"나야말로 간 떨어질 뻔했소. 거점에 연통을 넣곤 얌전하 게 기다릴 것이지 겁도 없이 예가 어디라고! 제 몸 하나도 간 수 못 하면서 누굴 지키겠다고 이리 무모하게! 이래서 칼 쓰 는 법이 어렵냐 물었던 게군?"

"지켜달라 안 할 테니 빈정대지 마시오!"

"이미 지켰잖소, 역모로 잡혀갈 수도 있는 이 쌍룡검까지

꺼내 들고! 나 아니었음 금박장은 진작 죽었소. 그것도 천주
쟁이로 꼼짝없이 참수. 끽."

목 긋는 시늉을 하는 칼두령에게 희제는 보란 듯이 치맛자
락에서 쫙, 물기를 짜내었다.

"참수는 모르겠고 익사할 뻔은 했지."

"주둥이는 말짱하시군. 하니 말해보시오, 금질하는 양반께
서 어쩌다 교인이 되신 건지."

"그러는 칼두령은?"

"난 천주교인 아니오."

"그럼?"

칼두령은 제가 어찌하여 칼패에 들어가게 되었는지를 대
강 설명하였다. 고깃골이 깡그리 불탄 후 일 년이 훌쩍 지나
서야 살아남은 아이들이 있었음을 알게 되었다는 사실도. 다
섯 명이나 되는 고깃골 아이들을 거둔 것이 바로 병자촌 사
람들이었다. 나병환자들이 사람을 산 채로 먹어버린다는 괴
소문 탓에 아이들도 처음엔 발악을 했던 모양인데, 묵묵히
땅을 파고 검게 그을린 제 어미 아비를 정성껏 묻어주는 걸
보고 순순히 따라나섰다고 했다. 교인들이 진짜 나병이 아님
을 알고는 맘을 열고 여태껏 잘 지내고 있다고.

"거룩한 천주님이고 십계명이고 난 몰라. 알고 싶지도 않
고. 그저 지옥 불구덩이에서 내 자식 같은 아이들을 살려주
었으면 나한텐 그게 하늘이고, 믿음이오. 그러니 부식거리나
가끔 가져다줄 뿐이지."

희제는 그제야 거점원에게 이 사내에 대해 들은 적이 있음
을 알아차렸다. 신심 깊은 후견인이 절대 부식거리가 떨어지
지 않도록 잘 챙겨 보낸다 하였다. 보리와 콩은 물론이요 소

고기와, 닭고기까지 푸짐하게.

"병자촌 사람들이 고기까지 먹는대서 희한도 하다 했는데 그게 다 칼두령 소행이었군?"

"고깃골 아이들은 뒷고기 먹고 큰 놈들이라 밥은 굶어도 고기 없으면 안 돼서."

"친자식은 아니고?"

"어허, 장가도 안 간 총각한테 자식이라니! 나 이래 봬도 정미년생이오!"

"그럼…… 서른하나?"

"아니! 열아홉!"

"크큭, 칼두령은 농담도…….”

"진짜라니까!"

"에이, 설마 나랑 한 살 차이밖에 안 난다고?"

"와…… 이젠 내가 내 나이 좀 믿어달라, 우기기까지 해야 하는 거요?"

"참말 열아홉이오? 아니, 대체 뭘 어쨌기에 칼두령만 세월을 정통으로 때려 맞았소?"

"내가 세월을 정면으로 맞았는지 측면으로 비껴 맞았는지가 작금 왜 중하오? 멀쩡한 총각 속 그만 긁고, 그쪽은 어쩌다 천주교인이 됐는지 그거나 말해보시오."

"오라비가 하던 일을 맡은 것뿐이오. 은제 십자가를 만들어 보시하는 일이지. 교인들에겐 의지가 되고 굶어 죽을 지경에 이르렀을 땐 팔 수도 있으니 그게 마지막 보루가 된다고 하였소."

낙엽을 태우다 말고 칼두령이 품을 뒤적뒤적했다. 그의 목에 소중하게 걸린 건 다름 아닌 은제 십자가였다.

"그럼 이게…… 그쪽이 만든 거요?"

"으잉? 그게 왜 칼두령 품에 있소?"

"굳이, 굳이 싫다는 걸 병자촌 촌장이 억지로, 응? 정말 어거지로 목에 걸어주었소. 행운 어쩌고 하면서."

"그리 싫으면 빼면 될 거 아니오? 못으로 박아놓은 것도 아닌데! 작금이라도 빼시오, 당장!"

"돌 십자가였으면 바로 뺐지! 그런데 이게 은이란 말이오, 하물며 서양에서 물 건너온 백은白銀!"

"와, 대단한 수전노 나셨네! 칼두령, 꼭 부자 되시오! 내 두 눈 부릅뜨고 지켜볼 거요!"

"그러시구려! 어릴 적부터 내 꿈이 가마솥에 엽전을 꽉꽉 채워서 팍팍 우려먹는 것이었소. 약초 한 뿌리 못 사서 눈앞에서 죽어 나가는 가족들을 보곤 돈에 원이 지고 한이 져서. 하니 걱정 붙들어 매시오, 내 꼭 그리될 테니!"

칼두령에게 은제 십자가를 건네며 촌장은 그리 말했다. 어질증을 넘어 안색이 창백해지도록 사력을 다해 이것을 제조하는 이가 있다고. 은 추출 후 남는 납 찌꺼기에 중독되는 것은 심할 경우 사지 마비까지 이르는 위험한 것이라 제련을 그만두라 만류했으나 당최 들어먹질 않으니 그이를 위해 함께 기도해달라 하였더랬다. 그땐 귓등으로 듣고 말았는데 이젠 눈꽃처럼 시린 금박장의 얼굴이 달리 보였다.

"잠깐, 칼두령도 저거 들리오? 찌르레기 소리?"

"찌르레기? 어떤 미친 새가 이런 데서 운답디까?"

"아, 또 이명이군. 귀에 물이 차서 그런가…….."

"아주 가지가지 하시오. 자, 그럼 빼도 박도 못하는 비밀을 나눴으니 이젠 말해보시오. 백섬이 누군지."

희제가 귀를 휘적대며 심드렁히 말했다.

"정인."

"뭐?"

"세자와 같은 사주팔자를 가진 죄로 독을 실험하는 구계로 잡혀 있소. 내일 밤 빼내면 병자촌에 숨겨줄 수 있는지 알아볼 생각이었지. 칼두령도 들어본 적 있을 것이오. 의학을 공부한 법란서 신부님 얘기. 독풀이에도 일가견이 있으셔서 첩첩산중에서 독버섯과 독풀을 잘못 먹고 중독된 교인들도 여럿 치료하셨다, 내 분명 들었으니 그분을 꼭 좀 뵙게 해달라고 할 참……."

금박장의 말이 이어졌으나 칼두령은 들리지 않았다. '정인'이란 한 단어가 대못처럼 가슴에 박힌 탓이었다. 어떻게든 외면하고 싶었다. 부정하고 싶었다. 불쾌감마저 엄습하여 그는 졸가리로 애꿎은 화톳불만 쏘삭대었다. 급히 딴 얘길 꺼냈다.

"한데 오라비는 왜 은제 십자가 만드는 걸 금박장에게 떠맡기셨소?"

"떠맡긴 적 없소. 그냥 죽었지."

"쯧쯧쯧. 어쩌다 그리 요절을 하셨소?"

"삼 년 전이었소. 대낮에 칼침을 맞았소. 그것도 시장 한가운데서."

투둑, 칼두령의 손끝에서 나뭇가지가 부러졌다. 화르륵 불티가 일었다. 삼 년 전, 대낮, 칼침, 시장!

"칠패 시장이었소. 마포나루에 배가 많이 들어온 날이라 평시보다 더 복잡했다 하더군."

시뻘건 불길 앞에서 칼두령은 얼어붙었다. 삼 년 전 그날을 떠올린 눈매가 감사납게 일그러졌다.

[이건 담력 시험이라구! 실전 칼솜씨를 보여줘야 패거리들이 널 따르지!]

[대체 누굴 죽이란 말입니까!]

[이름도 신분도 넌 알 것 없어. 시장통에서 내가 점찍으면 넌 자연스럽게 지나가듯이 찌르기만 하면 돼.]

[못 합니다! 안 합니다!]

[그 칼침 한 방이 고깃골의 모두를 구명하는 것인데도?]

그렇게 억지로 끌려간 칠패 시장 한복판에서 두목이 지목한 건 젊다 못해 앳된 선비였다. 칼두령은 부러 그의 얼굴을 보지 않았다. 아니, 차마 보지 못했다. 그저 단번에 숨통이 끊어지게 심장을 겨누어 깊숙이 찔렀을 뿐이었다. 칼두령은 그날 밤 패거리들이 하는 얘길 엿듣고서야 어렴풋이나마 알게 되었다. 제가 누굴 죽인 것인지.

[양반 천주쟁이들 때문에 나라님도 골치라네? 사대부들까지 빠질 정도로 천주학이 대단한 건가 보다, 백성들이 그리 여긴다 이거지. 그러니 천것들 대가리는 실컷 잘라 걸어놔도 양반은 조용히 죽이고 쉬쉬한다고. 포도청 종사관이 오죽했으면 나한테까지 왔겠냐?]

[오늘 뒈진 놈, 양반 아니었어?]

[맞지. 상의원 잡직에 있다나⋯⋯.]

[근데 왜 조용히 처릴 안 하고 벌건 대낮에, 그것도 시장통에서 일을 쳤대?]

[경고지 경고! 그리 험한 꼴로 뒈졌으니 그놈하고 내통하던 양반 천주쟁이들이 식겁을 하겠냐, 안 하겠냐?]

마치 업경을 들여다보듯 칼두령은 과거를 떠올리다 말고 치를 떨었다. 하물며 그 살인을 하고서도 저는 고깃골의 그 누구도 지켜내지 못하였다. 벌건 불길로 마른세수를 한 칼두령은 뻑뻑한 눈을 내리깔았다. 금박장의 시선에 탈진할 듯 숨이 가빠진 탓이었다. 침묵에 묶인 사내에게 희제는 묻지도 않은 곡절을 늘어놓았다.

"넋이라도 달래서 장례를 치러야 편히 저승길 간다고, 아비는 오라비의 장례도 미루고 굳이 범자를 찾아 나섰소. 처음엔 형조에, 그다음엔 한성부에, 그도 안 되니 돈을 써서 사간원들을 매수하고 사헌부까지 갔었지. 그래도 소용없으니 삼정승 참판들한테까지 금덩이를 안기면서 힘을 써달라 읍소하고, 결국 임금님 능행이 있는 날 그 앞을 막고 징을 치며 격쟁까지 했는데…… 종래 아무 증좌가 없으니 재수사고 자시고 할 게 없다, 그리 허무하게 결론이 났소. 염만 해놓은 오라비의 시신도 나날이 부패하여 더 이상 버틸 재간이 없어지니 어쩔 수 없이 장례를 치렀지. 그렇게 우리 남매의 삶이 갈렸소. 오라비는 애젊어 망자가 되고, 난 너무 빨리 철이 들었지. 내가 목도한 삶이란 그런 거였소. 그 무엇도 장담할 수 없는…… 그런 것."

"……."

"이명은 그날 시작된 거요. 병풍 뒤에 오라비의 관을 놓고 몇 날 며칠 밤을 새웠더니 번뜩 찌르레기 소리가 들리더이다. 그때는 미물도 절통하여 곡을 하는구나 했는데 오라비를 장지에 묻은 다음 날에도 또 그다음 날에도…… 일 년 후 기일에도, 이 년 후 기일에도…… 찌르레기는 곡을 그치질 않았소. 며칠을 못 자 금질도 못 할 정도가 되어서야 알았지. 그 광기 어린 새 울음이 내 귀에만 들린다는 걸."

"……."

"칼두령, 그거 아오? 금박이라는 게 참 알량한 거요. 영원불변의 금덩이도 아니고 기껏 꽃잎보다 더 얇은 금종이 아니오. 아무리 꽉꽉 눌러 찍어도 손톱으로도 긁어낼 수 있을 만큼 보잘것없는 게 금박이지. 어찌 보면 그냥 눈속임이라고. 한데 난 오라비가 가고부턴 사명감을 가지고 거기에 매달렸소. 그게 돈이 되니까. 그리 돈을 벌면 은제 십자가를 더 많이 만들 수 있으니까. 내가 이렇게 열심히 보시하면 또 아오? 한 많고 원 많게 간 오라비, 천당에서라도 두 다리 쭉 뻗고 맘 편하게 지낼지. 그러니까 나도 거룩한 천주님 섬기는 참 교인은 아니라고. 그냥 내 맘 편하자고 이러는 거요, 칼두령처럼."

여인의 뺨과 콧날이 진홍색으로 가물거렸다. 그렁한 눈동자에 그리움마저 사무치자 칼두령의 심장이 맥없이 뜯겨나갔다. 돌연 시커먼 강물이 앓는 소릴 내며 굽이쳐 흘렀다. 물비린내와 동굴의 습기가 진득하게 뒤섞였다. 칼두령의 혀뿌리에 역겨운 쓴물이 솟아올랐다.

"아, 진짜 이놈의 찌르레기들은 단체로 불로초를 뜯어 먹었나…… 어째 죽질 않아!"

희제가 귀를 막으며 진저리 쳐댔다. 그 잔인한 푸념에 칼두령은 찬 공기만 들이켤 뿐이었다. 통곡하는 찌르레기는, 창백한 여인의 면목은, 다름 아닌 제가 만들어낸 것이 아니던가! 그의 낯짝에 흉한 불그림자가 얼룩덜룩 번졌다. 손에 쥔 졸가리를 불길에 던져 넣으며 칼두령은 분연히 일어섰다.

"말을 가져오겠소."

그는 도망치듯 성큼성큼 멀어졌다. 살인을 하고도 멀쩡히 살았건만 어째서인가, 이제야 다리가 하나 잘려 나간 느낌이었다. 검은 그림자가 절뚝절뚝 다리를 절었다.

귀대기

　웃전들이 집무재에 모이는 것을 보고 복순 어멈은 걸레를 하나 찾아 들었다. 그러곤 슬슬 대청을 닦는 척하며 귀대기를 하였다.
　'……그놈의 누이라니! 하면 저하께서 백섬이 놈을 단순히 면천시키고자 그토록…….'
　'김상궁이 엿들은 바로 그러하다니…….'
　'드디어 임금이 원손의 책봉례를 윤허하였다. 하니 장헌이 넌 날이 밝는 대로 백섬이 놈과 입궁하여 무탈하게 일을 마무리 짓도록 해. 혹 면천이 되더라도 우리 가문에서 보살핀다 하면 될 일. 그놈 입단속만 시키면 별일 없을 것…….'
　면천이라니! 눈깔딱부리를 하며 복순 어멈이 소스라친 순간, 문을 박차고 나온 최승렬이 아랫것을 쏘아보았다.
　"나머지 한쪽 귀마저 잘리고 싶은 것이냐?"
　"아, 아입니더, 대감마님! 아입니더! 막 걸레질 마치고 일나던 참이었습니더!"
　허방지방 내뺀 복순 어멈은 곧장 구곡재로 향했다. 형형한

259

웃전의 안광에 등줄기가 서늘했으나 우묵우묵한 뺨은 한껏 올라붙은 채였다. 입궁에 이어 면천이란다! 백섬의 심성이 저리도 고우니 하늘도 나 몰라라 못 했던 모양이었다. 곧 건강한 저녁상에 피를 맑게 하는 백화차까지 올랐다. 그걸 든 노파의 발걸음이 더없이 가뿐했다.

바로 오늘 밤이었다. 탈출의 압박감에 하루 종일 대문께를, 기백 번도 더 쳐다본 백섬이었다. 여느 때처럼 복순 어멈이 푸짐한 저녁상을 내려놓았으나 그게 마치 제사상 같아 백섬은 소름이 돋았다. 그 속도 모르고 복순 어멈은 아들의 손에 숟가락을 쥐여주며 생색을 냈다.

"누가 보면 니 귀빠진 날인 줄 알긋다, 그자? 이거 다 하느라고 내가 아주 똥줄이 빠졌다 아이가. 니 요 매칠 쪼매 기운이 나는 것 같지 않나? 몸도 가뿐해지고 정신이 뻔쩍 맑아진 것 안 긋나? 내 말이 똑 맞았제? 맹현 현상! 이제 마 끝이 나쁜 기라! 긍까 마이 묵으라. 이거 싹싹 긁어서 다 묵어삐라, 알았제?"

백섬은 생급스레 울컥했다. 왕왕한 눈망울이 괜스레 천장을 바라보았다.

"오마야, 야가 와이라노? 으잉? 백섬아, 니 또 으디 아푸나?"

"아닙니다, 어머니가 저 때문에 하루 종일 고생하셨다고 생각하니……."

"하이고, 참말로. 니가 잘 묵으믄 낸 그게 젤로 좋지. 다 식었다, 후딱 묵으라 카이! 이거는 몸에 윽수로, 진짜로, 장난 아니게 좋은 기다."

발개진 백섬의 눈두덩에 복순 어멈도 울컥하였다.

"니도 좋은 부모 만났으믄 이르케 고생 안 해도 됐을 낀데…… 차암 인생이란 게 그르타, 그자? 근데, 이자 니한테 좋은 날만 있을 끼다. 하모."

백섬은 맛도 느껴지지 않는 까칠한 입으로 민어탕이며 멧돼지 산적이며 병어구이며 전복장을 꾸역꾸역 처넣었다. 어차피 망가진 몸. 독이 든 곡기를 하루 더 먹는다고 해서 크게 달라지는 것도 없을 터이다. 마지막이질 않는가, 마지막. 억지로 음식을 욱여넣은 그가 복순 어멈 앞에 겉장이 찢어진 서책 한 권을 꺼내놓았다. 어령골에서부터 갖고 있던 것이었다.

"이기 뭐꼬?"

책장을 뒤적이며 복순 어멈은 시큰한 코끝을 괜히 비비적댔다.

"내는…… 꽃 싫타 안 켔나?"

"말린 메꽃으로 소세를 하면 얼굴이 하얘진다 합니다, 어머니."

"남사시럽구로 뭘 또 꽃물로 소세까지 카라 카노. 다 늙어빠진 얽보한테…… 근데 내가 아들 하나는 기가 막히게 잘 뒀네, 그자? 꽃 이파리가 우짜 이리 이쁘노? 니가 고생 마이 했긋네."

"고생은요. 담벼락에 핀 것을 말린 것뿐인데요. 어머니께 드릴 게 그거뿐입니다."

복순 어멈은 짤막한 곰방대에 불을 붙이며 순순히 백화차를 들이켜는 백섬을 바라보았다.

"니, 내가 와 복순 어맨지 아나? 내가 얼라 때 마마가 걸리가 을굴이 이 꼬라지가 나서 팽생 시집 한번을 몬 갔다. 이 집에 첨 왔을 때, 종년놈들이 내를 윽수로 따돌리고 괴롭히고 꼼보년, 꼼보년 그리 몬데게 불렀거든. 내가 아무리 '내 이름은 원영이다.' 이캐도 입술을 밉상으로 까뒤집으면서 '뭐? 이름이 맷돌이라꼬? 앍작빼기라꼬?' 막 이카면서 지들끼리 웃어 재끼는 기라. 근데 어느 날 내가 개한테 밥을 주고 돌아서니까는 으르신이 '이제 복순 어멈이라 불러야 되것네.' 그카시는 기라. 그 개 이름이 복순이었거든. 윽수로 순한 암캐였어. 내도 모르것다, 으르신이 왜 글켔는지. 꼼보년, 꼼보년 허는 기 쾨껜한 도랜님들 듣기 민망해서 그캤능가 아이믄 낼로 진짜 생각해주셔서 그캤능가. 이유가 뭐건 으르신이 낼 그리 부르는데, 감히 누가 낼 또 꼼보년이라고 할 끼고? 으르신이 내 동생 살려줬지, 내 거둬줬지, 유모 시켜주고, 이름까지 주시니까는 내가 그길로 맘을 딱 먹었뿟다. 웃전에서 뭘 시키도 다 할 끼라꼬. 곡괭이로 어느 놈 대갈빡을 찍고 오라 캐도 내는 할 끼라꼬. 그캐서 내가 이날 이때까지 이 집에 붙어 있는 기라."

긴 백연을 내뿜으며 복순 어멈은 진창 얽은 입가에 미소를 띠어 보였다.

"그래도 내가 살아보니까는…… 숭한 날을 다 견디믄 좋은 날이 오드라. 니도 고생 마이 했으니까 이제 좋은 날만 올 끼다. 그것도 윽수로 빨리. 두고 보래이. 내 말이 맞는가 안 맞는가."

그녀는 빈 상 위에 선물 받은 서책을 올려 답삭 들고 일어섰다.

"이걸로 소세하면 내년엔 니 새아부지 생기는 거 아이가?"

이지렁스러운 어머니의 농에 아들이 희뿌옇게 웃었다. 그 해맑은 미소가 맘에 걸려 복순 어멈은 속속 돌아섰다.

"내가 느무 오래 앉아 있었네. 후딱 자그라, 아들아. 낼 보재이."

"예, 어머니."

문이 닫히자 백섬은 옷매무새를 단정히 고치고 어머니의 뒷모습에 큰절을 올렸다. 그러곤 귀중한 전 재산, 시첩과 태사혜를 넣은 봇짐을 등에 메곤 명치께에 단단히 매듭지었다. 이제 남은 일은 자시가 되기만을 기다리는 것뿐이었다.

바람서리도 아니 되거늘

  어스름이 짙어졌다. 오목눈이 하나가 조용히 울어댔다. 백섬은 조용히 문을 열었다. 그리고 담을 따라 종종걸음쳤다. 짚신은 역시 댓돌에 그대로 두었다. 그래야 조금이라도 늦게 발각될 테니. 다시 잡혀와 더한 고초를 당할지도 모른단 공포가, 희제까지 화를 입을지도 모른단 불안이 머릿속을 난장으로 만들었다. 입 밖으로 튀어나올 듯 팔락대는 심장을 다독이며 그는 반달음박질로 장독간에 들어섰다. 계단 삼을 장독대를 어림짐작으로 더듬는 순간 빤짝! 구석에서 불씨 하나가 떠올랐다.

  "아, 아들아! 니!"

  장독간에 쭈그려 앉아 담배를 피우던 복순 어멈이 어정쩡하게 일어섰다.

  "등에…… 그게 다 모꼬?"

  "어, 어머니!"

  "설마 니! 내 몰래 내뺄라 카는 건 아이제?"

  뼈뿐인 복순 어멈의 손이 백섬을 꽈악 붙들었다.

"가믄 클난다! 내 말 단디 들어라, 니는 여 있으면 산다! 니는 이자 진짜 팔자 피는 기라, 으이?"

"이거 놓으세요, 어머니! 이제 더는 못 믿습니다!"

"니 와이라노, 참말로! 아들아! 낼 되면 니는 진짜 노 나는 기라. 참말이다!"

"어머니가 아니라, 어르신을 못 믿습니다."

"진짜라 카이! 내가 이르케 빌께. 제발 딱 한 번만 믿어도!"

복순 어멈은 무릎을 콱 꿇더니 숫제 두 손을 모아 싹싹 빌었다.

"사실 내가 니한테 참말로 숭한 짓을 했데이, 내도 안다. 그래서 내는 천벌 받을 끼다. 근데 이건 진짜다, 참말이다! 니, 날 밝으믄 입궁한데이! 세자 저하가 닐로 면천시켜준다 캤단다, 으이? 딱 한 번만 믿어도!"

"어머니! 이거 놓으세요, 제발! 놔주세요!"

"니 이르케는 즐대 몬 간다! 갈라므는 내를 직이고 가래이!"

백섬이 제 바짓가랑이를 붙든 쭈글손을 떼어내자 복순 어멈이 대문을 향해 빽 소릴 내질렀다.

"가병 아재! 가병…… 읍!"

그녀의 입을 틀어막은 백섬이 다급히 애원했다.

"어머니, 제발…… 제발 절 조용히 보내주세요!"

"우우읍!"

"어머니께 죄를 짓지 않도록 해주세요, 예? 그만 절 보내주세요! 부탁이에요, 어머니!"

그녀의 몸부림이 잦아들자 백섬이 살짝 손을 거두었다. 그때였다.

"가병 아재들 여기……!"

백섬의 커다란 손바닥이 이번엔 복순 어멈의 코와 입을 동시에 짓눌렀다. 잔약한 사지가 거세게 발광하였다. 질끈 감은 백섬의 눈두덩에서 진한 눈물이 배어 나왔다. 끅끅, 울음이 터질 지경이 되어서야 파닥대던 복순 어멈의 다리가 서서히 무너졌다. 휘늘어진 몸씨를 안아 든 백섬의 이목구비에 괴악스러운 주름이 들어찼다.

"어머니…… 흐윽, 어머니!"

찰나 분주한 발소리들이 몰려왔다. 급히 복순 어멈을 담벼락에 기대놓은 백섬은 후들후들 장독대를 밟고 올라섰다. 창졸간에 살인자가 된 자신이 더없이 혐오스러워 바삐 줄행랑쳐도 모자랄 판에 그는 축 늘어진 노파를 돌아보고 또 돌아보았다. 구름에서 삐져나온 갈고리달이 몸서리치는 백섬을 비추고, 그 그림자가 말없이 고개 숙인 복순 어멈에게 가 닿았다. 조금 전까지 어머니라 부르던 여인이었다. 큰스님이 늘 말씀하셨다. 바람서리도 해서는 아니 된다고. 늘 바르게 살아야 한다고. 아무리 이곳에서 제가 독렬한 짓을 당했다 한들, 한 목숨과 바꿀 만한 일은 아닐 것이다. 삐이이이익! 날카로운 호각 소리가 밤을 찢었다. 그제야 백섬은 담 밖으로 제 몸을 내던졌다. 그리고 밤나무 밑에 초조하게 서 있던 희제를 와락 껴안았다. 벌벌 떠는 사내로 인해 여인의 몸이 휘청였다. 그녀는 무언가 잘못되었음을 직감했으나 작금은 연유를 따져 물을 때가 아니었다. 또다시 호각 소리가 들렸다. 군사들이 예상보다 훨씬 빨리 움직인 탓에 경황이 없었으나 칼두령만큼은 차분하게 제 할 일을 했다. 북쪽으로 냅다 뛰며 군사들을 유인하는 것이었다. 간격을 두고 열댓 개의 횃불이 지나가자 희제는 백섬의 손을 꽉 얽어 잡곤 반대 방향으로

266

뛰었다. 다름 아닌 옥선당 쪽이었다. 그 누구도 도망자가 그 길로 지날 거라곤 예상 못 할 것이다. 대차게 뜀박질을 하던 두 사람은 저잣거리를 벗어나 서촌으로 이어진 고샅길을 한 참이나 회똘회똘 꺾어져 들어갔다. 결국 그들이 도착한 곳은 제일 끝 집, 윤 역관 댁이었다. 곧 장헌이 들이닥칠 것이 자 명하여 희제는 금와당 다락에 백섬부터 숨겼다. 유난한 웃풍 탓에 생쥐도 살지 않는 얼음다락이었다. 그리고 저는 재빨리 상복으로 갈아입었다. 그제야 백섬은 희제의 아비가 졸한 걸 알았다. 그 와중에도 자신을 위해 달려온 고마움과 위로를 건네기도 전에 그녀가 먼저 씩씩하게 웃어 보였다. 그 미소 가 처음으로 슬퍼 보였다. 인경을 알리는 파루가 쳤다.

그 시각, 최승렬의 가혹한 발길에 개영이 나동그라졌다.

"산이 놈이 자진하였을 때도 내 널 봐주었거늘! 어찌 또 구 계를 놓쳤느냐, 어찌! 어찌! 당장 놈을 잡아와! 이번에도 놓치 면 다음 항아리는 필시 네 모가지가 될 것이다. 알아먹느냐!"

그때 사색이 된 장헌이 헐레벌떡 뛰어 들어왔다. 미처 여 미지 못한 장포의 앞섶을 부여잡은 채였다.

"백섬이 놈과 입궐해야 하는 게 금일인데 어찌 일이……!"

"세자에게 네 이름으로 서찰을 보낼 것이니 넌 당장 가병 들을 데리고 나가 어떻게든 놈을 찾아라! 그놈 얼굴을 아는 것도, 상태를 치료할 수 있는 것도 너뿐이니 반드시 찾아야 한다! 무얼 꾸물대! 빨리 뛰쳐나가지 않고!"

개영과 가병들에게 사대문을 통과하는 사람들을 일일이 확인하라 이르고, 장헌은 곧장 금와당의 대문을 두드렸다. 그리고 뛰어나온 행랑아범의 차림새부터 확인했다. 마방꾼에게 말을 넘기면서도 괜히 마방 안까지 따라 들어가 세세히 훑기까지 하였다. 하나 빈칸 하나 없이 빼곡히 들어찬 말들은 평소와 다름없었다. 가솔들도 모두 제자리에서 여느 때와 같은 새벽을 맞고 있었다. 평소와 다른 기운이라곤 없었다. 그것이 더욱 장헌의 심기를 불편하게 하였다. 삼베옷에 엄짚신을 신은 희제가 누마루에 오도카니 나와 섰다.

"무슨 낯짝으로 네가 여길 와? 나가, 나가라고!"

뾰족하게 말하는 희제의 면이 말도 못하게 초췌했다. 핏발 선 눈엔 상주의 고단함까지 역력하여 장헌은 쉬이 입이 떨어지질 않았다. 아비 잃은 여인이 아닌가. 천애 고아가 된 외톨이. 하나 그 애처로움과는 별개로 저에게 날을 세우는 게 괘씸하기 그지없었다.

"백섬이 놈 어딨어?"

"뭐?"

희제는 어뜩 당황한 표정을 지어 보였다. 너무 찌푸렸던 미간을 조금 펴며 그녀는 되물었다.

"기어코 달아난 모양이다? 잘됐네! 속이 다 후련하다! 흥패한 최씨 가문 손아귀에서 빠져나왔으니 도노逃奴로 살아도 살긴 살겠네. 그럼 됐지 뭐."

"정말 넌 몰라? 모르는 일이야?"

"번을 서는 군사들까지 됐다고 큰소리 뻥뻥 치더니!"

"마지막으로 묻는다! 희제 넌 정말! 이 일과 아무 상관 없어? 정말 아무런 개입도 하지 않았어? 신중히 대답해, 남헌 형님이 입 뻥끗하면 이깟 공방 하나 뒤집어엎는 건 일도 아니니까."

"애꿎은 곳에서 행패 부리지 말고 충직한 네 유모한테나 물어봐."

"기절한 채로 발견됐어. 그놈이 그랬겠지!"

희제의 말이 진심이었으면 하는 바람과 개운치 않은 의심의 골 사이에서 장헌은 갈팡질팡하였다.

"이 삼베옷 안 보여? 향냄새 안 나? 상갓집에서 행패 말고 당장 꺼져! 난 너 따위 말종이랑은 더 이상 상종 안 할 거니까. 이제 끝이야, 끝!"

"누가 끝이래, 누가! 왜 네 멋대로 우리 관계를 끝내? 왜!"

누마루에 올라선 장헌이 희제의 팔뚝을 붙들었다.

"백섬이 그놈이 모든 걸 망쳤어! 집안을 발칵 뒤집어놓은 것으로도 모자라서 너와 내 사이까지 갈라놨어! 왜 그깟 쌍놈 나부랭이 때문에 우리가 적을 져야 돼? 왜 그 천하디천한 매골자 새끼 때문에 우리 관계가 끝나야 되느냐고!"

"백섬이 탓이 아니라 백섬이 덕에! 네가 어떤 인간인지, 네 가문이 무슨 짓을 했는지 똑똑히 드러난 것뿐이야. 밑바닥까지 속속들이!"

희제가 붙들린 팔뚝을 거칠게 빼치자 장헌의 눈초리에 괴망한 폭풍이 들끓었다.

"희제 너! 후회하게 될 거야, 반드시!"

"후회는 죄지은 놈 몫이지!"

"내가 대체 무슨 죄를 지었다고!"

"그래, 넌 죽을 때까지 쭉 그렇게 살아. 악랄하고 비겁하게!"

희제가 크게 호령했다.

"행랑아범!"

"예, 아씨."

"문단속을 어찌 이리 허술하게 하는가? 새벽 나절부터 외부인이 쳐들어오게 두다니 당최 말이 되는가!"

장헌은 두 주먹을 불끈 쥐었다. 거친 삼베 속, 섬약한 여체의 감촉이 손끝에 남아 끝끝내 그의 마음을 두 동강 냈다.

"백섬이 놈! 찾는 즉시 내가 죽여버릴 거야. 구계는 죽어도 고이 못 묻혀. 해부까지가 그놈 몫이니까. 시체를 갈가리 찢어서 오장육부를 일일이 뒤적이고 병증을 낱낱이 확인해야 비로소 활용이 끝나는 거니까. 두고 봐, 내가 꼭 그리 만들고 말 테니까!"

"그, 그만 나가시지요, 도련님."

헤번쩍 눈깔을 까뒤집으며 악을 쓰던 장헌은 행랑아범에게 등 떠밀리다시피 하여 중문을 넘었으나 마침 들어오던 칼두령과 마주치곤 엉뚱한 곳에 화풀일 했다.

"천한 놈이 감히 어딜 마음대로 들어가느냐!"

"누가 보면 나리 댁인 줄 알겠습니다?"

"이, 이놈이!"

행랑아범이 두 사람 사이에 끼어들었으나 고개는 장헌을 향해 숙였다.

"도련님, 상중이니 음성을 낮추시지요. 칼두령은 어르신과 연이 있으셨습니다."

"하면 사당으로 들 것이지 어찌 금와당에 드는가! 예법도 모르고 이 새벽에!"

칼두령이 껄렁하게 말을 잘랐다.

"천것도 알 건 압니다. 망자를 뵙기 전에 먼저 상주께 예를 갖추는 게 순서, 아닙니까?"

그때 멀리서 희제가 소리쳤다.

270

"행랑아범! 어찌 조문객을 세워두는가!"

"예, 아씨. 곧 뫼시겠습니다!"

"비키시지요, 나리."

칼두령이 피식대며 장헌의 어깨를 밀쳤다. 그는 저런 양반 놈들을 잘 알았다. 천민들을 벌레 다루듯 하는 미치광이. 점 찍은 여인에겐 무섭게 집착하는 음흉한 족속. 맑디맑은 수정알 뒤에 감춰진 광기 어린 눈깔에 숫제 구역질이 났다. 괜한 꼬투리를 잡히면 괜히 금박장만 곤란해질 듯하여 칼두령은 사당으로 직행하였다.

윤병찬의 위패 앞에 향 하나를 피우며 칼두령은, 아직도 제 감정이 그때 그 절벽에 머무르고 있음을 깨달았다. 귓가에 습한 강바람마저 이는 듯했다. 그런 감정, 그런 설렘도 처음이었으나 이런 자괴감, 이런 죄책감 또한 처음이었다. 마치 제가 세상에 한 점 부스러기가 된 것만 같아 건장한 몸채가 덜컥 허물어졌다. 업보가 돌아와 작금의 저를 이렇게 주저앉히는 것이었다. 아무렴, 더러운 백정 팔자가 어딜 가겠는가. 끝내 동티가 난 것이다. 하여 이곳으로 달려올 수밖에 없었다. 평범하게 사는 건 이미 글렀으니 멋지게라도 살아봐야 하지 않겠는가. 석고대죄하는 양 망자의 위패 앞에 무릎을 꿇은 칼두령은 기다랗게 쌍룡검을 내려놓았다. 커다란 심호흡 끝에 그는 다짐하였다. 임금의 운검처럼, 저도 금박장의 운검이 되겠다고. 오라비를 거둔 죗값으로 목숨을 다해 그녀만은 지키겠다고. 칼두령의 면목이 죄스럽게 떨어졌다. 내내 곧게 오르던 향연이 한차례 후르르 뒤흔들렸다.

백섬은 금와당 얼음다락에서 몸을 웅크린 채 숨죽이고 있었다. 탈출의 기쁨도, 생존의 환희도 없이 그저 제 손으로 사람을, 그것도 어머니를 멸구하였다는 충격에 넋을 놓았을 뿐이었다. 한데 마당에서 들려온 장헌의 목소리는 분명 그리 말했다. 어머니가 기절했을 뿐이라고. 그제야 고갤 든 백섬은 얼뜨기처럼 마른입을 벌린 채 꺽꺽대었다. 한껏 억눌린 울음은 제 세상이 무너지지 않은 것에 대한 안도의 눈물이었다. 무사히 지옥을 빠져나온들, 제 손에 사람이 죽었다면 또 다른 지옥으로 온 것뿐이 더 되겠는가. 천운이었다.

장헌의 서찰을 손에 쥔 세자의 입가가 비틀렸다. 종 백섬이 도주를 하였다는 전갈이었다. 역병이라는 엄숙한 사안이니 속히 추포하기 위해 자신이 직접 추노에 나서 부득이하게 서신으로 말씀 올린다는 내용이었다. 세자는 곤한 눈알을 꾸욱 눌렀다. 조정에선 해부형이 재논의되고 있었다. 하필 이 시점에 장헌에게 산자의 배를 가르는 권한이 주어질지도 모른다는 사실이 세자의 불안을 가중시켰다. 그는 서둘러 답신을 썼다. 반드시 백섬을 찾아 자선당에 데려오라는 딱 그 한 줄이었다.

"방호야. 너는 이것을 옥선당에 전하고 당장 장헌의 뒤부터 밟아라."

"은밀히 행하겠나이다."

"아니, 드러내놓고 다녀라. 이것저것 묻고. 장헌이 어찌 나오는지 보자. 무슨 속셈인지."

"명 받잡겠나이다."

불목지기

　장헌은 가노들을 풀어 금와당을 철저히 감시하였다. 하나 희제는 초상을 치르느라고 고생한 권속들을 후하게 먹이고 마방꾼들에게 도성 밖으로 말들을 몰고 나가 배불리 먹이라 명할 뿐이었다. 돌아올 때 백악산 기슭의 샘물을 떠오라고도 했다. 사당에 바칠 것이라고 말은 하였으나 실은 장헌의 염탐꾼들을 지치게 하려는 속셈이었다. 거문고를 타는 현맹을 제외하곤 딱히 금와당에 드나드는 이도 없었다. 희제는 주야장천 거문고를 탔다. 그동안 현맹이 백섬의 몸에 약뜸을 떴다. 희제는 현 위에서 끊임없이 손을 놀리면서도 복장이 터졌다. 단근질을 당한 대역 죄인처럼 만신창이가 된 백섬의 육체 때문이었다. 장헌의 면전에서도 꾹 참았던 분노가 이제야 끓어올랐다. 어찌하여 사람을 저 지경으로 만들 수가 있는가. 숫제 악귀였다.

　달이 차고 또 기울었다. 해 뜰 참이 되자 뽀얀 동살이 얼음다락까지 스며들었다. 따스한 금박향에 백섬은 구곡재를 탈출한 것을 실감하였다. 그를 부축해 앉히며 희제가 속삭였다.

"너 삼 일을 내리 잤어."

그녀는 김이 모락모락 오르는 탕약부터 디밀었다. 순순히 그것을 들이마신 백섬은 제 입성을 보곤 화들짝 놀랐다.

"이 옷……."

"응, 오라비 꺼. 어쩜 이렇게 딱 맞냐?"

"네가 갈아입혔어? 나?"

"나 아니구, 맹인인 거문고 스승님이. 그분이 널 치료해주시고 옷도 갈아입히셨어. 밤인데 촛불도 안 켰다니까."

"정말이지? 넌…… 안 본 거지?"

백섬의 당황은 부끄러움 때문이 아니었다. 뜸 상처며, 침 상처며, 거머리 상처며, 온갖 피멍들까지…… 그 꼴을 희제가 봤다면 억장이 무너졌을 것이다. 상중인 그녀에게 더 이상 염려를 보태고 싶지 않은 것이었다. 그런 그의 뜻을 희제도 알았으나 그저 모른 척할 뿐이었다.

"이제 내가 진짜 비밀을 말해줄게."

희제는 제 목에 걸린 은제 십자가를 내보이며 음성을 짓죽였다.

"나 천주교인이다. 이걸 만들고. 그리고 조선에 독을 다루는 법 란서 신부님이 계셔. 그분만 만나면 독풀이를 받을 수 있어. 너, 다시 건강해질 수 있다고."

백섬은 돌연 심장이 뛰고 속이 울렁였다. 설핏 상상도 되지 않아서였다. 천주쟁이를 괴멸시키기 위해 온 나라가 떠들썩한 마당에 과연 서양 신부님을 만날 수는 있을까, 독풀이로 정녕 건강을 되찾을 수 있을까, 무엇보다 제가 그때까지 버텨낼 수 있을까 하는 의문들은 그러나 너무도 쉬이 사그라졌다.

"곧 연락이 올 거야. 신부님을 만나려면 먼 길을 가야 할 테니까 너는 최대한 잘 쉬고 기운을 차려야 돼, 알았지?"

희제는 은제 십자가를 백섬의 목에 걸어주고 싶었으나 고심 끝에 관두었다. 혹시나, 그럴 리 없으나, 정말 만에 하나, 백섬이 장헌의 사람들에게 잡힌다면 이 작은 물건이 더 큰 화를 불러일으킬 것이다. 대신 그녀는 빈 탕약 그릇 앞에 흰 종이를 두르르 펼쳤다.

"골라봐. 네가 뭘 좋아하는지 몰라서 엿판에서 싹 쓸어왔어."

찹쌀엿, 멥쌀엿, 흰엿, 호박엿, 콩엿……. 백섬은 다섯 살 동자마냥 연신 두 손을 맞대 꼼지락대며 떼구루루 눈알을 굴려댔다.

"그냥 차례대로 다 먹자!"

희제는 기다란 찹쌀엿을 소반 귀퉁이에 내리쳤다. 그러곤 작은 조각 하날 백섬의 입에 넣고, 제 입에도 넣었다. 우스꽝스럽게 튀어나온 볼을 하곤 그녀가 속삭였다.

"독풀이 받고 건강해지면 뭐 할까?"

독풀이를 받는 것만도 꿈같은데 그 이후라니! 황공하여 어버버대는 백섬에게, 그녀가 대신 답했다.

"방앗골에 집부터 구해서 앞뜰에 냉이를 심자. 넌 농사 짓고, 난 금질하고. 그렇게 살자."

"농사도 힘이 좋아야 하는 건데……."

"정 힘들면 나랑 자식 농사나 짓든지."

백섬이 푸스스 얼굴을 붉혔다. 짓궂은 농을 내뱉은 희제도 스스로가 어이없어 웃고 말았다.

"하긴 네가 하루 종일 밭에 나가 있는 건 나도 싫다. 그냥 넌 내 옆에서 차돌을 데워줘. 그때 네가 준 강자갈은 아부지 드렸거든."

"좋은 거 많았을 텐데 왜……."

"그게 내가 받은 선물 중에 가장 따뜻한 거였어."

희제가 이번엔 멥쌀엿을 부러뜨려 백섬에게 건넸다. 단맛을 음미하는 그의 입매가 올라갔다.

"그럼 난 불목지기 할게. 방도 데우고 차돌도 데우는 불목지기가 될게."

매골을 하던 백섬이 가장 좋아했던 건 아궁이 앞에 오도카니 앉아 오롯이 불의 노래를 듣는 시간이었다. 그건 힘쓰는 일이 아니어서, 하물며 잘할 수도 있을 듯해서 백섬은 덜컥 미래를 말했다. 너무 기대하지 말자고 생각은 하면서도 잔뜩 부푼 마음은 벌써 저만치 앞서나갔다. 입안 가득한 달콤함이 무한한 용기를 준 것일지도 몰랐다. 화르르, 심곡에 뜨끈한 불씨 하나가 피어났다.

어스름이 내렸다. 백섬이 다시 잠드는 걸 확인하곤 내당으로 돌아온 희제는 은촛대에 손을 뻗다 말고 멈칫했다. 와락 풍겨온 피비린내 탓이었다. 살벌한 기척을 느끼곤 홱 돌아선 찰나.

"켜지 마시오."

"누, 누구요!"

"나요, 칼두령이오."

"어찌 예서…… 호, 혹시 다쳤소? 응? 그런 거요?"

그 음성이 너무나 진심이어서 칼두령은 멀쩡한 팔에 생채기라도 하나 낼까, 순간 말도 안 되는 고민을 했다.

"아니, 멀쩡해서 탈이지."

"근데 왜 예서 이러고 있소?"

"금와당을 지켜보는 눈이 더 늘었소. 대문뿐 아니라 뒤뜰 너머에도 염탐꾼이 붙었더군. 해서 내 지붕을 타고 겨우 들어왔소. 불은 놓지 않는 게 좋겠소."

"아, 놀랐잖소!"

제가 다쳤을까봐 놀랐단 것이었을까…… 강철 같은 칼두령의 심곡이 야릇하게 일렁였다. 어둠 속이라 다행이었다. 필시 제 표정이 이상할 터였다.

"거점에 연통을 넣었소. 급한 것이니 서둘러달라 부탁하였고. 기별은 여느 때처럼 소금가마니에 넣어 보내준다 하더이다. 법란서 신부님은 워낙 노출 위험이 크니 어쩌면 못 뵐지도……."

"아니, 꼭 만날 거요! 내 어떻게든, 무슨 수를 써서라도 반드시 찾아갈 거요!"

독풀이를 맡겨놓기라도 한 듯, 단호한 음성 앞에 칼두령은 그저 고개를 끄덕여 보였다.

"오면서 보니 개영이란 놈이 서소문에 오가는 이들을 일일이 탐문 중이더이다. 최장헌은 가병들을 우르르 거느리고 나루터는 물론 시장바닥이며 의원과 약방까지 샅샅이 뒤지고 있고."

"장헌이 직접 말이오?"

"그렇소. 일단 사나흘만 잘 버티시오. 그것만 무사히 넘기면 백섬이 이미 도성을 빠져나갔다고 여길 것이고 그럼 분명 여길 나갈 틈도 생길 것이오. 언제든 떠날 수 있도록 채비해두고. 따로 필요한 건 없으시오?"

희제의 보얀 얼굴 위로 산란한 달그림자가 떨어졌다. 칼두령은 그 얼룩덜룩한 반쪽 얼굴이라도 실컷 바라보고 싶었다. 발끝에서 뻗은 참한 그림자까지도.

"해태나 한 마리 잡아주시오. 기왕이면 눈알 부리부리한 놈으로. 우리 오라비 죽인 놈부터 최씨 의관들까지 세상 잡놈이란 잡놈들은 싹 다 잡아다가 뿔로 받아버리라고 하게."

내내 쌓아 올린 사내의 애틋함이 왈카닥 무너졌다. 철석심장이 홀로 피를 흘렸다.

"……내 그런 재주는 없고…… 이거."

쓰디쓴 헛기침을 내뱉으며 칼두령이 무언가를 내밀었다. 확 끼친 피비린내에 희제가 어뜩 콧잔등을 찌푸렸으나 지푸라기에 대롱대롱 매달린 건 다름 아닌 고깃덩이였다.

"먼 길 가야 하니 백섬의 회복이 우선 아니오. 금박장도 기운 좀 차리고."

희제가 무어라 고마움을 말하기도 전에 칼두령은 뒤돌아섰다. 그리고 그저 왔던 것처럼 조용히 지붕을 타고 어둠에 녹아들었다. 뻔뻔하게 금박장의 감사를 받을 만큼 저는 염치없는 사람은 아니었다. 적어도 수치심은 느껴야 인간이지 않은가. 정녕 두려운 것은 따로 있었다, 제가 저지른 짓을 금박장이 알게 되는 것. 세상에 비밀은 없다 하지 않던가. 혹여나 옛 칼패의 사정을 속속들이 꿰고 있는 사람이라도 나타날까 봐 그는 자다가도 벌떡 일어나 도리질을 치곤 했다. 그때마다 못 견디게 속이 뜨끔했다. 처음으로 산다는 게 무서워졌다. 금박장에게만은 좋은 사람이고 싶었건만…… 참담한 과거가 다시금 심중에 거대한 구멍을 만들어냈다. 육중한 죄책감이 휘몰아쳤다.

홀로 마주 안는다는 것

  염탐꾼들 탓에 백섬은 낮엔 꼼짝없이 금와당 얼음다락에 있다가 어둠이 내리면 살짝 마당으로 나가 꽃을 꺾었다. 감국, 물매화, 개박하, 밤메꽃, 쑥부쟁이, 고들빼기꽃, 층꽃풀, 할미꽃…… 각양각색의 압화로 시첩 등이 빵빵해졌다. 언젠가 이천에 가게 되면 이곳의 꽃들이 그리워질 것이다. 그곳엔 또 얼마나 신기한 꽃들이 피어날 것인가. 벅차게 올려다본 지붕 틈새엔 배롱나무가 달빛으로 알른댔다. 이제 창틀을 흔드는 바람도, 나부끼는 꽃 그림자도 다 목숨 같았다. 타닥타닥 불티를 뿜는 화롯불도, 그 위에서 꾸물대는 연기도 다 생명 같았다. 그래, 살자. 숯불처럼, 바람처럼 살자. 그간 저는 제 삶이 비극인 줄도 모르고 살았다. 한데 심장으로 돌진한 한줄기 빛에 그제야 그게 암흑이었던 걸 깨달았다. 다신 그 지옥으로 돌아가지 않을 것이다. 삐그덕, 어린 산토끼처럼 주변을 경계하며 희제가 쪽문을 열고 들어왔다. 촛불 하나 켤수 없는 스산한 공간에서 그녀는 백섬의 옆에 바짝 붙어 앉아 그의 이마부터 짚어댔다.

"열은 없다."

그리 속삭이면서도 자꾸 뺨이며 목을 더듬어 재차 열감을 확인하는 손을, 백섬이 부여잡았다. 그러곤 섬약한 약지에 뱀딸기를 묶어주었다. 알반지가 마음에 쏙 든 희제가 장난스럽게 다른 손도 내밀었다. 이번엔 붉은 유홍초를 엮은 팔찌가 생겨났다. 백섬이 귀엣말을 했다.

"난 매골을 하고 어령골 암자로 돌아올 때, 밤 한 톨 주워 오는 것보다 이 유홍초 하나 꺾어 오는 걸 더 좋아했어. 밤 한 톨의 고소함은 순간이지만 새빨간 유홍초 향기는 밤새 누릴 수 있었거든. 그게 나 자신을 더 사람답게 해주었거든."

남부러울 것 없이 살았건만 사람다움에 대해, 삶의 가치에 대해 단 한 번도 생각해본 적 없는 희제였다. 백섬을 마음에 둔 이유가 바로 이것이었다. 끊임없이 저를 들여다보게 하여서, 좀 더 나은 사람으로 살게 하여서. 그는 제게 없던 걸 선사했다. 삶에 대한 고찰과 열정이었다. 부쩍 사치스러워진 희제의 손가락이 충동적으로 사내의 거칠한 입술을 쓸었다. 연이어 초췌한 뺨을 부여잡곤 코끝이 닿을 만큼 당겼다. 여인의 달뜬 숨결에 묘한 열기가 섞여 있었다. 설핏 백섬의 입매에서 웃음기가 사라졌다. 왜인지 발끝이 바짝 움츠러들었다. 그의 날숨에 여인의 시선이 얽혀들었다. 두 입술이 맞닿으려는 찰나.

"안 돼!"

백섬이 제 입을 손등으로 막았다. 여인의 얼굴에 균열이 갔다. 상처받은 표정이라기보다 뿔이 난 표정이었다. 내내 마음에 걸렸던 것이었다. 구곡재 담을 사이에 두고 무모하게 내리찍은 그때의 입맞춤. 백섬이 다빡 변명하였다.

"나 중독됐다며. 무슨 독인지도 모르는데 너한테 옮기면 어떻게 해."

"이미 했는데 뭘!"

"이미……라니?"

"열흘 전, 구곡재 담!"

"꿈이…… 아니었구나!"

희제가 기막히다는 듯 훅, 한숨을 뱉어내다 말고 팩 토라졌다.

"흥, 딸기 반지 정도론 안 넘어가. 나 완전 삐졌다고."

당황한 백섬이 주섬주섬 무언가를 꺼내 들었다.

"이번엔 오래가는 걸로 줄게."

곧 급하게 짓이긴 봉선화가 그녀의 열 손톱에 올려졌다. 압화를 거춤거춤 물에 적셔 짓이긴 것이니 생화마냥 맑은 노을 빛이 들지는 알 수 없었다. 하나 작금 백섬이 줄 수 있는 것이라곤 이게 다였다. 희제는 어섯눈을 하고 제 손끝을 풀잎으로 꼼꼼히 감싸는 사내를 지그시 바라보았다. 며칠 전만 해도 이제나저제나 소금가마니가 들어왔는지 행랑아범에게 묻고 또 물었다. 하나 이젠 정말 올까봐 걱정이었다. 촛불도 켤 수 없는 얼음다락에 샛바람마저 들이치니 두 사람은 딱 붙어 앉아야만 했다. 도처에 염탐꾼들이 있으니 별것 아닌 것도 귓가에 속삭여야 했다. 그 덕에 은밀하고도 나른한 온기가 피어났다. 칠흑 같은 어둠에도 낭만이 있었다. 영원히 이 밤이 끝나지 않았으면 하고 희제는 바랐다. 먹먹한 밤이었다.

"염병할! 당최 백섬이 놈이 땅으로 꺼졌다는 게냐, 하늘로 솟았단 것이냐? 산송장이나 다름없는 놈 하날 어찌 못 찾고 이리 빌빌대! 이 무능한 새끼!"

장헌은 홍두깨를 집어 들어 사정없이 개영의 머리통을 내리찍었다. 고꾸라진 아랫것을 보며 씩씩대던 장헌은 끝내 금와당 안을 뒤지겠다 마음먹었다. 하나 내밀한 희제의 공간이 뭇사내들의 손을 타는 것은 아니 될 말. 그는 곧 누이의 혼사를 앞둔 벗에게 연통을 넣었다. 그리고 당장 금와당에 혼례복을 의뢰해달라 부탁하였다. 희제가 그 댁에 불려간 틈을 노리려는 수작이었다.

다음 날. 흰 장포를 갖추어 입은 장헌은 금와당의 담을 타넘긴커녕 당당히 대문을 두드렸다. 재깍 나온 행랑아범이 대놓고 난색을 표했다.

"작금 아씨께선 출타 중이신데…… 그게…… 절대 도련님을 들이지 말라는 엄명이……."

"돌아가신 어르신께 절을 하러 온 것뿐이네."

"그래도 아니 되십니다. 제가 아씨께 경을 칩니다요, 도련님."

"어허! 망자께 예만 갖추고 돌아간대도! 조문객에게 어찌 이리 야박한가?"

"아이고, 참…… 하면, 이놈이 모시겠습니다요."

어쩔 수 없이 사당으로 장헌을 안내한 행랑아범은 향에 불을 놓는 손님을 감시라도 하듯 모둠손으로 서 있었다.

"가서 볼일 보시게."

"그래도 저……."

"내가 예 하루이틀 드나드는가? 알아서 돌아갈 테니 그만 가보래도!"

"……예, 하면 아씨가 돌아오시는 대로 도련님께서 다녀가셨다고 말씀 올리겠습니다요."

썰렁한 사당을, 장헌은 딱부리눈으로 째렸다. 평시와 다른 것이 하나라도 눈에 띄면 가만 안 두겠다는 듯. 그러나 특이점이라곤 없었다. 곧바로 윤 역관의 집무재를 들뒤지고 또 희제 오라비의 별채까지 샅샅이 살폈으나 켜켜이 쌓인 먼지가 그 누구도 드나들지 않았음을 여실히 증명했다. 마지막 남은 곳은 희제의 별당뿐이었다. 장헌은 기름한 눈을 하곤 먼저 금와당으로 들어섰다. 사람이 들어갈 만한 벽장이며 작업대 밑, 하물며 사방탁자 뒤까지 들추어보았으나 달라진 건 냄새뿐이었다. 새로운 비단이 들어온 것인지, 아교를 바꾼 것인지 알 수 없었다. 묘하게 거슬리는 낯선 향은 예 와본 지 너무 오래된 탓일지도 몰랐다. 심술이 났다. 예전에 전, 아무도 허락되지 않는 이 공간에 불쑥불쑥 찾아와 희제를 만났다. 그럴 때마다 무슨 대단한 특권을 부여받은 양 뿌듯했다. 한데 마지막으로 온 것이 백섬을 만난 직후였다. 그 버러지만도 못한 구계 탓에 갑자기 제 삶에 굽이굽이 티격이 나고 울기가 난 것이다. 놈을 반드시 잡아 족치리라! 분기를 주체하지 못하고 장헌은 대담하게 대청을 가로질렀다. 겁 없이 희제의 내당으로 쳐들어간 그가 등 뒤로 문을 닫으며 헛숨을 들이켰다. 횃대에 걸려 있는 침의 탓이었다. 마치 안아달라는 듯, 얄포름한 자리옷은 허수아비처럼 두 팔을 활짝 벌린 모양새였다. 장헌의 면목이 팽팽한 긴장감으로 이지러졌다. 이채 서린 눈깔이 잠자리 날개 같은 속비단을 노려보다 말고 무람없이 손을 뻗었다. 그러곤 꼭 내밀한 살결을 매만지듯 손바닥으로, 다시 손등으로도 옷섶을 쓸어내렸다. 그럴 리 없건만 아스라한 온기가 남아 있었다. 그 홀보드르르한 속적삼을 꽉 구겨 쥐다 말고 그는 와락 끌어안았다. 고분고분 딸려 온 비단이 졸지에 사내를 진저리 치게 하였다. 여인을 탐하는 무뢰배처럼 그는 동정 깊숙이 제 얼굴을 파묻었다. 그리고 옷감에 밴 체취를 한껏 들이켰다. 아슴아슴한 체향이 기도를 타넘자 버썩 혀가 말랐다. 습한 숨이 터졌다. 사각대며 구겨지는 비단결 소리가 꼭 여인의 탄성 같아 배알이 뒤틀렸다. 애체를 낀 눈알이 터질 듯 붉어졌다. 하나 순순히 잡혀 있던 소맷부리가 휘늘어진 순간, 벅차올랐던 장헌의 심부는 대번에 모멸감으로 뒤바뀌었다. 홀로 마주 안는다는 건 얼마나 비참한 것인가. 번뜩 밖에서 발소리 엇비슷한 게 들리자 그는 흐트러진 침의에서 화들짝 손을 뗐다. 정탐이 아니라 여인의 속치마나 까뒤집는 망나니가 된 듯하여 뜨끔했던 것이다. 그러나 홧홧해진 낯짝에 곧 안도감이 밀려들었다. 희제가 백섬을 숨기지 않아 다행이라는. 기괴한 만족감을 안고 막 돌아서던 그의 눈에 띈 건 마른 꽃잎을 덧댄 창호지였다. 뽀얗게 스며든 햇발이 방바닥에 아질아질한 꽃무늬를 만들어 내었다. 묘하게 신경을 긁어댄 향이 바로 이것이었던가! 방심했던 마음이 다시금 격하게 방망이질 치기 시작했다. 마침 컹컹! 컹컹컹! 뒷골목에서 개 짖는 소리가 요란했다. 망을 보는 개영의 신호였다. 하나 예서 돌아설 순 없었다. 장헌은 휙 고갤 쳐들며 얼음다락을 올려보았다. 속속 층계를 타고 기습을 감행했으나 빈 다락엔 덩그러니 서책 하나뿐이었다. 압화를 품고 빵빵하게 등이 솟은 책 겉장에 꽃과 새가 그려져 있었다. 구곡재에서 본 물건이 아닌가! 쿵, 장헌의 심장이 떨어진 찰나 컹컹, 컹컹! 다시금 맹렬한 짖음이 들려왔다. 신호는 각일각 더 커지고 더 다급해졌다. 신경질적으로 애체를 추켜올린 장헌은 어쩔 수 없이 금와당을 빠져나왔다. 뻘건 낯짝이 볼썽사납게 이지러졌다. 현실을 자각한 탓이었다. 그깟 구계놈 하나 잡아 죽인다고 희제의 마음이 제게 돌아오는 건 아니잖은가! 어뜩 그녀에게 독을 써야겠다는, 아프게 해서라도 제 곁에 앉혀놓겠다는 그야말로 독살스러운 사념이 짓쳐들었다. 점점 저에게 의지하다가 이내 제 바짓가랑이를 붙잡고 매달리게 해야겠다는 고약한 화심禍心을, 장헌은 도저히 멈출 수가 없었다. 그물로도 잡히지 않는 물고기라면 작살로 꿰는 수밖에.

텅 빈 희제의 방 안. 병풍 뒤에서 저린 다리로 굼뜨게 일어선 건 백섬이었다. 꽃을 꽂아두려고 방에 들었을 때 등 뒤에서 문이 열렸다. 몸을 숨긴 것은 어쩌면 본능이었다. 병풍 틈새로 침의를 안아 든 장헌을 본 순간 그는 제 입을 틀어막았다. 똑똑히 보았다. 열병을 앓는 사내의 황홀하고도 비참한 얼굴을.

급히 얼음다락으로 돌아온 백섬의 폐부에서 돌연 깊은 기침이 터져 나왔다. 갈비뼈가 으스러지는 격통 끝에 올깍 핏덩이가 토해졌다. 벌건 손바닥을 내려다보는 그의 눈에 화가 차올랐다. 왜 저인가! 왜 하필 작금인가! 왜 백일몽을 꾸는 것조차 허락되지 않는단 말인가! 벽을 짚고 주저앉은 백섬은 엎어진 채 땅을 치고 또 쳤다. 절 이렇게까지 만든 장헌이 놈이 역겨웠다. 도굴꾼마냥 제 오장육부를 야금야금 갉아먹은 그놈을 격렬히 저주했다. 겹겹이 어겨진 혐오에 몸서리치다 말고 백섬은 다짜고짜 백팔배를 하기 시작했다. 합장을 하며 복수 따위로 심곡을 더럽히지 않게 해달라고 빌고, 무릎을 꿇으며 제 영혼에 그을음이 남지 않게 해달라고 빌고, 이마를 땅에 짓찧으며 살려달라 빌었다. 하나 다시금 기립한 그의 시야가 소용돌이쳤다. 견딜 수 없는 어질증에 무릎이 스러졌다. 어쩌면 남은 심지는 제 생각보다 더 짧을지도 몰랐다. 빠드등하게 고갤 들며 백섬은 간신히 벽에 기대어 앉았다. 이젠 더 바랄 수도, 꿈꿀 수도 없게 되었다. 그저 오늘 하루를 살아남으면 또 내일이 될 거란 기대 말곤. 어차피 세상 모든 것엔 끝이 있는 법이 아닌가. 죽음은 비수와 같은 것이다. 언제 어디서 날아올지 모르니 짧은 여명에 한탄하지 말고 이런 꿈같은 나날들을 보냈음을 감사하자고 백섬은 맘을 고쳐먹었다. 아니, 그럴 수밖엔 없었다. 지붕 틈새로 여우별이 빤짝, 찬빛을 내었다. 그 멀고도 먼 반짝임이 백섬에겐 꼭 살려는 몸부림 같았다. 하나 저 별마저도 영원히 반짝일 순 없을 것이었다.

그림자마저 참한 여인

   어스름께에 돌아온 희제는 장헌이 다녀갔단 애길 전해 듣곤 피가 말랐다. 군사들이 당장 쳐들어와도 이상할 게 없었다. 금박 주문을 받느라 한껏 꾸며 입은 의복이 너무도 거추장스러웠다. 환복부터 하려고 일어선 그때.

   "아씨! 소금가마니가 왔습니다요!"

   드디어! 희제는 부리나케 찬간으로 달려가 허겁지겁 소금알 깊숙이 손을 넣었다. 그 안에서 꼬깃꼬깃 접힌 글쪽지를 꺼내 단박에 펼쳤으나 예상대로 그 무엇도 없는 백지였다. 금와당으로 돌아온 희제는 냉큼 촛불 하나를 놓곤 종이를 비추어 보았다. 혹여 법란서 신부님을 만날 수 없다고 써 있을까봐 정수리로 피가 쏠렸다. 서서히 초산醋酸으로 써 내려간 글씨가 나타났다.

   [묘향산. 여우고개 주막.]

   "뭐라고 쓰여 있소?"

   "악, 깜짝아!"

   한쪽 무릎을 짚고 앉아 얼굴만 들이민 칼두령을 보곤 희제가 식겁했다.

"간 떨어질 뻔했잖소! 왜 또 귀신처럼 슬금슬금 천장에서 기어 내려오는 거요?"

"누군 뭐 당당하게 대문으로 들어올 줄 몰라서 이러는 줄 아오?"

"제발 소리라도 내시오, 쫌!"

"예 박힌 눈깔이며 귀때기가 몇 갠데 소릴 내오? 은밀하게 소나무를 타고 올라가서, 금와당 지붕으로 날래게 착지해서, 또 박쥐마냥 처마 끝에 딱 매달려서 저 작은 광창으로 미끄러지듯 들어오는 게 쉬운 줄…… 아오?"

따다다 쏘아붙이다 말고 칼두령은 건듯 말을 먹었다. 여인의 귓가에서 잘가당잘가당대는 진주 귀걸이 때문이 아니었다. 아주까리기름으로 빗어 넘긴 머릿단, 백분을 드리운 동글 반반한 이마, 얇실하게 그린 눈썹, 연지를 먹여 야살스레 붉어진 입술, 흐벅지게 흐드러진 물빛 치마까지…… 금박장의 자태가 마치 세필로 그린 그림 같아서였다. 아슴아슴해진 그가 꿀꺽 생침을 삼켰다.

"흠흠…… 뭐, 뭐라고 써 있냐니까?"

희제가 내민 종이를 칼두령은 다빡 불빛에 갖다 대었다. 교우촌을 백방으로 수소문하고, 거점에서 살다시피 한 끝에 서찰이 당도하자마자 잽싸게 소금가마니를 짊어지고 온 게 바로 그였으나 생색은커녕 안도의 한숨만 내쉴 뿐이었다.

"최장헌이 당장 밀고 들어올 기세이니 동이 트는 대로 떠나는 게 좋겠소. 금박장은 예 남으시오."

"말도 안 되는 소리!"

"알잖소, 최장헌이 금박장만 눈이 빠져라 주시하고 있으니 괜히 동행했다간 백섬을 잡아가라 소리치는 꼴밖엔 안 되오."

"백섬을 홀로 보낼 순 없소! 말을 타고 먼 길을 떠날 상태가 아니란……."

"그래서 하는 말이잖소! 날까지 점점 추워지니 예서 해주를 거쳐 평양까지는 일단 뱃길을 이용하는 게 낫지. 그 길을 잘 아니 내 길라잡이를 하겠소."

"칼두령이 직접…… 말이오?"

"왜, 못 미덥소?"

"아니, 그게 아니라…… 내 지불한 것이라곤 꼴랑 은자 석 냥뿐이었는데 왜 이렇게까지 하시오? 내가 딱해서 이러시오?"

"난 동정 따윈 모르는 사람이오."

"그러니까."

사내의 진심을 가늠하기라도 하듯 희제는 칼두령의 면에 촛불을 바짝 들이댔다. 해반드르르한 여인의 얼굴이 코앞까지 짓쳐들자 그는 영 엉뚱한 데로 시선을 던졌다.

"왜? 뭐, 뭐요? 그쪽 찢어진 가자미눈은 또 뭐고?"

"혹여 날…… 연모라도 하는 게요?"

꽁지에 불이라도 붙은 양 칼두령이 발딱 일어섰다. 미약한 촛불이 거대한 화마같이 느껴져 인중에 땀이 다 배어났다.

"뭐? 연모? 연모의 뜻을 모르시오? 연모라고? 하, 참 내…… 살다 살다 별 얘길 다 듣네, 내가!"

칼두령은 어처구니가 없다는 듯 입을 벙긋대다가, 손으로 이마를 짚었다가 뗐다가 안절부절못했다.

"내, 내가 대갈통에 짱돌 맞았소? 저잣거리만 나가도 고상하고 말쑥한 처자 천지요! 내가 왜 하필 괴상하기 그지없는

289

금박장을…… 응? 뭐가 아쉬워서 내가! 하, 어이가 다 없어서…….”

"아, 알았소! 아니면 아니지 뭘 그렇게 열을 내시오?"

"이래 봬도 나 좋다는 여인들이 깔렸소! 내가 쓰윽 지나가기만 해도 어머, 저 등빨 좀 봐라, 저 팔뚝 좀 봐라 얼마나 쑥덕대는데, 응? 게다가 금박장은 절대로! 결단코! 내 취향 아니오, 알아먹겠소? 난 눈깔을 괭이마냥 희번덕 치뜨지도 않고, 말도 조곤조곤 작게 하고, 웃을 땐 입도 가리면서 웃고, 성격도 두리두리 뒤둥그렇고, 세상 얌전하고 조신한…… 응? 금박장이랑 정반대인, 완전 대척점에 서 있는, 공통점이라곤 일절 없! 나긋나긋하고, 사근사근한 그런 여인이 좋다고! 머리부터 발끝까지 말쑥하고, 그림자마저 참한 그런 여인!"

"어어? 왜 이렇게 구구절절 변명이시오, 수상하게? 낯빛은 또 왜 그렇게 붉고?"

"하도 말 같지 않은 소릴 하니 열불이 나서 그렇잖소!"

"그러니까 칼두령이 왜 길라잡이를 자처하느냐고? 아직 답 안 했소!"

"그게…… 그러니까…… 그 뭐냐…… 아, 맞다! 병자촌! 묘향산의 새 터전은 절대 노출되면 아니 되잖소, 법란서 신부님까지 오시는 마당에! 작금 평안도에서도 천주인을 살벌하게 색출하고 있으니 절대, 아무도 믿을 수 없소! 그러니 내가 직접 갈 수밖에. 우리 고깃골 아이들의 목숨이 걸렸는데!"

"아, 그럼 진즉 그렇게 말할 것이지!"

"그러니까 금박장은 경솔하게 나서서 일 그르치지 말고 여기 얌전히 있으란 말이오! 내가 법란서 신부님을 무사히 만나 후일을 도모하는 즉시 연통을 줄 터이니!"

"아, 알았소. 왜 화를 내시오? 이제 좀 앉으시오, 뭐 마려운 똥개마냥 계속 서서 그러지 말고."

"뭐 마려운 똥개? 와아, 이 칼두령을 정말 뭐로 보고! 내가 그리 말짱해 보이오?"

"내가 어떻게 보는지가 뭐 중요하오? 칼두령 좋다는 여인들 깔렸다면서."

"아, 왜 자꾸 그 얘기요? 날이 밝기 전에 길을 나서야 하니 백섬을 예서 어찌 빼낼지 그 궁리나 하시오, 제발!"

까치발을 들고 살짝궁 얼음다락으로 올라온 희제는 잠든 백섬을 멀거니 바라보았다. 이 평화로운 순간을 가슴에 새기듯이. 이제 그를 보내야 할 시간이었다. 밖에는 이미 칼두령이 대기 중이었으나 망설임은 계속되었다. 백섬을 묘향산까지 보내는 게 맞는가? 그가 원행을 버텨낼 수 있는가? 하나 수천 번, 수만 번 고심해도 답은 법란서 신부님을 만나 독풀이를 받는 것뿐이었다. 동행하고 싶은 마음은 굴뚝같으나 그리 안 하는 게 맞다. 괜히 장헌에게 빌미를 주는 꼴이 될 것이다. 담담하고 싶었는데 온통 주홍빛으로 얼룩진 백섬의 손끝을 본 찰나, 희제는 그만 코허리가 시큰해졌다. 까마득한 어둠 속에서 짓이긴 봉선화를 제 갸름한 손톱에 올려 매만지길 반복한 탓에 그리된 것이었다. 그것이 은밀히 나눈 신표 같기도, 찬란한 낙인 같기도 하여 희제는 그 손을 살며시 쓸어내렸다. 그리고 언제나처럼 그의 이마에 손을 얹고 목을 더듬어 열감을 가늠했다. 그리고 그의 저고리 앞섶을 풀어내었다. 조심스레 옷깃을 젖히고 휑하니 드러난 맨가슴에 제 귀를 가져다 댔다. 쿠궁, 쿠궁, 쿠궁…… 심장 박동 또한 규칙적이었다. 퍽도 다행이었다, 먼 길을 가야 하니. 희제는 붉게 물든 코끝을 씩씩하게 닦아내었다. 떠나는 이의 마음을 무겁게 해서야 되겠는가. 이런 순간일수록 제가 더 담담해야 하는 법이다. 아무 일도 아닌 것처럼, 아무 일도 없을 것처럼.

설핏 잠에서 깬 백섬은 차마 눈을 뜨지 못한 채 잠자코 있었다. 도저히 희제와 눈을 맞출 자신이 없어서였다. 비단결에 금박 올리듯 그녀의 손끝이 제 가슴을 쓸어내리곤 또 얼굴을 쓸어내렸다. 게서 짓찧은 봉선화 향까지 번져 나오자 굳어 있던 백섬의 목울대가 지그시 오르내렸다. 생소한 황홀감에 심장이 동요하며 참으로 오랜만에 살아 있음을 실감했으나 동시에 직감했다. 작별의 순간이 도래했음을. 그때 거칫거칫한 그의 입술 위로 향기로운 숨결이 훅 쏟아졌다. 백섬이 어찌할 겨를도 없이 붉은 입술이 내려앉았다. 야릇한 감각이 사내를 강타하였다. 꽉 감고 있던 눈까풀이 파르르 떨렸다. 등이 빠드등하게 조여왔다. 어째서인가. 찰나 뇌리를 스친 건 희제의 침의를 껴안고 있던 장헌의 모습이었다. 그 오묘한 표정이 백섬의 심부를 옥죄었다. 일순 자격이고 염치고 다 차치하고, 그저 이 달금한 분내를 갖고 싶단 욕망이 들끓었다. 쭈뼛대다 말고 백섬은 가녈한 목덜미를 그러안았다. 그리고 끝내 여인의 숨을 탐하였다. 이 처음이 혹 마지막일지도 몰랐다. 그 불길함을 떨치려고 백섬은 여인의 입술을 더 바짝 감아 물었다. 이젠 같은 운명이라고 결연히 선언하는 양. 메마른 그의 가슴에 사박사박 고랑이 났다. 찰랑찰랑 물길이 생겨났다. 냇물에 떠내려가는 풀잎 쪽배처럼 모든 감각이 여인의 열기를 쫓았다. 정신없이 표류하며 백섬은 다짐했다. 반드시 살아야 한다. 기어이 살아내야 한다. 이 여인에게 결코 그림자로 남을 순 없다. 여태껏 그저 묵묵히 삶을 감내했으나 이젠 한번 대차게 발버둥을 치고 싶어졌다. 인간답게 살아보고 싶었다.

"나랑 혼인해."

입술을 맞댄 채 희제가 속삭였다. 여인의 날숨은 놀란 사내의 들숨이 되었다. 지붕 틈새를 비집고 든 한줄기 달빛이 그제야 새색시 같은 여인을 비추었다. 그 끌밋한 자태에 백섬의 눈빛이 멎었다.

"법란서 신부님을 만나면 서양식 혼례를 하자고."

그러니까 그때까지는 무슨 일이 있어도 버텨야 한다, 그 말을 애써 삼킨 희제였다. 다만 백섬을 사지로 몰아넣은 장헌만은 용서할 수 없었다, 절대로.

"독풀이를 받고 건강해지면 장헌이 놈한테 복수부터 하자. 내가 그놈, 아주 아작을 낼 거야."

"아니, 난 독한 마음은 먹지 않으려고. 마음만큼은 절대 중독되지 않으려고. 난 그렇게 복수하려고."

백섬의 말은 느렸고, 진심이었다. 영혼까지 가난하고 초라한 이가 되고 싶진 않다고, 원한에 사무쳐 스스로를 파멸로 몰아넣고 싶진 않다고, 살아서 지옥에 사는 그런 어리석은 짓은 하고 싶지 않다고, 샘물처럼 맑은 눈동자는 그리 말했다. 하나 실은 두려웠던 것이다. 혹여 제가 이승을 떠났을 때 그 해원解冤이 오롯이 희제의 몫이 될까봐, 그렇게 그녀에게 큰 짐을 지우게 될까봐. 이미 운명에 모든 것을 내맡긴 듯 백섬이 헛헛하게 웃었다. 그 미소가 돌개바람처럼 희제의 심곡을 비집고 들었다. 다시 한번 깨달았다. 들풀이지만 어여쁜, 하여 무어라 불려도 상관없는 백섬은 그런 사내라는 걸. 희제가 열꽃으로 붉어진 사내의 면목을 쓸어내렸다. 백섬 또한 백분을 들인 여인의 뺨을 어루만졌다. 반달눈썹이 고운 면에 애수를 얹었다. 먹먹한 시선이 얽혔다. 선지에 먹이 스미듯 다시 숨이 뒤엉키고 격정적으로 물러졌다. 허겁지겁 습한 숨결이 오갔다. 가파르게 치솟은 백섬의 심장 박동이, 선명하게 뛰는 맥박이, 후끈 달아오른 몸체가 희제를 몸서리치게 했다. 그 건장한 품을 파고든 여체가 갯버들처럼 나긋하게 휘어졌다가 또 삭풍에 희끗희끗 시달렸다가…… 한참을 제멋대로였다. 아무 일도 아닌 것처럼, 아무 일도 없을 것처럼 덤덤한 이별은 이토록 어려운 일이었다.

"크흠! 시간…… 다 되었소!"

심상찮은 적막을 깨뜨리며, 다락 밖 칼두령이 숨죽여 외쳤다. 뿌옇게 날이 밝았다. 아침 새가 날아올랐다.

묵은 사연

금와당을 칠 만반의 준비를 마쳤노라, 개영이 장헌에게 고했다.

"큰도련님께서 나졸들을 모다 준비시켰다 합니다."

"방호의 현재 위치는?"

"서소문입니다. 가병들을 붙들고 이것저것을 묻기에 재깍 저지하였더니 저에게 직접 말을 걸었습니다."

"해서?"

"백섬의 역병 증상에 대해 소상히 묻기에 틀림없이 그러했다 하였습니다."

"금와당은?"

"여느 때처럼 아침에 현맹이 다녀간 게 다였습니다."

초조하게 서안 위로 손을 맞잡고 있던 장헌이 번뜩 굳었다. 이명이 있는 희제가 작업에 집중하기 위해 현맹을 불러 탄금을 청하는 일은 종종 있었다. 하나 근자에 들어 그 횟수가 너무 잦았다. 하물며 상중에 풍악이라니……

"현맹이 어찌 왔었더냐? 무얼 타고?"

"희제 아씨께서 늘 가마를 보내잖습니까."

장헌이 빨딱 일어섰다.

"가마, 가마! 거기에 백섬이 탔다!"

"예에?"

"속임수다! 위장이란 말이다! 가마가 금와당을 나간 게 언제더냐?"

"세 시진쯤 전입니다."

"현맹이 사는 곳은?"

"그게…….."

"어디냐니까!"

"삼개나루 근처 어디쯤으로 알고 있는데…….."

"제길! 배를 탈 요량이다!"

앞이 훤히 보이는 듯 현맹이 제집의 싸리문을 연 순간, 주름진 목에 칼날이 짓쳐들었다. 뒤이어 날붙이보다 더 싸늘한 음성이 귓가에 때려 박혔다.

"금와당에서 너 대신 가마 타고 나간 놈, 어딨어!"

"뉘신지 모르나 답답도 하십니다. 장님이 대체 무얼 본다고 그러십니까?"

현맹은 먼눈을 보란 듯이 치켜떴다. 노쇠한 얼굴엔 두려움이라곤 없었다. 오히려 가슴이 졸아든 건 칼을 겨눈 개영이었다. 종래 백섬을 찾지 못한다면 전 어르신 손에 죽을 것이다. 잔인한 웃전이 가장 못 견디는 것이 바로 쓸모없는 아랫것 아니던가. 하니 이 늙은 악사에게서 반드시 토설을 받아내야만 했다. 개영은 사생결단을 내듯 현맹의 목에 서슬을 바짝 올려붙였다.

"말해! 개죽음당하기 싫으면!"

현맹이 쭈글쭈글한 입을 오히려 꾹 처다물자 개영은 그녀의 손에 들려 있던 보퉁이를 단칼에 찢어발겼다. 온갖 물건들이 흙바닥으로 떨어져 내렸다. 개영이 동그란 침통을 짜그랑대며 물었다.

"이걸 백섬이 놈에게 썼나?"

"통 무슨 말씀인지…… 소인, 장님이라 넘어지고 구르는 게 예사이니 침 정도는 스스로 놓습니다요."

"이래도 몰라?"

현맹의 손등에서 뜨끈한 핏방울이 흘러내렸다. 한데도 그녀는 아무 소리도, 움직임도 없었다. 반대로 개영은 거듭 혀가 말랐다. 어찌하여 이 눈먼 악사는 생면부지의 백섬에게 목숨까지 건단 말인가? 대체 그놈이 뭐라고!

"더는 침을 놓을 수도, 현을 뜯을 수도 없도록 해줄까?"

"소인, 본 것이 없으니 정녕 말할 것도 없습니다."

"마지막이다. 백섬이 놈, 어디로 갔어? 어디로 빼돌렸냐고!"

흐트러진 숨을 내쉬면서도 현맹은 한일자로 굳게 입을 닫았다. 결코 너는 단 한 마디도 듣지 못할 것이다, 그리 호령하듯. 그때 장헌이 싸리문 안쪽으로 뛰어 들어오며 뇌까렸다.

"그냥 죽여, 그년은 쓸모없어졌으니! 오후 나절에 황토 돛을 세 개나 단 세곡선이 남포항으로 향했다 한다. 놈이 게 탄 것이 분명해!"

내내 무감하던 맹안이 살푼 떠졌다. 하나 개영의 칼날은 움직이지 않았다. 어차피 백섬의 향방을 알아내었는데 현맹을 굳이 죽이기까지 해야 하는가 하는 망설임 때문이었다.

"뭐 해, 죽이라니까! 내가 백섬의 행방을 캐낸 것을 희제

297

도, 방호도 몰라야 하질 않느냐!"

어금니를 꽉 깨문 개영이 장도를 휘내렸다. 현맹이 맥없이 꺼꾸러졌다. 다음 순간, 핏물과 함께 그녀의 가슴팍에서 무언가가 와르르 쏟아져 나왔다.

"이, 이게 다 무엇이야!"

은제 십자가를 한 주먹 움켜쥐며 장헌이 기함했다. 무려 백은이 아닌가! 이런 상질의 은을 대량으로 취급할 곳은 도성 안에서 단 한 곳뿐이었다. 금와당! 희제가 무려 사학邪學에까지 손을 뻗었단 것인가!

"천주 나부랭이들이 한양과 개성에서는 더 이상 버티지 못하고 북쪽으로 몰려갔다는 게, 뜬소문이 아닌 모양이다. 거기에 백섬을 박아놓을 요량이고!"

심각해진 웃전에게 개영이 조심스레 고했다.

"도련님, 남포항으로 가는 다음 배편은 모레나 되어야……."

"육로로 간다!"

"설마 말을 달리시겠단 겁니까? 개성, 평산, 사리원을 거쳐 사흘 낮밤을 쉬지 않고 달려도……."

"그래! 못 할 게 무엇이냐? 내 당장 말을 달려 무조건 놈들이 탄 배보다 먼저 남포항에 도착할 게다!"

장헌이 은제 십자가를 노려보았다.

"하늘이 우릴 돕는구나! 이 물건 덕에 백섬을 잡는 건 이제 단순 추노가 아닌 천주쟁이 색출이 되었으니 군관을 동원해도 무관할 것이다. 형님께 남포항 근처 현감이든, 군수든, 부사든 잘 아는 이에게 파발을 띄워 내가 당도하는 대로 군사를 내어달라고 해! 아버님께는 세자가 주시하고 있는 만큼 내 반드시 백섬을 잡아 오겠다고 전하고."

"옛!"

텅 빈 혜민서에 어스름이 내려앉았다. 끝내 백섬을 잡지
못하고 빈손으로 돌아온 개영에게 최승렬은 화를 내긴커녕
오히려 차 한 잔을 따라주었다. 벌벌 떨리는 아랫것의 손끝
이 찻잔 안에 불안한 파동을 만들어냈다.

"금일 아침, 방호와 직접 대면했다고?"

"예. 이것저것을 물었으나 소인은 그저 함구하였습니다."

"네가 방호와 말을 섞은 게 이번이 처음이 아니라지?"

"아닙니다!"

"이실직고하여라."

"처, 처음은…… 아니었으나 결단코 별다른 말이 오간 적
은 없었습니다! 요 며칠 익위가 옥선당 가병들을 붙잡고 이
것저것 물었고 소인에게도 같은 질문을 반복한 것뿐입니다!
참말입니다요, 대감마님!"

개영은 대가리를 바짝 꼬숙였다. 웃전은 작금 백섬을 놓친
걸 질타하는 것이 아니었다. 그것을 넘어 혹여 제가 익위와
결탁한 것은 아닌가, 그쪽의 끄나풀이 아닌가, 하여 구계에
대해 몽땅 불어버린 것이 아닌가 하는 어마어마한 의심을 하
는 것이었다. 제 뒤에 큰노미를 붙인 것이 확실하다. 호노랍
시고 늘 자신을 경계하고 이간질시키던 큰노미를. 그가 웃전
에게 무슨 거짓을 지껄였을지 안 봐도 뻔했다. 개영이 납작
엎드렸다.

"믿어주십시오, 대감마님! 추호의 거짓도 없습니다!"

"하면 애초에 익위가 어찌 구곡재까지 쳐들어왔겠느냐?"

"그, 그것은 모르오나 소인, 추호도 대감마님을 배신한 적

이 없습니다. 믿어주십시오!"

최승렬은 영 피곤했다. 어찌 제가 저깟 미천한 것의 눈치까지 봐야 한단 말인가! 너무 오래 써먹어 제 치부도, 이 집 안의 비밀도 속속들이 알고 있으니 보통 성가신 게 아니었다. 하물며 구계를 두 번이나 놓쳤으니 일부러 그런 건 아닌지, 익위와 내통하는 건 아닌지 모든 것이 의심스러웠다. 정녕 이 모든 게 실수라면 그만큼 실력이 녹슬었다는 뜻인즉, 더 이상 곁에 둘 필요가 없는 건 매한가지였다. 대신 빠릿빠릿한 큰노미를 부리면 될 일.

"차 식겠다. 마셔라."

개영은 멀거니 찻물을 내려다보았다. 지난 삼십 년간, 단 한 번도 저에게 차 따위를 건넨 적 없는 웃전이었다. 하니 이 맑디맑은 찻물이 예사로 보이지 않는 것은 당연하였다.

"왜? 마시지 않고?"

아랫것이 주저하자 최승렬이 비릿하게 웃었다.

"넌 이래서 아니 되는 것이다. 감히 웃전을 의심하여서!"

최승렬이 찻물을 개영의 얼굴에 냅다 뿌렸다.

"으흐어어억!"

살가죽이 타들어가는 것을 느끼며 개영이 눈을 까뒤집었다.

"순순히 마셨으면 낯짝만은 곱게 갔을 것을!"

개영의 귀가 웃전의 목소리와 함께 녹아내렸다. 얼굴을 비빈 손끝이 각일각 삭았다. 턱 끝에서 뚝뚝 떨어진 찻물은 불똥마냥 의복에 숭숭 구멍마저 만들어냈다. 입을 열었으나 덜컥 목구멍이 죄어왔다. 발발 떨리는 손아귀로 목청을 긁어대며 그는 단말마의 비명을 내질렀다.

"대, 대감마님!"

그것이 개영의 최후였다.

 새벽녘에 깬 복순 어멈은 이부자리에 앉은 채로 곰방대에 불을 붙였다. 꿈자리가 뒤숭숭한 게 아무래도 아우에게 무슨 일이 생긴 듯했다. 개영은 어르신의 명을 받들어 온갖 위험한 일을 하고 돌아다니면서도 부모님의 기일은 단 한 번도 거른 적이 없었다. 한데 지난 밤, 그가 오지 않은 것이다. 뿐만 아니라 어제는 혜민서에서도, 옥선당에서도 그를 본 이가 없었다. 어르신께서 '백섬의 추포를 위해 개영을 지방으로 보냈다' 한 그 말씀이 복순 어멈을 더 초조하게 만들었다. 이날이때껏 그토록 험하게 아우를 굴리면서도 그의 행방을 친히 일러주신 적이 단 한 번도 없었기 때문이었다. 하필 며칠 전, 어르신의 명으로 손수 혜민서에 아라사의 화염용까지 갖다 놓았으니 당최 불안해서 견딜 수가 없었다. 번뜩 혜민서에서 의녀 장씨가 했던 말이 떠올랐다.
 [어젯밤에 시체 하나가 나갔는데 그때도 뵙질 못하여 이상하다고 생각은 하였습니다. 큰노미가 대신…….]
 복순 어멈은 달달 떨리는 손으로 냉큼 짚신을 꿰어신었다. 그녀는 알았다, 개영이 상명을 받자와 곧잘 시체를 처리하는 곳이 어디인지.

 맵차게 쏟아지는 가을비를 뚫고 복순 어멈이 고깃골에 들어섰다. 아니나 다를까 산군님에게 바친 제물마냥 가파른 언덕배기에 한 구의 시체가 엎어져 있었다. 저 뒤통수. 저 뒷모습. 어찌 모를까, 하나뿐인 피붙이를. 새까맣게 몰려든 쥐 떼를 쫓으며 개영을 힘겹게 돌려 눕힌 복순 어멈은 악, 소릴 지르며 제 입을 틀어막았다. 그 잘났던 아우의 이목구비가 화상을 입은 듯 녹아내린 탓이었다. 절규를 하다 숨이 끊겼는지 거대하게 벌린 입에 끊임없이 빗물이 고여들었다. 목 놓아 오열하며 복순 어멈은 빗물로 아우의 면을 재차 씻어 내렸다. 그리하면 악귀 같은 표정이 지워지기라도 하는 듯이. 좁다란 어깨 위에서 시허연 한기가 피어났다. 드르륵 이가 갈렸다. 어찌 이리도 처참하게 개영을 죽였단 말인가! 우리 남매가 최씨 집안을 위해 무슨 짓까지 했는데!

이십 년 전. 안양 진사댁 고명딸인 김씨 처녀가 최승렬에게 시집을 왔다. 그땐 몰랐다. 혼인한 지 일 년도 아니 되어 시아버지가 유배를 떠나고 신랑이 연좌제로 내의원에서 쫓겨나게 될 줄은. 하나 아무리 가세가 기울어도 억척스럽게 돈벌이를 하는 것은 천한 것들이나 하는 짓이라, 남편이 동네 의원들에게 굽실대며 침쟁이로 푼돈을 벌 동안 김씨 부인은 시아버지를 구명하는 서찰만 써댈 뿐이었다. 젊은 노비 강쇠가 서찰 운반을 도맡아 안방을 들락거리자 언제부턴가 집안 노비들 사이에 마님의 행실에 대한 고약한 소문이 퍼졌다. 그것은 일파만파 커져 급기야 최승렬의 귀에까지 들어갔으나 그는 부인을 추궁하긴커녕 오히려 붉은 연지 하나를 건넬 뿐이었다.

[곱지요? 근자에 부인의 혈색이 많이 흐려진 듯하여 궁궐 여인들이 쓰는 홍화 연지를 하나 만들어보았소.]

곧 김씨 부인은 각혈을 하며 급격히 창백해졌다. 쇠잔함을 가리기 위해 더 자주 연지를 발랐고 머잖아 강쇠 또한 마님과 엇비슷한 병증으로 앓아누웠다. 그렇게 시름시름 앓던 두 사람은 채 석 달이 되지 않아 나란히 졸하였다. 수은과 투구꽃으로 만든 연지 탓에 폐에 독이 쌓여 피거품을 토해내다 종국엔 숨도 쉬지 못하여 커다랗게 입을 벌린 채 죽은 것이었다. 딱 시아버지 최현이 복권되고 남편 최승렬도 의국에 복귀하여 살림이 막 필 때였다. 부인의 장례를 치른 직후, 최승렬은 그녀에 대해 입방아를 찧던 가솔들을 모두 구곡재로 불러 모았다. 그리고 그간 마님을 보필하느라 애썼노라며 거하게 한 상 차려주었다. 그렇게 입 싼 노비들은 그 자리에서 토사곽란을 하며 떼죽음을 당했다. 공식적 사인은 역병이었다. 오직 타지 출신으로 그들과 어울리지 못하고 늘 따돌림 당하던 원영과 개영 남매만이 살아남아 수십 구의 시체를 처리하였다. 각각 '도련님들의 유모'와 '어르신의 싸울아비'라는 요직을 꿰찬 것은 모두 그런 연유였다. 개영은 웃전의 명은 무엇이든 군소리 없이 받자왔다. 그렇지 않으면 누이가 무사하지 못할 것이니. 그것은 복순 어멈이라 불리게 된 원영도 매한가지였다. 구곡재에 상주하며 구계들의 관리며, 감시며, 온갖 뒤치다꺼리까지…… 그 험하디험한 일을 감내한 이유는 오직 아우, 개영 때문이었다. 최승렬은 그렇게 두 남매를 서로 인질 삼아 마음껏 부렸다. 장장 삼십 년이었다.

한참이나 아우의 이름을 부르짖으며 끅끅대던 복순 어멈은 정신을 바짝 차리려고 제 뺨을 내리쳤다. 개영이 이 꼴로 갔다는 건 곧 저도 이리된단 뜻이었다. 왜 아니겠는가, 백섬은 도망갔고, 구곡재는 비었으며, 저는 너무 많은 것을 안다. 하물며 세자가 개입된 일이다. 어르신이 제 입부터 틀어막고자 할 것이 자명하니 절대, 다신, 그 집구석으로 돌아갈 수 없었다.

엉킨 실타래

현맹이 죽었단 비보悲報에 희제는 마른침을 삼켰다. 소통하는 유일한 천주교 거점이 그곳이었기에. 은제 십자가뿐 아니라 병자촌과의 교류도 오직 현맹을 통해서만 이루어졌다. 성호를 그으며 희제는 야속하게 하늘을 흘겼다. 어찌하여 천주님은 제 사람들만 족족 거둬 가시는가. 커지는 분노를 내리누르며 그녀는 기도했다, 백섬만은 살려달라고. 그때.

"아씨, 아씨! 웬 군관이……!"

행랑아범을 밀어젖히며 한 사내가 몰아쳐 들었다.

"얼마 전 옥선당에서 백섬이란 이름의 노비 하나가 탈출하였습니다. 그날부터 이곳에 염탐꾼이 붙었고."

안절부절못하는 행랑아범을 희제가 손짓으로 물렸다. 거 망빛 철릭帖裏을 떨쳐입은 사내가 일개 나졸이 아닌 것이 확실해 보여서였다.

"대체 뉘신데 이러십니까!"

"난 세자궁의 익위입니다. 백섬을 찾고 있습니다."

그제야 희제는 이 사내를 본 적이 있음을 깨달았다. 삼사년은 되었을 것이다. 장헌의 집에 갔다가 스친 적이 있었다. 좌의정의 서자라 했던가. 세자의 호위무관이 되었단 소문을 어뜩 들은 듯도 같았다. 예나 작금이나 표정 없는 얼굴은 매양 같았다. 절대 신소리 따윈 하지 않을 듯 진지한 눈매에 딱딱한 말투까지. 하나 그도 결국은 장헌의 막역지우이자 세자의 심복일 뿐이니 희제의 말이 곱게 나갈 리 만무했다.

"장헌의 청으로 오셨습니까?"

무도한 여인의 얼굴을 보다 말고 방호는 얼핏 당황하였다. 몇 년 전 단옷날이었던가. 몰래 술을 나눠 먹곤 장헌이 처음으로 제 속내를 꺼냈다. 오래전부터 마음에 품은 여인이 있다며 드높이 그네를 뛰는 앳된 처자를 가리켰다. '너희들의 형수님이 되실 분이다!' 농을 치기까지 하였더랬다. 그때 그 얼굴이 어찌하여 작금 제 눈앞에 있는 것인가! 방호는 차분히 소매에서 칠마패를 꺼내 보였다.

"아니, 난 세자 저하의 명만을 받드는 사람입니다."

"하면 무려 저하께서 직접 구계를 잡아오라 명하셨단 말씀이로군?"

방호가 기겁한 건 금박장의 발칙한 언사 때문이 아니었다. 구계라는 단어 때문이었다.

"구계……라니요?"

"돌아가신 제 아비가 맹독을 조달했던 역관 윤병찬입니다, 그것도 모르고 예 오신 건 아니잖습니까요?"

"그게 대체 무슨 말입니까?"

"익위께서 설마 구곡재의 구계를 모른다 하실 요량이십니까? 어질증을 호소하며 걸핏하면 코피를 쏟는 무신년 동짓날에 태어난 소음인 말씀입지요."

305

방호가 헛숨을 들이켰다. 어찌 한낱 금박장이 기밀인 세자 저하의 사주며 병증을 모다 꿰고 있는가? 어뜩 구곡재에서 백섬을 맞닥뜨린 순간이 떠올랐다. 그 창백한 면, 짙은 눈 그늘 그리고 바짝 마른 입술. 그것이 역병의 증상이 아님을 왜 작금에서야 깨달았단 말인가!

　"그 말인즉, 장헌이 저하와 동일사주인 백섬을 구계 삼아 일을 도모하고 있단 것입니까! 그것도 맹독으로?"

　"참말…… 모르셨습니까? 장헌의 말론 저하의 내락內諾이 있었다고 분명……."

　"거짓입니다! 저하께서 그리 참혹한 명을 내리셨을 리 없잖습니까!"

　방호는 그간의 일을 빠르게 복기하였다. 이제야 모든 의문이 풀렸다. 백섬을 데려오라 하였을 때 장헌이 거짓을 고했던 것도, 역병에 걸렸다며 시간을 끌었던 것도! 벼락처럼 소름이 등줄기를 훑었다. 최승렬은 무엄하게도 저하와 사주가 같은 종놈을 사들이며 팔자까지 풀어보았다. 그리고 별채에 감금하고 맹독을 실험하였다. 만에 하나 저하의 병증을 치료하려는 목적이었다면 그토록 은밀하게, 음지에서, 하물며 집안 노비들마저 모르게 숨어서 할 리가 없질 않은가!

　"그건 절대 저하를 위한 것이 아닙니다. 해하려는 의도지!"

　말을 뱉은 이도, 듣는 이도 순간 몸이 굳었다. 찰나 방호의 눈이 희제의 손목에 내리꽂혔다. 흑빛 염주 때문이었다.

　"그것은 백섬의 누이, 막단의 것이 아닙니까!"

　긴가민가하는 와중에도 희제는 침묵을 고수하였다. 눈앞의 사내를 믿어야 할지 분간이 서지 않아서였다. 그녀가 입을 다물자 답답해진 방호가 품 안에서 똑같은 염주를 꺼내

들었다.

"이것은 막단이 저하께 드린 것입니다. 백섬을 만나면 내 보이기 위해 제가 지니고 있었습니다."

버젓이 등장한 증좌에도 희제는 의심의 끈을 놓지 않았다. 백섬의 목숨이 달려 있으니.

"하면 저하께선…… 왜 백섬을 찾으시는 겁니까?"

"저하께선 막단의 무덤을 찾고 계십니다."

"무덤이라니요?"

"상비였던 막단을 궁에 들이기 위해 저하께서 소원을 들어준다 하셨고, 그녀가 원한 게 아우인 백섬의 면천이었습니다. 한데 입궁 전 그녀가 비명횡사했기에 혹여 백섬까지 해를 입을까봐 찾지 아니하였다가 이제야 다시금 수소문하게 된 것입니다. 그를 찾아 면천시키고 막단의 무덤을 알아내어 명복을 빌어주려고요. 믿어주십시오, 정녕 그뿐입니다. 아니, 작금 엄청난 이유가 새로 생겼지요. 하니 더더욱 백섬을 찾아야겠습니다. 제발 말해주십시오. 백섬은 작금 어디 있습니까, 예?"

"……."

"모르시겠습니까? 우린 같은 편입니다. 우리 모두가 최씨들의 손에 놀아났단 말입니다! 백섬을 살리고 싶으면 어서 말하십시오, 어서!"

닦달하는 방호 앞에서 희제는 초조하게 두 손을 맞잡았다. 그의 말을 곧이곧대로 믿어야 할지 말지, 정녕 갈피가 잡히질 않았다. 그때였다.

"희, 희제 아씨! 아씨!"

물귀신 꼴을 한 그림자가 들이닥쳤다. 장대비 속에서 맨손으로 개영을 파묻고 돌아온 복순 어멈이었다.

노파는 젓가락으로 놋그릇을 긁는 듯한 목소리로 꺼이꺼이 울부짖으며 구곡재의 비밀을 털어놓았다. 한바탕 요란하게 눈물을 훔친 그녀는 작심을 한 듯 제가 사용한 독들을 적어 내려가기 시작했다. 알 수 없는 이름들이 끊임없이 나열되었다. 희제는 딱부리 눈을 뜨다 말고 질끈 감았다. 하물며 제 아비가 납품하고 제가 손수 갖다 바친 것이 아닌가! 방호 또한 착잡하긴 매한가지였다. 이제야 엉켰던 실타래가 풀리는 듯싶었으나 어쩌면 더 지독하게 꼬인 것일지도 몰랐다.

"수어의의 눈 밖에 나 궁에서 쫓겨난 의원이 계십니다. 내가 당장 이것을 들고 가 독풀이부터 구해보겠습니다."

복순 어멈은 살래살래 고갤 내저었다.

"용한 의원도 다 소용 없습니더. 세상에 그런 독이 있는지도 모를 낍니더."

"타국의 약초 도감이나 맹독에 관한 서적부터 샅샅이 뒤지면……."

"오데예. 이기 그냥저냥 약초꾼들헌테 사가온 게 아입니더. 온갖 저주에 주술까지 거는 술사들한테 사온 깁니더. 독풀이가 술술 나오는 기믄 애초에 최씨들이 그렇게 품 안에 싸고돌았겠심니꺼."

복순 어멈은 평생 모셨던 웃전들을 곧바로 '최씨들'이라 싸잡아 말했다.

"하면 급한 대로 옥체를 보하는 약재를 지으면……."

"일단 독부터 딱 끊어야 온몸에 쌓인 열독이 쪼매씩이라도 풀릴 낍니더. 그캐야 피도 돌고 맥이 안정되지 어쭙잖게 상충되는 약재를 쓰다가는 진짜 큰일 칩니더! 경옥고나 천종산삼 겉은 거는 작금 마, 약이 아이라 독입니더, 독."

"하면 내의원에서 올리는 탕약도 자시지 말라, 저하께 그리 여쭈라는 것인가?"

"내의원 탕약뿐 아이라 수라간 밥상, 과방에서 올라오는 다과상, 찻방의 찻상까정…… 싹 다 끊어야 카는데 무슨 수로 그래 합니꺼? 최승렬이랑 한진서가 뒤로 손을 꽉 잡고 궁궐을 거진 다 장악했다고 보믄 틀림읎습니더. 빠져나갈 구멍이 읎다 이 말입니더."

이제 복순 어멈은 하늘 같은 존함을 마구잡이로 불러 젖혔다. 하나 방호가 놀란 건 그게 아니었다. 지난 삼 년 동안 감찰부에 들락거린 저도 수어의와 병조판서가 동맹을 맺었다는 건 금시초문인 때문이었다. 그 벙찐 얼굴에 대고 복순 어멈의 탁성이 쐐기를 박았다.

"그 둘 사이에 원손 마마가 떡하니 있다 아입니꺼."

"그 말인즉!"

"예, 친부가 최남헌입니더."

털썩 방호의 무릎이 흐무러졌다. 희제가 흥분하여 말을 이었다.

"증좌를 찾으면 되지 않습니까? 군사들로 하여금 옥선당과 구곡재, 그리고 혜민서를 불시에 덮쳐 기록을 찾아내라 하면……."

"군사들을 움직이는 게 병판입니다."

"의금부에 발고하면……?"

"거기엔 최남헌이 있습니다."

"하면 임금님께 직접 고변하는 건요?"

"온갖 병증에 시달리시던 전하께서도 병판에게 정사를 일임하시고서야 옥체가 회복되시었습니다."

임금마저도 진즉 수어의와 병판의 손에 놀아난다는 말을, 방호는 에둘러 말했다.

"도성 곳곳에 벽서라도 붙여 그냥 다 까발리면……!"

답답해하는 희제를, 또다시 복순 어멈이 막았다.

"오데예! 궁에서 맹독을 썼다는 증좌가 없는데 구계가 밝혀진들 뭐 큰일이겠십니꺼? 저하 살릴라고 대리 시료를 했다 카믄, 마 반기 드는 놈이 오히려 역도가 될 판입니다. 대군 마마들이 줄줄이 아팠던 것부터, 소원昭媛, 숙원淑媛 마마들이 싹 다 불임인 것까지…… 그기 절대로 우연이 아입니다. 최씨 집안하고 한씨 집안이 원손 마마의 책봉만을 위해서 윽수로 교묘하고 치밀하게 판을 짰다 그 말입니다. 이제 책봉례 윤허까지 떨어지뿟는데 여기에서 호락호락하게 당할 리가 즐대 읎습니다."

"그렇다고 손 놓고 당하고만 있을 순 없잖은가!"

희제의 눈치를 살피며 방호가 넌지시 입을 떼었다.

"그대의 부친이 독재를 납품했다 하지 않았습니까? 아무리 망자가 되었다곤 하나 최씨 의관들의 죄를 밝히자면 그대의 부친 또한 중죄를 면치 못할 것이고 그러면 그대 또한 화를 입을 터인데……."

복순 어멈이 손사랫짓을 하며 치고 들었다.

"그기 그런 기 아입니다. 희제 아씨, 단디 들으이소. 내사 마 초상 치른 아씨헌테 할 말은 아인데 마 해뿌러야 쓰겠심더. 실은 자당의 목숨을 뺏은 것도 최승렬입니다. 윤 역관님이 가져온 독재를 약재로 쏙여뿐 기라예."

"그 무슨 말인가!"

"부인이 불치병으로 사경을 헤매야 윤 역관님이 눈에 불을 켜고 뻴뻴 독초들을 다 구해올 꺼 아입니꺼."

"어찌 그런!"

"그 독재들이 다 조선의 불치병 치료에 쓰일 끼라꼬 그짓부렁으로 꼬득여서 이날 이때껏 납품이 이어진 깁니더. 그니깐 윤 역관님은 그기 맹독인 건 알았지만서도 좋은 데 쓰이는 줄 알았지 이르케 숭한 일에 사용되는 거는 끝까지 몰랐다 이 말입니더. 백섬이도 불치병 연구에 쓰이는 줄로만 알았을 끼라예."

희제가 벌렁대는 가슴을 채잡았다. 어미의 생죽음에 소름이 끼쳤다가도 또 아비의 무고함에 안도의 한숨이 흘러나왔다. 백섬을 향한 지독한 죄책감이 한 뼘은 줄어들었다.

"최장헌이 금마가 젤 무서운 놈입니더. 지 애비가 한 일을 빤히 알믄서도 아씨한테 혼인하자 어쩌자 그칸 거 아입니꺼."

얼어붙은 분위기 속에서 방호가 차분하게 결론지었다.

"죄인들의 처단보다 작금은 독풀이가 우선입니다. 일단 저하와 백섬의 건강을 되찾은 후에 합시다. 그게 무엇이든."

희제가 고갤 끄덕여 방호의 말에 동의하였다. 복순 어멈이 눈치를 살폈다.

"근데…… 백섬이 갸는…… 진짜 으디로 간 깁니꺼? 무사한 건 맞지예?"

희제는 그제야 방호와 복순 어멈, 두 사람을 번갈아 바라보며 이실직고하였다.

"묘향산. 거기서 독을 다루는 서양 신부를 만나기로 했네."

방호의 면이 사색이 되었다.

"신, 신부라니! 작금 천주인과 접선을 하겠단 말입니까?"

"예. 그게 독풀이를 확보하는 유일한 길입니다. 서양 의술을 익히신 데다 독을 다루는 데 탁월한 분이라 하더이다."

저하와 같은 사주, 같은 체질, 같은 병증을 가진 백섬이었
다. 하니 그가 독풀이로 살아난다면 저하도 사는 것이다. 방
호의 고민은 길지 않았다. 천주인이 아니라 오랑캐라도 독풀
이가 있다면 고개를 조아릴 것이다. 마음을 굳힌 그가 의미
심장하게 복순 어멈을 바라보았다.

"추후 이 모든 것을 증명해줄 사람은 그대뿐이오. 하니 잘
숨어 계시오. 어디 가실 곳은 있으시오?"

알금솜솜한 면이 수그러들었다. 그 긴 세월 동안 오직 최
씨 가문에 충성하느라 변변히 아는 사람 한 명이 없었다. 희
제가 대신 답했다.

"제가 안전한 곳을 마련할 터이니 걱정 마십시오."

"부탁합니다, 금박장. 하면 난 저하께 이 사실만 고하고 금
방 돌아오겠습니다."

방호가 급하게 일어서자 희제의 눈이 휘둥그레졌다.

"오시겠다니요? 어딜 말씀입니까?"

"금박장이 나랑 같이 가줘야겠습니다, 묘향산."

"예?"

"이제 나에게도 백섬의 신변이 가장 중해졌습니다. 독풀이를
대신 받아줄 대리자이자 최가 놈들의 만행을 증명할 산증인."

행랑아범의 안내로 복순 어멈이 당도한 곳은 아직 마당에
핏자국도 마르지 않은 현맹의 집이었다. 그녀의 변고가 다름
아닌 개영의 짓임을 꿈에도 모르는 복순 어멈은 한참을 엎어
져 오열하다 말고 곧 조촐한 제상을 차려내었다. 한 많고 원
많게 간 현맹과 개영을 위한 합동 천도제였다.

늦은 밤, 옥선당에 김상궁이 들었다. 당장 입궁하라는 세자의 명을 들고 온 참이었다. 익위가 의금부에 들렀다고도 귀띔했다. 그가 남헌의 동태를 살핀 후 장헌의 뒤를 쫓았음이 분명해지자 최승렬은 다급해졌다. 아침부터 그 어디에서도 복순 어멈을 찾을 수가 없었다. 마침 고깃골에 버려둔 개영의 시체가 사라졌다는 큰노미의 보고가 있었기에 불안해하던 차, 김상궁으로 인해 모든 것이 확인되었다. 그 늙은 종년이 방호에게 비밀을 누설한 게 분명했다. 그렇지 않고서야 제 서찰을 받고도 아무 말 없던 세자가 하필 이 밤에 자신을 호출한 게 말이 안 되질 않은가. 김상궁을 돌려보내자마자 최승렬은 『경국비서』를 벽장에 숨기고 쇳대로 단단히 걸어 잠갔다. 그리고 구곡재에 관한 기록들을 샅샅이 꺼내 불 싸지르기 시작했다. 그 거대한 불길을 노려보는 최승렬의 눈꼬리가 푸르르 경련했다. 세자가 움직이기 전에 선수를 쳐야 했다.

의관을 정제한 최승렬이 곧장 향한 곳은 자선당이 아닌 내의원이었다. 그가 약방에 들어서자 탕약을 백자 대접에 옮기던 약의녀가 벌떡 일어서며 머릴 조아렸다.

"수어의께서 어인 일이시옵니까?"

"수고가 많네. 무슨 탕약인가?"

"저하께옵서 침수 전에 자시는 연심산蓮心散입니다. 당귀, 감초, 방풍, 백복령, 백작약에 마황이 들어갔습니다."

"그래. 내 다름이 아니라 지난 열흘간의 약방일지를 좀 보았으면 싶은데."

"예. 소인이 금방 대령하겠습니다."

약의녀가 부리나케 나간 사이, 최승렬은 품에서 작은 약병을 꺼냈다. 단 한 번도 사용해본 적 없는 화란국의 적와독赤蛙毒이었다. 하필 윤병찬의 사망으로 공급이 딱 끊긴 데다 장헌이 놈이 혜민서며 구곡재에 지나친 낭비를 해댄 탓에 손에 익은 독은 바닥이 났다. 새로운 역관과 거래를 트는 일은 함흥차사였다. 하는 수 없이 생소한 독을 은침에 묻혀 탕약을 휘젓는 최승렬의 등골이 흥건했다. 기껏 어제와 그제 혜민서 병자들에게 서너 번 써본 게 다였다. 그들 모다 하룻밤을 못 넘기고 졸하였으니 대체 어느 정도의 용량을 써야 할지 감이 안 잡혔으나 특정 증상의 발현 없이 수면만 유도하는 건 이것뿐이었다. 원손의 책봉례를 윤허받은 마당에 한진서를 배제하고 독단으로 행동하는 것이 마음에 걸렸으나 아무리 머릴 굴려도 구곡재가 공론화되는 걸 막는 게 우선이었다. 세자를 죽이지만 않으면 될 것이 아닌가! 저는 그저 잠시 시간을 벌려는 것이다. 그사이 장헌은 백섬을 잡아 입막음을 할 것이고 구곡재의 기록도, 그것에 대해 아는 개영도 죽었으니 아무 탈 없을 것이다. 그저 께름칙한 건 복순 어멈, 그 늙은 얽둑빼기뿐이었다. 큰노미가 곧 잡아들일 것이나 혹여 놓쳐도 그깟 천것의 말 따위를 대체 누가 믿을 것인가.

"수어의 대감, 여기 있사옵니다."

약의녀가 가져온 약방일지를 대충 훑어보는 척한 최승렬은 그녀에게 은밀한 말투로 하명하였다.

"의관들이 약방일지 기록에 소홀함이 많네. 내 불시에 감찰하여 기강을 바로잡고자 하니 금일 내가 예서 기록을 열람했다는 것은 함구토록 하게. 자네는 명민하니 무슨 뜻인지 잘 알 게야."

"예, 이를 말씀입니까."

314

통 트기가 무섭게 자선당이 발칵 뒤집혔다. 무슨 수를 써도 잠에서 깨지 않는 세자 때문이었다. 서맥徐脈도 빈맥頻脈도 아니요, 과호흡도 아니요, 피부발진이나 미열조차 없었다. 어제 잡수신 수라에서도 특이점이 발견되지 않았고, 평소와 다르게 거동하신 곳도, 특별히 만난 이도 없으니 허옇게 질린 의관 김오균은 홀로 동분서주하다 말고 다른 어의들에게 급히 도움을 요청하였다. 하나 누구도 원인을 특정하지 못했다. 그저 저하가 지속된 사려과다 및 심신 저하로 별안간 풍병을 얻었단 결론이 났다. 문제는 언제 깨어날지, 깨어날 순 있을지, 아무도 장담하지 못한다는 것이었다. 즉각 황기방풍탕黃芪防風湯이 다려졌으나 제아무리 훌륭한 비방도 세자가 스스로 삼키질 못하니 무용하였다. 의식이 없는 상태에서 억지로 앉혀 음식을 먹이다간 기도로 넘어가 폐렴이 걸리기 십상이니 기껏 약재를 훈증만 하며 지켜볼 뿐이었다. 이 상황은 아사餓死로 끝날 가능성이 농후해 보였으나 그 누구도 그 무서운 말을 입 밖으로 꺼내지는 아니하였다.

최승렬의 손끝에서 빚어진 이 사태는 예기치 못한 방향으로 진척되었다. 두 대군에 이어 세자까지 잃을까 불안해진 임금이 조정에서 논의도 생략한 채 독단적으로 새 국법을 공표한 것이었다. 부지불식간에 조선 팔도에 방이 나붙었다. 금일부로 해부형이 집행된다는, 경악할 형법이었다.

5장

흰 백

탁영托影

　장헌은 무언가에 이토록 열중해본 적이 없었다. 사흘 낮밤을 쉬지 않고 말을 달려 평안도 남포항에 도착했을 때, 약속이나 한 듯 황톳빛 돛을 단 세곡선이 미끄러져 들어왔다. 간발의 차였다. 하나 아무리 둘러보아도 저를 보필할 군사들은 보이지 않았다. 제가 파발보다도 먼저 도착한 것이었다. 탐탁지 않은 상황에 역정이 치솟았으나 낭비할 시간이 없었다. 숨 고를 새도 없이 그는 핏발 성성한 눈으로 하선하는 이들을 뚫어지게 바라보았다. 우르르 사람들이 흩어지고, 열댓명의 짐꾼들이 삼백 섬이 넘는 미곡들을 차곡차곡 쌓아 내렸다. 그 끝에 모습을 드러낸 건 의외의 사내, 칼두령이었다.

　'길잡이가 기껏 행랑아범일 것이라 여겼건만! 희제가 천주쟁이들과 섭슬려 다니는 것도 모자라 저런 왈패 새끼와 일을 도모한단 말인가? 겁도 없이!'

　장헌은 분노를 억누르며 저자 쪽으로 급히 사라지는 칼두령의 뒷모습을 주시하였다. 분명 말을 빌리러 마방부터 찾는 것일 터. 작금이 백섬을 칠 절호의 기회다! 장헌은 고민할 새도 없이 세곡선 안으로 치고 들어갔다.

배 안은 휑하니 널찍했다. 갑판과 층계참으로 이어진 지하 또한 텅 빈 채였다. 그저 촘촘히 놓인 서까래 아래로, 미곡 포대들을 동여맸던 밧줄 조각들만이 여기저기 널브러져 있을 뿐이었다. 발소리를 죽인 장헌이 방처럼 나뉜 선실을 지나 선미에 다다랐을 때 드디어! 저 구석에 낯익은 뒤통수가 보였다. 단도를 빼들다 말고 그는 번뜩 구계에 도반을 남길 수 없음을 깨달았다. 세자 앞에 시체라도 내보여야 할 터이니 의심스러운 정황은 없어야 했다. 장헌은 천천히 무릎을 굽혀 땅에 떨어져 있던 기다란 밧줄 하나를 주워 들었다. 그리고 재빨리 올가미를 만들어 백섬의 등 뒤로 다가갔다. 그걸 냅다 머리통에 씌운 것은 순식간이었다.

"흐억!"

목청에 휘감긴 밧줄을 잡쥐며 백섬이 뒤돌아섰다. 그러곤 저승사자를 맞닥뜨린 듯 소스라쳤다.

"그래, 바로 이거지! 이게 네 본모습이지, 모가지에 밧줄을 건 똥개 새끼!"

"커컥…… 컥!"

"네놈의 끝은 여기야. 이번 구계는 세곡선을 타고 도망가다가 목을 맨 거지."

돌차간에 시뻘게지는 백섬의 낯짝을 즐기며 장헌이 힘껏 밧줄을 잡아당겼다.

"네 전에 있던 구계, 그놈도 스스로 목을 맸거든. 훈룡사에서."

백섬의 눈이 홉떠졌다. 번쩍, 대웅전 앞에서 목을 맸던 도령의 모습이 스쳤다. 허연 버선발. 그보다 더 허옜던 얼굴! 백섬이 도리질 치며 몸을 빼쳤으나 올가미를 추어올린 장헌은 여유만만이었다.

"그놈도 해부가 되어 쓰임을 다 했지! 이제 네놈 차례다!"

"컥…… 죽음 따윈…… 하나도…… 안 두려워!"

"그래! 팔자다, 생각해! 미욱한 무지렁이에게 쓰임새를 준 나에게 감사하고! 감희 희제 걱정은 마. 풍주 최씨 명문가 안주인 자리에 앉힐 테니까."

"도둑괭이처럼 숨어들어…… 침의에 얼굴이나 비비는 주제에!"

"네, 네놈이!"

분기탱천한 장헌은 별안간, 잡고 있던 밧줄을 위로 내던져 들보에 걸었다. 그리고 전력으로 당겼다. 백섬의 발이 꺼들리나 싶더니 몸씨가 부웅 떴다. 허공에서 퍼덕대는 꼴이 딱 낚싯대에 코가 꿰인 생선이었다. 팽팽하니 파르르 진동하는 손맛에 장헌이 비리게 웃었다. 그래, 자살이건 타살이건 아비의 불호령이건 세자의 의심이건 더 이상 상관없다. 괜한 것으로 동동촉촉했던 자신이 한심하기까지 했다. 해부용 구계를 잡아가면 그뿐! 배때기를 찢어발기고, 뼛골을 일일이 까부라뜨리고, 오장육부를 하나하나 뒤적이고, 골수며 혈액을 뽑는 상상만으로도 입맛이 돌았다. 이것은 결코 분노가 아니다. 투기 따위는 더더욱 아니다. 그저 의관으로서의 호기심이다. 백섬의 눈이 허옇게 까뒤집히는 찰나, 머리 위에서 어지러운 발소리가 들려왔다. 일을 마친 선원들이 돌아온 모양이었다. 백섬의 몸씨는 시나브로 늘어졌으나 숨이 완전히 끊기진 않은 터. 장헌은 희뜩희뜩 주변을 경계하며 튀어나온 모서리에 밧줄 끝을 잡아 묶었다. 진즉 군사들을 거느리고 와서 단번에 끝장을 봐야 했건만! 역증이 났으나 예서 일을 키울 필욘 없다. 어차피 놈은 배 안에 갇힌 신세니 입구를 지키다가 군사들이 오면 자결한 시체를 거두기만 하면 될 일. 땀으로 흘러내린 애체를 치켜올리며 장헌은 급히 선미 쪽으로 몸을 내뺐다.

"아우님, 아우님!"

칼두령이 단칼에 밧줄을 잘랐다. 짚단마냥 백섬이 모로 쓰러졌다. 까부라진 그의 목에서 칼두령이 다급히 밧줄을 풀어내었다.

"컥. 콜록콜록. 커컥. 콜록컬럭……."

"아우님! 괜찮은 거요? 아우님!"

혈점이 돈은 백섬의 눈동자가 요상하게 껌뻑였다. 목 언저리에 잡힌 울혈이 붉다 못해 자줏빛이었다. 딸리는 호흡을 가다듬으며 그가 쉬어 빠진 목소릴 냈다.

"형님, 장헌이…… 커컥…… 장헌이가 왔었습니다. 장헌이가……."

말하는 백섬도 듣는 칼두령도, 순간 현맹이 죽었다는 사실을 깨달았다. 이곳을 알고 있는 건 그녀뿐이었으니. 이젠 희제가 위험해질 수도 있었다. 아니, 벌써 위험에 빠졌을지도. 둘은 같은 생각을 하는 중이었으나 그 누구도 입 밖으로 내뱉진 않았다. 앞짧은소리가 될까봐 두려운 것이었다. 백섬이 다급히 외쳤다.

"장헌이 놈이 돌아오기 전에 나가야 합니다. 제가 시체처럼 들려 나가면……."

"아니, 그놈은 필시 시체까지 거두려 할 것이오."

[그놈도 은밀히 해부가 되어 쓰임을 다 했지! 이제 네놈 차례다!]

훈룡사에서 목을 맨 도령의 모습이 마치 제 앞날인 듯하여 백섬은 몸서리쳤다.

"그럼 전 이 배에서 내릴 수도 없단 말입니까?"

"까짓거, 내리지 맙시다."

시끌벅적함이 잦아들고 나루터에 어둠이 내리자 세곡선 갑판에서 밧줄 하나가 늘어졌다. 나루의 반대편이라 그 누구도 볼 수 없는 위치였다. 좀 전까지 숨통을 조였던 밧줄은 이젠 생명줄이 되었다. 그것을 부여잡은 백섬은 칼두령의 뒤를 따라 비슬비슬 검은 물살로 내려앉았다. 얼음장 같은 강물이 사지를 옥죄었으나 두 사내는 겹겹이 정박한 범선들 뒤로 묵묵히 잠영을 해나갈 뿐이었다. 이 와중에도 백섬은 시첩과 태사혜가 든 봇짐이 물에 젖을세라 머리에 이었다. 가까스로 부두 끝에 다다르자 칼두령은 백섬을 작디작은 나룻배에 올려 태웠다. 그리고 물안개를 방패 삼아 은밀히 노를 저었다. 대동강을 따라 덕천항으로 향하는 것이었다.

조각달 하나 없는 어둠 속에서 맹렬히 노를 젓던 칼두령은 배가 대동강 중류에 접어든 것을 확인하고서야 한숨 돌렸다. 봇짐을 끌어안은 채 초조하게 사위를 훑던 백섬도 스르르 긴장의 끈을 놓았다. 두 사내는 이미 세곡선으로 이동하는 지난 며칠간 이런저런 얘길 나눈 터였다. 뼈가 되고 살이 될 만한 깊은 이야기는 아니었으나 어쩌다 이 지경까지 왔는지, 그 까닭도 알 수 없는 천인들의 신세타령에 이미 진한 공감대가 생겨난 터였다.

"아우님은 퍽 운 좋은 사내요."

칼두령이 깍지 낀 손으로 뒤통수를 받치며 갑판 위에 벌렁 드러누웠다. 백섬도 그의 옆에 나란히 누웠다. 육중한 물안개가 두 사내를 호위하였다.

"죽다 살아서 말입니까?"

"아니, 아우님을 간절히 살리려는 사람이 있으니 말이오. 내 업이 업인지라, 누굴 죽여달라는 사람들은 많이 봤어도 꼭 살려달란 사람은 첨 봤거든."

"형님께선 왜 목숨까지 걸고 저를 지키십니까?"

"금박장의 청이니까."

같은 질문에 희제에겐 엉뚱한 말을 둘러댔으면서 칼두령은 이번엔 덜컥 진심을 말했다. 백섬은 이상하리만치 질투심이 들지 않았다. 유일한 희망인 독풀이를 향해 나아가는 이 순간에도 불길함을 떨칠 수 없었다. 그래서일 것이다. 칼두령처럼 굳센 사내가 희제 옆에 있다는 것이 경계가 아닌 안심이 되었다.

"형님. 혹여…… 혹여 제가 죽으면 만개한 꽃나무 밑에 묻어주십시오."

"나약한 소리!"

"한평생 매골을 하여 전, 제대로 묻히는 것이 얼마나 힘든 일인지 잘 압니다. 해서 부탁드리는 것입니다."

"하면 양지바른 곳에 묻히면 될 일, 꽃나무는 또 뭐요?"

"누이의 넋을 거두어주신 스님이 그러셨습니다. 죽음이라는 건 누군가에게 그림자를 맡기는 거라고요. 그걸 탁영이라 한다고요. 제 그림자는 무덤가의 떳장이 아니라, 만개한 꽃그늘이었으면 좋겠습니다. 아련한 분홍빛도, 분분한 향내도 있

으면 좋겠습니다. 그럼 하는 수 없이 그림자를 떠맡은 이도,
봄이 되면 한 번은 웃을 것입니다."

칼두령은 맥이 풀렸다. 이토록 맑은 사내의 마음을 어찌
받아들여야 할지 난감해서였다.

"미안하오, 아우님. 난 그리 못 하오. 아니, 안 해."

단호한 말투였다.

"아우님은 안 죽어, 절대. 내가 금박장에게 그리 말했으니
까. 아우님을 꼭 살리겠다고 약속했으니까."

"형님 말씀처럼 저는 운 좋은 놈, 맞는가 봅니다."

"안다니 다행이군."

"그럼에도 불구하고…… 제가 죽으면 부디 그리해주십시
오. 부탁드립니다. 형님."

"순한 줄 알았더니 아우님, 별 희한한 뱃심이 다 있군? 새
파란 사내가 묏자리 고집이라니, 거참. 자꾸 말도 안 되는 걸
로 떼쓰지 말고 살아서, 꼭 독풀이를 받고 건강해져서 최장
헌한테 복수할 생각이나 하시오."

"전 복수 따윈 안 하려고요."

"어째서?"

"희제의 마음을 영영 갖지 못하는 게, 그놈한텐 이미 천벌
이니까요."

잠시 칼두령은 말이 없었다. 침묵 끝에 질문이 갔다.

"금박장은 그댈 정인이라 하더군. 아우님에게 금박장은 무
슨 의미요?"

"……아무 의미도요."

세상의 전부, 혹은 목숨보다 소중한…… 그런 말을 예상했
건만 백섬의 답은 의외였다.

"전 이제 그 무엇에도 의미를 두지 않으려고요. 소중한 걸 군이 곁에 두려고도, 행복해지려고 애쓰지도 않으려고요. 그냥 자드락길에 핀 망초마냥 흔들리면서 서 있으려고요. 오늘도, 내일도 그저 아무 일도 안 일어나기만을 바라면서 그렇게 아무 의미 없이 살려고요."

역설적으로 그 말은 꼭 살고 싶다는 말로 들렸다. 금박장이 너무 소중해 의미조차 둘 수 없다는 말로 들렸다. 헤아릴 수 없는 그 마음의 깊이가, 칼두령은 오롯이 느껴졌다. 하여 제 목에 걸린 은제 십자가를 빼내어 백섬의 목에 걸어주었다.

"이리 귀한 걸…… 어찌 제게 주십니까?"

휘둥그레진 백섬의 눈을 바라보며 칼두령은 검집을 잡아들었다.

"나한텐 이게 있잖소."

백섬은 감사하단 말을 하려다가 그만 울컥하였다.

"나한테 감사할 것 없소, 그것도 본래 금박장의 것이니. 하니 맘 단단히 먹고 버티시오, 끝까지."

칼두령의 그 말은 진심이었다. 비단 금박장과의 약속 때문만은 아니었다. 이 사내가 죽는 게 왜인지 진정 싫었다. 그가 끝내 살아서 세상 모든 것에 의미를 부여하는 것을 꼭 제 눈으로 지켜보고 싶었다. 이 짧은 만남에 벌써 정이 든 것은 아닐 텐데도.

첩첩이 굽이치는 산새를 얼마나 깊숙이 파고들었는지 모른다. 묘향산의 울끈불끈한 산맥들을 넘고, 크고 작은 물줄기들을 건너고, 벼랑과 너덜겅까지 오르내렸다. 시득부득해진 백섬 탓에 가다 쉬다를 반복하다 보니 두 사내가 접선지인

여우고개 주막에 도착한 건 남포항을 출발하고서도 보름이
나 지난 후였다. 주막답게 시끌벅적한 사거리일 것이란 예상
과는 달리, 주막은 깡촌에 위치한 폐가였다. 마당에 놓인 커
다란 아궁이와 도처에 널린 크고 작은 평상들만이 예전의 쓰
임을 짐작게 할 뿐이었다. 이리된 지 오랜 건지, 근자에 무슨
일을 당한 건지 알 수 없어 불안감이 배가되었다. 곡절이 어
찌 되었건, 예 당도하면 한숨 돌리며 쉴 수 있을 것이란 희망
따윈 철저히 부서졌다.

"여기 들어가 있다가 군사들을 맞닥뜨리면 퇴로가 없어 필
시 낭패를 볼 것이오. 저 맞은편에 숨어서 병자촌 사람들이
오는지 지켜보는 게 좋겠소."

주막이 내려다보이는 언덕배기까지 칼두령은 속속 백섬을
부축해 올라갔다. 산모롱이 푸섶길 옆에 한껏 몸을 웅크린
두 사내는 바짝바짝 피가 말랐다. 피로 때문만은 아니었다.
남포항에서 성공적으로 최장헌을 따돌렸다 여겼건만 향산
동헌 앞에 나붙은 자신들의 용모파기를 보곤 식겁을 한 것이
었다. 죄목이 가관이었다.

'강상죄를 짓고 도망 중인 천노이자 천주쟁이'

그 바로 옆에 나붙은 게 해부형을 알리는 방문榜文이었다.
칼두령은 사납게 침을 뱉어냈다. 안 그래도 인간 취급 못 받
는 천민들에게 더 가열하게 누명을 씌울 명분이, 양반들에게
주어진 것이었다. 이제 천것들은 까딱 잘못하면 산 채로 배
가 갈려 제 눈으로 제 오장육부를 보며 죽어갈 수도 있었다.
병약한 세자 하나 살리겠다고 대체 나라님은 어디까지 잔인
해지려 하시는가! 앞일은 불 보듯 뻔했다. 웃전의 눈에 들고
자 조선팔도 수령들은 앞다투어 해부용 죄인을 생산해낼 것

이다. 그렇게 천인들의 중죄는 급증할 것이다. 세자와 엇비슷한 스무 살 전후 쌍놈들의 씨가 마르는 건 시간문제였다.

사방으로 첩첩이 이어진 산맥에 노을빛이 스며들었다. 약속이라도 한 듯 꽃들이 졌다. 지천에 깔린 낙엽들이 진저리를 쳐댔다. 곧 해넘이로 세상이 어둑해졌다. 그제야 백섬은 사지를 맥없이 늘어뜨렸다. 그간 온몸에 번지는 아픔을 참고, 견디고, 버텼다. 통증을 가라앉히기 위해 버드나무 껍질까지 마구잡이로 씹어댔으나 이젠 소용없었다. 그의 어깨가 뒤떨리고 숨소리마저 칼칼해지자 칼두령의 눈매가 한층 더 깊어졌다. 금박장이 싸준 음식과 약초, 환과 뜸까지 그 모든 것이 바닥나기 시작한 때문이었다. 봇짐을 뒤적이던 순간, 저 멀리 어둠에 무언가가 어른거렸다. 쪼뼛한 칼두령 눈에 서서히 잡혀든 건 양손에 낫을 든 한 무리의 사람들이었다. 그들은 옹골찬 가시풀을 서걱서걱 베어내며 곧장 이쪽으로 몰려왔다. 돌서릿길이 아니었더라면, 자그락자그락하는 자갈 소리마저 나지 않았더라면 꼼짝없이 발각되었을 터였다. 칼두령이 백섬에게 자세를 더 낮추란 수신호를 보내는 순간, 무리의 우두머리인 듯한 사내가 허공에 주먹을 쥐어 보이며 번뜩 멈춰 섰다. 따르던 이들도 어뜩 멈췄다. 이쪽의 기척을 느낀 것인가! 피 냄새를 좇는 승냥이 떼마냥 어스름을 꿰뚫는 그들의 시선이 날카로웠다. 일순 우두머리 사내가 양손에 든 낫을 교차시켜 드르륵 불꽃을 일으켰다. 누구라도 걸리면 단번에 목을 따겠다는 듯이. 백섬이 어깨를 옹크리자마자 험한 짚신 발들이 그 앞을 아슬아슬하게 스쳐 지났다. 부유스름한 먼지가 파리한 이목구비를 뒤덮었다. 검푸른 수풀 사이로 뚜렷뚜렷 사내들을 주시하던 칼두령의 미간이 짓구겨졌다. 저들은 군사가 아니잖은가! 차림이며 무기가 일개 관노가 확실했다. 그 말인즉, 최장헌이 군사를 일으키고도 모자라 노비들까지 풀어 온 산을 뒤지고 있다는 뜻인가? 하면 병자촌 사람들 또한 이 근방에 얼씬도 못할 터, 어찌 접선을 해야 할 것인가? 이젠 또 어디로 가야 할 것인가? 도저히 갈피가 잡히지 않았다. 설상가상 소서에 접어든 산바람은 점점 매서워지고, 백섬은 벌써부터 비척거렸다. 핏기를 완전히 잃은 그의 낯빛이 가히 심상치 않았으나 또다시 이동할 수밖엔 도리가 없었다.

불과 반나절 후, 백섬이 서 있던 바로 그 자리에 당도한 건 희제였다.

"백섬아, 백섬아!"

그녀는 목청을 억누르며 주막 여기저길 쏘삭댔으나 기대는 곧 실망으로 뒤바뀌었다. 양옆이 트인 물빛 포를 휘날리며 뒤따라온 방호 또한 마음이 복잡하긴 마찬가지였다. 일생일대의 중책을 맡은 그였다. 중죄인 최장헌을 잡아들여야 했으며, 그 증거가 되는 백섬을 찾아야 했고, 더불어 독을 다루는 법란서 신부에게 독풀이를 받아야 했다. 하나 만만찮을 임무가 될 참이었다. 이미 의금부 도사 최남헌이 향산 현감에게 파발을 띄웠고, 묘향산에 다다른 장헌은 군사를 획득했으며, 백섬과 칼두령의 용모파기가 외진 두멧골까지 나붙었다. 설상가상 전서응傳書鷹이 가져온 전갈엔 '위독'이란 두 글자만이 선연했다. 저 때문이다, 방호는 짙은 죄책감에 시달렸다. 복순 어멈의 얘기를 듣고 한달음에 달려가 세자에게 고한 저였다. 장헌을 진정한 벗으로 믿고 계신 저하가 이루 말할 수 없는 배신감에 충격을 받고 쓰러지신 것이 분명했다. 그래도 환궁만은 할 수 없었다. 그것이야말로 최씨 놈들이 원하는 것이 아니겠는가. 방호는 독하게 입술을 깨물었다. 멍하니 죽어가는 웃전의 곁을 지키기보다 명을 수행하는 것에 전력을 다해야 했다. 재차 마음을 다잡은 그는 쪽마루에 쌔무룩이 앉은 희제에게 다가갔다.

"묘향산 일대의 병력이 천주쟁이 색출에 총동원된 게 불과 며칠 전이라 합니다. 하니 제아무리 현감이라도 장헌에게 많은 병력을 내주진 못했을 겁니다. 백섬이 이 근방에 은신하고 있을지 모르니 당장 찾아 나서는 게⋯⋯."

"저는 예 있겠습니다."

"그 무슨 말씀이십니까?"

"백섬과 칼두령은 우리가 예 온 사실조차 모르잖습니까. 이 첩첩산중에 길이 엇갈려 영영 만나지 못하게 되면⋯⋯."

"예는 두멧골입니다. 외지인은 단박에 티가 나고 하물며 앳된 여인 혼자라면 더 의심을 살 것입니다."

"군사들이 이미 여길 뒤진 듯하니 조만간 또 오진 않을 것입니다. 한데⋯⋯ 내 일부러 차림새를 이리하였는데도 외지인 같아 보인단 말입니까?"

엄동에도 그녀는 산골의 여느 계집애같이 홑겹 치마저고리 차림이었다. 팔에 낀 토시며, 저고리에 덧대 입은 배자며, 얼굴에 질끈 묶은 볼끼 또한 비단은커녕 토끼털 한 올 붙어 있지 않았다.

"차림새의 문제가 아닙니다. 이런 두메산골에 피부가 그토록 하얀 처자는 없습니다."

방호는 딱 잘라 말했다.

"게다가 한양 말씨까지 쓰는 외지인이라면 현감을 통해 장헌의 귀에 들어가는 건 시간문제입니다."

"그래도 누가 되었든 꼭 예 다시 올 것입니다. 저라도 붙어 있어야 만날 가능성이 있지 않겠습니까?"

"하면 내가 동헌의 동태를 살펴보고 올 때까지 금박장은 예 계십시오. 꼼짝없이 여기에만 있는 겁니다. 우리 둘마저 헤어지면 그땐 정말 답이 없으니."

군사들의 동향을 파악하기 위해 마을로 내려간 방호는 향산 동헌 앞에 주섬주섬 몰려드는 사람들을 의아한 눈길로 바라보았다. 다들 생업을 내팽개치고 급히 뛰어나온 듯 손에 캐던 약초 광주리며, 갈다 만 낫이며, 꼬다 만 짚신을 든 채였다. 웅성거리는 그들이 성이 난 것 같기도, 신이 난 것 같기도 하였다. 그때 동헌에서 굴비처럼 엮인 열댓 명의 사람들이 줄줄이 끌려 나와 무릎 꿇렸다. 아직 앳돼 보이는 아녀자들도 있었으나 닦달하는 나졸들의 손길은 맵차기 그지없었다. 무리 지어 서 있던 사내들이 쏙닥거렸다.

"저 몹쓸 애미나이들은 왜서 이 산골짜기까지 숨어들었다니?"

"천주학은 어미애비도 읎고, 조상님 대우도 읎다 안 캄둥. 앵간한 마을서는 그런 숭한 거를 낯짝 까놓고 할 수가 읎지 비!"

방호는 놀랐다. 천주쟁이의 즉결 처형을 보고자 이 많은 백성들이 기를 쓰고 몰려들었단 말인가! 형벌을 집행하라는 현감의 명이 떨어지자 두툼한 날붙이를 지닌 망나니들이 뛰쳐나왔다. 흡사 도깨비 꼴을 한 그들의 칼춤을 보며 구경꾼들은 절레절레 고갤 내저었으나 정작 천주인들은 담담하게 눈을 감을 뿐이었다. 하물며 배교背敎하면 살려준다는 현감의 마지막 회유에도 일절 동요하지 않았다. 무딘 칼날이 기어이 천주인들의 목을 썰어내었다. 그것이 끝이 아니었다. 기다란 대나무 창에 하나씩 목을 꿰어 전시까지 하였으니 동헌 앞은 죽창 아래 피바다를 이루었다. 백성들은 집에 돌아갈 생각도 없어 보였다. 그저 그 끔찍한 광경을 관람하며 대차게 손가락질과 주둥이질을 해댈 뿐이었다. 그들을 바라보던 방호의 시선에 건듯 수상한 움직임이 포착되었다. 인파를 비집고 드는 장신의 사내였다. 삿갓을 삐딱하게 들어 효수된 머리들을 훑고 곧바로 뒤안길로 사라지는 모양새가 영 심상치 않았다. 방호는 뻑뻑해진 눈매로 사내를 응시하며 자리를 털고 일어났다. 곁골목으로 막 들어서는 찰나.

"누구냐!"

칼두령이 한발 빨랐다. 방호는 그러나 침착하게 제 목젖에 붙은 기다란 검신을 훑었다.

"역시 그대가 칼두령이군."

싸울 의사가 없다는 듯 방호가 두 손을 들어 보였으나 칼두령은 검날을 더욱더 바투 세울 뿐이었다.

"누구냐고 물었다!"

"금박장이 보냈소."

삿갓 아래, 그늘진 눈동자가 뒤흔들렸다. 장헌의 아랫것들이 피를 보지 않고 저를 잡아가려고 이런 요상한 말을 지껄이는 것일지도 몰랐다. 의심이 당연하다는 듯, 방호가 말을 내뱉었다.

"그녀의 말이, 아비의 빚을 핑계로 그대가 협박을 하여 어

쩔 수 없이 검신에 쌍룡을 박았다 했소. 그게 끝이 아니라 그 대가 검집을 가지고도 진상을 떨었다고."

칼두령의 예리한 눈매가 살푼 떠졌다.

"쌍룡은 구름 안에서 쉬는 법이라 했던가……."

방호가 고개 하나 까딱 않고 눈동자만 굴려 그의 검집을 확인했다. 칼두령은 그제야 발을 물려 안전거리를 확보한 후, 검을 갈무리했다.

"당신, 대체 누구요?"

"나는 세자궁의 익위요. 금박장과 동행했소."

"동행이라니! 예까지 말씀입니까?"

"그렇소. 백섬은 무사하오?"

"예. 한데 원행으로 병증이 악화된 듯합니다."

"나에게 비상 환이 있으니 당장 백섬에게 갑시다. 어디요?"

"예서 북쪽으로 봉우리 두 갤 넘으면 뭇골이란 곳입니다. 그곳 절벽 근처 폐광에 있습니다."

그 시각. 향산 현감의 배려로 장헌은 동헌 안 별채에 짐을 풀었다. 남포항에서 다 잡았던 백섬을 놓치곤 분을 삭이지 못해 미쳐 날뛰었으나 역시 무관인 남헌의 접근은 이성적이었다. 백두산과 금강산에선 이미 대규모의 군사작전으로 천주쟁이가 섬멸되었으니 생존자들은 죄다 묘향산으로 숨어들 수밖엔 없고, 근처 두멧골에서 도깨비마냥 파란 눈의 서양인을 봤다는 첩보까지 있으니 그는 지체 없이 향산 동헌에 파발을 띄웠다. 죄인들의 얼굴을 아는 장헌에게 군사를 내어주라고. 그렇게 장헌이 예까지 온 것이었다. 하나 형님의 전갈 말미에는 방호와 희제, 두 사람이 동시에 사라졌다고 쓰여 있었다. 희제는 금종이를 사러 의주에 간다는 이유로 달포간 금와당의 문을 닫았다 했다. 아비의 죽음으로 이제 그녀가 직접 해야 하는 것이었다. 시기도 이때가 맞았다. 하나 세자가 앓아누운 마당에 방호조차 며칠째 행방이 묘연하니 그것이 무척이나 찜찜한 것이었다. 묘향산 천주교 소굴에 백섬을 박아둘 요량이면 칼두령에게 길라잡이를 맡긴 것으로 족할 텐데 대체 그 둘은 도성을 떠나 무엇을 도모하는 것인가! 그 때였다.

"나리, 배교한 천주쟁이한테 실토받은 내용이 있사온데 한번 보셔야 할 것 같습니다요."

동헌의 이방이 헛기침을 하곤 냉큼 들었다. 휘갈겨 쓴 취조 기록을 내려다보는 장헌의 면이 터질 듯 붉어졌다.

"여우고개 주막?"

벌떡 일어난 그가 애체부터 단단히 추어올렸다. 눈두덩에 기이한 살기가 몰아쳤다.

희한한 고문

　방호와 백섬의 조우를 무사히 지켜본 칼두령은 곧장 험준한 산봉우리를 타넘었다. 멀쩡한 굽돌이길을 놔두고 아슬아슬한 낭떠러지를 택한 건 애가 타 견딜 수가 없어서였다. 아무리 백섬의 안위가 중하대도 어찌 금박장은 그 험한 폐가에 홀로 남을 생각을 했단 말인가! 그는 전속력으로 휘달리면서 누차 목에 두른 검은 천을 만지작댔다. 언젠가 금박장에게 받은 검은 복면이었다, 그날 이후로 단 한 번도 목에서 풀어내지 아니한.

　땅거미가 지기도 전에 여우고개 주막에 당도한 칼두령은 숨을 고르며 첨예하게 사위를 훑었다. 턱 밑으로 방울지는 땀을 훔쳐낼 새도 없이 봉놋방을 필두로 방문을 하나하나 조심스레 열었다. 빈방이 늘어날수록 바짝바짝 속이 탔다. 마지막으로 뒷골방의 나무문짝을 슬쩍 연 찰나.

　"칼두령!"

　빽 비명을 내지른 희제가 어깨를 처뜨리며 털썩 벽에 등을 기대었다. 반대로 칼두령은 그녀를 껴안을 뻔했다. 무사하

335

다는 안도감보다도 그리움 때문이었다. 하나 손가락 하나 댈 수 없는지라 그는 애꿎은 주먹만 말아 쥐었다. 일순간 백섬이 못 견디게 부러웠다. 금박장을 마주 안을 수만 있다면 기꺼이 맹독이라도 들이켜겠다, 그런 망상까지 들었으나 역시 혓바닥은 곱게 놀려지지 않았다.

"내가 법란서 신부님을 만나 전갈을 보낼 때까지 도성에서 기다리라 했잖소!"

"하루하루 기다리기만 하는 게 얼마나 피 말리는 건지 아오?"

"그렇다고 이리 무모하게 움직이면 어쩌자는 거요? 하여튼 그 성질머리 하곤."

"작금 내 성질머리가 중하오? 백섬은? 백섬은 어디 있소? 왜 같이 안 있고? 괜찮은 거요? 백섬은 무사한 거요?"

"하나씩 좀 물으시오! 아우님 몸이 많이 안 좋으나 작금은 익위 나리가 돌보고 있으니 기력을 조금 차렸을 거요."

"익위 나리를 만났소? 그래서 예 온 거요?"

"향산 동헌 앞에 한 무리의 천주교인들이 효수되었소. 게서 그가 날 알아보았지."

"효, 효수라니! 혹시……."

"아니. 다행이라고 해야 할지 모르겠으나 병자촌 사람들은 아니었소. 서양인도 없었고."

그 머리를 모두 거두어 잘 묻어주고 싶었으나, 당신이 걱정되어 한달음에 뛰어왔노라는 말까진 할 수 없었다.

"하아…… 당장 백섬에게 가야겠소. 냉큼 앞장서시오."

희제가 선지 한 장을 품 안에 고이 갈무리하며 일어섰다. 복순 어멈이 괴발개발 적어준, 구곡재에서 사용한 맹독 명단이었다. 법란서 신부님을 만나면 이것부터 내보여야 할 터. 작금은 제 목숨과 진배없는 것이었다. 그녀가 봇짐을 여미는 걸 물끄러미 바라보다 말고 칼두령이 덜컥 쌍룡검을 내보였다.

"참! 내가 언제 이걸로 진상을 떨었다고 그러시오?"

"원래 그렇소."

"뭐가?"

"자기가 진상인 걸 모르는 게 진정한 진상이라고."

"뭐, 뭐라고?"

어이없다는 듯 한숨을 쉬다 말고 칼두령의 눈매가 싸하게 갈앉았다. 곧장 창틈으로 바깥 동태를 살핀 그가 입술에 검지를 가져다 댔다.

"쉿! 주변에 기척이 있소!"

방 안을 두리번대던 칼두령이 천장에 붙은 뒤틀린 쪽문을 억지로 열어젖혔다. 그러곤 들입다 금박장을 들쳐 올렸다.

"어서 올라가시오, 어서!"

이미 서까래가 내려앉으며 반 토막 난 벽다락은 온갖 세간살이가 뒤엉켜 아수라장이었다. 하나 잘하면 배좁은 틈에 몸을 숨길 수 있을지도 몰랐다. 금박장을 구석태기로 급하게 밀어 넣은 칼두령은 제 몸으로 여인의 등을 덮듯이 감쌌다. 썩은 이불 채며, 삭은 볏가리를 마구잡이로 끌어다가 건듯건듯 빈틈을 틀어막은 찰나, 맹렬한 발걸음들이 휘몰아쳤다.

"샅샅이 뒤져라!"

장헌의 목소리를 알아챈 희제의 어깨가 바짝 쪼그라들었다. 하나 칼두령은 활랑대는 심장을 부여잡고 재차 눈까풀만 끔뻑댈 뿐이었다. 창졸간에 들이친 추격자도, 그들을 지휘하

337

는 최장헌 때문도 아니었다. 조금 전까진 금박장을 안고 싶은 충동을 참아내는 게 고역이었는데, 작금은 버겁도록 품 안에 들어찬 여체를 견디는 게 고역인 까닭이었다. 됨됨이는 그토록 걸쌈스러운 여인이 어찌하여 몸씨는 이토록 말캉하단 말인가!

"저 벽다락을 열어라!"

"옛!"

장헌의 호령이 떨어지기 무섭게 문짝이 뜯겨나가고 커다란 장도가 이불 채를 새새틈틈 들쑤셔댔다. 섬뜩한 날붙이의 살성에 희제의 뒤태가 늠썰 튀었다. 이 순간에도 칼두령의 숨통을 죄는 건 바르작대는 허릿매와 둔부의 굴곡뿐이었다. 나신을 품은 것도 아닌데 적나라한 살결의 감촉이 그를 대차게 몰아붙였다. 상체를 바짝 옹송그린 칼두령은 혹여 제가 질척대는 듯 느껴질까 싶어 여인의 어깨를 감히 보듬지는 못한 채 애매하게 토닥였다. 그녀를 안심시키려던 것뿐인데 전장을 아우르는 북처럼 제 맥박만이 폭주하였다. 따끔한 긴장감이 살갗을 파고들었다. 숫제 불꾸러미를 안은 듯 단전에서 열증이 솟구쳤다. 튀어 오른 불망울에 눈두덩이 다 화끈거렸다. 그런 사내의 속내를 비웃듯 나스르르한 여인의 머리칼이 가뭇없이 코끝을 간지럽혔다. 금박향이 초라한 공간을 점령하였다.

"이 위에 공간이 있는 것 같습니다!"

누군가 외치며 격렬한 뭇칼질을 해댔다. 검날의 첨단이 기예 머리맡까지 짓쳐들자 희제가 내내 참고 있던 숨을 가느다랗게 뱉어내었다. 녹녹한 몸씨에서 오르는 뭉근한 체온이, 젖은 목덜미에서 나긋하게 번지는 체향이 칼두령을 각일각 벼

338

랑 끝으로 몰아붙였다. 꽃불 같은 몸태를 맵차게 밀어내지도, 욕심껏 그러안지도 못한 채 그는 잇새로 단숨만 토해낼 뿐이었다. 온몸이 생땀투성이였다. 혹여 금박장이 제 사심을 눈치라도 챌까봐, 하여 이런 상황에서 흥분하는 개망나니가 되어버릴까봐 뱃속이 다 요동쳤다. 모든 감각이 지나치게 예민해졌다. 뒷목을 지나 등줄기로 미끄러지는 땀방울 하나가, 스륵 떠올랐다가 서서히 가라앉는 케케묵은 먼지 한 톨이 쓸데없이 또렷하였다. 칼두령은 세상 어딘가엔 이런 고약한 고문이 있을 수도 있겠다, 이렇게 사람이 죽을 수도 있겠다, 별 요상한 사념에 눈앞이 아득해졌다.

"수상한 건 없습니다!"

"여기도 없습니다!"

"젠장! 분명 놈들이 이곳으로 다시 올 게다. 너! 그리고 너! 두 사람은 여기 남아 근방을 수색한다!"

"옛!"

인기척이 완전히 멀어질 때까지, 칼두령은 희제를 그러안은 채 숨죽여 있었다. 곧 숨이 멎을 듯한 긴장 속에서도 한편 군사들의 발소리가 끊기지 않길 바라고 또 바랐으나 기예 기척은 소멸되고야 말았다.

"이번엔 날, 질식사시킬 작정이오?"

"매번 조동이는 말짱하군!"

역시 잔부끄럼 따위는 없는 여인이었다. 벽다락에서 몸을 뒤스르며 기어 나온 희제는 요란스레 먼지를 떨어내었다. 먼지 대신 아쉬움을 털어낸 칼두령은 땀을 얼마나 흘렸는지 숫제 물에 빠진 생쥐 꼴이었다. 벌게진 얼굴을 창틈에 바짝 갖다 대며 그는 적의 동태를 살피는 척하였다. 단호한 말투완

달리 차마 금박장을 똑바로 쳐다볼 수 없어 그저 선수를 치는 것이었다.

"익위 나리와 백섬은 뭇골이란 곳의 폐광에 있소. 혹여 일이 틀어지면 소곡 폭포 밑 나루터에서 만나기로 했고. 한데 최장헌이 예까지 왔다면 그곳을 찾는 것도 시간문제일 거요."

"하면 서둘러야지!"

"좀 전에 못 들었소? 이 근방을 지키고 선 놈들이 있소. 하니 뒷문으로 빠져나가야 한다고. 물덤벙술덤벙하지 말고 내 등 뒤에 딱 붙으시오."

"뭐, 업히란 말이오?"

"아니! 그냥 나랑 거리를 두지 말고 신체를 밀착시키라고. 아니, 밀착이라는 게 다른 뜻이 아니라…… 그러니까 내 말은…….."

"알아먹었으니 빨랑 앞장이나 서시오."

뭇골 폐광 안에 깊숙이 자리 잡은 방호는 처음 본 것과 다름없는 백섬에게 어째서인지 마음이 쓰였다. 파르라니 앳된 얼굴에 끊임없이 저하의 용안이 겹치는 탓이었다. 꺼져가는 눈동자를 안타깝게 바라보다 말고 그가 냉큼 품 안에서 종이로 싼 환을 꺼내 건넸다.

"어의 출신의 의원께서 지어준 약재요. 기혈을 보충하는 것이니 일단 씹어 삼키시오."

순순히 그걸 받아 삼켰으나 백섬은 오히려 더 곤해졌다. 여우고개의 접선은 실패하였고 법란서 신부님을 만날 길은 더욱 묘연해졌으니 어쩌면 기력을 다한 몸뚱이보다도, 어그러진 희망이 저를 거푸 주저앉히는 것일지도 몰랐다. 어째서 몰랐을까. 익위 나리가 구곡재에 왔을 때, 그것이 절호의 기회였던 것을.

"그대의 누이 막단이 저하를 삼 년이나 성심으로 보필하였소."

방호는 그간의 일부터 털어놓았다. 저하의 명으로 궁에 들어가게 된 막단이 백섬의 면천을 청하였고, 종래 세자빈의 손에 멸구되었던 것을. 하여 막단의 무덤을 찾아 원혼을 달래고 약속대로 면천을 해주기 위해 백섬을 수소문하였단 것도. 백섬은 비로소, 마음씨를 곱게 쓰면 좋은 일이 있을 거라 했던 누이의 유언이 무슨 뜻이었는지를 알게 되었다. 또 복순 어멈의 마지막 말이 진실이었다는 것도. 이상한 죄책감 끝에 올칵 억울함이 솟구쳤다. 세자 저하와 한날한시에 태어난 죄로 이 모든 사달이 일어났다는 게 당최 납득이 가지 않았다. 하나 이제 와 대체 어쩔 것인가.

"막단을 어디에 묻었소?"

"어령골에 등이 굽은 소나무가 하나 있습니다. 봄이 되면 송홧가루가 읍내까지 닿는 커다란 나무지요. 그 밑에 묻었습니다."

"왜 곧게 뻗은 소나무를 택하지 않고?"

"그런 좋은 목재는 높으신 분들 별당을 짓는다, 궁궐에 전각을 보수한다…… 그렇게 언제 베어질지 모르니까요. 게다가 누이는 목련을 싫어했어요. 봉우리째 지는 꽃이 꼭 죽은 참새 같다고요. 한데 어령골엔 유독 목련이 많아서 더더욱 외따로 있는 등 굽은 소나무밖엔 자리가 없었습니다."

"그녀는…… 벙어리가 아닌가?"

"누이는 벙어리였으나 글을 깨쳤고 전 말은 하나 글을 모릅니다. 소통할 방도가 영 없는 듯 보이지만 실상 단 한 번도 우린 말이 안 통한 적이 없었습니다. 소통은 말과 글로만 하는 게 아니라는 걸, 침묵으로 소통할 수 있다는 걸 저는 누이 덕분에 알았습니다."

방호는 고개를 끄덕였다. 피붙이는 아니라 해도 막단과 백섬은 여러모로 남매다웠다. 그 마음씨며 성정이 매양 같았다. 일단 하나는 알아내었다, 막단의 무덤. 방호는 벌써부터 그것을 전서옹에 적어 보낼 생각뿐이었다. 이 작은 사실 하나가 몸져누우신 저하께는 큰 위로가 되리라. 원손의 책봉례 전까진 최승렬도, 한진서도 결코 저하께 손대지 못할 것이란 생각은 크나큰 오산이었다. 그것을 너무 뒤늦게 깨달은 방호는 원통하고 또 원통하여 반드시 독풀이와 장헌을 저하 앞에 갖다 바치겠다 다짐하였다. 시간이 많지 않았다.

"난 반드시 장헌이 놈을 잡아가 저하 앞에 무릎 꿇릴 작정이오. 그러자면 백섬, 당신이 꼭 필요하오. 부디 몸을 건사하시오."

그때 폐광 밖이 갑자기 훤해졌다. 그 끝에서 일렁이는 건 다름 아닌 횃불이었다.

"예서 꼼짝 마시오!"

방호가 휘달려 나가기 무섭게 불덩이들이 이리저리 튀었다. 곧 천둥 번개처럼 검들이 부딪쳤다. 살성은 점점 커지고 또 장황해졌다. 검을 치켜드는 군사들의 기합이 예서제서 한참 이어졌으나 언젠가부터 끄억, 끄억, 숨넘어가는 단말마가 더 커졌다. 잰 발소리 끝엔 어김없이 쿵, 건장한 몸이 땅을 치는 죽음의 소리가 들려왔다. 한참 동안 누군가는 베고, 누군가는 스러졌다. 잔인한 소란을 듣고만 있는 것이 백섬에겐 고역이었으나 아군이 살아 있으니 싸움은 계속되는 것이리라. 거짓말처럼 뚝, 소리가 끊겼다. 방호가 숨 가쁘게 폐광 안으로 뛰어들었다. 핏방울이 튄 얼굴도 아랑곳 않고 그는 피에 젖은 서찰 하나를 펼쳐 보였다.

"적의 품 안에서 발견한 거요, 향산 현감에게 가는 서찰! 얼마 전 할미봉 너머 초막에서 파란 눈의 서양인이 목격되었다 하오!"

"그게 참말입니까!"

"서두르면 승산이 있소. 독풀이를 받을 수 있단 말이오! 당장 그곳으로 가야 하오! 일어날 수 있겠소? 다시 걸을 수 있겠난 말이오?"

그건 물음이 아니었다. 다그침이었다.

가지 않은 길

묵직하게 똬리를 튼 저녁 골안개 속에서 칼두령과 희제는 뭇골로 향하는 중이었다. 듬성듬성 놓인 조약돌을 밟고 개울에서 목을 축이는 희제가 마치 덧물을 먹는 어린 사슴 같았다. 그녀를 멀거니 보다 말고 칼두령이 물었다.

"법란서 신부님을 만나 독풀이를 구하면 그 후엔 어쩔 거요?"

"이천으로 가려고."

"이천? 연고가 있소?"

볼끼를 풀어낸 희제는 얼음물로 수럭스레 세수까지 해댔다.

"아니, 백섬이 매골을 하며 조선 팔도를 돌았는데 이천 방앗골이란 데가 제일 좋았다 합디다."

물기 어린 흰 면이 희룽해룽 웃어 보였다. 웃자란 풀숲 사이로 다시금 총총 발을 굴리는 몸씨가 곧 백섬을 만난단 기대에 신이 난 듯했다.

"칼두령도 방앗골로 놀러 오시오. 방은 없어도 내, 살평상 하나는 내어줄 수 있소."

"살평상이라! 거참 고오오맙네!"

"그러니 날 좋을 때 오시오, 입 돌아가지 않으려면."

피식 웃은 칼두령이 손을 뻗어 앞을 가리켰다.

"거의 다 왔소. 저기요."

성큼성큼 앞서가던 칼두령이 어뜩 멈추더니 덥썩 희제의 눈을 가렸다. 하나 그녀는 급히 사내의 손을 쳐내며 절벽 끝에 험하게 너부러진 시체들을 똑바로 응시하였다. 뚜벅뚜벅 걸어가 냉큼 쪼그려 앉은 희제는 시체들의 손바닥을 일일이 펴보았다. 차마 망자들의 얼굴을 볼 엄두는 나지 않아 기껏 봉선화 꽃물로 얼룩진 손이 있는지 확인하는 것이었다. 일일이 손바닥을 뒤적인 그녀가 그 자리에 절버덕 주저앉았다.

"이자들은…… 군사가 아니잖소! 살, 살수잖소!"

백섬이 없다는 사실에 안도한 것도 잠시, 그들의 정체를 깨달은 희제가 경악하였다. 내내 악바리답게 깔깔하던 음성이 마구 떨리자 칼두령은 찬찬히 말을 골랐다.

"최장헌이 살수까지 부리는 게…… 맞는 듯하오. 허나 이 칼자국은 의심의 여지 없이 익위 나리의 것이오. 단번에 급소를 찔러 처리했지."

"시체가 무려 다섯이오! 제아무리 익위라도 힘에 부쳤을 게 아니오! 백섬이 혹여 다쳤으면? 아니, 끌려갔으면? 기력을 다했으면? 이대로 영영 헤어지면……!"

"이미 익위 나리와 말을 맞췄다질 않소! 예서 못 만나면 소곡 폭포 밑 나루터에서 조우하기로!"

"작금 그리로 가야겠소, 당장!"

납작 숨죽이고 엎드려도 모자랄 판에, 빨딱 일어난 희제는 다짜고짜 뜀박질을 해댔다. 칼두령이 그녀를 붙들었다.

"시체들이 아직 식지도 않았소! 잔당들이 이 근방에 있다고!"

"이거 놓으시오! 나 혼자라도 가겠소!"

"진정하시오! 정신 차리고!"

"이거 놔! 대체 어떻게 진정을 해! 백섬이 살았는지 죽었는지도 모르는데 어떻게! 칼두령도 봤잖소! 해부형이 공표되었소! 장헌이 놈한테 잡히면 이번엔 정말이지……!"

"백섬은 무려 세자 저하의 호위를 거느렸소! 조선 땅의 그 누구보다 안전하다고!"

"그런 막연한 말 따위 집어치우시오!"

"작금 익위에겐 백섬이 세자요! 세자를 살리는 유일한 길이 백섬을 앞세워 독풀이를 받는 것뿐이니 그의 칼이 사정을 두지 않을 것이란 말이오! 오히려 그대의 경거망동이 모두를 위험에 빠지게 한다는 걸 왜 몰라!"

선득한 갈바람이 불어왔다. 이름 모를 나무에 붙은 늦잎들이 시득시득 몸부림을 쳤다. 어디 있을지 모를 백섬의 생각에 희제의 심장도 팔락거렸다.

"아픈 백섬을 예까지 끌고 온 것도 나고! 이 고생을 시켜서 병증을 악화시킨 것도 나요! 혹 법란서 신부님을 못 만나면 어쩌나, 독풀이를 못 받으면 어쩌나! 자꾸만 불길한 예감이 든단 말이오! 자꾸 자책하게 된단 말이오! 혹여 내가 백섬을 더 힘들게 한 건 아닌가, 최악으로 몰고 간 건 아닌가! 괜한 똥고집을 부렸나, 너무 이기적이었나! 혹여 홀로 남는다는 불안감에 백섬을 억지로 밀어붙인 건 아닌가! 혹여 백섬이 아닌 나 자신을 구원하고 싶었던 건 아닌가! 이게 정녕 최선이었나!"

항시 맹랑하기만 하던 금박장이 번민으로 흔들리는 것을, 하여 장터에서 어미 손을 놓친 아이마냥 울먹거리는 것을 칼두령은 묵묵히 보고 서 있었다. 배슬대는 여인을 힘껏 안아 주고 싶은 마음과 달리 그는 제 목에 둘러진 복면만 만지작댈 뿐이었다.

"내가 장담하오. 그게 최선이었소."

"백섬의 목숨이, 인생이 달린 거잖소! 최선으론 부족한 건지도 모르잖소! 하물며 내가 청혼을 했단 말이오. 법란서 신부님을 만나면 서양식 혼례를 올리자 했단 말이오! 괜한 기대, 괜한 절망까지 보탠 꼴이 될까봐 겁이 난단 말이오!"

울컥한 희제가 어금니를 그러물며 그새 컴컴해진 허공을 을러보았다.

"울어도 되오."

"싫소! 세상 쓸데없는 게 우는 거요! 울어서 해결되는 게 대체 뭐라고!"

희제는 소맷부리로 눈두덩을 꽉 찍어 누르며 커다랗게 심호흡을 했다. 창백한 달빛이 불안한 눈빛을 관통하였다. 칼두령은 수많은 날 그녀가 속으로 삭였을 눈물이 안쓰러워 어린 아이를 달래듯 나긋하게 말했다. 청혼이란 뾰족한 단어마저 외면하면서.

"날이 밝는 대로 나루더로 갑시다. 곧 백섬을 만날 것이니 걱정 말고 작금은 안에나 들어가 있으시오."

왜 저만 들여보내느냐고, 체념한 희제의 눈망울이 되물었다.

"저것들부터 처리해야 되니까. 호랑이 밥 안 되려면."

까마득한 절벽 아래로 하나둘, 시체들이 거꾸러졌다. 칼두령은 사방에서 풀떨기며 검부러기며 잔솔가지를 닥치는 대로 긁어와 흥건한 핏자국을 어리가리 덮었다. 옷자락을 털어내며 그가 돌아섰을 때 아스라한 별빛 아래 희제는 두 손을 모으고 눈을 감은 채였다. 한참이나 후에 성호를 긋고 안쪽으로 들어오는 그녀에게 칼두령이 물었다.

"백섬이 무사하게 해달라고 기도한 거요? 익위론 당최 안심이 안 돼서?"

"천주님은 이미 내 어머니, 오라비, 아부지까지 모두 데려갔소. 그러니 백섬까지 뺏어가면 나도 가만 안 있겠다 했지."

하야스름한 면이 다시금 당돌하였다.

"가만 안 있으면?"

"은제 십자가고 뭐고 싹 다 때려치울 거라고 했소! 아주 배교를 할 거라고!"

"하! 그건 기도가 아니라 협박이잖소!"

백섬은 절대 죽을 리 없다. 누군가 그의 생존을 저토록 간절히 빌고 있질 않은가. 칼두령은 그가 부러운 것을 넘어 개염이 났다. 하물며 금박장에게 청혼을 받은 사내라니.

"칼두령은…… 괜찮소?"

한참 힘을 쓴 사내의 어깨에서 속절없이 김이 올랐다.

"빨리도 물어보는군! 사람 하나 살리는 일이 어디 쉽겠소? 어려운 게 당연하지."

"아니, 칼두령도 이제 쫓기는 신세가 되었잖소. 나 때문에."

백섬의 도망을 도운 데다 천주쟁이란 죄목까지 얹어졌으니 발견 즉시 사살하란 명이 떨어졌을 게 자명했다. 하나 그런 상황에도 칼두령은 그저 어깨를 으쓱해 보일 뿐이었다.

"애초에 그 정도 각오도 없이 왔을까봐? 내 걱정은 마시오. 자책도 말고."

나는 그대에게 목숨 하날 빚졌다. 하여 나도 그대에게 내 한 목숨 바칠 수밖에 없다, 칼두령은 속으로 대꾸했다. 백섬을 향한 말도 안 되는 강샘 따윈 그새 집어치운 뒤였다. 그는 묵묵히 장포를 벗어 금박장에게 건넸다. 이슬에 젖어 앙당그린 어깨가 내내 눈에 밟혔으나 주변엔 온통 희나리뿐이라 불 한줄기 피워 올리기 힘든 때문이었다.

"됐소! 칼두령은 뭐 털 난 짐승이오, 안 춥게? 빨랑 도로 입으시오."

까랑까랑해진 희제의 음성이 동굴의 습기 탓에 묘하게 울렸다.

"입김이 펄펄 나는 건 알고 하는 말이오? 누가 보면 백룡인 줄 알겠네!"

"이래 봬도 나 열 많은 체질이오! 고뿔에 걸려 업어달라 징징댈 일 없을 테니 걱정 붙들어 매시오."

저 옹고집을 어찌 꺾을까. 칼두령은 두말 않고 다시 장포를 꿰어입었다.

"하면 금박장은 말뚝잠이라도 청하시오. 해가 뜨면 곧장 나루터로 갈 것이니."

"으으으!"

"왜? 또 이명이오? 찌르레기들이 예까지 따라붙은 거요?"

진저리를 치다 말고 희제가 포기한 듯 고갤 까딱였다.

"내 어디, 그 고얀 것들을 싸악 잡아서 씨를 말려주리까?"

"그러면 내, 칼두령을 평생 형님으로 받들어 모시지."

"왜 오라비가 아니라 형님이오?"

"호형호제하는 사내들의 의리 같은 거 있잖소? 난 그게 퍽 좋아 보이더이다."

희제의 말 한마디에 칼두령은 분연히 일어섰다. 밖으로 성큼성큼 걸어 나온 그는 바람결에 몸이 부서지도록 스스로를 내맡겼다. 그렇게 한참을 서 있다 말고 그는 쌍룡검을 발도하여 바위에 대고 갈기 시작했다. 이미 시퍼렇게 날이 섰건만 결전을 앞둔 장수처럼 비장하게 그는 서슬을 갈고 또 갈았다. 신산스레 펄럭이는 장포 자락에서 비릿한 쇠냄새가 번졌다.

[희제의 마음을 영영 갖지 못하는 게, 그놈한텐 이미 천벌이니까요.]

백섬의 말이 이제야, 시린 비수처럼 칼두령의 가슴에 박혀들었다. 그래, 금박장은 천벌이었다. 제가 잊고 지낸, 아니 잊으려고 부단히 노력했던 그 거대한 죄를 끊임없이 상기시키는 천벌. 그럼에도 불구하고 그녀를 좀 더 일찍 만났더라면, 달리 만났더라면 하는 바보 같은 가정을 내내 떨칠 수가 없었다. 그녀가 놓은 마음속 불씨는 들불처럼 일어나 모든 걸 새카맣게 태우고도 사그라들긴커녕 누차 되살아났다. 폐부에 매캐한 저항이 일었다. 그 잔불을 자근자근 밟아대며 칼두령은 주문처럼 되뇌었다. 얼마나 부서지든지 간에 묵묵히 내 길을 가야만 한다고. 그렇게 금박장을 지켜야 한다고. 애정을 구걸이라도 하고픈 이 치졸한 감정이 모다 사라질 때까지, 비참해지려고 용을 쓰는 방법밖엔 없었다. 새벽은 끝내 오지 않을 듯 사위가 너무나 검었다.

번드러운 난길을 아슬아슬하게 디디는 백섬의 호흡이 덤거칠었다. 채찍비 탓에 시야마저 까막까막했으나 반드시 법란서 신부님을 뵙겠단 일념 아래, 그는 초인적으로 할미봉을 타넘는 중이었다. 희제와 조우할 땐 독풀이를 받은 건강한 모습이고 싶었다. 그럼 정말 그땐 장헌에 대한 복수 따윈, 최씨 가문에 대한 원망 따윈 깨끗하게 털어버리리라. 더 이상 삶을 낭비하지 않고 오롯이 희제와 방앗골에서 새 삶을 시작하는 데 바치리라.

마침 길 양옆으로는 참하게 붓꽃이 흐드러진 참이었다. 억수비에 젖은 꽃잎은 보랏빛 자수정처럼 영롱하게 반짝였다. 저도 저렇게 다시 피기를, 백섬은 마음속으로 빌고 또 빌었다. 걱정스레 돌아보는 익위 나리께 몇 번이나 괜찮다 고개를 끄덕이다 보니 어느새 할미봉을 넘어 평평한 자드락길에 들어섰다. 막 싼 소똥 같은 진흙이 여전히 발목을 붙잡았으나 백섬은 휘돌림 걸음을 멈추지 않았다. 드디어 저 앞에 초막이 보였다. 혹여나 군사들이 포진하고 있을지도 모르니 방호가 앞장을 섰다. 인근 풀숲에 납작 엎드린 백섬은 저도 모르게 목에 걸린 은제 십자가를 틀어쥐었다. 이 밤, 이곳에서 법란서 신부님을 만나 독풀이를 받게 된다면 그 무엇이라도 하겠다. 그의 머릿속에 형체를 알 수 없는 천주님이며, 훈룡사의 사천왕이며, 금부처까지 모든 신들이 스쳐 지났다. 하물며 이 짧은 순간 막단 누이까지 소환해냈다. 제발 저를 좀 도와달라고. 꼭 좀 살려달라고. 그때 초막에서 방호가 크게 손짓을 했다. 어서 들어오라는 신호였다. 긴장한 백섬의 다리가 비척비척 휘어졌다. 마른침을 삼키며 초막 안으로 들어선 그는 그러나 곧 기절하듯 까라졌다. 뻥 뚫린 지붕 아래, 짐 보퉁이만 있을 뿐 그 누구도 없었다.

"세간이며 외어外語로 쓰인 서책까지 있는 걸 보니 법란서 신부며 병자촌 사람들이 예 머물렀던 건 맞는 듯하오. 그것도 조금 전까지. 지붕에 저리 커다란 구멍이 있는데 바닥엔 빗물 웅덩이 하나 없잖소."

무서운 말이었다, 짐을 두고 사람만 없어졌다는 건. 질겁하는 백섬을 보고 방호가 손사래를 쳤다.

"지레 겁먹을 거 없소. 잡혀갔다면 방 안에 핏자국이나 하다못해 신발 자국이라도 있었을 거요. 사람들이 잠시 음식을 구하러 나간 것일 수도 있고, 우리가 오는 걸 보고 급히 몸을 피한 것일 수도 있소. 확실한 건 아무것도 없으니 너무 실망 말고 그대는 일단 좀 쉬시오."

봇짐을 그러안으며, 죽데기 벽에 겨우 기대앉은 백섬에게 익위가 무어라 속삭였다. 주변 정찰을 하고 온다는 듯했으나 된바람 소리가 그의 말끝을 잡아먹었다. 대충 고개를 끄덕이니 그는 사람 좋게 웃어 보였다. 흔치 않은 무관의 웃음이 불안을 배가시키는 줄도 모르고. 어둠 속에 멀어지는 그의 뒷모습을 보다 말고 백섬은 새들새들한 팔로 턱을 닦아냈다. 빗물인 줄 알았던 것은 다시금 터진 코피였다. 명치에서 솟은 뜨끔한 울분이 목구멍을 틀어쥐었다. 한바탕 육혈이 쏟아지며 토악질이 올라왔다. 바닥을 짚고 간신히 호흡을 하던 백섬은 경악했다. 방구석에 휘우듬히 돋아난 붓꽃 때문이었다. 돌연 무지근한 정적을 몰아내며 곡풍이 들이닥쳤다. 매섭게 방 안을 휘젓는 고추바람에 아릿한 붓꽃향이 치솟았다.

"으헉!"

도끼질한 장작마냥 쩍, 몸이 쪼개졌다. 뼛골이 으스러지는 선득함에 백섬은 몸서리를 쳤다. 도대체 어디부터 어디까지가 환각인가. 이 초막은, 아니 익위 나리는 정녕 존재하는 것인가? 방금 제가 건너온 절벽이 혹, 저승길은 아니었는가? 수

많은 상념들이 뻥 뚫린 천장을 메꾸었다. 두려웠다, 그 무엇도 단언할 수 없다는 것이. 목숨이 경각에 달했다는 자각이 들었다. 그건 더 이상 희제를 볼 수 없단 뜻이기도 했다. 암흑에서 태어나 잠깐 빛을 보고 다시 암흑으로 돌아온 느낌이었다. 같은 암흑은 더욱 암울해 보였다. 하나 아직은 아니다, 아직은. 예까지 와서 무너질 순 없었다. 익위 나리의 말씀대로 법란서 신부님이 잠시 몸을 피한 것일 수도 있지 않은가. 곧 돌아와 독풀이를 주실지도 모르잖는가. 입속에 고인 피를 침마냥 뱉어내며 백섬은 되똑 젖은 어둠을 쏘아보았다. 어떻게든 살자고, 억울해서라도 살아야 한다고, 딱 이 밤만 버텨보자고 수만 번 되뇌었으나 고통의 정도는 쉬이 각오를 넘어섰다. 책갈피 속 단풍잎처럼 그의 육체는 속절없이 바스라졌다. 하늘 아래 늘 혼자였건만, 그게 오늘처럼 뼈저리게 서러운 적은 없었다. 한 방울 눈물이 사선으로 흘러내렸다. 시린 밤하늘에 설움만이 남겨졌다.

"금박장, 일어나시오."

부스스 일어난 희제는 샛눈을 비비적대며 주변을 두리번댔다.

"나, 여태 잔 거요?"

그녀는 지난밤, 칼 가는 소리에 눈살을 찌푸렸던 걸 떠올렸다. 하나 어째서인지 반복되는 그 소음이 꼭 몽돌 해변의 파도 소리 같기도, 삼나무밭의 바람 소리 같기도 하였더랬다. 그렇게 단잠에 빠진 것이었다. 하물며 한 토막 꿈도 없었다.

"그냥 잠만 잔 줄 아오? 코를 어찌나 고는지 난 콧속에 귀뚜라미라도 들어갔나 했지!"

"진짜? 하면 깨우지 않고!"

"건너편 산에 봉화가 올라서 군사들의 움직임이 부산하더이다. 당장 이동하긴 무리라 좀 자게 놔두었지."

"봉화라니? 오랑캐라도 쳐들어온 거요, 응?"

"별건 아닌 듯했소. 봉수대 관련 모의훈련인 모양이오."

"그새 정찰까지 마친 게요, 칼형?"

희제가 놀라 물었으나 칼두령이 더 크게 놀랐다.

"진짜 날 형님으로 뫼시기로 했소, 금박장?"

"그렇소! 대체 어찌 한 거요? 어찌했기에 그 질긴 찌르레기들이 잠잠하냐고?"

"싹 잡아서 구워 먹었소. 이젠 코빼기도 안 보일 거요."

농을 친다는 건 최악은 아니란 말이었다. 희제가 푼더분히 옷매무새를 추스르며 일어나자 칼두령이 자못 심각하게 말했다.

"내가 말한 나루터 말이오, 저쪽에 보이는 소곡 폭포 바로 아래요. 내 묘향산에 당도하자마자 거기에 쪽배 하나를 매놨으니 무슨 일이 생기면 무조건 그쪽으로 뛰시오. 일단 배를 타고 하류로 흘러가면 군사들의 포위망에선 쉬이 벗어날 수 있을 것이오."

"칼형은 어쩌고 나한테 가라시오?"

"무슨 일이 생기면, 이라고 하지 않았소? 대비 모르시오, 대비?"

"그래서 일찌감치 쪽배까지 구해다 놨다? 익위 나리한테도 진즉 말해놨고? 와, 칼형 이렇게 철저한 사람이었소?"

"철저하지 않으면? 작금 어리바리하다간 다 끝이오, 끝! 애젊어 천당 유람 하고 싶소?"

354

"은자 석 냥 더!"

"뭐?"

"이 일이 다 끝나면 은자 석 냥 더 얹어주겠소. 내 그쪽 시세에는 무지하나 아무리 생각해도 은자 석 냥은 너무했단 말이지."

"성공 보수요?"

"그렇다 칩시다."

"그럼, 돈 말고 딴거 주시오."

"딴거, 뭐?"

"글쎄. 차차 생각해보지."

"또, 또! 철검 같은 거 가져와서 아주 뻔드윽하게 금칠을 해내라 할 작정이구면?"

"내가 뭐 이참에 한몫 잡겠다 설칠 못난 놈으로 보이오?"

"그렇소! 이미 쌍룡검으로 증명했잖소? 내 다시는 칼형한테 호구 안 잡힐 것이니 그리 아시오!"

"호구? 호오구우? 호구 잡힌 게 누군지, 아직 모르겠소?"

칼두령은 금박장의 반응이 기막혀 그만 헛웃음을 터뜨렸다. 칼형이란 희한한 애칭이 맘에 들었다. 이렇게 또 하나의 진한 동기가 생겼다. 어떻게든 그녀를 지켜야 할 동기.

그때 핼쑥한 겨울 햇발을 등지고 낯선 그림자가 나타났다. 희제가 놀라기도 전에 침입자의 울대에 쌍룡검이 들러붙었다.

"내, 내래 병자촌에서 왔음둥!"

듬성듬성한 머리칼을 망건도 없이 틀어 올린 중년 사내는 꼴깍 침을 삼키며 허겁지겁 은제 십자가부터 꺼내 보였다. 그럼에도 칼두령은 쉬이 무기를 거두지 않았다.

"우리가 예 있는 건 어떻게 알았소? 분명 약속한 거점은 다른 곳이었는데!"

깡마른 턱을 달달 떨며 중년 사내가 얼쯤얼쯤 대꾸했다.

"여, 여우고개 주막? 거, 거그는 진즉 군사들 집결지가 돼 버렸지비. 내래 심마니임둥. 여 골짜기 일대에 사람 새끼 숨어 있을 만한 곳이 여그밖에 읎단 말임둥."

"병자촌 사람들은 무사한가?"

심마니가 급히 고개를 끄덕이자 그제야 칼두령은 쌍룡검을 갈무리하였다.

"어디에 있소, 다들?"

"여 침범골을 지나서리 저 할미봉 너머에 있음둥. 울 겉은 심마니들이 가끔 쓰는 초막에 깡그리 숨어들 있지비. 고저 날래 따라나서라요. 군사들이 지천이니 제아무리 천주님이 보살피는 초막이라도 남아날 수가 읎단 말이오!"

"칼두령, 잠깐 나 좀 보오."

두 사내의 대화를 듣던 희제가 칼두령을 폐광 안쪽으로 불러 속삭였다.

"뭔가 이상하지 않소?"

"사내의 말투로 보나 복색으로 보나 예 토박이인 건 맞소. 참흙 냄새가 나는 걸 보니 심마니임도 확실하고. 게다가 처음부터 '교우촌'이 아니라 '병자촌'에서 왔다 하지 않았소?"

"그래도 당장 따라나서라 닦달인 것이 수상하오. 함정일 수도 있잖소, 장헌이 놈이 판."

"그가 움직이는 군사며 살수의 수가 제법 될 거요. 하면 차라리 퇴로도 없는 여길 치는 게 빨랐겠지. 저 심마니에게 삿된 목적이 있었다면 우리에게 오히려 이곳을 떠나지 말라 하는 게 유리할 테고. 그래도 혹시 모르니 금박장은 예 남으시오. 밖을 주시하고 있다가 여차하면 저 밑의 벼룻길을 따라 나루터로 가란 말이오."

"싫소. 나도 칼형이랑 가겠소."

"이보시오, 금박장!"

"병자촌의 그 누구도 섣불리 움직일 수 없을 테니 내 직접 법란서 신부님을 찾아 어떻게든 독풀이를 받겠소. 그게 내 역할이오. 난 그것 때문에 여기 왔다고!"

"그댄 의뢰인이오! 위험을 무릅쓰고 행동하는 게 내 역할이고!"

"와, 은자 석 냥이 그리 대단한지 내 새록새록 감탄을 하오. 근데 칼형, 이번엔 나도 양보 못 하오. 백섬의 목숨과 내 혼사가 걸려 있단 말이오!"

칼두령이 뭐라 답할 새도 없이 심마니가 초조하게 뒤를 돌며 외쳤다.

"무시기를 꾸물떡거림둥! 초막도 여그도, 군사들이 언제 까부시고 들어올지 모른다 안 함메!"

"가오!"

희제는 홱 봇짐을 짊어지며 심마니에게 어서 앞장서란 손짓을 했다. 칼두령은 커다랗게 한숨을 쉬며 하는 수 없이 그 뒤를 따랐다. 어째서 이런 순간에도 그녀와 헤어지지 않아 다행이라는 사심이 따라붙는 것인지 알다가도 모를 일이었다.

357

쏘지도 못할 거면서

잡초가 무성한 푸서릿길을 따라 칡범골을 지나는 세 사람은 말이 없었다. 심마니의 뒤를 따르는 칼두령과 희제가 슬쩍슬쩍 눈짓을 주고받을 뿐이었다. 이미 그는 그녀에게 단단히 약속을 받아내었다. 혹여 군사들에게 잡히면 바로 투항하기로. 최장헌의 군사들이 희제를 한성으로 압송했으면 했지 옥사에 처넣거나 해하지는 않을 것은 자명하기 때문이었다. 그래도 혹시 몰라 여차하면 찌르라며, 칼두령은 제 단도를 희제에게 쥐여주었다. 그녀는 그걸 물리며 제 가슴팍에서 더 예리한 단도를 꺼내 들었다. 입 모양이 가관이었다.

'내가 이런 거 하나 없이 여기까지 왔겠소?'

희제는 풀물이 밴 치맛단까지 슬쩍 걷어 보였다. 얇은 발목에 붙동인 또 하나의 은장도가 반짝였다. 소가죽 끈으로 묶은 나비매듭이 걸음걸음 팔랑였다. 수럭스레 치맛단을 내리는 그녀의 표정이 살수가 아니라 호랑이라도 대적할 듯 의기양양하였다. 칼두령의 억센 눈이 스르륵 휘었다. 이 여인의 무모함이 기막혀서였다. 아니, 누군가를 꼭 지켜내겠단 그 용기가 가상해서일지도. 씩씩하게 앞서 나가는 금박장의 뒤태가 칼두령은 어뜩 까마득해 보였다. 언젠가부터 힘에 부쳤다. 아무렇지 않게 선선히 바라보는 게, 특별할 것 없이 예사롭게 말하는 게.

휘뚤휘뚤한 길을 지나 노루목에 막 들어선 때였다. 심마니가 언뜻 뒤를 일별하더니 빼애애액, 죽피리를 불어 젖혔다. 무언가 잘못된 것을 직감한 찰나, 진저리 치는 대나무 숲에서 튀어나온 건 쇳빛 무복의 살수들이었다. 일곱 개의 첨단이 일제히 희제와 칼두령을 포위했다. 그 뒤로 느긋하게 모습을 드러낸 건 한 마리의 흑마였다. 그 위에 앉은 장헌은 풍성한 늑대 털 풍차 덕에 위압감까지 뿜어댔다. 그를 알아본 심마니의 면상에 뿌듯함이 배어 나왔다.

"고저 내래 해냈으니 참말 은덩이를 주시는…… 크억!"

단말마와 함께 심마니가 저만치 나뒹굴며 내동댕이쳐졌다. 장헌이 발사한 쇠뇌살에 심장을 꿰인 것이었다. 코앞에서 사람이 죽어 나가는 것을 본 희제가 경악하였으나 이제 쇠뇌는 그녀를 향했다.

"희제 넌 끝까지 날 놀랜단 말야. 그런 표정 짓지 마, 저치가 죽은 건 다 너 때문이니까."

장헌은 현맹에게서 빼앗은 은제 십자가를 촌락민들에게 하나씩 나눠주곤 수상한 이를 발견하는 즉시 그것으로 천주쟁이 행세를 하여 이 대숲까지 유인해 오라고 하였다. 누가 되었건 도망자를 가장 먼저 찾는 이에게 은덩이를 주겠다 했다. 한데 재주 좋은 심마니가 데리고 온 건 백섬이 아닌, 희제였다.

"네가 이런 더러운 일에 엮였다는 건 그 누구도 몰라야지.

응당 풍주 최씨 집안 며느리면 추문 따위는 없어야 하니까. 다행히 이 은제 십자가 덕분에 저 시체도 내 공이 되겠네! 사악한 천주쟁이 하나 잡아 죽인 거지!"

"최장헌!"

"그래, 본론을 얘기하자. 백섬이 놈은 대체 어디다 숨겼어?"

희제는 속으로 헛숨을 터뜨렸다. 안도감에 눈뿌리가 다 뜨끈했다.

"네가 아무리 입을 닫아도 놈을 잡아들이는 건 시간문제야. 내가 푼 심마니며 착호갑사며 약초꾼 수십 명이 온 산을 이 잡듯 뒤지고 있다고! 세자가 위독하다는 전갈을 받고 방호는 진즉 환궁했을 테니 이제 널 도와줄 놈도 없어. 그러니까 더 이상 힘 빼지 말고 여기 타."

쇠뇌를 겨눈 채 장헌이 제 흑마를 눈짓하였다. 희제가 뇌까렸다.

"미친놈, 쏘지도 못할 거면서!"

"나도 내 물건에 흠집 내고 싶지 않아. 혈도를 눌러 고이 품에 안고 갈까 싶은데…… 그게 싫으면 순순히 타든지."

"그냥 쏴! 무슨 말이 그렇게 많아, 구차하게시리!"

"양놈 신부 나부랭이를 만나려고 큰소리 뻥뻥 치는 모양인데 어쩌냐, 이미 저세상 가셨는데?"

"거, 거짓말!"

삽시에 희제의 온몸에 피가 가셨다. 사색이 된 그녀를 향해 장헌은 커다란 염낭을 들어 짤랑댔다.

"난 충심으로 천주쟁이를 잡아들인 것뿐인데, 그럴 때마다 상으로 이런 은덩이가 떨어지더라고?"

기겁한 희제가 칼두령과 설핏 눈빛을 주고받았다. 믿을 수 없었다. 아니, 결코 믿고 싶지 않았다. 법란서 신부님은 살아 있어야만 한다. 오로지 독풀이 하나 때문에 예 왔지 않은가! 희제는 마른 입술을 감쳐물었다. 장헌이 그저 저를 협박하기 위해 거짓을 지껄이는 것일 수도 있었다. 아니, 그래야만 했다.

"나병환자 꼬락서니에 군사들이 식겁하고 내빼서 애를 먹긴 했는데, 닭똥 따위로 천하의 최장헌을 속일 순 없지!"

이 대목에서 끝내 희제는 휘청하였다. 억장이 무너졌다. 장헌이 입귀를 쫙 올려붙였다.

"싹 잡아들였는데 향산 현감은 질색을 하더라? 정말 나병환자면 어떻게 하느냐고. 그래서 그냥 불 싸지르라고 했지. 그런 사악한 것들을 조선 땅 어딘가에 묻는단 것도 영 찜찜하니까. 독한 것들! 불을 놓은 지가 언젠데 아직 타고 있대? 군사들이 봉화가 오른 줄 알았다나 뭐라나."

와락 굳어진 칼두령의 면상이 먼 산봉우리를 치바라봤다. 하면 새벽에 목도한 봉화는 고깃골 아이들이 불구덩이에서 치던 몸부림이었단 말인가! 예기치 못한 작별을 당한 칼두령의 눈가에 씰룩씰룩 경련이 일었다. 역시 허옇게 식은 희제를 보며 장헌이 슬쩍 애체를 올려 썼다.

"삭풍이 드는 음습한 돌 계곡들을 하도 쑤셔대다 보니까 갑자기 그런 생각이 들더라고? 명당에 묻힌 네 아비를 파내서 이런 흉지에 박아두면 네 기가 확 꺾일까, 그러면 내 말을 순순히 들어먹을라나, 하는 재미난 생각."

"닥쳐! 닥치라고!"

"계집애가 말본새하곤. 아니면 네 아비가 손수 구해온 맹독 중 하날 골라서 널 옥선당에 그림같이 앉아만 있게 하는 방법도 있고."

"이 추잡하고 저열한 놈!"

"그래, 나 그런 놈이야! 그러니 되바라진 것도 모자라 사학까지 믿는 너 같은 계집을 좋아하지! 우린 딱 어울리는 한 쌍이라니까? 빨리 타, 이거 쏘기 싫으니까."

희제는 마상馬上의 장헌과 그의 쇠뇌를 번갈아 노려보았다. 독풀이가 영영 사라졌으니 이제 더 이상 무엇을 위해 뛰어야 할지, 어느 방향으로 뛰어야 할지, 그 무엇도 알 수 없었다. 절망보다 참담한 무망이었다. 허탈함이 눈물로 차올랐다. 뚜벅뚜벅 희제는 장헌에게 다가갔다. 그리고 훌쩍 말에 올랐다.

"그래, 이렇게 쉬운걸!"

큰소리는 쳤지만 내내 초조해하던 장헌의 만면에 미소가 번졌다. 바로 이것이다! 모든 것을 버리고 예까지 온 이유! 그토록 탐낸 단 한 가지! 등 뒤에서 느껴지는 여체의 몰캉함에 말로 형용할 수 없는 우월감이 들어찼다. 『경국비서』로 잠시나마 전능감에 젖었던 그때를 뛰어넘는 궁극의 희열이었다.

"단단히 잡아. 내 허리를 꽉 붙들라고. 바로 한성으로 달릴 테니까."

장헌은 다짐했다. 도성에 도착하는 대로 혼례부터 올릴 것이다. 백섬의 목숨을 담보로 희제를 좌지우지하려면 일사천리로 일을 해치우는 게 맞다. 애체 안, 그의 눈씨가 뿌듯하게 휘어졌다. 고삐를 채잡은 순간.

"다들 칼 버려! 허튼수작 말고!"

희제가 날카롭게 포효했다. 장헌의 목을 바투 겨눈 채였다. 다름 아닌, 그의 허리춤에서 빼낸 쇠뇌살이었다. 그새 칼두령은 민첩하게 쌍룡검을 발도하였다. 고깃골 아이들의 복수를 위해 틈만 엿보던 그에겐 반가운 기회였다.

"그래! 윤희제가 너무 순순히 왔다 싶었다."

장헌은 실소했다. 그러곤 설마 정말 찌르랴, 하는 투로 심드렁하게 말했다.

"쟤들 군사 아니다? 살수야, 살수. 아주 비싼 놈들이라고."

"쳇, 얼마나 비싼데?"

"두당, 금자 석 냥."

흠칫 희제가 칼두령을 일별하였다.

"피 칠갑하고 싶어 미치는 놈들이야, 성공 보수가 또 금자 석 냥이거든. 괜히 그런 놈들 사기 북돋지 말고 희제 너도 이쯤 해둬. 뭐, 시도는 나쁘지 않았어."

"내가 작금 장난치는 줄 알아?"

희제는 쇠뇌촉을 단단히 치켜올렸다.

"그래! 얌전히 따라가는 것도 윤희제답지 않지!"

"비싼 놈들한테 확실히 명령해, 칼 버리라고!"

"희, 희제 너! 이거 안 치워?"

"빨리 명하는 게 좋을 거야!"

촉의 첨단이 기어이 장헌의 울대 밑에 박혀들었다. 주르르 흐른 실핏줄기가 옷깃에 방울져 내렸다. 죽상을 한 그가 살수들을 향해 어정쩡한 손짓을 했다. 칼두령과 대치하고 있던 살수들이 일동 천천히 발을 물렸다.

"더 멀어져! 완전히 꺼지라구!"

희제가 비명처럼 외친 순간, 장헌이 그녀의 손에서 쇠뇌살을 쳐냈다. 하나 희제는 예상했다는 듯 곧바로 소매춤의 단도를 꺼내 장헌의 척추에 바짝 붙였다. 그녀가 등 뒤에 위치한 탓에 이번엔 장헌도 힘을 쓰긴 역부족이었다. 하나 멍청하게 당하고만 있을 순 없질 않은가. 마상에서 몸싸움이 벌어지자 살수들의 장도가 칼두령을 향해 짓쳐들었다.

"금박장! 조금만 버티시오!"

비싼 몸값을 증명이라도 하는 듯 살수들은 군더더기 없이 검을 휘둘렀다. 칼두령은 예서제서 치고 드는 살기등등한 첨단을 내치며 머릴 굴렸다. 쪽수로 밀리니 방어는 힘만 소진시킬 뿐, 공격만이 살길이었다. 그는 땅을 디딘 두 발목에 바짝 힘을 주었다. 쌍룡검도 야무지게 움켜쥐었다. 그러나 칼을 치켜든 찰나, 어쩐 일인지 팔이 멈칫했다. 확 스치는 기시감 때문이었다. 언젠가 이런 장면을 맞닥뜨린 적이 있었다. 볕쨍한 오후 칠패 시장! 어찌하여 이 절체절명의 순간에 깡그리 도려내고 싶은 그날의 기억이 솟구친단 말인가! 칼두령은 숨을 고르며 살수들 너머 금박장을 바라보았다. 삽시에 몸소름이 돋으며 백정 마도진이 되살아났다. 가슴 저 밑바닥에 가둬둔 사나운 금수가 깨어난 것이었다. 살인을 하고도 아무도 구해내지 못했던 그때와는 달라야만 했다. 이번엔 모두를 멸하고 반드시 금박장을 살릴 것이다! 쌍룡검이 춤을 추듯 살수들을 비집고 들었다. 몰려드는 먹구름을 베어내듯 간결하고도 깔끔한 검세劍勢였다. 피보라를 일으키며 고목나무 스러지듯 몇몇 살수들이 넘어가고 칼두령의 얼굴에 핏방울이 튀어 번졌다. 실뱀 같은 살수들의 환도가 끊임없이 살갗을 베어내었으나 그는 개의치 않았다. 이미 제 목숨은 제 것이 아니었다. 저는 금박장의 운검이 아닌가. 순간 눈앞에 은색 궤적이 스치는가 싶더니 찢긴 눈썹에서 찐득한 핏물이 흘러내렸다. 시뻘게진 시야도, 아린 눈두덩도 상관없이 그는 적

안을 희번덕대며 사위를 을러보았다. 그리고 피에 굶주린 야차마냥 더 앞으로 튀어나갔다. 그 비장함에 멈칫대던 날붙이들이 다시금 섬뜩하게 엉겨 붙었다. 쨍한 쇳소리가 산천초목을 뒤흔들었다.

마상에서 희제를 붙든 채 아귀다툼하던 장헌은 어금니를 꽉 깨물었다. 아무리 그녀가 죽기 살기로 단도를 부여잡고 있대도 그 얄팍한 손목 하나 꺾는 게 어디 일인가? 하나 끝내 장헌은 희제의 손가락 하나 까부라뜨리지 못한 채 내내 붙들고만 있을 뿐이었다. 겁이 났다. 예민하게 손끝을 쓰는 금박장이 아닌가. 장헌은 이 지경이 되어서까지 그런 생각을 하는 저 자신이 한심하기 그지없었다. 맹독을 써서 그녀를 주저앉힐 생각까지 했건만 어찌 이따위 것에 망설인단 말인가! 미친놈! 저 자신에게 욕지거리까지 퍼부었으나 끝내 그가 선택한 건 그저 고삐를 채는 것이었다. 놀란 말이 앞발을 치켜들었다. 중심을 잃고 고꾸라진 희제가 언덕 아래로 굴러떨어졌다. 장헌은 뒤도 돌아보지 않고 잽싸게 말 옆구리를 걸어찼다. 가슴팍을 적신 핏물을 내려다보며 그는 이를 갈았다. 이렇게 된 이상 백섬의 목을 잘라 희제 앞에 던져주겠다! 그녀를 해하지 못한다면, 마음에 평생 남을 진한 상처 하나 선사해주어야 하지 않겠는가!

땅을 박차며 장헌의 말이 멀어지자 살수들이 슬금슬금 발을 물렸다. 하나 칼두령은 그들을 곱게 보낼 생각이 없었다. 금박장의 목숨이 달린 일이므로. 광증에 걸린 아귀처럼 그는 살수들을 막아섰다. 이미 베이고 찢긴 상처에서 울컥울컥 선혈이 뿜어져 나왔으나 통증 따윈 없었다. 적들의 기세를 첨예하게 읽어내는 칼잡이의 본능만이 남아 있을 뿐이었다. 첨

점 끝이 보였으나 체력의 한계도 분명해졌다. 그건 저쪽도 마찬가지였다. 거친 숨을 헐떡이며 대치하다 말고 다시금 인정사정없는 뭇칼질이 이어졌다. 죽기 아니면 까무러치기였다. 하나 돈벌이로 칼질을 하는 놈은 목을 내놓은 놈을 이길 수 없는 법. 기어이 모두가 쓰러지고 마지막 한 놈만이 남았다. 이마에 흑색 띠를 두른 것으로 보아 우두머리가 분명했다. 칼두령은 그를 노려보며 핏물 섞인 침을 냅다 뱉어내었다. 입안이 비릿한 게 이제야 느껴졌다. 집중력마저 바닥 난 것이었다. 하나 호흡을 가다듬기도 전에 저쪽에서 먼저 짓쳐 들었다. 채챙! 최후의 서슬들이 첨예하게 맞부딪쳤다. 쌍룡이 소름 끼치는 철성鐵聲을 내질렀다. 은빛 비늘이 파파박 불꽃을 일으켰다. 칼두령은 직감하였다. 끝내 한 번 찌르면 한 번 찔려야만 하는 막장싸움에 다다랐다는 걸. 죽기 살기로 힘겨루기를 하던 그가 단번에 발을 물렀다. 그리고 곧바로 적의 단전을 꿰뚫었다. 동시에 적의 칼끝도 칼두령의 가슴을 내리그었다. 교차하여 쓰러진 두 사람이 쉬이 일어서지 못한 채 헉헉대며 서로를 올러보았다. 이젠 누가 마지막 한 획을 긋느냐만 남았다. 생과 사를 가를 최후의 검선. 불행히도 복면 살수가 한발 빨랐다. 그가 후들대며 무릎을 세우더니 검에 의지하여 꼿꼿이 일어섰다. 저승사자를 마주하고도 칼두령은 꼼짝도 하지 못했다. 대혈관이 끊긴 게 확실했다. 검을 쥔 오른팔이 더 이상 말을 듣지 않았다. 직각으로 세운 검날이 그의 머리 위로 떨어지는 찰나, 칼두령은 벌렁 드러누웠다. 그러곤 냅다 자갈흙을 흩뿌렸다.

"흐악!"

눈 깜짝할 사이 적의 발목을 베어낸 칼두령은 그가 벼락

맞은 사목처럼 고꾸라지자 들입다 멱을 땄다. 컥컥대는 적의 단말마를 끝으로 섬뜩한 침묵이 내려앉았다. 너부러진 시체들 사이에 대자로 뻗은 칼두령은 눈알로 스며드는 핏줄기를 닦아낼 여력조차 없었다. 시뻘건 눈매가 얼핏 휘었다. 이번엔 지켜내었다, 이번엔.

그 누구도 아니어야 하는 연모

칠흑 같은 어둠 속. 희제에게 부축을 받아 이동하던 칼두령은 끝내 소곡폭포 아래 허물어졌다. 가쁜 숨을 고르며 희제가 주변을 두리번댔다. 조금만 더 내려가면 나루터였다. 그곳에서 익위와 백섬이 기다리고 있을지도 몰랐다. 칼두령을 재촉하려다 말고 그녀는 그만 말을 잃었다. 그의 선혈이 이미 지천에 깔린 모래를 적신 탓이었다. 희제는 속 치맛자락을 길게 찢어내어 급하게 상처부터 압박하였다. 윽, 입술을 깨물다 말고 칼두령의 얼굴에 쓴웃음 한 조각이 떠올랐다. 이 절박한 찰나에도, 제 가슴팍을 짓누르는 여인의 무게감이 황홀하기 그지없어서였다. 금박장에 대한 마음을 공굴리고 또 공굴리다 보면 늘 뾰족한 가시만이 남았다. 찔릴 걸 알면서도 가시에 손을 댄 건, 멈춰지지 않을 걸 알면서도 그 뒷모습에 목을 맨 건 분명 저였다. 하나 이 순간만큼은 죄악감 따위에 얽매이고 싶지 않았다. 그녀와 살을 비비며 함께하고팠던 욕심 또한 부정하고 싶지 않았다. 누구나 가슴속에 유치하고 뜨거운 감정 하나쯤은 묵혀두는 것 아닌가.

"희제라고…… 이름을 불러보고…… 싶었소……."

"말하지 마시오, 기력을 아끼란 말이오! 그놈의 이름 따위가 뭐라고!"

칼두령은 이 순간, 세상에서 가장 나약한 사내가 자신임을 실감하였다. 금박장의 눈빛은 불안정했고, 그렇기에 더욱 아름다웠다. 어쩌면 피를 너무 많이 잃어 정신이 혼미해진 것일지도 몰랐다. 그럼에도 그는 자꾸만 목에 두른 복면을 더듬어댔다. 핏물로 얼룩졌으나 잃어버리지는 않았다, 다행이었다.

"내 상태가…… 그리…… 심각하오?"

"자상을 입었으니 출혈이 좀 있는 것뿐이오! 하니 절대 안 죽어!"

"백섬이 그랬지. 죽는다는 건…… 그림자를 맡기는 것이라고……."

"재수 없는 소리 마시오! 칼형이 나 때문에 죽으면…… 내가 진짜 가만 안 둘 것이오!"

"그대 때문이…… 아니야. 그저 난…… 도살을 한 업으로 죽는 거요……. 백섬은 꼭…… 살 거요…… 내…… 혼백이 되어서라도…… 지킬 테니까."

칼두령의 입에서 울컥 핏덩이가 터져 나왔다. 끈적끈적한 육혈의 감촉이 희제를 경악시켰다.

"헛소리 집어치우고 칼형부터 사시오! 살아서 지켜야지 무슨 혼백 타령이야!"

"혼백이…… 싫으면…… 해태로 하든지……."

"미쳤소? 꼴랑 은자 석 냥 받아놓고 무슨 해태까지 된대! 그런 거 다 필요 없으니 끝까지 숨만 붙어 있으란 말이오!"

"……."

"칼형, 칼형! 왜 대답이 없소? 뭐라고 말 좀 해보시오! 칼형, 저번에 이천으로 놀러온다 하지 않았소! 내 살평상 대신 널찍한 방을 내줄 테니 아무 때나 와도 되오, 응? 칼형, 뭐라 말 좀 해보시오, 쫌!"

좀 전까진 말을 하지 말랬다가 이젠 말 좀 해보랬다가, 희제는 오락가락이었다. 묵직한 침묵이 이어지자 손끝마저 푸들푸들 떨려왔다. 그녀를 안심시킨 건, 오히려 칼두령의 투박한 손이었다. 제 가슴팍에서 요동치는 여인의 손을 지그시 부여잡은 것이었다. 처음이었다. 이렇게 작고, 보드라운 손을 잡아보는 게. 그뿐인가. 한껏 붉어진 눈시울이며, 촘촘하게 물기가 어린 속눈썹이며, 미묘하게 굳어진 입매며, 휘청대는 몸결과 숨결 모두가 온전히 저를 향한 것이었다. 칼두령은 몽롱하게 고민하였다. 이것은 분명 기회다. 당신의 오라비를 죽인 건 나였다고, 고해성사를 할 수 있는 마지막 기회. 하나 차마 그리할 수 없었다. 여인의 목구멍으로 또 하나의 돌덩이를 밀어 넣는 것 같아서. 아니, 그녀에게 오라비를 죽인 원수로 기억되고 싶지 않아서. 이렇듯 저는 끝내 진정한 천주인은 되지 못했다. 참혹한 비밀은 영영 묻힐 것이었다. 지옥에 떨어지는 건 오롯이 자신의 몫이었다.

"이거…… 고맙단 말을…… 내…… 하였던가…….."

맥없이 미끄러진 칼두령의 손이 더듬더듬 검집을 부여잡았다.

"그래서 그런 거요? 그게 고마워서 기껏 은자 석 냥에 목숨까지 건 거요?"

"……소름 끼치게…… 맘에 들었지…….."

370

"약조하오! 내 무사히 돌아가면 쌍범도 새겨주고, 쌍학도 새겨주겠소! 은박 말고 금박으로 제대로 번쩍번쩍하게. 그러니 단도든 석궁이든 가져만 오시오! 또 뭐? 뭐 새겨주면 되겠소, 응? 칼형, 말만 하시오!"

약속은 또 볼 사이에서나 하는 것이다. 칼형이라는 그 애칭도 맘에 들었다. 한데 맘과는 다르게 눈시울은 누차 감겼다.

"칼형! 눈 뜨시오, 작금 잠들면 안 되오, 응?"

위태롭게 까막대던 칼두령의 눈꺼풀이 기름하게 풀어졌다. 허옇던 면목이 파르라니 변했다.

"칼형 참한 여인 좋아하잖소! 나 그런 여인 엄청 많이 아오! 말도 절대 크게 안 하고, 웃을 땐 입도 가리면서 웃고…… 또 뭐더라? 그래! 정숙하고, 조신하고, 현숙하고, 유순하고…… 여튼 나랑 일절 아무 공통점도 없는! 완전 반대인 그런 여인 말이오! 내 한양 가면 꼭 소개시켜주겠소! 그러니 눈 좀 뜨고, 내 말 좀 들어보시오! 칼형, 칼형!"

그 다급한 외침에 피범벅인 칼두령의 입에서 툭 실소가 터져 나왔다. 제 말을 곧이곧대로 믿은 여인의 순진함이 어이없이 사랑스러웠다. 처음부터 끝까지 정녕 이 여인의 안중에 저는 없었다. 그게 다행이면서도 어째서인가 눈두덩이 뜨거워졌다. 끝까지 그 누구도 아니어야 하는 제 연모가 이제야 실감 나서였다. 아릿하게 그가 웃었다.

"웃지 마시오, 다 끝난 듯이 웃지 말란 말이오!"

희제의 입에서 끝내 울음이 터져 나왔다. 제 손을 벌겋게 물들이고도 끊임없이 솟구치는 선혈이 공포스러운 탓이었다. 새벽 냄새가 짓쳐들었다. 날이 새면 눈에 띌 테니 어떻게든 안전한 곳으로 이동을 해야만 했다.

"안되겠소. 내 곧장 밑으로 내려가 익위 나리든 백섬이든 찾아 데리고 올 테니 조금만 버텨보시오!"

되똑 일어서는 희제의 소맷부리를 칼두령이 붙들었다. 그 때, 폭포 위로 뿌옇게 미명이 돋아났다. 영롱한 포말들이 새벽바람을 타고 사내의 가슴팍에 낙화처럼 내려앉았다. 이 순간이 되어서야 칼두령은 꽃나무 밑에 묻어달라던 백섬의 희한한 고집을 알 것 같았다. 제가 퍽도 염치없는 놈이라고 속으로 욕지거릴 하면서도 이 여인에게만은 아련한 담향으로, 여린 꽃그늘로 기억되고 싶었다. 첫빛 칼날이 아니라.

"마…… 도진이오…… 내 이름."

달아나려는 혼백을 붙들 듯, 칼두령이 실낱같은 들숨을 들이켰으나 그게 다였다. 퀭한 눈이 허공에 박혔다. 건장한 육신에서 혼백이 빠져나갔다는 것이 이토록 확연할 수 없었다. 잠들지 말라는 희제의 마지막 외침에 답하듯, 눈을 부릅뜬 채 졸한 칼두령이었다.

"칼형! 이렇게 가지 마시오! 정신 차리시오! 가지 말라고!"

휑하니 식은 망자의 눈에서 기예 한 방울 눈물이 흘러내렸다. 그 찬 눈물의 의미를, 금박장은 끝내 알지 못하리라. 어쩌면 그게 칼두령이 진정 원한 것일지도 몰랐다.

"정신 차려, 제발! 칼형! 칼두령! 마도진!"

거대한 낙수 소리가 천지를 뒤흔들었다. 날망재를 마중하듯 아스라한 아침햇살이 내려앉았다. 참담한 비명 끝에 절통함을 이기지 못한 희제가 숨이 멎은 육신 위로 무너졌다. 하나 망자의 눈에 마지막으로 담긴 것이 제 모습이라 흉하게 얼굴을 일그러뜨리며 오열할 수만은 없었다. 마른 우물마냥 텅 빈 칼두령의 눈동자를 향해 희제는 애써 웃었다. 피 묻은 손으로 연신 눈물을 훔쳐낸 탓에 제 면목이 섬뜩하게 변한 줄도 모르고.

"칼형…… 혼백이든, 해태든 그런 거 돼서 우릴 지킬 생각 일랑은 추호도 마시오. 그냥…… 그냥…… 편히 쉬시오."

그녀가 부드럽게 망자의 눈을 감겨주었다.

"다음 생에는 멋진 장수로 태어나시오. 대단한 태평성대라서 전장에 나가 싸울 일은 없지만, 항시 갑옷은 근사하게 차려입은 그런 장수 말이오. 비장하고 엄숙하게 나라 위해 한 목숨 바치는 그런 거 말고…… 그저 도성 안 여인들이 낯짝 한번 보겠다 안달복달하는 그런 인기 높은 사내 말이지. 이 쌍룡검은…… 멋들어지게 차고만 있는 거요, 절대 휘두르지는 말고."

희제가 주섬주섬 피떡 진 손을 치마에 닦았다. 그리고 조심스레 은 구름 안에 잠들어 있던 쌍룡검을 꺼내 바위틈에 비스듬히 기대어놓았다. 그 순간도 잠시, 곧바로 육중한 석괴로 내리찍어 그 기다란 검신을, 그녀는 기어이 두 동강 내었다. 칼도 죽어야 저승에 가는 법이다. 졸한 주인을 따라가려면 그 미끈한 몸뚱이가 반 토막 나는 수밖엔 없는 것이었다. 허리가 분질러진 쌍룡은 다시금 구름 안으로 들어갔다. 축 늘어진 망자의 소매 안에 희제는 무언가를 욱여넣었다. 노잣돈이 되어버린 은자 석 냥이었다.

"마도진. 그 이름 석 자는 가슴에 새기겠소. 근데 난…… 칼형이 더 좋소."

강쇠바람이 유난했다. 바람결에 금빛 찬란한 강모래가 고인의 몸을 쓸어 덮었다.

쪽배

할미봉 초막에서 법란서 신부님만을 간절히 기다리는 백섬은 땀으로 흠뻑 젖은 채였다. 어째서인지 익위 나리도 돌아오질 않았다. 끝내 그가 할 수 있는 것이라곤 단단한 화석처럼 몸을 웅크린 채 이를 악무는 것뿐이었다. 모든 것이 흐릿했으나 단 하나만은 확실해졌다. 저는 감히 누군가의 무엇이 될 자격이 없다, 그림자 말곤. 어쩌면 살아서 짐이 되기보단 죽어서 그리움이 되는 게 나을지도 몰랐다. 죽음은 두렵지 않으나 희제의 불행이 되는 건 못내 두려운 이유였다. 그녀는 시름이었다. 애달프고 그리운…… 아름다운 시름이었다. 험한 기세로 달려드는 죽음을 지켜볼 수밖에 없는 무력감은 돌연, 공포로 뒤바뀌었다. 뻥 뚫린 지붕으로 점점이 눈이 내리기 시작한 것이었다. 자분자분 흩날리던 눈발은 무섭게 굵어졌다. 어떻게든 일어나 나가야 했다. 이렇게 고립되어 죽을 순 없다 생각하던 찰나, 덜컥 문이 열렸다.

"끈질긴 새끼! 내 이럴 줄 알았지! 여기로 기어들어 왔을 줄 진작 알았다고, 진작!"

골바람이 낸 길을 따라 튀어 들어온 건 장헌이었다. 처음 만난 날처럼 게저분한 꼴에 한쪽 애체가 깨진 채였다.

"천노 새끼가 쓸데없이 명줄만 길어 결국 사달을 내는구나!"

불과 이틀 전, 바로 이곳에서 병자촌 사람들을 깡그리 잡아들였다. 한발 늦은 백섬이 끝내 모든 일을 비틀어놓은 것이었다. 그런 구계가 괘씸하다 못해 이젠 혐오스러웠다. 감히 제 모든 것을 어그러뜨리지 않았던가! 아비와의 관계, 세자와의 관계, 무엇보다 희제와의 관계까지! 장헌의 면상이 깨진 수정알 탓에 더욱 기이했다.

"기대 마. 여기 있던 양놈 신부고 뭐고 내가 싹 다 잡아 죽였으니까. 이젠 구계를 해부하는 일만 남았다구!"

백섬의 심장이 와장창 부서졌다. 불길한 예감은 적중하였다. 기예 마지막 희망도 사라졌다. 그 어디에도 독풀이는 없다. 꼼짝없이 죽는 것이다. 켜켜이 쌓인 억울함이, 내내 억눌러왔던 울분이 올칵 솟구쳤다. 환멸이 몰려들었다. 이판사판, 어차피 죽을 목숨이라면 종주먹이라도 들이대다 죽을 것이다! 단검을 꺼내든 장헌의 팔뚝을, 백섬은 으스러지도록 꺼들었다. 부들부들 온몸을 떨어가며 사력을 다해 맞서는 것은 어차피 스러질 목숨이 아까워서가 아니었다. 희제 때문이었다. 그녀가 혹여 자책하게 될까봐 참을 수 없는 분노가 폭발한 것이다. 백섬이 전력을 다해 치받는 통에 두 사내는 축축한 바닥을 뒹구르며 엎치락뒤치락했다. 하나 장헌은 쉬이 백섬을 꺼꾸러뜨리곤 그의 배를 깔고 앉았다. 장헌의 눈깔이 뒤집힌 건 그때였다. 구계의 목에 걸린 은제 십자가라니! 이 순간 그 물건이 완전히 다른 의미로 보였다. 정표情表! 장헌의 도끼눈이 제 목에 꽂히자 백섬은 십자가 목걸이를 덥썩 손으로 쥐어 감쌌다. 이것을 빼앗기는 게 마치 희제를 빼앗기는 듯하여 깡다구가 솟구쳤다. 필시 힘으로 장헌을 대적할 순 없을 터. 그는 목에 걸린 십자가를 쥐어뜯어 덜컥 입안에 넣었다. 그리고 당황한 장헌이 말릴 새도 없이 꿀꺽 집어삼켰다. 날카로운 끝부분이 건조한 목구멍을 찢으며 넘어갔다. 예리한 통증에도 불구하고 백섬의 얼굴에 미소가 번졌다.

"넌 절대 못 가져."

"이 새끼가!"

어뜩 눈매를 짓구기며 장헌은 단도를 저 멀리 내팽개쳤다. 그러곤 휑한 백섬의 목을 두 손으로 틀어쥐었다. 두 엄지가 가열차게 급소를 찍어 눌렀다.

"커…… 커컥."

"중독된 것을 감사히 여겨! 네놈의 피가 맹독성이라 칼날이 아닌, 손끝에 죽는 거니까!"

이미 자상을 입은 장헌은 혹여 백섬의 피가 튀어 중독이라도 될까, 그 걱정을 한 것이었다. 하여 쇄골 사이에 위치한 천돌혈을 죽어라 눌러댔다. 다시금 승리의 미소는 장헌의 입매로 옮겨왔다.

"그따위 십자가야 배를 갈라 꺼내면 그만!"

백섬의 동공에 붉은 혈점이 돋아났다. 장헌의 손을 덮어잡은 그의 손끝이 발악으로 푸들대다 말고 맥없이 풀어졌다. 그의 목을 조른 건 어쩌면 장헌의 손이 아닌 절망감이었다. 끅끅대던 신음마저 끊긴 찰나.

"흐억!"

휙 뒤로 나동그라진 건 장헌이었다. 편초에 감긴 모가지를 붙들고 아득바득대는 그의 앞에, 흡사 설인 같은 방호가 나타났다. 그는 장헌의 손부터 뒤로 꺾어 단단히 결박하였다.

"제길! 방호 너 이 새끼! 충신 놀음을 하더니만 결국 세자가 죽는다니까 발을 빼는구나?"

"내 본분은 감히 저하를 해한 중죄인을 잡아들이는 것뿐!"

"놔! 이거 놓으라고! 증좌 없이 설쳤다간 너도 세자 꼴 된다?"

"산 증인이 버젓이 있잖느냐?"

방호가 백섬을 턱짓했으나 장헌은 시망스레 입술을 삐뚝댈 뿐이었다.

"저놈은 그냥 역병 걸린 천주쟁이일 뿐이라니까? 뭐 대수라고!"

"대수도 아닌데 한낱 의관이 무관마냥 군사를 거느리고 설친다? 최남헌은 군사를 내어주란 파발까지 띄웠고?"

"어의 집안 종놈이 역병을 퍼뜨렸다 하면 쪽팔리니까."

"마음에 둔 여인을 매골자에게 빼앗긴 게 쪽팔린 거겠지. 결국 네놈이 예까지 온 건, 백섬에 대한 열등감 때문이었어."

"이 새끼가! 개소리 집어치우고 당장 이거나 풀어! 그러면 환궁하는 대로 세자는 살려줄 테니까!"

"독풀이도 없는 주제에 감히 뉘 목숨을 두고 그딴 말을 지껄이느냐!"

방호가 다시금 채찍을 휘둘렀다. 손이 뒤로 결박된 탓에 장헌의 면상이 바닥에 짓이겨졌다. 한참을 바둥거린 후에야 그는 무릎을 꿇으며 힘겹게 고갤 들었다.

"이거 풀라고, 새끼야! 이제 백섬이 놈 따윈 살든 죽든 상관없어! 궁에 데려가고 싶으면 어디 한번 해보시지! 장담하는데 추국은 고사하고 취감도 없어! 저놈은 쥐도 새도 모르게 돼질 거고. 방호 네가 바라는 게 그거냐? 사경을 헤매는 세자한테 또다시 굴욕감을 안기는 거? 뒷배도 없는 게 어디서 까불어! 방호, 너 작작해! 도성에 가면 내가 가만두지 않을…… 끄아아아악!"

방호가 칼집으로 장헌의 배때기를 후려갈겼다.

"또 한 번 헛소릴 지껄이면 그땐 찌를 게다! 사지가 잘린 채 입궁하고 싶으면 어디 한번 소릴 내보든지!"

방호가 옷자락을 북 찢어내어 장헌의 입에 재갈을 물리자 순식간에 사위가 정적에 휩싸였다. 방호는 그제야 백섬을 부축하였다.

"괜찮소?"

백섬은 빠드등한 허리를 억지로 폈다. 그리고 비쓸비쓸 걸어가 장헌이 내팽개친 단도부터 집어 들었다.

"이놈을 죽일 것입니다."

결연한 목소리였다. 해쓱하게 질린 면에 박힌 붉은 눈동자가 살기등등했다.

"아니 되오! 하면 그 무엇도 증명하지 못한단 말이오! 놈을 제대로 벌하려면……!"

"저놈이 법란서 신부님까지 죽였답니다! 독풀이도 물 건너갔단 말입니다! 저도, 세자 저하도 죽을 날만 기다리는 마당에 환궁이며 추국이며 형벌이며…… 그게 다 무슨 소용입니까!"

백섬이 짐승처럼 울부짖었다. 정녕코 이토록 끔찍한 감정은 품은 적이 없었다. 작금의 분노는 평생 가져본 적 없는, 살의였다. 축축해진 눈가를 훔치며 그가 단도를 악세게 거머쥐자 재갈을 문 장헌의 입에서 괴성이 터져 나왔다.

"으으어어어어!"

방호가 숫제 양팔을 쫙 펼치며 백섬을 막아섰다.

"그만두시오! 괜한 죄책감만 들 것이오!"

"왜 저놈은 되고 전 안 됩니까!"

"사람을 찌르는 게 어디 쉬울 줄 아오?"

"말리지 마십쇼! 비키십쇼!"

악에 받친 백섬이 끝내 서슬을 치켜들자 장헌이 질끈 눈을 감으며 몸을 앙당그렸다. 하나 백섬의 칼날이 내리그은 것은 바로 자신의 손바닥이었다.

"저놈이 그랬습니다. 제 피가 맹독이라고요."

백섬이 섬뜩한 눈을 한 채 장헌의 입에서 재갈을 빼내었다. 그리고 그 면상 위에 주먹을 꽈악 말아 쥐었다. 다른 손으론 장헌의 턱주가리를 꽉 잡아 억지로 입을 벌렸다. 기필코 이놈을 중독시킬 것이다! 제게 했던 것 그대로 되갚아주리라! 필사적으로 입술을 감쳐물고 도리질을 치는 장헌의 얼굴에 백섬의 선혈이 점점이 내려앉았다.

"할게! 세자 앞에서 석고대죄하겠다고! 방호 넌 이 새끼부터 말려! 어서 빨리! 으악!"

흰자위를 까뒤집으며 장헌이 왕왕댔으나 방호는 이성을 잃은 백섬을 그저 지켜보기만 했다. 저하께서도 이런 순간을 맞닥뜨리셨다면 필히 저리하셨을 것이다. 심병은 어쩌면 이렇게 고쳐지는 것일지도 몰랐다.

"빌어먹을! 방호 너 이 새끼, 빨리 뭐라도 좀 하라고! 내가 살아 있어야 너도 세자 앞에 할 말이 있을 거 아냐, 안 그래! 흐아악! 퉷! 퉤엣! 우웩!"

입술을 맞다물고 몸을 뒤치던 장헌은 입안에 찝찌름한 혈향이 번지자 기겁하여 침을 뱉고 또 뱉어내었다. 그러고서도 모자라 억지 토악질까지 해댔다. 방호는 혀를 차다 말고, 칼등으로 그의 뒷목을 가격했다. 뻗대고 있던 장헌의 사지가 늘어지며 고요가 찾아왔다. 진이 빠진 백섬도 그제야 허물어졌다. 방호가 제 이마에서 무예띠를 풀어내어 백섬의 손에 둘둘 감았다. 성치 않은 몸에 출혈까지 감행한 손이 벌벌 떨렸다.

"다 했소? 이제 좀 분이 풀리오?"

"제 피를 만지면 익위 나리도 큰일 나십니다."

"저하께서 코피를 흘리실 때마다 내가 닦아드렸소. 각혈까지 받아냈고. 근데 보시오. 멀쩡하기만 하잖소."

"그래도……."

"진정 이놈에게 복수하는 법을 모르겠소?"

"악착같이 살아남는 것이지요."

"그리 잘 알면서 어찌 자해를 하였소?"

"그게 말처럼 쉽지 않아 그랬습니다. 이 피를 몽땅 다 뽑아버리고 싶어…… 그랬습니다."

"독풀이를 구할 다른 방도를 찾읍시다. 그동안 난 저놈을 추국장에 세워 죗값을 치르게 할 것이오. 꼭 저하 앞에 시켜 멓게 머리를 풀고 납죽 엎드려 석고대죄하게 만들 것이란 말이오. 하니 그대는 부디 생존으로 복수를 이루시오."

시퍼런 입술을 깨물며 백섬이 희미하게 고갤 끄덕였다.

"얼마 전, 민란을 잠재우기 위해 저하께서 이 근방에 안핵사按覈使를 파견하셨소. 난 그자를 만나 저놈을 은밀히 도성으로 압송할 방도를 마련할 것이오. 눈발이 거세지고 있으니 그대는 힘이 들더라도 작금 이동하는 게 나을 성싶은데……
나루터까지 홀로 운신할 수 있겠소?"

일순간 백섬은 희제가 못 견디게 보고 싶었다. 심지가 다
타버리기 전에. 하나 애꿎은 기력을 장헌에게 소진하여 이젠
일어서는 것도 힘에 부쳤다. 몸만 뒤스르는 그의 앞에 발칵,
초막의 쪽문이 열렸다. 되알진 살풍이 장지문을 요란스레 흔
들어댔다. 마치 이것이 마지막 기회라는 듯이.

"예. 가겠습니다."

"안핵사를 만나는 대로 나도 곧장 그리 가겠소. 걱정 마시
오, 내 그대만은 꼭 살려서 도성으로 갈 것이니."

너부러진 장헌을 둘러맨 방호가 한달음에 눈보라 속으로
사라졌다. 세자가 위독한 탓에 시간이 없는 건 그도 마찬가
지였다.

백섬이 설원에 발을 구를 때마다 뿌드득, 빠드드득…… 지
푸라기로 제기祭器 닦는 소리가 났다. 그러고 보니 물컥대는
눈송이에서 향냄새가 나는 듯도 했다. 하면 저만치 앞서가
는 뒷모습은 막단 누이인가. 정신이 또렷해졌다가도 어느새
훈룡사가 보이고, 어령골이 펼쳐졌다. 삐뚤빼뚤 간도를 만들
어내는 핏방울조차 환영일지 몰랐으나 이젠 아무 상관 없었
다. 백섬은 가쁜 숨을 토해내다 말고 허공을 응시했다. 눈은
이토록 하얀데 하늘은 완연한 잿빛이었다. 눈보라를 뚫고 한
무리의 기러기 떼가 날아갔다. 어딘가로 갈 곳이 있는 생명
들이 간절히 부러워졌다. 심장이 먹먹했다. 때늦은 철새가 지
나간 길을 따라 강설이 쏟아졌다.

그 시각, 방호가 실신한 장헌을 내동댕이친 곳은 다름 아닌 여우고개 주막이었다. 안핵사를 만나야 할 이유가 사라진 탓이었다. 그의 손에 들린 검은 천 오라기가 파르르 떨렸다. 전서응이 막 전해온 세자의 부고 소식이었다. 방호는 의복을 바투 여미고 동쪽을 향해 두 번 절했다. 유일무이한 벗이자 주인을 향한 마지막 예였다. 한참 동안이나 슬픔을 삼키던 그가 번뜩 고갤 되틀었다. 불벼락처럼 때려 박힌 불길함은 즉각 공포로 뒤바뀌었다. 당장 나루터로 가야 한다! 세자와 사주가 같은 백섬이 아닌가! 한날한시에 태어났다는 건……! 일순 눈발에 서릿발이 섞여들었다.

설풍을 뒤스르며 백섬은 끝내 나루터에 당도하였다. 하나 그 누구도 없었다. 황량한 풍경에 덩그러니 놓인 쪽배는 흐벅지게 눈만 태운 채였다. 눅늘어지려는 몸을 그는 가까스로 배 위에 올렸다. 미약한 출렁임에 깨달았다. 이것이 삼도천을 건너는 쪽배라는 걸.

[그대는 부디 생존으로 복수를 이루시오.]

간신히 부여잡고 있던 익위 나리의 마지막 말은 덧없이 흩어졌다. 내일 따위 오지 않을 것이다. 목숨은 우겨서 되는 게 아니라는 걸 평생 보았거늘, 어쩔 수 없는 설움이 밀려들었다. 휑뎅그렁한 마음이 온기를 갈구했다. 백섬은 내내 짊어지고만 있던 봇짐을 조심스레 풀어내었다. 그러곤 태사혜를 꺼내 얼얼한 발에 꿰어신었다. 호졸근한 행전 밑으로 빛나는 금박나비가 퍽도 기이했으나 고별의 순간마저 그것을 품에 안고 간다면 희제가 가슴 아파할 것 아닌가. 그녀에게 솔직하지 못했다. 사실 처음부터였다고. 처음 본 순간 그녀를 제 마음의 갈피에 꽂았다고. 그 비밀은 털어놓지 못했다. 혹여 그녀에게 제가 너무 큰 의미가 되어버릴까봐, 그렇게 너무 짙은 그림자를 맡기게 될까봐. 빼내려 할수록 더 아프게 박히는 가시가 될까봐. 잘했다, 잘한 것이다. 이미 너무 많은 이가 그녀에게 탁영을 했으니 저는 그리하고 싶지 않았다. 저만은 영원히 시들지 않는 압화처럼 어여쁜 갈피로 남고 싶었다. 시첩을 바라본 찰나, 어여쁜 홍화에 이름을 지어주던 그날처럼 입안 가득 화주 향이 감돌았다. 달궈진 숯처럼 뭉근했던 그날의 저녁노을이 눈시울을 뜨겁게 물들였다. 아슴아슴 살구나무 꽃잎이 흐드러졌다. 들뜬 희제의 목소리가 아련하였다.

[이 시는 이규보의 「설중방우인불우」. 눈 속에 벗을 방문하였으나 만나지 못하였다는 뜻이야.]

[눈 빛깔이 종이보다 희어서, 나뭇가지로 성과 이름을 썼네. 바람아 땅을 쓸지 마라, 주인이 올 때까지 기다려다오.]

백섭의 눈망울에 슴벅슴벅 물기가 배었다. 뺨 위에서 눈송이 몇 개가 담빡 녹아내렸다. 평생, 누구 하나 슬퍼하지 않는 죽음 앞에 저는 서 있었다. 하여 누군가의 마음을 받은 것만으로 이번 생은 족했다. 새하얀 눈 위에 희제의 이름을 쓰고 또 쓴 건 자신인 줄로만 알았는데, 그녀 역시 그랬다는 것이 식어가는 심곡을 뜨겁게 달구었다. 생의 마지막에 읊을 시구 하나, 그리워할 사람 하나 있으면 된 것이 아닌가. 백섭은 숯눈 위에 '망할 망' 자를 썼다. 그리고 '돌 석'과 '풀 초'를 갖다 붙였다. 다음 생에 저는 한 송이 망초로 피면 좋겠다. 원유화도 금불초도 아닌 흔해 빠진 망초. 희제가 눈길 두는 곳, 발길 닿는 곳 어디나 피어 있는 망초.

금방이고 희제가 눈발을 뚫고 나타날 듯하여 백섬은 내내 뒤를 돌아보았으나 그뿐이었다. 어쩌면 혼자인 것이 다행이었다. 이별이란 건 떠나는 이보다 남는 이가 더 아픈 법이니까. 그는 입관하듯 쪽배에 제 육신을 가지런히 뉘었다. 그리고 수의를 짜 입는 심정으로 오롯이 눈을 내려 맞았다. 적막이 경이로웠다. 짠 듯이 몸에 딱 맞는 쪽배도 그러하였다. 죽음 뒤에 무엇이 있을지 저는 안다. 제가 평생 묻어준, 그 수많은 이들이 있는 곳이 저승이 아닌가. 두려움을 달래듯 서럽도록 화사한 설화가 휘몰아쳤다. 꽃나무 아래 묻히고 싶다는 제 바람은 이렇게 이루어졌다. 하물며 금박 신을 신은 채로. 분분한 눈꽃깨비에 설핏 꽃멀미가 일었다. 어찌 보면 그것은 낙하하는 게 아니라 꼭 승천하는 것처럼 보였다. 백섬은 꿈꾸듯 눈을 감았다. 뽀얀 눈가루가 푸스스 횡으로 날렸다. 뱃머리가 서서히 삼도천을 향했다. 쪽배가 떴다.

할근대며 나루터에 들어서던 희제가 얼어붙었다. 울컥 뿜어진 입김이 성긴 눈송이를 끊어내었다. 쪽배 안에 생긴 눈무덤 탓이었다. 갓 튼 햇솜이불처럼 곱게 쌓인 눈 위로 삐죽이 튀어나온 금빛 나비가 무덤 주인을 확인시켰다. 느릿느릿 쪽배에 오른 그녀는 눈부터 털어내었다. 그새 철석같이 얼어붙은 백섬의 얼굴은 그러나 평온하기 그지없었다. 그 해끗한 면을 마주한 희제의 이목구비가 와락 일그러졌다. 몸서리가 났다. 어금니를 악문 귀밑이 시큰했다. 차디찬 망자의 뺨에 부질없이 온기를 부여하다 말고 그녀는 으스러져라 주검을 끌어안았다. 이것이 운명이라면, 그건 너무 억울하고도 서글픈 숙명이 아닌가. 그녀는 사납게 눈살을 찌푸리며 하늘을 쏘아보았다. 뒤떨리는 입새로 억누른 탄식이 터져 나왔다.

"내가 언제 얠, 씻은 듯이 낫게 해달랬어요? 삼천갑자를 살게 해달랬어요? 천수를 누리게 해달랬냐고! 우리가 언제 백년해로하게 해달라고 했어! 욕심부리면 밉다 할까봐, 많이 바라면 괘씸하다 할까봐 내가 빌었잖아, 살아만 있게 해달라고! 백섬이만큼은 곁에 두게 해달랬잖아! 그게 왜 그렇게 힘들어, 왜! 나한테 이미 다 뺏어갔으면서 왜 끝내 얘까지 뺏어가, 왜, 왜!"

천주님을 향해 원망을 퍼부었으나 희제는 알았다. 이 처참한 사멸이 제 탓이라는 걸. 백섬을 살리려던 간절함은 실은 제가 살려는 발버둥이었다. 아비가 금광에 목을 맸던 것처럼. 그냥 얼음다락에 숨겨놓고 콩엿이나 먹으라 할걸. 저 좋아하는 꽃이나 다듬으라 할걸. 화롯가에 앉혀놓고 돌이나 데워달라 할걸……. 그러나 독풀이 없는 백섬에게 구원은, 오로지 죽음뿐이었을지도 몰랐다. 서양식 혼례보다, 방앗골에서의 새 삶보다 그에게 더 절실했던 건 영원한 안식이었을지도 몰랐다. 한드랑한드랑 꺾이던 망자의 고개가 이제야 희제의 품에 바로 놓였다. 이 와중에도 혼이 떠난 육신에선 은은한 눈꽃 향기가 났다. 혹여 그의 넋이 어디 하나 의지할 곳 없는 고혼孤魂이 될까봐 희제는 늘어진 찬 손을 그러잡았다. 봉선화 꽃물로 어루러기진 손이었다.

제가 마음을 준 모든 이가 떠났다. 그 누구도 저에게 작별 인사 할 시간을 주지 않았다. 항시 끔찍한 횡사 뒤에 홀연히 남겨진 것은 저였다. 한데 백섬은 달랐다. 제가 최선을 다할 기회도, 마음의 준비를 할 시간도 모다 주었다. 덕분에 비로소 떠나는 이의 마음을 알게 되었다. 어린 딸을 두고 눈을 감는 부모님의 마음이 어떠했을지, 누이에게 위험천만한 십자가를 맡기고 떠나는 오라비의 심정이 어떠했을지. 그리고 작금에야 깨달았다. 장헌에게 복수하지 않겠단 백섬의 말은 오롯이, 남겨질 저를 위한 것이었음을. 그런 그를, 이토록 막막한 살어둠에 홀로 두고 돌아설 순 없었다. 마지막으로 이 밤만은 함께 보내고 싶었다. 희제는 쪽배의 틈새를 비집고 백섬에게 안기듯 모로 누웠다. 어느 늦은 가을, 구곡재에 몰래 숨어들었던 그날처럼. 복순 어멈의 급작스러운 등장과 단숨에 들이켠 탕약과, 이불 안으로 맞잡은 손과 어이없이 터진 웃음. 시들해진 깽깽이풀, 들꽃의 향취, 방앗골에 가자는 약속, 따스하게 데워진 차돌까지…… 그 밤의 잔해들이 눈꽃처럼 흩날리다 말고 눈사태마냥 와르르 쏟아졌다. 벌써부터 어떤 그리움은 곱다시 쌓이고, 어떤 그리움은 덧없이 녹아내렸다. 빙설이 사늘한 배웅 길에 차르랑차르랑 소리를 냈다. 그 시리고도 쨍한 곡소리 아래 희제의 흐느낌마저 얼어붙었다. 이제야 실감이 났다. 짧은 인연 뒤에 기어코, 긴긴 이별이 왔음이.

나루터를 내려다보는 언덕배기에 시커먼 돌무덤 하나가 되똑 솟았다. 희제는 이제야 품에 고이 간직했던 선지를 박박 찢었다. 복순 어멈이 휘갈겨 쓴, 구곡재에서 사용한 맹독 명단이었다. 그간 목숨마냥 애지중지했던 것은 이제 어느 짝에도 쓸모없는 종이 쪼가리가 되었다. 섬뜩한 무표정으로 앉은 그녀에게 한숨처럼 방호가 물었다.

"금박장은 이제 어쩔 것입니까?"

"복수할 겁니다."

그런 질문이 아니었다. 도성에 어떻게 돌아가겠느냐는 말이었으나 희제는 내내 북풍한설만 응시할 뿐이었다.

"그건 나의 몫입니다. 내가⋯⋯."

"복순 어멈 말 기억 안 나십니까? 오히려 익위 나리가 위험해지십니다."

"난 마땅히 내가 해야 할 일들을 할 것입니다. 당장 최장헌을 도성으로 압송할 것이니 금박장은⋯⋯."

"못 데려가십니다."

"뭐요?"

"절대 못 데려가십니다."

최후의 단언을 내뱉은 희제의 입속에, 핏방울 섞인 화주 향이 비릿하게 맴돌았다. 구곡재에서 분명 그리 경고하지 않았던가.

[의리를 저버리면 목숨으로 갚는 거다, 다들 알았지?]

금빛 시치미

손발이 결박되고 두건이 씌워진 장헌은 하염없이 어딘가로 끌려가 알 수 없는 공간에 갇혔다. 참흙으로 외벽을 쌓았는지 흙먼지가 진동하고, 골바람이 들이치고, 틀어진 돌쩌귀가 끊임없이 귀곡성을 내는 곳이었다. 그는 뻣뻣하게 굳은 몸씨를 달달 떨면서도 아버님이며 형님이 저를 이렇게 죽게 놔두지 않을 것이라고 수만 번 되뇌었다. 하나 문득문득 덮쳐오는 두려움까지 떨쳐낼 순 없었다. 등 뒤로 바투 묶인 손목에 피마저 통하지 않아 급기야 뻣뻣하게 굳어가는 탓이었다. 체온이 서서히 낮아지다가 심장이 멈추어도 이상할 게 없었다. 뿐인가, 허기와 갈증은 도저히 배겨낼 재간이 없었다. 눈밭에 버려졌으면 그것이라도 퍼먹었을 터인데! 쩍쩍 갈라진 혀가 튼 입술을 핥아댔다.

간만에 해가 뜬 듯, 흑색 두건 안으로 부유스름한 빛이 스몄다. 삐그더덕, 나무문이 열린 건 그때였다. 빠짝 긴장한 장헌은 보이지도 않는 머리통을 소리 나는 쪽으로 틀었다. 온갖 신경을 곤두세웠으나 다행히 인기척은 살벌하지 않았다.

한기에 곡기의 향까지 묻어나자 장헌의 입에서 확, 안도의 숨이 터져 나왔다. 그제야 한시름 놓았다. 역시 방호에겐 선택지가 없다. 제 일신을 놓고 협상을 하든 협박을 하든 무조건 목숨 하나만큼은 잘 붙여놓아야 하렷다! 확, 두건이 벗겨졌다. 간신히 쪼프려 뜬 눈에 볕을 등진 작은 형체가 보였다.

"하이고, 고생을 윽수로 하시는 갑다. 그지예?"

가래 끓는 탁성! 장헌이 훼까닥 눈깔을 거들떴다. 깨진 애체 너머로 인영이 점차 선명해졌다.

"유모? 유모! 뭐 해, 이거 안 풀고! 빨리 손부터 좀⋯⋯."

"몬 합니더!"

"뭐⋯⋯? 못 해? 돌았어? 제정신이야? 빨리 풀어, 풀라고, 당장!"

장헌이 봉두난발로 도리질을 쳐댔으나 얼금뱅이 얼굴은 빙글거릴 뿐이었다.

"몬 한다 캤십니더! 아니, 안 할랍니더!"

"이 배은망덕한! 네 남매를 거두어주신 아버님의 은혜를 어찌 잊고!"

"오데예, 그걸 우째 이자뿝니꺼? 배은망덕한 년놈들 안 될라꼬 한팽생 우리가 뭔 짓거리까정 했는데!"

"빌어먹을! 알면 당장 이거나 풀라고!"

"으르신이 내 귀 한 짝 짤라 내삐릿을 때도 내사 마 꾹 참았십니더. 귀대기를 한 이년이 죽일 년이지 카고. 근데 낯짝이 죽사발 나서 죽어삔 아우를 보니까는 마 눈깔이 뒤집히데예!"

"개영이 백섬을 놓쳤다! 그 귀한 구계를! 그 벌을 달게 받은 것뿐!"

389

"예! 캐서 내도 마 주인을 갈아 치워뿄습니다! 이자 다 때
리 뿌사삘라고요! 풍주 최씨고 나발이고 마 싹 다 엎어뿔라
칸다 그 말입니더!"

"뭐, 뭐가 어째! 이 찢어 죽일 년! 당장 풀어! 못 풀어?"

뒤로 얽동인 손목 탓에 장헌은 어깨로 복순 어멈을 밀칠
듯 몸태질을 쳐댔으나 거적눈은 같잖다는 듯 픽픽댈 뿐이었
다.

"길길이 날뛰는 꼬라지가 우째 이리 쌩쌩하지? 뭐 밥 겉은
건 필요도 읎겄네?"

복순 어멈이 혼잣말인 양 중얼대며 바가지 하나를 집어 들
었다. 밭일하는 머슴들의 새참같이 막 섞은 비빔밥이었으나
장헌에겐 그 냄새가 그렇게 향긋할 수가 없었다.

"머, 맛이나 보실랍니꺼?"

밉살스레 꽂힌 나무 숟가락을 보면서 장헌은 저도 모르게
꿀꺽 침을 삼켰다.

"그람 아, 하시소. 얼라 때맹키로. 아!"

한때 유모였던 자는 도련님의 입술에 콩나물 대가리가 늘
어진 커다란 밥숟가락을 가져다 대었다. 쌍꺼풀이 짙게 드리
워진 장헌의 눈깔이 밥알과 복순 어멈의 낯짝을 번갈아 쩨려
보았다.

"아, 하시소! 이게 보기엔 쪼매 그래도 맛은 끝내줍니더.
아, 카라니까요!"

조개마냥 장헌의 입술이 딱 닫힌 건 어쩌면 본능이었다.
모골이 송연해졌다. 진땀으로 젖은 등줄기에 써늘한 냉기가
서렸다.

"와예? 안 드실랍니꺼? 먼 헛배가 불렀는가 버틸 만한갑

390

다, 그지요?"

복순 어멈은 숟가락을 딱 내려놓더니 이젠 물바가지를 집어 들었다.

"그람 목이라도 쪼매 적실랍니꺼?"

장헌은 하마터면 입을 갖다 댈 뻔했으나 다시금 정신을 바짝 차렸다. 대체 저기에 무엇을 탔을 것인가!

"오마야! 물도 아입니꺼? 하이고야. 요 지랄맞은 최씨 도령이 뭔 심술이 나서 암것도 안 처먹지? 와 골이 나셨을꼬? 밖에 눈이 석 자나 왔심더. 잉간이 은제 또 올지 모른다 이 말입니더."

유모는 어째서인지 신바람이 난 말투였다. 곰보 뺨이 섬뜩하게 솟아올랐다. 쭈글한 입술은 괴괴하게 벌어졌고, 감씨 같은 눈은 연신 실실댔다. 그 행태에 소름이 끼친 장헌은 결사적으로 고갤 돌렸다. 절대 단 한 방울도 입에 대지 않겠다는 듯이.

"뭐, 끝까지 안 드신다 카믄 으짤 수 읎지예. 그람 밥이랑 물이랑은 요기 딱 놓고 갈 테니까는……."

"닥쳐! 네년의 그 얕은수에 내가 넘어갈 성싶으냐!"

장헌이 밧줄로 동이어진 다리를 퍼들쩍대며 기어이 바가지를 거꾸러뜨렸다. 땅에 흩어진 밥알을 보면서도 복순 어멈은 슬쩍 일어나 치맛자락을 탁탁 털어낼 뿐이었다.

"에잇, 뭐 내는 몰굿다. 배가 곯아 뒈지든지 말든지, 저승에서 걸귀로 빌어먹고 살든지 말든지. 커억, 퉷!"

그녀는 장헌 앞에 찐득한 가래침을 냅다 뱉곤 유유히 사라졌다. 얼음장 같은 흙바닥으로 장헌의 어깨가 털썩 흐무러졌다. 그제야 헛간 같은 공간이 눈에 들어왔다. 느릿하게 구석구석을 훑던 그가 기겁한 것은 다음 순간이었다. 저건 상여가 아닌가! 종이 연꽃은 먼지에 시달려 거뭇했고, 네 귀퉁이에 늘어진 술은 말라붙은 핏물처럼 사방으로 뻗어 있었다. 깨진 애체 탓에 상여가 꼭 두 개인 듯 보였다가, 또 어찌 보면 귀퉁이가 떨어져 나간 듯 보이기도 했다. 그 속에서 누군가가 와다닥 튀어나올까봐 섬뜩하다가도 또 저 안에 제가 탈수도 있다는 불길함이 짓쳐들었다. 모로 누운 장헌의 눈알이 여러 조각으로 나뉘어 기이하게 깜빡였다. 꿈인가 생시인가, 정신마저 혼미했다. 이 와중에도 들쩍지근한 산나물의 향이 지그시 코를 찔렀다.

옥선당에 우두커니 앉은 최승렬은 초조하게 두 손을 맞잡았다. 참으로 절절한 때에 장헌을 자선당에서 배제시킨 덕에 의관 김오균이 오롯이 세자 승하의 책임을 지고 흑산도로 유배를 갔다. 문제는 한진서가 이 모든 게 최승렬의 짓임을 간파하곤 완전히 등을 돌린 것이었다. 그의 입장에선 세자의 승하로 돌연 세자빈인 딸이 위태로워졌고, 그토록 공을 들인 원손 책봉마저 물 건너갔으니 격분을 넘어 광분한 것이 당연하나 독대도 거부하며 문전박대까지 하니 그 괘씸함이 도를 넘었다. 최승렬은『경국비서』를 틀어쥐며 별렀다. 이번 일을 마무리 짓는 대로 한진서의 모가지를 비틀겠다! 세자빈의 얼굴에 붉은 반점이 오르고 혈뇨를 보는 임질淋疾 증상이 나타나면 외간 사내와 부정한 짓을 저지른 괴악망측한 꼴이 되니 그것은 폐서인 정도로 끝날 문제가 아니었다. 하물며 상중이 아닌가! 그쯤 되면 제아무리 한진서라도 일이 커지기 전에 재깍 제 앞에 무릎을 꿇고 싹싹 빌게 될 것이 자명하다. 하니 작금의 걱정은 그가 아니었다. 오직 연락이 두절된 지 이레가 넘은 장헌이었다.

"아버님, 아버님!"

꼬꾸라지듯 남헌이 뛰어 들어왔다.

"익위가 막 입궁하였는데 글쎄 그놈이 장헌이를 도성 밖에 감금했다 합니다!"

"그…… 무슨 말이냐? 감금이라니!"

"금군에 있는 친우가 전해준 말이니 확실합니다. 그 이상은 모른다 하니 저도 대체 일이 어떻게 돌아가는 건지 모르겠습니다. 익위가 백섬이 놈을 잡아온 게 분명합니다. 확실한 증좌가 있으니 임금께 고해 장헌이에게 죄를 묻겠다는 것 아니겠습니까? 곧 조당에 든다는데…… 이를 어찌합니까, 아버님!"

꽝! 최승렬이 서안을 치며 벌떡 일어섰다.

"장헌이가 역병에 걸렸다 지껄일 요량이다!"

"예?"

"익위 손에 백섬은 없다! 그저 간계를 부리는 것이란 말이다!"

"그 무슨……!"

"익위가 백섬을 확보했다면 당장 장헌을 금군 옥사에 처넣고 임금께 친국 주청을 올려야 순서이지 않겠느냐!"

세자의 승하로 조당의 신료들은 모다 상복 차림이었다. 그 사이에 우뚝 선 방호가 임금께 아뢰었다.

"전하! 첨정 최가 장헌이 묘향산에서 도성으로 오던 중 돌림병 증상을 보여 급히 도성 밖에 감금하였사옵니다."

역시 그런 얄팍한 수법이라니! 예서제서 터져 나오는 수런

거림을 뚫고 최승렬이 느긋하게 아뢰었다.

"전하! 제 아들이 역병에 걸렸을 리 만무하옵니다!"

심기가 편치 않은 임금이 버럭하였다.

"병진년, 왕족의 반이 역병으로 죽었다. 옹주와 숙부는 무지하여 그리되었더냐! 또한 세자의 곁을 지켜야 할 최 첨정이 어찌 묘향산에 있었단 것인가? 세자가 죽어가는데 어찌!"

"아뢰옵기 황공하오나 역병으로 의심되는 사내종 하나가 사가에서 도망을 쳤사와 저하께서 속히 추포하라 명하시어 최 첨정이 직접 추노를 나선 것이옵니다. 그때는 이미 최 첨정이 자선당 치료에서 물러난 때였사옵니다. 전하."

"아무리 세자의 뜻이 그러하였어도 수어의가 말렸어야 옳지 않은가! 또 세자를 곁에서 보필해야 할 익위는 어찌하여 그곳에 갔더냐?"

초췌한 옥안 앞에 방호가 깊이 고갤 숙였다.

"최 첨정을 특별히 아끼신 저하께서 소신에게 그의 뒤를 지키라 명하셨기에…… 그것이 마지막 명인 줄도 모르고 어리석은 소신, 묘향산으로 달려간 것이 보름 전이옵니다."

문무백관들이 일동 안타까움을 금치 못했다. 뻑뻑해진 눈꺼풀을 억지로 치뜨며 임금이 곤하게 입을 열었다.

"하여 도망친 사내종은 잡았더냐?"

"예. 최 첨정과 절벽 위에서 몸싸움을 벌이다 추락사하였다 전해 들었사옵니다. 매골자를 불러 매장하였다고도 하였습니다."

"그러고선 도성으로 돌아오는 길에 최 첨정이 앓기 시작하였다?"

"예, 전하."

"며칠 두고 보면 그가 진정 역병에 옮은 건지 판명 날 일! 다들 나가보라!"

갈라진 옥음 앞에 방호가 다시금 머릴 조아렸다.

"아뢰옵기 황공하오나 전하, 며칠 가지곤 되지 않을지도 모르옵니다."

"그건 또 무슨 소린가!"

"최 첨정이 사내종을 찾는 과정에서 묘향산 내 천주인 소굴을 덮쳐 서양 신부 포함 스무 명의 교인을 직접 추포, 섬멸하는 공을 세웠사옵니다. 소신이 평안도 향산 현감에게 직접 확인한 것이옵니다."

"하, 그런 일이 다 있었더냐?"

"한데 그 천주인들이 모다…… 나병환자였사옵니다!"

"뭐, 뭐라!"

예서제서 웅성거림이 들끓었다.

"향산 현감도 진즉 그들의 근거지를 파악했으나 두려움에 극구 기피했다 하옵니다. 한데 최 첨정이 나서서 그들을 손수 포획하고 불과 이틀 후 이상 증상이 나타났으니……."

"말, 말도 안 되는 소리!"

고갤 쳐든 최승렬이 임금 앞에서 감히 큰 소릴 내었다.

"의술에 대해 무지한 익위가 어디서 감히 망언을 지껄이는가! 역병과 나병은 그 원인부터 증상까지 확연히 다르거늘!"

"전하! 소신, 병증에 대해 잘 모르는 것은 맞사오나 정황이 충분히 의심할 만하니 일단 최 첨정을 백성들로부터 일정 기간 분리하심이 마땅하다 여겨지옵니다. 나병이 도성 안에 번지기라도 하면 병진년의 난리는 비교도 안 될 만큼 큰 재앙이 일어날 것이 자명하옵니다!"

"익위 말이 옳다. 하여 최 첨정을 정확히 어디에 두었는가?"

"도성 밖 고깃골이옵니다."

"거, 거긴 백정 부락이 아닌가!"

신하들의 수런거림이 점차 커졌다.

"행여 백성들과 접촉하면 부지불식간에 병이 번질 수 있기에 백성들이 일절 얼씬대지 않는 고깃골이 최적이라 여겼사옵니다. 그중에서도 가장 안쪽, 곳집에 감금하였습니다."

곳집이라니! 상여를 넣어두는 곳집이라니! 분노한 최승렬이 포효하였다.

"전하, 소신이 직접 가보겠사옵니다. 제 두 눈으로 확인하여야⋯⋯!"

"무려 나병이다! 수어의가 어딜 함부로 나간다는 것이냐!"

"전하! 소신, 대대로 왕실의 목숨을 받들어왔나이다. 단언컨대 제 아들놈은 결코 나병에 옮을 만큼 무지하지 않사옵니다. 앞으로 왕실을 보필하려면 최 첨정과 같은 출중한 의관이 반드시 필요한바, 부디 소신의 출궁을 윤허하여주시옵소서!"

"불허한다! 그대의 손에 왕실의 안녕이 달려 있으니 수어의는 굳건히 자리를 지키라!"

지존이 어좌의 팔걸이까지 치며 호령하였으나 최승렬은 아랑곳 않고 말을 이었다.

"하옵시면 말단 의관이라도 보내 그 병증을 판단할 수 있도록 윤허하여주시옵소서, 전하!"

임금이 눈을 가늘게 뜨곤 끝내 저를 이겨 먹으려는 수어의를 응시하였다. 괘씸함이 도를 넘었다. 하물며 국상 중이거늘!

"혹여 최 첨정이 나병이라면 어찌할 것인가?"

"추호도 그럴 일은 없사오나 제 아들놈은 이미 위독한 저하를 두고 궁을 이탈한 죄가 크고 나병환자들을 소홀히 다룬 죄까지 있으니 진정 나병이라면 무슨 벌이든 달게 받겠나이다."

"무슨 벌이든?"

"예, 전하."

"고깃골로 의관 셋을 급파하라!"

"성은이 망극⋯⋯!"

"만약 최 첨정이 나병이라면, 그 죗값은 해부형이 될 게다!"

까무룩 정신을 잃었던 장헌의 눈이 맥없이 뜨였다. 엎질러진 밥알 주위에 생쥐 몇 마리가 갈신대며 찍찍대는 탓이었다. 퍽도 징그러웠으나 저것들이 훌륭한 구계 노릇을 할 것이다. 밥과 물에 독이 들었다면 발작을 하든 마비가 되든 재깍 이상 증상을 보일 테니. 하나 새앙쥐들은 한 톨도 남김없이 모든 걸 먹어 치우고서도 빠릿빠릿하기 그지없었다. 제 몰골도 잊은 채 그의 입에서 헛웃음이 튀어나왔다. 그래, 내가 누군데! 어떤 집안 핏줄인데! 이런 곳에서 죽을 리 없질 않은가! 연신 혀를 날름대며 주변을 발발대는 미물들이 이젠 제법 귀엽게 보이기까지 했다. 비릿한 냄새가 감지된 것은 그때였다. 그제야 보였다. 땅바닥 여기저기 찍힌 핏물이. 그 끝에 바글바글 몰려 있는 건 덩치가 괭이만 한 산쥐였다. 수십 개의 주둥이가 하나같이 시뻘겠다. 피의 근원을 유추할 틈도 없이 털컥 장헌의 몸이 튀었다. 새끼줄에 얽동여진 손톱 밑을 장침으로 찌르는 듯한 통증 탓이었다. 뒤이어 장을 지지는 듯 불길마저 느껴지자 진저리를 친 그가 가까스로 고갤 외틀었다.

"으아아악!"

쥐 떼들이 갉아먹은 건 다름 아닌 제 손가락이었다! 고기 맛을 본 쥐들은 흙바닥에 너부러진 먹잇감에 앞다투어 달려들었다. 옴짝달싹 못 하는 장헌의 살갗 위로 쥐 떼의 가칠한 발톱과 싸늘한 꼬리가 야단스레 교차되었다. 아예 살을 바르고, 뼈를 아작내어 끝장을 볼 기세로 빠글빠글 옷 속까지 파고들었다. 찍찍대는 소리가 광광 울려 퍼졌다. 장헌의 안면이 벌겋게 울멍졌다. 골한증이 밀려왔다. 순간 잘 벼려진 낫으로 생살을 포 뜨고, 첨예한 정으로 뼛골을 쪼는 격통이 엄습했다. 뒤로 팔다리가 결박된 채 그는 으스러지도록 몸태질을 해댔다. 푸들대던 허리께에서 전순간 투두둑, 힘줄이 터져 나갔다. 인두로 생살을 쑤시는 듯 선득한 격통이 척추를 가격했다.

"끄억!"

발광하며 악다구니를 치다 말고 장헌은 두 다리를 뻗대며 그대로 얼어붙었다. 쥐 떼들이 제 배때기에서 활개 치듯 솟아난 때문이었다. 주둥이에 이어 그 눈깔이 모다 벌겠다. 일순 피비린내가 진동하나 싶더니 녹슨 칼로 뼛골을 써는 골통이 이어졌다. 워럭 오장이 뒤틀리고 아랫배에서 선혈이 쏟아졌다. 악착같이 아귀다툼을 하던 산쥐들은 아직도 배가 덜 찬 모양인지 깝죽깝죽 얼굴 쪽으로 기어올랐다. 게거품을 밀어내던 장헌의 입이 합, 닫혔다. 입안까지 비집고 들어오려 아우성인 쥐새끼들 탓이었다. 그것들은 곧 호들갑스레 찍찍대며 장헌의 이목구비를 새까맣게 뒤덮었다. 그는 질끈 눈을 감고 간질병자 발작하듯 도리질을 쳐댔으나 눈꺼풀은 쉬이 까뒤집혔다. 격하게 군침을 흘려대는 쥐 떼들의 주둥이가 시야를 장악했다. 날카로운 수십의 이빨들이 동시에 동공에 박혀들었다.

"끄아아악!"

자지러지는 비명 끝에 뚝 시야가 끊겼다. 이미 너덜너덜해진 몸이 뒤틀렸다. 기예 핏물을 뿜으며 눈알이 터져 나갔다. 혓바닥이 갈라졌다. 쥐 떼들이 콧속으로, 입속으로, 귓속으로 땅굴을 파듯 아득바득 비집고 든 이유였다. 장헌의 사지가 파닥파닥 제멋대로 튀었다. 할근할근 숨만 아르렁대는 그 꼬락서니가 딱 지옥 불에 떨어진 야차 같았다. 장헌은 이 지경이 되어서도 감각이 마비되지 않는단 사실을 당최 믿을 수가 없었다. 진즉 까무러쳐야 했다. 기절을 해도 골백번을 더 하였을 터인데 어째서인가, 온갖 격통에 머리는 점점 각성되었다. 해부형을 당하는 천노가 이러할 것인가! 하나 그것도 길지는 않았다. 끝내 모든 신경은 차단되었다. 비대해진 쥐 떼들이 요란스레 골통을 점령한 순간이었다.

다음 날 아침. 고깃골에서 막 돌아온 의관 셋이 임금 앞에 부복하였다. 쏜살같이 조당에 든 최승렬은 마른침을 삼킬 뿐이었다. 그는 의관들이 출발하기 전 새벽, 회유 같은 협박을 하고 뇌물까지 안겼다. 수어의의 말을 거역한다는 건 가시밭길을 자처하는 것이니 그들도 눈치껏 고갤 끄덕였다. 그러나 장헌의 목숨뿐 아니라 가문의 흥망이 걸려 있는 중차대한 문제이기에 최승렬은 일각도 마음을 놓을 수가 없었다.

"해부형은 합당하지 않은 줄로 아옵니다."

의관들이 동시에 읍하며 입 모아 아뢰었다. 최승렬이 마음을 턱 놓은 사이, 그들의 전언이 가관이었다.

"최 첨정의 모습이 참으로 해괴하고 흉측하였나이다. 뇌와 골수까지 병이 들어찬 듯 끊임없이 체머리를 떨어대었고, 피부 괴사가 심하게 진행되었으며, 배창자가 갈려 갈빗대까지 드러났고, 문드러진 입으로 간간이 괴성을 질렀으나 그조차 얼마 가지 않아 숨이 끊겼사옵니다. 한 치의 의심도 없는 나병이었사옵니다."

문무대관들이 커다랗게 입을 벌리며 경악하는 사이 임금이 물었다.

"하여 시신은?"

"쥐 떼가 무섭게 사체를 뒤덮었으니 채 일각도 지나지 않아 거적때기에 말아 수습할 거리조차 남지 않았사옵니다. 또한 갑작스러운 폭설로 아무 조치를 취하지 못하고 급하게 빠져나왔습니다. 송구하옵니다, 전하."

최승렬은 독기를 품고 버럭하였다.

"이놈들! 어느 안전이라고 그딴 막말을 하느냐! 안면 훼손이 그리 심하고 피부 괴사까지 있었다면 어찌 그것이 최 첨정이라 확신할 수 있느냐!"

그때, 의관 한 명이 면포에 싼 물건을 조심스레 펼쳤다.

"소신들도 그것을 확인할 길이 없어 애를 태웠사온데, 쥐 떼를 모다 몰아내고 보니 이것이 있었사옵니다."

"흥! 대모 애체를 가져왔으렷다? 장터만 가면 개나 소나 살 수 있는 그따위 것으로 대체 무엇을 우기려……!"

"그것이 아니오라…… 최 첨정이 늘 이것을 손목에 둘렀던 걸 내의원의 모두가 본 터라 쉬이 신원을 특정할 수 있었나이다."

금빛 시치미였다. 무려 장헌의 이름이 수놓인. 최승렬이 휘청대는 사이 어명이 떨어졌다.

"무려 나병이다! 시신을 갉아먹은 금수들 또한 감염되었을 수 있으니 고깃골을 영구히 폐쇄하라!"

"전하! 제발 시신만은 수습하도록……!"

"수어의는 나와의 약조를 잊었느냐! 그대의 영식을 첫 해 부자로 명하지 않은 것만으로도 감읍해야 하거늘! 내 금일, 상중인 세자빈에게 태기가 있다는 희소식에 한없이 기뻐 아량을 베푼 것이니 그리 알고 썩 물러가라!"

며칠의 폭설 후 고요가 찾아왔다. 시허옇게 얼어붙은 어령 골엔 칼바람의 자취만이 선연했다. 방호는 스스로 길을 만들며 등 굽은 소나무에 다가섰다. 그리고 언 땅을 파고 그 밑에 세자의 염주를 고이 묻었다. 세자의 혼이나마 막단의 곁에 두고 싶어서였다. 방호는 이제야 홀가분하게 세자를 목 놓아 불렀다. 항시 모자란 아랫것이었으나 장헌의 일만은 저하께서도 잘했다, 해주실 것만 같았다. 실상 그 모든 건 금박장의 계획이었다.

[장헌은 세상에서 가장 잔인하고, 추잡하고, 처참한 모습으로 죽어야만 합니다. 누구 하나 슬퍼하지 않는 죽음 말입니다. 백섬과 저하뿐 아니라 화형으로 스러진 병자촌 사람들과 법란서 신부님, 칼두령 그리고 내 부모님의 원혼까지 달래려면 꼭 그리 죽어야만 합니다. 천주님이 벌하지 않는다면, 임금님도 어쩌지 못한다면 내가 할 것입니다.]

맹독을 구해오겠다며 금박장이 데려온 건 다름 아닌 복순 어멈이었다. 고깃골이란 최적의 장소를 귀띔한 것도, 인간고기 맛을 기가 막히게 아는 산쥐에 대해 이른 것도 다름 아닌 그녀였다. 그렇게 장헌을 고깃골 곳집에 감금하자 희제는 복순 어멈에게 물과 밥을 준비하라 일렀다. 독을 탄 게 아니었으나 그간 제가 한 짓이 있으니 장헌에겐 절대 곱게 보일 리 없었다. 손도 대지 않을 것이 자명하나 극악무도한 짓을 일삼은 장헌이 놈이 편안하게 굶어 죽는 건 결코 있어선 안 될 일이었다. 하여 희제는 곳집 주변에 생고기를 잔뜩 뿌려 쥐들을 유인했다. 결박된 장헌이 쥐 떼에 온몸이 뜯겨 딱 나병의 몰골로 죽을 수 있도록. 몇 날 며칠 살을 파 먹히면서도 결코 목숨은 쉬이 끊기지 않을 것이니 극강의 공포와 고통 속에 몸부림치다 죽을 것은 자명하였다. 한편 방호에겐 편전에 들어 장헌을 나병으로 아뢰라 하였다. 그의 시체를 그 누구도 거두어 가지 못하도록. 혼백이 되어서도 구천을 떠돌며 두고두고 죗값을 치르도록. 의관의 탈을 쓰고 천자 놀음을 한 잡놈에게 딱 어울리는 종장은, 그렇게 이루어진 것이었다.

그토록 붐비던 혜민서가 텅 비었다. 숫제 백성들은 그 앞을 지나가지 않으려고 먼 길을 에둘러 가기까지 하였다. 병진년 돌림병의 참상이 또렷한데 무려 나병이라니 질색팔색하며 기피하는 탓이었다. 옥선당의 상황은 더 가관이었다. 노비들은 장헌의 방은 물론 장헌의 손을 탄 물건조차 만지길 꺼려했다. 앓아누운 최승렬을 보살피던 남헌은 목에 핏대까지 세워가며 우매한 종놈들에게 호통을 치고 끝내 매질까지 하였으나, 나병의 공포 앞에선 그 누구도 말을 들어 먹지 않았다.

그날 밤. 썰렁해진 옥선당에 든 건 의외의 인물, 김홍제였다. 출중한 능력에도 최승렬이란 큰 산을 넘지 못하고 이십 년째 전의감 제조에 머물러 있는 그는 흑산도로 내쳐진 의관 김오균의 아비이기도 했다. 예상치 못한 방문객에 남헌은, 까무러친 부친을 두고 일어나 나직이 인사를 올렸다.

"제조 영감께서 어찌 예까지 드셨습니까?"

"쯧쯧쯧, 이 야심한 시각에 대문이 다 열려 있더군."

남헌은 순간, 더는 매질도 안 먹히는 아랫것들을 전라도 염전에 싹 팔아치워야겠다 맘먹었다. 김홍제는 작금의 형편이 능히 짐작된다는 듯 고갤 끄덕였다.

"미천한 것들이 어찌 병증의 속성까지 다 이해하겠는가. 몽매하게도 그저 회피가 상책이라 여기는 게지."

"예……. 한데 영감께선 정녕 어인 일이신지……."

"삼사를 통솔하는 대감께서 와병중이시니 내 심히 편치 않아서 말일세. 기가 막혀 실신했을 땐 사속히 시침하여 혈을 뚫는 것만이 살길인데 중도 제 머리는 못 깎는 법이잖은가."

남헌은 감사의 말씀을 올리면서도 배알이 꼴렸다. 제조 영감은 필시 아버님의 상태를 눈으로 직접 확인하려고 예까지 온 것이 분명했다. 수어의 자리가 언제쯤 공석이 될지 가늠하려는 수작이었다. 그 더러운 속내가 너무도 빤했으나 작금은 아버님께서 쾌차하시는 게 먼저였다.

"우선 이것부터 다려 올리시게."

약첩을 받아 든 남헌은 난감했다. 약을 다리는 것은 종년들의 일이니 한 번도 해본 적이 없어서였다.

"한데 작금은 아랫것들이 아무도 없어놔서……."

"대감께선 연세도 있으시니 이런 상태가 지속되면 자칫 풍을 맞을 수도 있음이야."

"하면 제가 한번…… 다려보겠습니다."

남헌이 나가자마자 김홍제는 잽싸게 침통을 꺼냈다. 그리고 최승렬의 머리통에 속속 단침을 박아 넣었다. 거침없는 시침은 이마와 미간, 눈두덩과 코끝, 인중과 턱 그리고 목을 지나 팔다리까지 이어졌다. 마지막 침이 발 안쪽의 연곡혈然谷穴에 꽂힌 찰나 최승렬이 바락 눈을 치떴다.

"수어의 대감, 정신이 좀 드십니까?"

최승렬은 저승사자를 맞닥뜨린 듯 기겁하였으나 몸을 일으키긴커녕 손가락 하나 까딱할 수가 없었다. 아무리 단전을 쥐어짜도 당최 목소리가 안 나왔다. 숫제 입 뻥끗이 되질 않았다.

"금침혈에 시침했으니 용쓰지 마십시오. 다 끝났단 말씀입니다."

비긋이 웃은 김홍제는 조용히 일어나 품에서 쇳대 하나를 꺼내 들었다. 그리고 최승렬에게 보란 듯 벽장문을 따고 단번에 『경국비서』를 찾아 들었다. 내용을 훑다 말고 다섯 치가 넘는 순금 어사침을 발견한 뱀눈이 탐욕으로 번뜩였다. 그야말로 '천하를 다스리는 비법'을 손에 쥔 것이 아닌가! 비서를 냉큼 갈무리한 김홍제는 방 한구석에 놓인 빈 화로에 또 무언가를 들이부었다. 그걸 빤히 지켜볼 수밖에 없는 최승렬은 바득바득 치를 떨었다. 제아무리 발악을 해도 그 무엇도 할 수가 없었다. 숨소리는 점차 괴괴해졌으나 목구멍에선 가는 신음 소리 한 가닥 나오질 않았다. 복장이 터져 나갈 듯 생눈깔을 부라렸으나 역시 눈 아래 꽂힌 침만이 푸들푸들 경련할 뿐이었다. 종래 노기가 드글드글한 눈알에 핏발이 서더니 핏줄이 터져 나가고 드문드문 혈점마저 돋아났다. 문밖에서 어렴풋이 기척이 들리자 김홍제가 순금 어사침을 뽑아 들었다.

경악실색한 최승렬이 거친 콧숨을 내뿜으며 눈을 지릅뜬 찰나, 목 아래 견정혈肩井穴 깊숙이 어사침이 박혀들었다. 일순 전신에 꽂힌 침대가 떨잠마냥 요동을 쳤다. 최승렬의 눈깔이 까뒤집히더니 기예 눈구멍에서 굵은 피눈물이 솟구쳤다. 최악의 발악을 하듯 미간에 꽂힌 침이 푸르르 떨렸다. 시뻘겋게 얼룩진 눈까풀은 그러나 몇 번 깜빡이지도 못한 채 각일각 감겨들었다. 민민답답했던 숨소리마저 잦아들자 김홍제는 면포로 병자의 눈두덩을 닦아내곤 역순으로 침들을 거두었다. 곧 작게 헛기침을 한 남헌이 탕약을 들고 방 안에 들었다. 김홍제는 그제야 여상히 최승렬의 맥을 짚었다. 의심의 여지가 없는 사맥死脈임을 거듭 확인한 그가 뿌듯하게 침통을 챙겨 들곤 일어섰다.

"깨어나시면 탕약부터 올리게. 무엇보다 체온이 떨어지지 않게 각별히 신경 써야 하네."

"예. 명심하겠습니다."

"밤이 늦어 바깥 기온이 차니 지체 없이 불부터 놓는 게 좋겠네."

깊이 머리를 조아리는 남헌을 뒤로하고 김홍제는 잰걸음으로 옥선당을 빠져나왔다. 급히 골목길로 꺾어져 들어왔을 때 콰광! 등 뒤에서 엄청난 폭발이 일었다. 그 굳센 화력에 김홍제는 움찔 자세를 낮추며 귀를 틀어막았다. 그러곤 뒤를 일별하였다. 놀라 벌어진 그의 눈동자에 옥선당에서 솟아오른 굉대한 불기둥이 맺혀들었다. 화기로 붉어진 그의 낯짝이 웃는 듯, 우는 듯 기괴하였다. 드디어 최승렬의 시대가 가고 김홍제 시대가 도래한 것이었다.

워낙 거대한 폭발이라 안방에 있던 최씨 부자는 그 자리에서 졸하였다. 한데 그 많은 식솔들 중 그 누구도 해를 입지 않았다. 하물며 마방의 말들과 마당의 누렁이까지 멀쩡하였다. 누구는 참다못한 종놈들이 작심하여 저지른 일이라고도 하고, 또 누구는 임금이 나병을 막기 위해 밀명을 내린 것이라고도 했다. 그 이유가 어찌 되었건 나병의 근원이 말끔히 소멸되었으니 도성 안 백성들은 이제야 두 다리를 쭉 뻗고 잠을 잤다. 이 모든 게 최승렬과 사이가 틀어지고 위기감을 느낀 병판 한진서의 짓이라는 건, 그 누구도 알지 못했다. 한진서는 큰노미부터 매수해 옥선당 벽장의 쇳대며『경국비서』의 정보를 빼돌리고, 그 비서를 미끼 삼아 김홍제와 새롭게 손을 잡았다. 유배 중인 그의 장남, 김오균의 복권을 조건으로 최승렬을 처단하라 명하고, 그것도 모자라 흑색 폭약가루까지 건네며 옥선당 안방 화로의 잿가루에 섞어두라 일렀다. 한진서가 끝내 남헌까지 멸구하여 풍주 최씨의 씨를 말리고, 세자빈의 복중 원자마저 오롯이 죽은 세자의 핏줄로 둔갑시킨 것은 그렇게 영영 비밀로 남았다.

망초, 냉이꽃 그리고 찌르레기

입춘을 지나 경칩이었다. 산에, 들에, 길가에, 우물가에 약속이나 한 듯 들꽃이 피어났다. 겨우내 얼어 멈췄던 물레방아가 다시금 생동했다. 이천 방앗골에도 어슴푸레 봄이 왔다. 어느 여염집에서 나온 복순 어멈은 아침 댓바람부터 나물을 캐느라 분주했다. 꽃가지도 제법 꺾었다. 화전도 만들고, 차도 덖고, 몰래 술도 담그면 좋지 않은가. 보리수를 따먹으며 집으로 돌아온 그녀는 찬간으로 들어가긴커녕 살평상에 대자로 드러누웠다. 그리고 칡뿌리와 심심초를 번갈아 씹으며 노닥거렸다. 실은 가장 중요한 임무를 수행하는 중이었다. 망을 보는 일이었다. 금와당 현판을 올린 공방에서 웃전이 은제 십자가를 만드는 동안 그 누구도 들어오지 못하도록. 희제는 내내 천주님을 원망하였으나 십자가 만드는 것을 끝내 포기하지 못했다. 그래야 천당에서 백섬이 밉보이지 않고 무탈할 것 같아서였다. 점심나절이 되자 은제 십자가 한 됫박을 꿀단지마냥 든 행랑아범이 싸리문을 넘어 길을 나섰다.

희제가 봄인가 할 때마다 꽃샘추위는 득달같이 몰아쳤다.

봄꽃의 침묵은 고통스러웠다. 짧은 청춘의 기억은 소멸되는 것도, 사그라드는 것도 아니었다. 시퍼렇게 멍이 들 때까지 파도치듯 거듭 덮쳐오는 것이었다. 나무 그림자가 담벼락에 어룽어룽 얼굴 비슷한 것만 그려내어도 목이 메었다. 여린 찻잎에서 우러난 풋내에도 가슴이 시렸다. 길가에서 덜컥 마주치는 줄무늬 돌 하나에도 덧없이 심장이 내려앉았다. 누군가의 그림자를 맡는다는 건 그런 것이었다. 마음이 닳아 없어질 때까지 오롯이 그 사람만을 추억하는 것이었다.

[꽃은 웃으나 소리가 없고, 새는 우나 눈물이 없네.]

누군가는 여섯 살에 깨친 것을, 희제는 열아홉에야 깨달았다. 하여 다시금 되돌아온 시첩을 가만가만 펼쳐내는 손길이 예전과 다르게 조심스러웠다. 함부로 다룰 수 없는 압화의 연약함과 침묵하는 잔향이 백섬의 그림자와 닮아서였다. 원유화 한 장을 입에 문 그녀가 창을 열고 너울대는 봄볕에 얼굴을 내맡겼다. 먼 곳에서 불어온 소소리 바람이 가슴에 길을 내었다. 희제는 이제야 풍향을 느끼고 웃자란 풀을 알며 살게 되었다. 더 이상은 그 무엇도 차가운 시선으로 볼 수 없게 되었다. 앞뜰 가득 만개한 냉이꽃도, 그 연약한 이파리도 살뜰하게 바라보았다. 한 줌 황토를 뚫고 예서제서 흐드러진 이름 모를 들꽃에도 눈길이 갔다. 바람몸살을 견디며 해끗한 얼굴로 흔들리는 망초에도 마음이 쓰였다. 누구나 심곡에 그림자를 둘 꽃밭 하난 있어야 되는 것이었다. 그래야 탁영을 한 망자도 일 년에 한 번은 웃을 것이다. 휘휘로운 춘풍 한 줌에 꽃향기가 실렸다. 눈앞에서 계절이 지나가는 듯한 착각이 일었다. 슬프도록 호사스러운 풍경 어디선가 찌륵찌륵 찌르레기가 울어댔다. 진짜 찌르레기였다. (끝)

첫눈에 반한 연인처럼, 한순간 무섭게 빠져들어 열렬히 몰두하는 우정도 있다. 사소하게 멀어져 다신 못 보게 되었다 해도 한때 속을 탈탈 털어놓으며 영혼의 단짝을 자처하던 얼굴 한둘쯤 누구나 마음속에 있지 않은가. 그런 우정이 그저 나이와 성별뿐 아니라 시대와 신분, 죽음까지도 초월한다면 하는 단상에서 이 소설은 시작되었다.

누구에게나 평등한 죽음이지만 그 과정은 결코 그렇지 않았을 조선시대. 웃전의 심기가 틀어져 종놈 하나 죽어 나가는 게 별스러운 일도 아니었을 그때의 죽음을 '별것'으로 여기는 인물을 상상하는 것으로 이야기는 발전되었다. 신분으로 인격을 판단하는 게 무의미함을 온몸으로 증명해줄 이들은, 어상하게 살인을 일삼는 천한 양반과 죽음 앞에서 제 그림자를 맡기는 것조차 망설이는 귀한 쌍놈은 그렇게 탄생하였다. 최대 난관은, 죽음이 그림자를 맡기는 것이 아니라 역설적으로 취하는 것이란 걸 그들이 깨달은 순간이었다. 탁영 앞에 머뭇대면서도 꽃나무 밑에 묻히고픈 염원을 공감한 그 찰나 말이다. 슬픈 끝맺음이 내내 맘에 걸리는 건 그런 이유다. 엔딩을 써놓고도 되레 앞으로 돌아가 굳이 설렘의 순간을 부여하려고 무던히도 애를 썼다. 『탁영』은 그런 반복으로 쓰였다.

이 소설에 녹여낸 모든 관계는 우정이다. 칼두령과 백섬, 백섬과 복순 어멈, 복순 어멈과 희제, 희제와 행랑아범까지 그 모든 인생은 우정의 생로병사다. 꽃을 주면 내 손엔 향기가 남는 벗의 이야기로 『탁영』이 기억되었으면 한다.

2025년 5월, 장다혜

탁영

초판 1쇄 발행 · 2025년 5월 23일

지은이   장다혜
펴낸이   김요안
편집   강희진
디자인   부추밭

펴낸곳   북레시피
주소   서울시 마포구 신수로 59-1
전화   02-716-1228
팩스   02-6442-9684
이메일   bookrecipe2015@naver.com | esop98@hanmail.net
홈페이지   https://bookrecipe.co.kr
등록   2015년 4월 24일(제2015-000141호)
창립   2015년 9월 9일

ISBN 979-11-93551-36-3 03810

종이 · 화인페이퍼   인쇄 · 삼신문화사   후가공 · 금성LSM   제본 · 대흥제책